# CENTELHA

Amy Kathleen Ryan

# CENTELHA

VOLUME **DOIS** DE

EM BUSCA DE UM NOVO MUNDO

TRADUÇÃO

Ana Death Duarte

GERAÇÃO jovem

Título original: *Spark*
Spark © 2012 by Amy Kathleen Ryan
Grafia atualizada segundo o Acordo Ortográfico da Língua Portuguesa de 1990, que entrou em vigor no Brasil em 2009

EDITOR E PUBLISHER
Luiz Fernando Emediato

DIRETORA EDITORIAL
Fernanda Emediato

PRODUTORA EDITORIAL E GRÁFICA
Priscila Hernandez

ASSISTENTES EDITORIAIS
Adriana Carvalho
Carla Anaya Del Matto

CAPA
Marcela Badolatto

PROJETO GRÁFICO E DIAGRAMAÇÃO
Megaarte Design

PREPARAÇÃO DE TEXTO
Rinaldo Milesi

REVISÃO
Patrícia Sotello
Juliana Amato

**Dados Internacionais de Catalogação na Publicação (CIP)**
**(Câmara Brasileira do Livro, SP, Brasil)**

Ryan, Amy Kathleen
Centelha / Amy Kathleen Ryan ; tradução Ana Death Duarte. -- São Paulo : Geração Editorial, 2014. – (Em busca de um novo mundo)

Título original: Sky chasers : a sky chasers novel.
ISBN 978-85-8130-231-7

1. Ficção juvenil I. Título. II. Série.

14-02438 CDD-028.5

Índices para catálogo sistemático:
1. Ficção : Literatura juvenil 028.5

GERAÇÃO EDITORIAL

Rua Gomes Freire, 225 – Lapa
CEP: 05075-010 – São Paulo – SP
Telefax : (+55 11) 3256-4444
*E-mail*: geracaoeditorial@geracaoeditorial.com.br
www.geracaoeditorial.com.br

Impresso no Brasil
*Printed in Brazil*

Para o meu pai

Só o erro é que precisa do apoio do governo.

A verdade, essa fica de pé por si própria.

THOMAS JEFFERSON

# 1

# ORGULHO

*Todos os homens cometem erros, mas um bom homem recua quando sabe que seu curso está errado, e repara o mal. O orgulho é o único pecado.*

Sófocles

# Fuga

Seth Ardvale não sabia o que o havia acordado, apenas se lembrava vagamente de um som estrondoso que lhe estremeceu os ossos. Sentou-se em seu solitário catre na cela, nas entranhas da Empyrean, e esfregou os olhos. Procurava ouvir vozes. Às vezes, captava indícios do que estava acontecendo pela conversa dos guardas, mas não havia som nenhum.

Este isolamento fazia parte de sua punição, além das luzes acesas vinte e quatro horas por dia. Seth já tinha se conformado que poderia passar muito tempo até que saísse da prisão. Se Kieran Alden continuasse como o capitão da Empyrean, havia a possibilidade de Seth nunca sair dali. Ele acreditava merecer a punição não apenas pelo fracassado motim que armara contra Kieran, mas por ser quem era.

— Eu sou o filho do meu pai — disse Seth em voz alta.

O som de sua própria voz deixou Seth alarmado. Ele *odiava* o fato de começar a falar sozinho, mas era assim que se sobrevivia ao confinamento solitário. Travava longas conversas internas, e sempre se imaginava falando com a mesma pessoa: Waverly Marshall. Seth cerrava os olhos e a via do outro lado das barras de sua cela, sentada no chão, com as mãos em volta de um tornozelo, apoiando o queixo no joelho. A conversa sempre era retomada de onde eles haviam terminado um mês antes, quando ele pediu que ela o tirasse dali. Waverly olhou para Seth, mas apenas seus intensos olhos castanhos expressaram uma inquietante hesitação; o restante de suas amáveis feições permaneceram inexpressivas. Seth a conhecia o suficiente para saber que ela não confiava nele.

— Tire-me daqui — ele havia dito a ela, suplicante, com uma das mãos nas frias barras de ferro que os separavam.

Waverly olhou para ele por um bom tempo antes de dizer, por fim, em meio a um longo suspiro:

— Eu não posso fazer isso.

Ela se levantou e saiu andando.

Poderia culpá-la por isso? Ele armara um motim contra o namorado dela, Kieran Alden, e este o jogara na prisão e o deixara sem comida. Alguns ainda diziam que Seth tentara matá-lo. Tudo isso começou a fazer sentido para Seth, mostrava o quanto esteve fora de si. O *momento* tinha sido absurdo. Sem nenhum motivo a New Horizon havia atacado a Empyrean, tomado todas as garotas e causado um vazamento nos reatores que culminou com a morte do pai de Seth. Mas isso não era desculpa para o que Seth havia feito. Todas as crianças na Empyrean tinham perdido os pais ou estavam separadas deles; todas tinham responsabilidades aterrorizantes no comando de uma nave sem um único adulto em condições de liderança a bordo. Entre elas, Seth Ardvale se destacou por ser o único a agir como um sociopata.

— Talvez seja isso que eu sou — ele sussurrou, e cobriu a boca com a mão.

Waverly tinha razão de sair andando.

No entanto, Seth ainda imaginava um milhão de coisas diferentes que poderia ter dito a Waverly para que ela ficasse. "Você está certa. Não deveria se arriscar", ou "Entendo que você não possa trair Kieran" ou, simplesmente, "Não vá!".

Ele imaginava como estaria a expressão de Waverly quando se virasse de novo em sua direção, como poderia fazê-la sorrir ou até mesmo rir. Como ela colocaria os cabelos atrás da orelha logo antes de desviar o olhar novamente, um leve gesto reticente que abria um buraco em seu coração todas as vezes que ela o repetia.

Mas ele não dissera nada naquele dia. Constrangido, Seth deixara Waverly ir embora.

Se algum dia saísse dali, mostraria a ela que poderia ser uma boa pessoa. Não importava que nunca poderia tê-la. Ele simplesmente não podia suportar sequer que Waverly pensasse coisas ruins dele. E talvez ele também pudesse ajudá-la, pois o que quer que tenha acontecido com ela na New Horizon a havia deixado em pedaços, curvara suas costas e afundara-lhe os olhos. Se pudesse vê-la de novo, ele não pediria nada a ela. Só queria ajudá-la... ser um amigo.

Seth curvou-se parecendo uma bola compacta. Sentia-se pesado e letárgico. O som que o acordou deve ter sido uma mudança nos motores, mais um aumento na aceleração da nave numa vã tentativa de alcançar a New Horizon, onde todos os pais estavam mantidos cativos. Isso nunca daria certo. Seth sabia disso, mas nunca lhe seria permitido palpitar no processo nas decisões novamente. Sempre seria um pária.

— Dormir, dormir, eu posso dormir — ele sussurrou. O que ajudava, às vezes.

— Sou apenas um corpo, não uma mente. Sou um corpo que precisa dormir.

Então ele ouviu o chiado do intercomunicador da nave, e a voz de Kieran Alden:

— Evacuem para o abrigo central!

A luz do alarme no corredor começou a girar, azul e vermelha.

Seth jogou suas roupas de cama de lado, correu até as barras de sua cela e gritou em direção ao corredor:

— Ei, o que está acontecendo?

Ninguém lhe respondeu.

— Vocês não podem me deixar aqui! — Seth foi para a direita, na tentativa de olhar o corredor entre as celas, e tropeçou em um prato de pão e missô que fora deixado ali para ele. Viu apenas fileiras de barras de ferro frio e sombras. — Vocês têm de me deixar sair daqui!

Em seu pânico e impotência, Seth forçou a porta da cela, que se abriu com facilidade.

Ele ficou ali, com o olhar fixo e embasbacado, e depois deu um passo furtivo para o lado de fora, olhando para o corredor.

Não havia ninguém ali.

Devagar, foi descendo pela passagem, ainda furtivo, e passou pela cela de Max Brent, que também estava aberta e vazia. Seguiu até a porta que dava para o corredor externo e ficou escutando. Depois, abriu uma fresta da porta.

No final do corredor, um pé calçando uma bota se destacou dentro da sala de manutenção. Seth aproximou-se com cautela, de olho na bota, esperando o mais leve movimento que o faria sair correndo; mas a bota não se mexeu. Empurrou de leve a porta e a abriu: Harvey Markem, seu carcereiro, estava estendido no chão. Seth inclinou-se por cima dele, colocou o ouvido perto de seus lábios, que não se moviam, e esperou até que uma bufada de ar escapou por entre os lábios de Harvey. Uma massa de sangue coagulado estava visível debaixo dos cabelos vermelhos e crespos dele. Seth pegou o *walkie-talkie* do cinto do garoto e apertou o botão de chamada.

— Alô?

Do outro lado, ouviu apenas estática.

— Preciso de assistência médica aqui embaixo — disse e ficou ouvindo, mas não recebeu nenhuma resposta. Ele olhou para os muitos canais e muitas frequências, tentando adivinhar qual entraria em contato com o Comando Central, mas não tinha tempo de analisar tudo aquilo, não se quisesse escapar dali, então jogou o *walkie-talkie* no chão.

Seth continuou pelo corredor, dizendo a si mesmo que Harvey ficaria bem. Quando chegou à escadaria, virou-se mais uma vez e olhou para a bota, que não havia se movido, nem ao menos um centímetro. E se Harvey estivesse com hemorragia cerebral? E se ele morresse?

Soltando um suspiro, Seth voltou para a sala de manutenção, arrastou Harvey para fora, colocou o garoto sentado, e, em seguida, jogou-o sobre seus ombros, como faria um bombeiro. Quando se levantou, a pressão do peso de Harvey parecia ter levado todo o sangue de Seth para o rosto, e ele começou a suar imediatamente. Com passos incertos por causa do esforço de carregar Harvey, Seth começou a descer o corredor mais uma vez. Harvey já era grande, e com a inércia adicional da velocidade aumentada da Empyrean, parecia feito de concreto.

As pernas de Seth tremiam, e por um instante ele considerou pegar o elevador para subir, mas seria avistado pela câmera de segurança de imediato, e se as portas se abrissem e se deparasse com um grupo de pessoas, ele não teria para onde correr. Então, Seth avançou com grande esforço escadaria acima, o suor escorrendo por sua face e se acumulando no espaço côncavo da base de suas costelas.

— Meu Deus, Harvey — ele grunhiu. — O que você *come*?

As escadas não acabavam nunca e desapareciam em um ponto sombrio lá em cima. Seth tinha de levar Harvey até o abrigo central, que ficava tantos lances de escada acima que ele nem tinha energia para contá-los. Era lá que todo mundo estaria em caso de emergência, e lá seria o único lugar onde Harvey poderia receber alguma ajuda.

Duas vezes, Seth caiu de joelhos. Mas, se deixasse Harvey na escadaria, o garoto poderia morrer ali; então continuou subindo, e cada passo era doloroso.

Quando ouviu vozes, Seth sabia que estava perto. Os últimos degraus foram uma tortura, mas jogava seu peso para a frente e se forçava a subir, os joelhos estalando e a coluna curvada. Ele fez uma pausa na tentativa de ouvir alguma coisa, e o que ouviu foram duas garotas conversando no corredor, do lado de fora do abrigo central.

— Eles voltaram? — disse uma vozinha estridente do outro lado da porta. — Eles estão voltando para nos pegar de novo?

— Se voltarem, entrar em pânico não vai ajudar. — A voz soava como a daquela garota com sardas no rosto, a garotinha esquentadinha, Sarah Hodges.

— E se o casco explodiu? — afligia-se a garotinha.

— Se o casco tivesse explodido, não estaríamos aqui — disse Sarah.

Devagar, Seth abaixou Harvey no chão e curvou-se para a frente com as mãos nos joelhos, até recuperar o fôlego. Quando teve certeza de que conseguiria correr, raspou com os nós dos dedos na porta e caiu fora dali, descendo os lances de escada correndo antes de ouvir Sarah Hodges chamando por alguém na escadaria.

— Ei! Quem está aí? Ah, meu Deus, Harvey!

Seth passara por mais cinco lances de escada quando ouviu sons de passos atrás dele. Ele tinha de descer apenas mais quatro lances e estaria livre.

— Por favor, por favor, por favor.

Seth repetia essas palavras em sua mente, afastando a dor que sentia nos braços e nas pernas e ignorando sua exaustão, de modo que pudesse sair correndo.

Quando por fim alcançou a porta, Seth segurou a maçaneta com força. Com o máximo de silêncio possível, girou a maçaneta e abriu a porta, passou de fininho pela abertura e se lançou corredor abaixo em direção à entrada mais próxima.

De imediato, seus sentidos foram completamente tomados pelo ar fresco e o cheiro de terra da floresta tropical. "Meu Deus, como senti falta disso!" O ar umedecia sua pele ressecada pela prisão enquanto ele corria entre as plantações de coco, passando pelos limoeiros, onde virou e entrou em meio aos arbustos das espécies australianas. Seth lançou-se em um bosque de eucaliptos e aninhou-se ali, com o coração golpeando seu peito, as mãos envolvendo os tornozelos, e ficou à escuta.

Nem uma passada. Nem um sussurro. Ele tinha escapado! Até que pudesse descobrir o que havia acontecido de errado com a Empyrean, ficaria esperando ali.

Agora que estava em segurança, percebia a estranheza do que havia acontecido. Alguém deixou que escapasse, mas quem? Provavelmente, o responsável pelas explosões também o havia deixado fugir; os dois eventos não poderiam ser coincidência. Quem quer que fosse, provavelmente havia causado as explosões para disfarçar sua libertação.

A mente de Seth voltou-se para Waverly. Ela nunca teria machucado Harvey nem colocado a nave em perigo, mas poderia ter achado uma maneira de deixar que Seth e Max saíssem da prisão. Então poderia ter sido Max quem atingiu Harvey na cabeça e causado as explosões. Será que Max faria algo assim tão odioso?

Quando dividiram uma cela, Seth ouvira Max falar empolgado sobre todas as coisas que faria com Kieran Alden quando saísse da prisão. Como ficaria de emboscada esperando por ele, e o socaria repetidas vezes ou usaria uma faca, depois iria atrás de seu amiguinho de pescoço fino, Arthur Dietrich, e daquele traidor, Sarek Hassan. Quanto mais Seth ouvia as fantasias doentias de vingança, mais se perguntava por que escolhera o garoto como seu braço direito.

Sim, Seth concluiu, Max era capaz de colocar a nave e a missão em perigo para servir a seu propósito egoísta. Alguém precisava encontrar aquele filho da mãe antes que ele causasse mais danos. Porém, não era esse o único motivo pelo qual ele queria encontrar Max.

O que quer que Max tenha feito, e fossem o que fossem aqueles sons que ouvira, Kieran certamente colocaria a culpa em Seth pela coisa toda e provavelmente usaria isso como uma desculpa para mantê-lo na prisão para sempre. Se aqueles sons estrondosos eram de bombas, e Seth fosse considerado culpado por isso, todo mundo acreditaria que ele era um traidor.

E o que Waverly pensaria dele então?

Só havia uma escolha para Seth: tinha de encontrar Max e entregá-lo. Tinha de provar a Kieran, a Waverly e a todo o resto do pessoal que ele não era o responsável por isso.

E, de alguma forma, tinha de fazer isso sem ser pego.

# Heroína

Waverly estava em seus aposentos, fervendo um bule de chá antes de se dirigir ao campo de milho para trabalhar em uma colheitadeira de grãos que estava em péssimo estado. Ela nunca se imaginara como mecânica, nunca havia planejado isso como sua profissão; então, cada dia era um novo exercício de adivinhação. Havia escolhido esse trabalho porque era um dos poucos cargos em que não precisava falar com ninguém. Além disso, ninguém mais queria esse cargo. Waverly tinha cortes e arranhões por toda a extensão das mãos por usar ferramentas com as quais não estava familiarizada, e achava o trabalho tão desafiador que tinha pouco tempo para pensar em qualquer outra coisa, e menos tempo ainda para recordações.

Ainda assim, sempre que fechava os olhos, imagens extenuantes apareciam nas telas escuras de suas pálpebras: a congregação da New Horizon, com todo mundo vestido de preto, embalada ao som de suave música de violão; o rosto reluzente de Anne Mather falando com seu rebanho; o laboratório onde haviam operado Waverly e retirado sua parte mais essencial para criar a próxima geração de apóstolos; o horrível talho vermelho em sua perna onde os camaradas de Anne Mather haviam atirado; o abandono de sua mãe e dos outros pais da tripulação da Empyrean, presos em uma jaula, onde Mather poderia fazer o que desejasse com eles; a rajada vermelha de sangue quando Waverly atirou no homem que atrapalhava sua fuga.

Quando ela havia se tornado uma assassina.

— Eu não penso mais nisso — disse para a sala vazia, e cobriu os olhos com o dorso da mão. Ninguém mais nessa nave sabia o que ela havia feito. Waverly não tinha contado a ninguém sobre o evento mais singular de sua jovem vida, quando deixara de ser Waverly Marshall e se tornara uma assassina. Ela era uma estranha em seu próprio lar.

Quando começou a agitação, foi tão ao longe que, a princípio, ela poderia não ter notado que aquilo estava acontecendo: um leve estremecer das molduras das fotos nas paredes, o gemido inaudível ao fundo do metal da nave.

Ela sentou-se direito. Algo não estava certo.

Então, lá no fundo, ela a sentiu em seu peito: uma explosão.

Sua xícara de chá saltou do pires, borrifando chá-preto sobre a áspera mesa de madeira.

Waverly saiu voando de sua cadeira e disparou para o corredor, onde dezenas de crianças em pânico estavam saindo de seus aposentos, chorando e agarrando bonecas junto ao peito. Melissa Dickinson estava parada, em pé, no final do corredor, cercada de garotinhos e garotinhas. Ela era uma garota *mignon,* um pouquinho mais alta do que as crianças que ela cuidava com tanta ternura.

— O que está acontecendo? — Waverly teve de gritar por cima do barulho.

— Eu não sei — disse Melissa. Geralmente plácida, seus olhos castanho-claros olhavam de um lado para o outro, cheios de ansiedade. — Meninos, meninas, fiquem perto de mim! — gritou ela pelo corredor. Como num passe de mágica, as crianças se juntaram. Todos os olhos fixos nela.

O intercomunicador da nave estalou e a voz de Kieran saiu pelos alto-falantes, chamando toda a tripulação para o abrigo central.

Todas as conversas cessaram; o silêncio agigantava-se sobre as crianças enquanto elas fitavam Melissa, alarmadas.

— Para os elevadores! Todo mundo! — gritou ela, e conduziu as crianças em direção à fileira central de elevadores. Melissa tinha apenas doze anos, mas havia se encarregado de cuidar das crianças órfãs, novinhas demais para ajudar a comandar as coisas na nave. Todos os dias, cumprindo o seu dever, reportava-se à creche, onde ela e vários ajudantes brincavam com jogos e planejavam lições para manter as crianças ocupadas. À noite, as horas de contação de histórias de Melissa haviam se tornado famosas na nave, e até mesmo algumas das crianças mais velhas iam até a biblioteca, onde ela lia para todo mundo livros como *O vento nos salgueiros* ou *James e o pêssego gigante.* Em seguida, colocava cada uma das crianças na cama em um conjunto de habitações ao final do corredor, deixando todas as portas abertas à noite, de modo que ela estivesse a apenas um sussurro de distância delas. Não era à toa que todas as crianças pequenas adoravam Melissa. Até Waverly achava a presença dela reconfortante.

— Eles estão voltando? — quis saber Silas Berg, um garoto de seis anos que tinha o dom de colocar em palavras,da forma mais direta possível, os medos de todo mundo.

— Não, Silas — disse-lhe Melissa com firmeza. — A New Horizon está a milhões de milhas de distância. E nós não estamos mais na nebulosa, por isso eles não podem nos pegar de surpresa novamente.

— Eu estou com medo — sussurrou Paulo Behm, enquanto colocava os pequenos dedos morenos dentro da faixa do roupão de banho de Melissa.

— Eu também estou com medo — disse Melissa, fazendo carinho na bochecha dele com as costas dos dedos. — Mas todos nós vamos ficar juntos, não é, Waverly?

Waverly assentiu e tentou sorrir de forma reconfortante para as crianças.

— Não pergunte a ela. — Marina Coelho ergueu sua voz estridente para dizer isso. — Foi ela que deixou os nossos pais para trás.

— Se você poderia ter se saído melhor do que ela, por que não o fez? — disse Melissa. Suas palavras eram firmes, mas seu tom de voz era gentil. — Por que isso seria obrigação da Waverly?

— Ela tem quinze anos! — grunhiu a pequena Marina, como se isso explicasse tudo. — Ela é a garota mais velha, então era obrigação dela.

— Ela não teve escolha senão sair no momento em que saiu — disse Melissa com raiva, e desferiu uma olhadela de relance a Waverly, pedindo--lhe desculpas com o olhar. — Ela e Sarah resgataram todas nós. Eu acho que Waverly é uma heroína.

— Eu não acho — retrucou Silas, com seu desprezo de garotinho. — Ninguém além de você acha isso.

Melissa balançou a cabeça, exasperada, enquanto o elevador se abria para que todo mundo entrasse, como um rebanho desordenado.

Waverly virou as costas para eles, ficando de frente para as portas do elevador, mas sentiu olhares fixos e acusatórios em sua nuca. Ela sentiu um corpinho fazendo pressão em sua perna, olhou de relance para baixo e se deparou com Serafina Mbewe voltando o olhar para cima, para ela, com seus cabelos presos em duas marias-chiquinhas pomposas pairando como se fossem nuvens acima de seu rosto delicado. Waverly costumava tomar conta de Serafina, que tinha oito anos e era surda. Waverly tentou sorrir, mas desviou o olhar antes; Serafina se encolheu e se afastou. "Eu deveria estar preparada para ajudá-la", pensou Waverly. "Isso dói demais".

O elevador abriu e seus ocupantes encontraram um abrigo central caótico, uma sala imensa, repleta de camas embutidas ao longo das paredes e luzes de emergência pendendo dos tetos. No fundo da sala havia uma grande cozinha onde se podiam preparar refeições comunitárias. Havia crianças reunidas em grupos ao longo das paredes, sentadas, rígidas, em catres, conversando em vozes sussurradas. Waverly tentou ignorar os olhares fixos e cheios de raiva de um grupo de garotas lideradas por Marjorie Wilkins, uma pré-adolescente que tinha uma óbvia quedinha por Kieran. Marjorie era uma ativa apoiadora de Kieran, e costumava cutucar qualquer um que não frequentasse as cerimônias religiosas dele.

— O que os seus amigos fizeram dessa vez? — Marjorie confrontou Waverly enquanto passava por ela.

Waverly sabia que deveria ignorar a garota, mas não conseguiria deixar que isso ficasse sem resposta.

— Eu não sei a quem você está se referindo.

— Estou me referindo às pessoas com quem você deixou os nossos pais — disse Marjorie. — Devem ser seus amigos, caso contrário, por que motivos você deixaria as nossas famílias ali?

— Você prefere crescer na New Horizon? Talvez eu devesse ter deixado você por lá também — disse Waverly, tentando encarar a garota com um olhar fixo e frio, mas Marjorie não ficou nem um pouco intimidada.

— Todo mundo acha que você é uma covarde — disse Millicent, a irmã caçula de Marjorie.

As duas garotas tinham perdido o pai durante o massacre no hangar das naves auxiliares, mas nutriam esperança de que sua mãe ainda estivesse viva na traiçoeira nave-irmã, a New Horizon. Essas garotas eram as críticas mais ativas da tentativa fracassada de resgate realizada por Waverly, que ficava atormentada pela culpa toda vez que via os olhares cheios de raiva das duas, pois *deveria* ter tentado mais. Não importava que os capangas de Mather estivessem atirando nela. Não vinha ao caso que eles feriram seu ombro. Ela simplesmente deveria ter permanecido lá por um pouco mais de tempo e feito com que a trava cedesse. Os pais teriam saído daquele contêiner de carga e rendido tanto Anne Mather quanto seus capangas. Eles poderiam ter pilotado a nave auxiliar de volta a seu lar e tudo estaria bem. Se Waverly tivesse ficado por lá apenas mais alguns poucos segundos, ou até mesmo por uma fração de segundo, em vez de se virar com covardia e sair correndo. E ela nunca teria conseguido fugir se toda a tripulação da New Horizon não tivesse se voltado contra Anne Mather no último momento, e se não tivessem ajudado as garotas a escapar.

Waverly tentava dizer a si mesma que, se ela não tivesse saído correndo e pelo menos resgatado as garotas, Marjorie, a irmãzinha dela e todas as crianças pequenas poderiam acabar se tornando escravas reprodutoras naquela nave. Elas teriam seus óvulos roubados e colocados em mães substitutas, e veriam seus bebês sendo criados por estranhos. Haviam feito isso com Waverly, Sarah e todas as garotas mais velhas, mas parecia inútil tentar explicar a Marjorie. Ela não queria ouvir.

A única coisa que poderia ajudar agora seria que os pais daquelas crianças conseguissem fugir sozinhos. Durante dias, e depois semanas, após a fuga das garotas, todo mundo na Empyrean aguardava, nutrindo a esperança de que o levante que as garotas haviam deixado para trás na New Horizon fosse culminar com a libertação de seus pais. Conforme as esperanças deles se esvaíam, Waverly deparava-se cada vez mais com crianças a olhando com ódio enquanto cuidava de suas obrigações. Algumas vezes não queria nem sair de seus aposentos.

— Eu tentei ao máximo — disse Waverly a Marjorie, mas ela podia ouvir a impotência em sua voz.

Marjorie curvou o lábio superior com repulsa.

— Seu máximo não foi bom o bastante, foi? — disse ela com uma cara franzida de amargura.

— Não — foi a resposta de Waverly, deparando-se, de uma vez, com todos os olhares de acusação. — Não foi.

Elas não disseram nada em resposta, mas Waverly podia sentir os olhares de raiva enquanto se afastava.

"É por isso que eu me escondo debaixo de tratores e colheitadeiras de grãos", pensou Waverly consigo mesma e com amargura. "Ninguém pode me ver. Ninguém pode me dizer nada. E eu posso simplesmente ficar sozinha."

Somente as adolescentes que haviam tido os óvulos roubados, como Waverly, entendiam por que ela teve de sair correndo. Alia Khadivi, Debora Mombasa e Sarah Hodges, todas elas estavam sentadas em uma cama na extremidade mais afastada do aposento, e Waverly foi abrindo caminho em meio à multidão para chegar até elas.

— Aquela vaca da Marjorie disse alguma coisa a você? — quis saber Sarah, desferindo um duro olhar de relance na direção da garota. Sarah era pequena e intensa, e todas as suas emoções transpareciam com uma clareza inconfundível em seu rosto cheio de sardas.

— Não se preocupe com isso — disse Waverly. — Você sabe o que está acontecendo?

Sarah balançou a cabeça em negativa.

— Todo mundo acha que estamos sendo atacados novamente.

— A New Horizon está 9 milhões de milhas à frente da gente — disse Waverly.

— Eu sei disso — comentou Alia por entre lábios rosados e franzidos. Seus cabelos longos e espessos caíam sobre seu ombro em uma cascata cor de ébano. — Talvez Seth tenha fugido.

— Não — disse Waverly instantaneamente. — Seth não faria nada para danificar a nave.

— É melhor termos esperanças de que o problema *seja* Seth — comentou Debora, com uma risada sombria. Ela passou os dedos, nervosa, pelos cachos firmes de seus cabelos negros. — Porque, se não for ele, é a New Horizon.

Waverly sentou-se na ponta do catre ao lado de Sarah. Ela queria esticar a mão e segurar a mão de sua amiga, mas não queria agir como uma garotinha assustada.

— Eu gostaria que o Kieran não tivesse escondido todas as armas — disse Alia. Garota prática, Alia havia assumido a tarefa de tentar cultivar e colher o máximo possível de hortaliças nas terras da família, que haviam ficado severamente negligenciadas nos últimos meses. Ela e suas voluntárias traziam infindáveis cestas de frutas e legumes frescos aos alojamentos e, com frequência, trabalhavam juntas na cozinha da nave para preparar enormes panelas de cozidos de legumes para alimentar as crianças mais novas. Alia raramente traía suas emoções, mas agora mexia o pé para cima e para baixo dentro de seu chinelo de seda vermelho, fazendo tremer a cama em que as garotas estavam sentadas.

— Eles terão de me seguir por um *airlock* afora se quiserem me levar de volta para lá — proferiu Waverly. Ela enfiou as mãos gélidas sob suas coxas.

— Não fale assim — disse Sarah, automaticamente.

— Por que não? — quis saber Waverly.

Ela sentiu que Debora a estudava por longos instantes com seus olhos luminosos antes de, por fim, dizer:

— Você tirou a gente daquela nave. Ninguém poderia ter se saído melhor do que você. Você sabe disso, não é, Waverly?

— Não quero falar sobre isso.

— Não dê atenção à Marjorie e àquelas idiotas — disse Sarah.

— Eu não dou atenção a elas — disse Waverly, em um tom tranquilo, mas sabia que Sarah não acreditava nela.

No centro do aposento, uma garota chamada Megan Fuller ergueu uma das mãos, chamando a atenção de todo mundo. Megan não tinha uma beleza clássica, com bochechas rechonchudas demais e cabelos castanhos desordenados, mas seu sorriso iluminava sua face de um jeito muito bonito.

— Vamos nos juntar aqui, todo mundo!

— Ah, meu Deus — disse Waverly. — Elas nunca vão parar com isso?

— Isso faz que as pessoas se sintam melhores — disse Alia, com uma calma inesperada. — Você tem de admitir.

Um surpreendente número de crianças se reuniu em volta de Megan. As pessoas curvavam as cabeças para baixo enquanto ela entoava uma prece em uma cantilena:

— Querido Deus, guie o nosso líder, Kieran Alden. O que quer que aconteça essa noite, por favor, proteja-nos de nossos inimigos até o dia em que haveremos de nos reunir com nossas famílias, seja nesta vida ou na próxima...

— É um belo pensamento, esse de vermos os nossos pais novamente — disse Debora, soando distante. Pouco tempo depois de voltar à Empyrean, Debora soube que seus pais tinham morrido no massacre no hangar das naves auxiliares. Ela fora forte em relação a isso, mas mal os mencionava, e parecia preferir a companhia do pequeno rebanho de ovelhas e bodes que conduzia de campo em campo pela nave, observando-os e pastoreando com olhos vazios. — Em momentos difíceis, sinto como se minha mãe estivesse conversando comigo.

— Eu costumava conversar com meu pai depois que ele morreu, quando eu era pequena — disse Waverly, relembrando aquelas noites tristes e solitárias. — Só até eu pegar no sono.

— Talvez Megan não esteja tão errada em rezar — disse Alia.

Waverly olhou para Megan, que mantinha as mãos acima da cabeça enquanto rezava em voz alta. Ela sabia que a garota era uma grande apoiadora de Kieran; sempre que ele entrava em um aposento, ela o encarava com uma expressão no rosto... como se tivesse sido afetada por algo divino. Isso deixava Waverly com nojo.

— Ela parece a Anne Mather falando.

— Sabe... — disse Debora, com uma ponta de impaciência na voz. — Nem todas as pessoas religiosas são como aquela mulher, Waverly.

— Eu não disse isso.

— Você não tem de dizer — comentou Debora, com os olhos voltados para os joelhos de Waverly. — Qualquer um pode notar que essa é a sua opinião.

— Eu achei que você também não gostasse do pequeno culto do Kieran — disse Waverly, sabendo que estava na defensiva, mas incapaz de evitar isso. — Depois da Anne Mather, como você poderia gostar de uma coisa dessas?

Debora a ignorou, ressentida. Um bom punhado de seus cabelos grossos tinha entrado em seus olhos, e ela, com impaciência, amontoara a grande mecha atrás da orelha.

— A Megan não é a Anne Mather. Nem o Kieran. De todas as pessoas, você deveria saber disso.

Sarah e Alia olharam para Waverly com ares de compaixão, mas voltaram seus olhares ao chão em vez de se juntarem à conversa.

Waverly abriu a boca para protestar e fechou-a novamente. "Eu não tive uma reação exagerada", ela disse a si mesma. "Kieran é perigoso."

No entanto, Anne Mather era pior. E talvez ela *tivesse* encontrado uma maneira de entrar sorrateiramente na Empyrean. Talvez ela estivesse a bordo da nave com seus capangas neste exato momento.

Waverly curvou-se para a frente, e apoiou a testa em seus joelhos. "Eu não vou voltar para lá", ela jurou a si mesma. "Antes disso, eu morro."

# Os fardos da liderança

De seu simples púlpito, iluminado por suaves luzes amarelas no palco, Kieran observava sua congregação. Os números haviam diminuído com o decorrer das semanas, conforme a tripulação ficava cada vez mais abatida, optando por dormir aos domingos em vez de se dar ao trabalho de frequentar o culto. Agora Kieran havia ficado com metade da tripulação, os verdadeiros crentes, e eles fitavam-no com brilho nos olhos.

— Eu sei que nutríamos altas esperanças de que, aumentando a nossa aceleração no último mês, isso haveria de nos levar para mais perto da New Horizon e dos nossos pais.

Ele engoliu seco. De repente, essas palavras soavam derrotistas e eram o oposto do que ele havia desejado escrever na noite anterior. Kieran abriu um sorriso, e alguns membros de sua congregação se inclinaram para a frente em seus assentos. Ele captou o olhar de um garotinho de cabelos negros na fileira da frente que mascava o lábio inferior.

— Nós queremos que a batalha comece — disse Kieran, com um tom de confiança. — Mas devo pedir a vocês que sejam pacientes. Nós os alcançaremos quando Deus quiser que isso ocorra, e não antes de Sua vontade.

Isso era tudo que ele havia escrito; essas eram as últimas palavras no leitor portátil à frente de Kieran. No entanto, ainda havia uma tensão na sala, aguardando um desfecho.

— Nós *haveremos* de pegá-los! — disse ele, e ergueu os braços acima da cabeça, com os punhos cerrados. — As mortes de nossos entes queridos *serão* vingadas! Triunfaremos sobre os nossos inimigos e aterrissaremos na Terra Nova com as lembranças de nossa vitória em nossos corações!

Sua congregação se pôs de pé em um pulo, entoando o cântico “Kyrie Eleison! Kyrie Eleison! Kyrie Eleison!”. Tratava-se de uma antiga oração, em grego, que queria dizer “Senhor, tenha piedade”. Também era a origem do nome de Kieran, e ele sabia que não era por acaso que sua congregação gritava isso ao final de todos os seus sermões. Ele sorriu com humildade e ergueu as mãos para falar em meio ao barulho:

— Obrigado! Obrigado a todos!

Mas eles simplesmente prosseguiram com suas aclamações.

Seria errado que ele amasse isso tudo?

Há pouco tempo ele esteve neste mesmo palco para o julgamento de sua vida. Seth Ardvale e seus capangas haviam orquestrado um falso testemunho após o outro e, por um pequeno período, parecia que a tripulação de garotos queria jogar Kieran *airlock* afora. Ele ainda tinha pesadelos em relação a isso e acordava nadando em lençóis molhados, com gritos presos em sua garganta.

Agora eles adoravam-no. Agora eram todos clamores, e ele estava em segurança. Porém, Kieran nunca esquecia que a maré poderia virar contra ele mais uma vez. De súbito, um ruído estrondoso pareceu atingir a Kieran no meio de seu peito. Ele se desequilibrou um pouco. O chão sob seus pés retumbava, e o púlpito de madeira parecia dançar para longe dele. Diversos membros da tripulação gritaram, segurando-se a suas cadeiras. As cortinas no palco do auditório oscilavam.

— Estamos sendo atacados! — alguém gritou.

— Dirijam-se ao abrigo central! — gritou Kieran.

Ele mesmo se lançou do palco e saiu dali correndo pela passagem entre os assentos, forçando suas pernas o máximo que conseguia, embora o chão oscilasse à sua frente. Kieran se movia com tanta rapidez que já estava com os pés no elevador que o levaria ao Comando Central antes que o primeiro deles sequer tivesse chegado ao saguão.

Kieran apertou o botão do comunicador no elevador.

— Sarek? Arthur? O que está acontecendo?

— Eu não sei! — surgiu a voz em pânico de Arthur pelo alto-falante. — Eu não sei se houve uma explosão ou se...

— Onde está a New Horizon?

— Eles ainda estão à nossa frente. Não acho que sejam eles.

O elevador se movia com uma lentidão agonizante, e Kieran socou a parede de metal ao lado do alto-falante do intercomunicador.

— Será que eles enviariam uma força de ataque em uma nave auxiliar até aqui?

— Sem que os nossos sensores a captassem? — comentou Sarek. — Impossível.

Sarek e Arthur eram bons oficiais, mas tinham apenas treze anos. E se tivessem deixado passar alguma coisa? E se a tripulação mais experiente da New Horizon os tivesse enganado de alguma forma? Se assim fosse, onde será que atacariam em primeiro lugar?

— Verifiquem os motores! — gritou Kieran ao intercomunicador, enquanto as portas do elevador se abriam. Ele saiu praticamente voando pelo corredor, com o coração batendo em seu peito de maneira aflitiva, a respiração descontrolada.

Um tremor maior do que o anterior passou pela nave, e Kieran caiu de encontro à parede.

— Ah, meu Deus! — disse ele baixinho, enquanto se endireitava e se lançava em direção ao Comando Central.

— Cintos de segurança! — ele gritou para dentro da sala.

Arthur e Sarek prenderam seus cintos de segurança. Enquanto Kieran se prendia ao assento do capitão, ele fez um anúncio para toda a nave, ordenando que a tripulação se dirigisse até o abrigo central, e então girou o assento para ficar frente a frente com Arthur, que parecia abalado.

— O que você descobriu?

— Os motores estão operando normalmente — disse Arthur, cujos óculos deslizavam para baixo por seu nariz suado, e ele os colocava para cima novamente. — O computador está agindo como se não houvesse mudança nenhuma.

— Líquido de arrefecimento? Reatores? — ladrou Kieran.

— Tudo certo com eles. Não consigo encontrar nada de errado!

— Também não há nenhum problema com o casco?

— Não!

— O sistema de navegação também não está mostrando nenhum problema — disse Sarek, balançando a cabeça em negativa.

— O que é isso? O que está acontecendo? — quis saber Kieran. Seu corpo inteiro tremia, e ele se agarrou aos braços de plástico de seu assento com mãos que pareciam garras de pássaros enquanto mantinha o olhar fixo na blindagem danificada no espaço.

Kieran notou que, ao longo da beirada das escotilhas, as estrelas piscavam, uma por uma. Respirando fundo, ele se recompôs.

— Aquilo não eram explosões. Eram estouros dos *azipods*. — Sarek e Arthur olharam para ele inexpressivos até que Kieran acrescentou: — Estamos virando. Verifique o sistema de navegação novamente, Sarek — disse ele, em um tom sombrio. — Desta vez, faça isso manualmente.

Sarek balançou a cabeça, impressionado.

— Você tem razão. Aquilo eram estouros dos *azipods*.

— Você consegue corrigir o nosso curso?

— É só rearranjar o sistema de navegação — disse Arthur. — O curso será corrigido automaticamente.

— Pelo menos não estamos lidando com uma descompressão — disse Kieran, com intenso alívio.

Ele pressionou o botão do comunicador no braço do assento do capitão. A princípio, ficava nervoso ao fazer anúncios para toda a nave, mas agora gostava que sua voz preenchesse o espaço, seu mundo inteiro.

— Atenção, tripulação. Nós não estamos sendo atacados. Repito, não estamos sendo atacados. Esses distúrbios foram apenas estouros inesperados dos *azipods* e nada além disso. Estamos em segurança, e a New Horizon está tão afastada de nós como sempre esteve. Vocês podem voltar ao que estavam fazendo.

Kieran virou-se para Arthur.

— Como foi que isso aconteceu? O sistema de navegação deveria ter impedido de acontecer.

Arthur olhou para a tela do computador à sua frente, alternando-se entre os intricados programas de controle da nave com uma eficiência mecânica. Algo chamou sua atenção, e ele fixou os olhos na tela do computador.

— Alguém mexeu na programação. — Arthur se voltou para Kieran, com olhos arregalados. — Sabotagem.

Por um instante, ninguém no Comando Central se moveu nem disse nada.

— Ligue para a prisão — disse Kieran, baixinho.

Sarek voltou-se para seu *display* de comunicação, com uma das mãos em seu fone de ouvido.

— Harvey? Você está aí embaixo? Você pode me dar o *status* de nossos prisioneiros?

Não houve resposta.

— Dê uma olhada no painel de vídeo — ladrou Kieran.

Ele *sabia*! Em seu íntimo, Kieran sabia que de alguma forma Seth havia feito isso.

Sarek alternou-se entre as diversas visões da prisão, tanto do lado de dentro quanto do lado de fora dela.

— Eu não estou conseguindo ver ninguém lá embaixo — disse ele, frustrado.

— Envie uma equipe de oficiais do comando para lá! — disse Kieran, sabendo o que haveriam de encontrar. Harvey Markem, ferido ou morto, e Seth Ardvale, libertado. Com a pulsação acelerada, Kieran sentiu um suor frio resfriar-lhe a pele. — Como foi que Seth fez isso?

— Eu não sei — disse Arthur, enquanto avançava nas imagens do vídeo da prisão. — A última coisa que o vídeo mostra é Harvey sentado em sua cadeira, onde ele deveria estar. Depois a tela fica tremeluzindo e, de repente, a gente vê apenas uma cadeira vazia. Não há nenhum registro de ataque ou de Seth saindo de lá. — Ele se virou para ficar face a face com Kieran, com suas feições alteradas pela preocupação. — Ou seja, o sistema de vigilância foi desabilitado *antes* de Seth escapar.

— Alguém do lado de fora o ajudou a fugir — disse Sarek, em um tom funesto.

Um temor gélido passou pelos braços e pernas de Kieran. Sozinho, Seth Ardvale era perigoso o bastante, mas com uma tripulação de asseclas? Ele quase matou Kieran uma vez. Ele poderia tentar isso de novo.

— Arthur, você pode puxar os registros de visitantes à prisão? — disse Kieran em um impulso. — Para ver se alguém esteve lá recentemente.

Arthur digitou no teclado à sua frente, fez a rolagem através de uma lista de nomes refletida em linhas verdes de texto em seus óculos. Seu rosto de menino estava cada vez mais magro, assumindo os ângulos mais duros de um jovem homem. Ele parecia sério e sobrecarregado.

— Todos são apenas pessoas autorizadas a levarem refeições, e... — Arthur olhou surpreso para Kieran. — Waverly Marshall visitou Seth há um mês, antes de o isolarmos.

Kieran sentiu como se tivesse virado pedra. Arthur e Sarek desviaram o olhar, constrangidos.

— Peguem-na. Tragam-na até aqui — disse Kieran. Porém, antes que Arthur pudesse ter alguma reação, Kieran deixou seu assento e marchou para fora do Comando Central, dizendo por cima do ombro: — Deixa pra lá.

As pessoas continuavam pairando no abrigo central em grupos, em conversas sussurradas sobre os estouros dos *azipods*. Os pequenos estavam calados e pálidos; as crianças mais velhas estavam com os rostos vermelhos e com raiva. Kieran analisou a multidão, até achar Waverly no canto do abrigo, conversando com um grupo de garotas em torno dela, dentre as quais Sarah Hodges.

Kieran marchou até Waverly.

— Nós precisamos conversar — disse ele, com a voz controlada com firmeza.

Todas as garotas olharam para ele, alarmadas.

— O que há de errado com a nave? — quis saber Waverly.

Ela estava sentada em uma cama dobrável, com o corpo escondido por baixo de uma túnica branca sem forma, os cabelos puxados para trás em um apressado rabo de cavalo. Parecia ter acabado de sair da cama. Naturalmente, ela havia optado por dormir até mais tarde em vez de acordar cedo para ir às cerimônias religiosas. Isso não o surpreendia, considerando que eles sequer estavam se falando, mas ainda doía. E muitas crianças estavam fazendo o mesmo que ela.

— Venha comigo — disse Kieran a Waverly, segurando-a pelo cotovelo.

Ela se soltou dele, mas se levantou.

— A gente se vê mais tarde — disse ela a Sarah, que encarava Kieran com olhos cheios de desconfiança.

Kieran conduziu Waverly pelo abrigo lotado e cruzou o corredor em direção a seu escritório. A grande mesa de carvalho, as cadeiras de couro, o tapete persa multicolorido, as escotilhas ovais que davam para a visão das estrelas, tudo estava exatamente do mesmo jeito, mas Kieran já não pensava no local como o escritório do capitão Jones fazia muito tempo. O lugar nem tinha mais o cheiro do tabaco do velho homem; tinha assumido os aromas dos chás de especiarias de Kieran.

— O que há de *errado*, Kieran? — Waverly exigiu saber enquanto ele fechava a porta atrás deles.

— Por que você foi visitar Seth Ardvale na prisão? — quis saber Kieran, e sua voz parecia ferver lentamente. Ele apontou com a cabeça para a cadeira de frente de sua escrivaninha e assumiu o assento do capitão.

Ela o observava com ares de suspeita, com os olhos arregalados.

— Waverly, responda-me.

— Eu queria ouvira versão dele da história — disse ela, com a boca apresentando resistência.

— Ele tentou me matar. Isso não significa nada para você?

— É claro que sim. Mas nós conhecemos o Seth desde que éramos bebês, e eu simplesmente não consigo imaginar...

— Onde você esteve nas últimas duas horas?

Isso chamou a atenção de Waverly.

— Kieran, você não está achando que tive alguma coisa a ver com...

— Responda à minha pergunta. — O tom de voz áspero claramente a humilhava, e, por um instante, ela não sabia ao certo se iria responder.

— Eu estava em meus aposentos. — Waverly desferiu um olhar ofendido a Kieran. — Como você pode...?

— Não, Waverly, como *você* pode?

— Há uma suspeita recaindo sobre mim porque eu fui ver o Seth? Da última vez em que me informei, ele tinha direito a receber visitas e cuidados médicos. E, a propósito, ele tinha direito a um julgamento também.

— Coloque-se no meu lugar. Minha noiva, ou ex-noiva... — aqui ele tropeçou nas palavras, mas se recompôs — vai visitar o meu pior inimigo. Como você se sentiria?

Waverly suavizou seu tom com isso e esticou a mão para pegar na dele, que se afastou.

— Kieran, eu estou *confusa*. Você tem de me dar uma chance de entender tudo o que aconteceu enquanto eu estava longe daqui.

— Se você algum dia me amou, deveria acreditar em mim sem me questionar.

— Eu não sou assim. Eu nunca serei esse tipo de mulher.

— Então você nunca poderá ser a minha esposa.

Da última vez em que conversaram, disseram tudo um ao outro, menos essas palavras finais. Agora, com a verdade pairando entre eles, Kieran se deu conta de algo que ele já sabia havia um bom tempo: as coisas entre eles estavam acabadas para sempre.

Durante longos instantes ela o ficou encarando, inexpressiva; depois se virou e seguiu em direção à porta.

— Waverly, espere — disse Kieran. — Desculpe-me. — Waverly olhou com ar incrédulo para Kieran. — Por favor, sente-se. Ok?

Lentamente, ela caminhou de volta e afundou-se na cadeira à frente da escrivaninha de Kieran, com os pés plantados no chão como se planejasse sair logo dali. Kieran não tinha como não notar que ela ainda era ágil e graciosa, com aquelas pernas longas e robustas e com seus pulsos delicados que sempre lhe pareceram maravilhosamente pequenos e belos.

— Você está certa. Não é justo acusar você. — Kieran jogou as mãos para cima. — É só que... muita coisa mudou e todos nos acostumamos com isso. Eu não sei mais no que acreditar.

Ela curvou o olhar contemplativo em direção ao chão.

— Eu sei.

— Mas o que quer que aconteça — disse ele —, temos de manter uma coalizão.

Seus olhos faiscaram ao ouvir isso.

— O que você quer dizer?

— Você não sabe como as coisas estão frágeis. Se eu perder a minha influência sobre a tripulação, se eles começarem a desertar e a fazer todas as outras coisas que um bando de crianças assustadas é capaz de fazer, você sabe o que vai acontecer, não sabe?

— A nave morrerá — disse ela, baixinho.

Pela primeira vez, ele pensou ter visto uma pontinha de remorso nas curvas do rosto dela. Kieran fez uma anotação mental disso.

— Na prática, você é a líder das garotas.

— Não mais — disse ela, com melancolia.

Ele ignorou isso.

— Eu preciso do seu apoio se quisermos manter essa tripulação comendo e respirando ar puro. — Ele ficou de pé, deu a volta na escrivaninha, e colocou a mão na dela. — Você promete apoiar as políticas nesta nave?

— O que eu digo não importa a ninguém até conseguirmos trazer nossos pais de volta. — Ela inclinou a cabeça de um jeito hesitante, observando a reação de Kieran. — Algumas pessoas acham que você faz corpo mole em relação à New Horizon porque está com medo.

Ele puxou sua mão para longe da dela.

— Não é seguro ir mais rápido do que isso.

— Não é todo mundo que acredita nisso. — Ela o ficou observando, indecisa se continuava ou não a falar. — Alguns acham que você não quer que os adultos voltem, porque teria de abrir mão de seu comando.

Ele a encarou por um longo tempo, chocado. Não era de se admirar que a frequência nas cerimônias religiosas tivesse diminuído. Metade da tripulação não confiava nele.

— O que *você* está dizendo? — perguntou-lhe Kieran, desejando que isso não importasse para ele, desejando que pudesse evitar a olhadela de relance para os lábios de Waverly, formados com perfeição, parecendo um botão de rosa.

— Eu não sei — disse Waverly, triste. — Já que você, Sarek e Arthur mal dizem às pessoas o que está acontecendo, como vou julgar a situação sozinha?

Kieran balançou a cabeça.

— Você está dizendo isso para me machucar?

— Estou dizendo isso para *ajudar* você. — Waverly jogou as mãos para o alto em sinal de frustração. — As pessoas estão com medo e sentindo falta de seus pais.

— E aposto que você sequer tentou ajudá-las.

— O que eu deveria fazer?

— Você deveria me apoiar em vez de minar os meus esforços.

— Eu não disse nenhuma palavra contra você.

— E nem precisa! As outras crianças estão vendo que você não concorda com a forma como estou fazendo as coisas. Elas estão seguindo o seu exemplo! É assim que você mina os meus esforços.

Waverly ficou encarando Kieran por um bom tempo, como se estivesse tentando ler a mente dele, e então pareceu tomar uma decisão. Ela se levantou e estendeu uma das mãos para ele.

— Eu não vou mentir por você, Kieran, mas também não o trairei, se é com isso que você está preocupado.

As palmas das mãos dos dois se encontraram. A mão de Waverly já não parecia familiar a Kieran, maior do que ele lembrava, a pele áspera por causa de seu trabalho como mecânica. E os olhos dela... Waverly havia endurecido. Ela havia mudado.

Kieran a analisou, incerto quanto ao que ela estava dizendo.

— Ok...

Waverly abriu um sorriso triste para Kieran, e depois se virou e saiu da sala, fechando a porta silenciosamente.

Kieran sentou na cadeira do capitão, sentindo como se uma parte fundamental sua tivesse sido arrancada. Eles sempre conheceram um ao outro. Sempre foram amigos, até que se tornaram muito mais. Essa distância era algo que Kieran não poderia ter imaginado. Ficou sentado, pensando por um bom tempo, considerando suas opções, até que, por fim, apertou o botão de seu comunicador e convocou a presença de Arthur em seu escritório.

— Kieran, as pessoas estão falando — disse Arthur, sem fôlego. — Você reprimiu Waverly na frente de...

— Em quem você confia, Arthur?

— O quê?

Arthur olhou para Kieran, estupefato.

— A qual dos garotos você confiaria um pedido que precisa de total discrição?

Arthur ficou encarando Kieran, passando os dedos pela costura de sua calça, torcendo os dedos dos pés em suas sandálias.

— Philip Grieg.

— Quem?

— Ele tem nove anos, eu acho. Nunca fala com ninguém.

— Ah, ok.

Philip era o garoto calado com cabelos negros que caíam pelo rosto, e tinha o tipo de olhar constante e contemplativo que seria enervante se você tentasse sorrir para ele, mas frequentava as cerimônias religiosas assiduamente e sempre se sentava na fileira da frente, tomado por uma a uma das palavras proferidas por Kieran. Ele seria leal.

— Traga-o até aqui.

— Agora?

— Sim, imediatamente.

Arthur virou-se para sair dali, mas olhou para Kieran por cima do ombro enquanto fechava a porta. Logo, Kieran ouviu duas batidas curtas à porta e se levantou.

— Entre.

Philip entrou na sala com seu jeito astuto e sorrateiro, e Kieran deu-se conta de que ele era a escolha perfeita para essa tarefa.

— Oi — disse Philip. Suas sobrancelhas torciam-se com sua animação. Kieran nunca o havia escolhido antes, e claramente isso significava muitíssimo para o garoto.

— Philip — disse Kieran, gentilmente, pois sentia que uma palavra descuidada vinda dele poderia magoar esse garoto. — Você pode fazer uma coisa e nunca contar nada a ninguém?

Philip abraçou um ursinho de pano junto ao peito. Meu Deus, ele era tão novinho! O garotinho ficou com os olhos fixos em Kieran, como se já tivesse esquecido a pergunta que ele lhe fizera.

— Philip, eu fiz uma pergunta a...

— Sim. Eu consigo ficar calado — murmurou o garoto por entre lábios brilhantes.

— Se eu falar para você seguir alguém, você consegue fazer isso sem ser visto?

O garoto deu de ombros.

— O que você quer que eu faça?

Kieran reclinou-se em sua cadeira e ficou com os olhos fixos em Philip, que voltou seu olhar para o chão, embora sentisse que Kieran lhe tocava todo o coração.

— Philip, eu acho possível que Waverly Marshall esteja fazendo algo que não deveria e preciso que você a siga, sem ser visto. Observe o que ela faz e me conte tudo. Você consegue fazer isso?

— E se ela me vir?

— Você tem de se certificar de que ela não o veja. Você consegue fazer isso?

— Provavelmente, mas... — O garoto segurou seu ursinho junto ao nariz e inalou o cheiro dele. Kieran se perguntava se o bichinho de pano teria sido costurado pela mãe do garoto, morta no massacre do hangar das naves auxiliares. — Por que você quer que eu faça isso?

— Eu acho melhor que apenas eu saiba o motivo. Tudo bem?

— Acho que sim.

— Você sabe onde ficam os aposentos de Waverly?

— Sim.

— Eu quero que você ache um apartamento vazio por perto e se esconda lá pela manhã, de forma que possa segui-la o dia todo. Você consegue fazer isso?

— Isso soa sinistro — disse o garoto, com uma bela sobrancelha negra abaixada, e ele voltou um olhar cético para Kieran.

— Não é sinistro se você estiver fazendo por um bom motivo. E tenho um bom motivo para ficar de olho na Waverly.

— Ok — disse o garoto.

— Então vamos manter isso entre nós dois, certo?

— Sim.

— E você não vai contar nada disso para nenhum dos seus amigos?

— Para falar a verdade, eu não tenho amigos — disse Philip baixinho.

— Que bom — disse Kieran, e depois se deu conta do que havia acabado de dizer. Kieran se levantou, deu a volta na escrivaninha e abaixou, apoiando-se em um joelho. — Eu sou seu amigo, Philip.

O garoto arregalou os olhos.

— Eu sou seu amigo e o que você está fazendo é muito importante. Você poderá até salvar a nave. Você será um herói.

Essas palavras fizeram surgir um sorriso no rosto pálido do garoto.

— Ok.

Kieran foi até a gaveta de sua escrivaninha, encontrou lá um pequeno *walkie-talkie*, e o entregou ao garoto.

— Você pode me ligar com isso e me contar o que Waverly está fazendo. Eu vou querer saber com quem ela conversa e aonde ela vai. Tome notas se for preciso.

— Ok. — Philip pegou o dispositivo, mas fez uma pausa, confuso. — Mas a Waverly não é sua namorada?

Kieran abriu a boca... fechou-a. Ele teve de respirar algumas vezes, regularmente, antes de responder.

— Não. Não mais.

— Ah, ok — disse Philip.

Quando o garoto se virou para sair, Kieran viu como eram ossudos os ombros do garotinho, e como eram finas as suas pernas. Ele parecia frágil.

Apenas seis meses antes, pedir a uma criança que realizasse uma tarefa falaz como essa teria sido inconcebível, e Kieran balançou a cabeça ao pensar em como tanta coisa havia mudado desde o ataque realizado pela New Horizon. Ataque esse que havia matado quase todos os adultos, deixando o comando da nave às crianças, sozinhas. Se ele pensasse nisso por muito tempo, seu coração acelerava e sua respiração ficava mais rápida.

Kieran cerrou um punho. Estava fazendo o que *tinha* de fazer. Se Seth estava mexendo nos controles dos *azipods* e colocando a tripulação em risco, e se Waverly o estivesse ajudando, Kieran tinha de saber. Duzentas e cinquenta vidas estavam em suas mãos, e era seu trabalho protegê-las, não importava o quão desconfortável ele se sentisse com isso.

Ele estava em uma guerra. Não deveria se esquecer disso.

# A trilha

Seth acordou com a boca adormecida e um ponto dolorido no meio das costas. Depois de ouvir o anúncio de Kieran sobre as falhas dos *azipods*, conseguiu relaxar, mas não dormiu mais do que uma hora, possivelmente duas. Porém, não deveria ter dormido nada. Já havia passado da hora de sair dali. Seth alongou os músculos das pernas e das costas, terrivelmente doloridas por ter carregado Harvey escada acima. Devagar, foi se arrastando ao longo de uma trilha coberta de musgo, até que chegou a alguns amendoinzeiros e colheu quantos amendoins pôde carregar. Depois se enfiou em um ninho de samambaias para comer. Enquanto abria as cascas cheias de terra, ficou pensando.

Ele precisava pensar em um jeito de driblar o sistema de vigilância.

Seth considerou o que sabia em relação a isso. As câmeras ficavam ligadas vinte e quatro horas por dia, mas o computador central só registrava imagens quando o detector de movimentos em cada uma das câmeras era ativado. Essa era a solução óbvia para reduzir a imensa quantidade de horas de vídeo gravadas todos os dias em toda a nave. Haveria alguma maneira de alterar o *software* que controlava os detectores de movimentos?

Ele teve uma ideia e sabia o que tinha de fazer.

Seth saiu correndo em direção à porta que dava para o corredor central e ficou na escuta para ver se ouvia vozes. Depois saiu de fininho e correu o mais rápido que pôde até a escada a estibordo da nave, que raramente era usada, pois corria ao longo do casco externo, e, mesmo com o isolamento da nave, ali era excessivamente gelado. Seth cerrou os dentes enquanto subia os vários lances de escada até a parte da nave em que ficavam os alojamentos. Tremendo descontroladamente e suando muito, fez uma pausa do lado de fora da porta que dava para o nível das habitações, para ver se ouvia alguém.

Tudo estava silencioso. Havia tão pouca gente na nave desde o ataque que não deveria ser nenhuma surpresa que o corredor estivesse vazio agora; mas Seth achava isso estranho, parecia assombrado. Quando por fim deslizou pela porta e entrou no ar cálido, sua pele gélida formigava. Ele abaixou a cabeça e entrou na sala de manutenção, no canto de seus antigos aposentos, bem fora da vista da porta da frente, pois certamente o local estaria sendo observado. A sala cheirava a amônia e a graxa das diversas ferramentas. Ele entoou baixinho uma prece enquanto percorria com os dedos os painéis da parede dos fundos, e soltou um suspiro de alívio quando se deparou com seu velho e secreto alçapão.

Anos atrás, o pai de Seth o havia trancado numa dessas salas porque ele lhe havia respondido com grosseria. Depois de várias horas, em desespero e com fome, Seth havia por fim puxado os painéis da parede dos fundos da sala e achara uma passagem que seguia por trás de todos os apartamentos. A passagem era para o encanamento, a fiação elétrica e os dutos de ventilação que mantinham os apartamentos funcionando. Era grande o bastante para que um garoto magro se movesse meio de lado ao longo dela. Seth nunca contara a ninguém sobre isso, com receio de seu pai descobrir e puni-lo. Seth estava grato por seu silêncio agora. Ninguém suspeitaria que ele iria de um lugar a outro dessa maneira. O melhor de tudo era saber que não havia nenhuma câmera de vigilância apontada para a sala de manutenção, de forma que poderia entrar ali sem medo de ser detectado.

Ele tentou deslizar pela pequena passagem, mas a largura não era suficiente para comportá-lo; ele havia crescido. Encolheu a barriga e se espremeu entre as dezenas de fios que pendiam; depois contorceu as pernas e conseguiu passar por sobre o encanamento e os dutos de ventilação. A cada vez em que pisava em um cano usado nos banheiros, Seth sabia que havia passado por um dos apartamentos. Quando passasse por doze daqueles canos, saberia que estava em casa.

Ele moveu o painel para cima e para baixo, soltando-o com as unhas. Seth saiu, desajeitado, e entrou cambaleando no guarda-roupas de seu pai. Imediatamente ele estava cercado pelo cheiro do velho homem, um odor azedo que sempre lhe lembrara limões estragados. Fez um esforço intenso para seguir seu caminho em meio às roupas e abriu a porta do armário, quase tropeçando na pilha de roupa suja e úmida por lavar no meio do chão do quarto de seu pai. Ele se conteve segurando-se na escrivaninha e fez uma pausa para ouvir e verificar se havia sinais de vida; o apartamento estava vazio e lúgubre.

Uma centena de recordações temerosas ameaçou tomar conta de Seth, mas ele forçou-se a se movimentar. Pegou o sistema de comunicação portátil de seu pai, colocou a tela junto ao teclado, enfiou-os debaixo do braço e virou-se para entrar na passagem novamente.

Cruzar aquela passagem agora era duas vezes mais difícil, pois ele estava carregando o computador, mas Seth não teve pressa, fazendo uma pausa para descansar os músculos doloridos a cada poucos minutos. A sala de manutenção suja e fétida era um alívio depois da passagem apertada, e ele parou para alongar os músculos, tentando aliviar as torções entre as suas costelas.

Seth estava se preparando para abrir a porta e sair quando ouviu vozes do lado de fora, no corredor. Parou para escutar, com o coração na boca. Será que eles o haviam seguido até ali? Seria possível que Kieran o houvesse encontrado no vídeo?! Mas não. Pareciam duas garotinhas a caminho do nível dos elevadores centrais.

— Você viu o jeito como Kieran levou Waverly até o escritório dele na noite passada?

— Talvez seja verdade. Pode ser que eles realmente tenham terminado.

— Eu não acredito nisso. Não do jeito como ela ainda olha para ele.

Um nó se formou no estômago de Seth e, pela milésima vez, desejou que não a amasse. Waverly nunca ficaria com um bruto como ele, e ele deveria deixá-la para lá. Seth vivia dizendo isso a si mesmo havia anos e sabia que era verdade, mas ainda não conseguia desistir. Talvez fosse teimoso; provavelmente era apenas um idiota.

"Além disso, o amor não existe", ele disse a si mesmo, lembrando-se da forma cruel como seu pai costumava olhar para a sua mãe. "Quando um marido é capaz de matar a própria esposa, a gente sabe que o amor é apenas um conto de fadas."

Isso trouxe Seth de volta ao lugar seguro que ele conhecia. Àquele onde não precisava de ninguém, onde ninguém jamais dependeria dele, onde não se aproximaria o bastante para que essa pessoa visse a escuridão que havia dentro dele. Para pessoas como Seth, não existia coisas como um amor ou amizade descomplicados, e ele estava melhor sozinho. Assim como estariam todas as outras pessoas, especialmente Waverly.

Seth ouviu as portas do elevador se abrirem para as garotas, cujas vozes foram sumindo. Ele saiu de fininho da sala, correu até a escadaria externa e subiu as escadas também correndo, dois degraus de cada vez, em direção ao hangar das naves auxiliares. Espiou pela janela e viu lá dentro apenas as formas sem vida da nave auxiliar e dos trajes espaciais alinhados nas paredes, e então passou sorrateiro pela entrada e entrou no hangar.

O lugar parecia lotado de espíritos. Ambos os hangares das naves auxiliares haviam sido cenários de muitas mortes e perdas. Seth tinha certeza de que a tripulação os evitava. Ele mesmo não gostava de estar ali.

Seth abaixou a cabeça atrás da nave auxiliar e foi correndo devagar até a estação de comunicação que ficava perto do painel de controle do *airlock*. Ele ativou o computador portátil de seu pai e conectou-o ao sistema computacional da nave por meio da porta universal, na esperança de que as senhas de seu pai não tivessem sido mudadas. Como piloto-chefe da Empyrean, o nível de acesso ao computador de Mason Ardvale só ficaria em segundo lugar em relação ao do capitão Jones. Mason provavelmente não *deveria*, não em termos oficiais, permitir que as suas senhas fossem automáticas, nem mesmo em seu próprio computador; porém, antes do ataque, todo mundo estava relaxado em relação à segurança.

— Vamos lá! Vamos lá! — sussurrou Seth.

O computador abriu uma tela de acesso aos computadores centrais da nave. Seth prendeu a respiração e esperou que seu computador fizesse automaticamente o *login* de acesso. Se isso acontecesse, ele estaria com boa parte dos problemas resolvidos. Se sua tentativa falhasse, teria de jogar o computador no chão e correr muito.

A tela piscou uma vez e mostrou, em lampejos, as palavras: "Acesso permitido".

— Obrigado por ser tão descuidado, pai — murmurou baixinho. Tão rápido quanto conseguia, ele localizou o *software* que controlava o sistema de vigilância e analisou as linhas de código que regiam os detectores de movimentos. Levou quase quinze agonizantes minutos para encontrar o código de que precisava, e, quando o encontrou, ficou de queixo caído.

Max alterou o código. Ele havia feito precisamente a alteração que Seth pretendia fazer, desabilitando o *software* de detecção de movimentos, mas deixando as câmeras intactas. Impressionante, visto que Max era um imbecil. Por outro lado, se ele conseguiu mexer nos *azipods,* teria de ser esperto o suficiente para fazer isso.

*Teria* de ser. Mas *será* que ele *era*? Isso não parecia muito coerente.

Seth balançou a cabeça. Deve ter sido Max que fizera tudo isso. Ninguém mais tinha motivo para tal.

Seth fechou o computador de seu pai, enfiou-o debaixo do braço e saiu correndo do hangar das naves auxiliares. Ele desapareceu na escadaria externa mais uma vez, mas se agachou no patamar da escada. Pelo menos agora não tinha de se preocupar em estar um passo à frente da vigilância em vídeo, o que poderia dar a Seth o tempo necessário para encontrar Max. Onde ele se esconderia?

Se Max fosse esperto, ele iria a algum lugar remoto e procuraria não chamar a atenção de ninguém; porém, Max era um idiota e era regido por vontades inconsequentes. Durante a breve permanência como capitão da Empyrean, Seth mais de uma vez havia repreendido Max por estar bêbado enquanto trabalhava. Ele havia até mesmo quebrado o braço de um garotinho ao puxá-lo para longe das lâminas de uma colheitadeira de grãos. Se Max estivesse sóbrio, provavelmente poderia ter salvo a criança sem a machucar. Seth relevou na época, mas vivera para lamentar por isso depois.

A primeira coisa que Max provavelmente desejaria depois de fugir da prisão seria álcool. A destilaria não seria um esconderijo tão ruim assim, porque destilar álcool de grãos seria a última coisa que Kieran Alden permitiria que a tripulação fizesse. Provavelmente ninguém ia até lá.

Seth subiu os degraus, dois de cada vez, até chegar ao nível sete, e depois entrou de fininho no corredor logo do lado de fora das alas dos armazéns. Não havia ninguém no corredor, mas Seth podia ouvir as vozes de pessoas que trabalhavam na colheita do trigo. Uma camada de poeira da colheita havia passado pelas portas, formando outra camada no chão do corredor. Seth deslizou ao longo da parede e entrou de uma vez na destilaria, aflitivamente consciente de que estava deixando pegadas. Ele estava deixando rastros de si mesmo por toda parte.

O pungente cheiro de álcool fazia as narinas de Seth arderem e deixava seus olhos cheios de água. As luzes nessa pequena sala eram fracas, fazendo com que o lugar lembrasse uma fábrica. Aglomerados de tubulações em forma de tentáculos seguiam pelas paredes e ao longo do teto como se fossem cobras. Um sistema complicado de béqueres e decantadores cobria as bancadas de metal. Seth fez uma pausa, ouvindo os barulhos ao redor, e viu que havia gotículas ainda na torneira do alambique de gim. Gim era o veneno predileto de Max. Definitivamente ele estava ali.

— Max — sussurrou Seth — sou eu, Seth. — Nada se mexeu, mas Seth podia sentir a presença de Max. — Nós estamos no mesmo barco,

Max. Eu não vou entregar você — sussurrou Seth. — E também não quero me esconder com você. Eu só quero conversar.

Ainda nada.

Seth arrastou-se pela estreita passagem entre as bancadas, com os olhos voltados para o chão. Quando chegou até a extremidade da sala, encontrou um círculo que parecia feito de migalhas de pão.

— Max, vamos lá! Nós podemos ajudar um ao outro.

— Eu não preciso de você — murmurou uma voz rouca.

Seth virou-se e viu Max agachado dentro de um armário de aço inoxidável, com os olhos cansados e a cabeça balançando de um lado para o outro em cima de seu pescoço carnudo. Max tinha apenas catorze anos de idade, mas era fisicamente robusto como um homem crescido.

— Meu Deus, você está bêbado!

Isso seria fácil.

— Só estou comemorando.

— E se você precisar correr?

— Eles não vão me encontrar.

— Se eles o encontrarem, não há para onde fugir. Você será pego em uma armadilha.

Max pensou durante um minuto; seus olhos irritados nadavam em suas cavidades oculares; então, por fim, ele se ajeitou e saiu de dentro do armário. Quando Max se pôs de pé, Seth sentiu-se atacado por um forte odor de gim e transpiração fedorenta.

— Aonde nós de-deveríamos ir? — disse Max, arrastando as palavras.

— A algum lugar onde possamos conversar — disse Seth, e segurou o cotovelo do imbecil para equilibrá-lo.

— Espere — disse Max, esticando a mão em direção à fileira de garrafas alinhadas nas prateleiras acima dele.

Seth puxou-o para afastá-lo dali e o empurrou em direção à entrada da destilaria. Quando estava certo de que o caminho estava limpo, ele puxou Max, que trançava as pernas, ao longo do corredor em direção à escadaria externa e o arrastou por diversos lances de escada até chegarem aos pomares. As árvores estariam em letargia invernal agora, de modo que não haveria motivo algum para que alguém fosse até ali. Seth puxou Max para o canto mais afastado, atrás de um bosque cerrado de arbustos de mirtilo. Eles se agacharam no solo frio, com as mãos enfiadas debaixo dos braços para aquecerem-nas, e Seth esperou que Max recuperasse o fôlego.

Max não parecia bem. Havia círculos azulados debaixo dos olhos dele, e a pele em volta de sua boca parecia especialmente pálida.

— Você está bem? — quis saber Seth, embora não sentisse nenhuma compaixão por Max. Habilidosamente, Seth ligou o computador de seu pai e ativou o *software* de gravação de áudio. Ele se preocupou em fazer isso na frente de Max, mas o garoto estava tão bêbado que nem notou.

— Estou com um espasmo na barriga — disse Max, dobrando o corpo para a frente.

— Aquela foi uma boa ideia, aqueles estouros dos *azipods* — disse Seth em tom casual. — Criou uma bela de uma distração para nós.

— É — disse Max, distraído.

— Como você fez isso?

— Como eu fiz o quê? — Max estava ofegante, massageando a barriga.

— Como você programou os *azipods* para que falhassem daquele jeito?

Max olhou surpreso para Seth.

— Eu achei que *você* tivesse feito aquilo.

— Ah, vamos lá, Max. Seja honesto comigo. Pra quem eu vou contar isso?

— Eu estou falando sério. Achei que você tivesse feito aquilo. Eu não saberia fazer uma coisa daquelas.

Seth analisou a expressão no rosto de Max e viu que ele estava falando a verdade.

— E quanto ao *software* de vigilância? — perguntou Seth, embora já soubesse a resposta.

— O que é que tem? — disse Max, irritado.

"Quem foi, então?", perguntava-se Seth.

— Você viu quem nos deixou sair?

Max segurava a barriga, com os olhos bem fechados, arfando.

— Não, eu acordei quando ouvi a porta da minha cela se abrir com um clique, mas eles já tinham ido embora.

— E o Harvey?

— Eu não vi nenhum guarda — foi a resposta de Max.

— Você faz ideia de quem possa ter nos deixado sair?

— Waverly foi a única pessoa que veio visitar você — disse o garoto fazendo uma careta, massageando a barriga com a mão. — Ninguém veio me ver.

— Isso é verdade — disse Seth, hesitante.

Max dobrou o corpo, encolhendo-se, e Seth esperou enquanto ele inspirava e gemia. Depois do que pareceu muito tempo, Max reclinou-se novamente.

— Então, o que você vai fazer?

— Você acha que vou dizer alguma coisa a você?

— Tudo bem.

Seth levantou para ir embora, lamentando por haver desperdiçado seu tempo tentando conversar com aquele retardado.

— Não me siga.

— Espere — disse Max, com fraqueza.

Ele levou a mão à barriga e segurou-a com força novamente, apoiando-se em um dos cotovelos.

— Sabe, eu acho que estou doente.

— Você não deveria beber.

— Eu acho que foi alguma coisa que eu comi...

— Comida podre?

— Pão e missô que alguém deixou para mim. Peguei quando estava saindo de lá.

Ele dobrou o corpo ao meio e vomitou um líquido esverdeado e fétido. Sua cabeça pendia para trás, e seus lábios estavam ficando azuis.

— Meu Deus, Max. Você *está mesmo* doente!

— Não brinca! — disse Max, e então sua cabeça pendeu para trás, mais do que parecia fisicamente possível, e, de repente, ele estava roncando violentamente. Seth sentiu a pulsação de Max: seu coração estava disparado.

Seth havia visto casos de intoxicação alimentar. Ele mesmo havia passado por isso várias vezes. Isso que Max tinha era outra coisa, algo sério.

— Max! — Seth manteve a cabeça do garoto ereta para não obstruir as vias respiratórias dele. — Max abriu os olhos. — Nós não podemos ficar aqui!

Seth se levantou e puxou Max pelos braços. Assentindo, Max tentou ficar em pé, mas tropeçou nas pernas de Seth e caiu de volta ao chão, estirado, como se não tivesse ossos. Obviamente ele não iria a lugar algum sozinho.

— Droga! — esbravejou Seth. Depois de considerar a situação por um instante, ele foi meio que correndo em direção à entrada e deu uma olhada para ter certeza de que ainda não havia ninguém no corredor, e então voltou no mesmo ritmo até onde Max estava e o ergueu para cima de seu ombro dolorido. — Não acredito que estou fazendo isso *de novo*!

Max era até mesmo mais pesado do que Harvey. Seth sentiu as vértebras deles dois praticamente raspando umas nas outras enquanto se arrastava pelo caminho principal do pomar e se apressava a seguir em direção às fileiras dos elevadores centrais. Suas pernas já estavam bambas pelo esforço de carregar Max. Não teria como Seth carregá-lo por todo o caminho até a enfermaria.

Seth colocou Max no chão do lado de fora das portas do elevador e chacoalhou-o até que ele abriu os olhos.

— Max! Estou mandando você até a enfermaria para que eles possam sondar o seu estômago.

— Não! Eles vão me colocar de volta na prisão!

— Max, me escuta! Você foi envenenado.

A cabeça de Max bateu na parede atrás dele com um som oco, e ele começou a roncar de novo.

— Max! Você tem de ficar acordado por mais um minuto, certo? Quando chegar lá na enfermaria, diga a eles que você foi envenenado. Você consegue fazer isso?

Max dispensou Seth com um aceno e aninhou-se junto à parede.

— Max! — Seth recuou e deu um tapa no rosto de Max, cujos olhos se abriram na hora, olhando surpresos para Seth. — Fique acordado. Por um minuto. Ok?

— Sim! Meu Deus! — ralhou o garoto, endireitando as costas e balançando a cabeça. Ele estava acordado de novo.

Quando o elevador chegou, Seth arrastou o garoto para dentro dele e apertou o botão que dava para o nível da enfermaria, antes de voltar para o corredor em um pulo. Quando as portas se fecharam, Seth repetiu:

— Lembre-se de falar isso a eles, Max!

Max assentiu para Seth, enquanto as portas do elevador fechavam entre eles.

Seth foi meio que correndo em direção à escadaria externa, com a mente a mil. O tempo todo ele achara que os disparos do *azipod* haviam sido obra de uma distração por parte de Max, algo que ele havia engendrado para esconder sua fuga da prisão. Porém, e se *a fuga deles* tivesse sido a distração? E os disparos, a levada da Empyrean para fora de seu curso... e se isso fosse realmente o ponto, e quem quer que o tenha feito quisesse lançar a culpa em Seth e em Max?

Quem *faria* uma coisa dessas?

Seth desapareceu no ar gélido da escadaria externa.

Ele nunca soube que, quando o elevador chegou à enfermaria, Max Brent havia perdido a consciência.

Naquela noite, ele entrou em coma profundo.

Pela manhã, Max estava morto.

# Galen e Eddie

Waverly voltou para seus aposentos se arrastando, depois de um longo dia desmontando o motor de um trator, procurando, sem sucesso, o motivo pelo qual ele não funcionava, e remontando-o mais uma vez. Ela não conseguira resolver nada, mas essa tarefa a havia exaurido mentalmente, e isso era tudo o que ela queria.

Sem nada mais para fazer e nenhum lugar aonde ir, Waverly voltou para o seu apartamento vazio. A porta se fechou depois que ela entrou, com um *tunc* conclusivo. Ela pendurou seu cinto de ferramentas no gancho perto da porta. Um dia aquelas ferramentas pesadas arrancariam aquele gancho da parede. Repará-lo faria com que Waverly tivesse algo para fazer em casa além de ficar remoendo seus pensamentos...

... E ficar imaginando onde estaria Seth Ardvale. Certamente, em algum momento ele entraria em contato com ela. Se ele fizesse isso, Waverly deveria saber antecipadamente o que dizer a ele, e como deveria agir. Porém, sua mente estava vazia. Muita coisa havia acontecido. Waverly não conhecia mais Kieran; ela nem mesmo conhecia mais a si mesma. Quem poderia dizer o que essa nova Waverly faria se Seth Ardvale batesse à sua porta?

Depois de se vestir para dormir, Waverly preparou uma xícara de chá de camomila e foi para a sala de estar para tomá-lo. Afetuosamente, ela pôs a mão no tear abandonado de sua mãe, que estava parado havia meses na mesma tira verde-água de um elaborado cobertor de lã, quase terminado. A lã tinha um cheiro terroso e puro, e Waverly sentia conforto em sua textura áspera em contato com a pele tenra de seu pulso.

— Você haverá de terminá-lo — sussurrou Waverly, e colocou seu chá sobre a mesa de jantar, onde a xícara deixou a marca de um círculo. Ela não se importava com isso. Deveria haver alguma prova de que um ser humano estava morando ali.

Waverly entrou no breu de seu quarto e se jogou na cama. Ficou com o olhar fixo no perfil negro da boneca Raggedy Ann, que estivera sentada na cadeira de balanço em frente a sua cama desde que ela era bebê. A boneca costumava assustá-la quando ela era uma garotinha. Waverly nunca gostou de brinquedos que pareciam crianças; havia algo de mórbido neles. Porém, agora era sua predileção ficar olhando para a boneca enquanto adormecia, porque sua mãe a tinha feito.

Waverly fechou os olhos com força, tentou ignorar a última conversa que tivera com Kieran, o modo sombrio como ele a havia olhado por entre seus dedos unidos em forma de pirâmide. Haviam chegado a uma espécie de trégua, mas viu o jeito calculista como ele a observou quando ela saiu do escritório. Alguma estranha alquimia o havia transformado em alguém que a excluía, colocava-a no campo inimigo, como se ele nunca sequer a tivesse conhecido.

Porém, por outro lado, ela também não tinha se sentido da mesma maneira em relação a ele?

Era inútil: Waverly jamais dormiria assim. Ela se levantou, foi até o quarto principal e acendeu a luz. A cama de casal de sua mãe permanecera amarrotada e desarrumada desde o dia do ataque. Olhar para o quarto bagunçado ajudava a fazer que Waverly sentisse que sua mãe estaria de volta um dia para ajeitar suas roupas de cama, pendurar sua camisola no gancho perto da porta, colocar o *blush* e o hidratante labial na gaveta de cima de sua cômoda e tirar o pó da foto emoldurada de Waverly pendurada na parede.

Waverly gostaria de poder conversar com sua mãe sobre Seth. Regina Marshall sempre fora uma pessoa terna e acolhedora, e ela nunca havia aprovado a natureza cética de sua filha Waverly. Provavelmente ela diria que Seth era apenas um garoto tempestuoso que perdera a mãe e que tinha de conviver com Mason Ardvale, situação suficiente para estragar o humor de qualquer um. Seth havia aprendido sua lição, e o fato de ele estar fora da prisão não colocava ninguém em perigo, nem mesmo Kieran.

— Ele é uma boa alma — Regina dissera certa vez. — Ele só é mal compreendido.

— Isso é o que eu penso também — disse Waverly para o apartamento vazio.

A porta do guarda-roupa ficou aberta, e Waverly passou a mão pelas roupas de sua mãe, fazendo o aroma de sândalo se espalhar pelo ambiente. O suéter negro de Regina estava meio torto pendurado em um cabide, e Waverly vestiu-o, esfregando a casimira em seus braços.

Na prateleira de cima, estava a caixa de fotografias da família que Regina tinha guardado com a intenção de fazer um álbum de fotos, mas nunca o fizera.

— Eu poderia fazer isso — murmurou Waverly. — Eu poderia montar esse álbum e surpreender minha mãe quando ela voltar para casa.

Waverly teria de analisar todas as fotos da família, colocá-las em ordem, contemplar as recordações... Ela não teria espaço na mente para pensar em Kieran, nem em Seth e nem nas coisas terríveis que ela mesma havia feito. Nada antes soara tão reconfortante.

Waverly pegou a escada portátil da cozinha, puxou a caixa para baixo, caminhou para a sala de estar e sentou-se no sofá.

Havia dezenas de fotos dentro da caixa, desde que Regina era recém-nascida, sua infância, passando por seus anos de adolescente, e então a época em que ela namorou e se casou com o pai de Waverly, um homem bonito, com um largo sorriso e intensos olhos castanhos. As fotos de bebê de Waverly mostravam uma garotinha feliz com bochechas rosadas. Waverly adorava especialmente a foto em que seus pais a estavam segurando quando ela era uma criança de cabelos rebeldes. Ela colocou essa foto de lado; a enquadraria e colocaria na parede de seu quarto.

Uma foto que estava no fundo da caixa chamou sua atenção. Seu pai era jovem, com os cabelos grisalhos apenas começando a surgir nas têmporas, em pé ao lado do capitão Jones. Os dois homens pareciam ter acabado de partilhar uma piada particular; o capitão estava com uma das mãos fortes no ombro de Galen Marshall, com os dedos dobrados como se quisesse conduzir seu pai até algum lugar. Galen ria, com o queixo enfiado no peito, e os dentes brilhando. Estavam em pé em uma ampla sala branca que parecia familiar para Waverly, e ela se deu conta de que ali era um dos laboratórios, provavelmente o laboratório de botânica, onde seu pai trabalhara. Waverly virou a foto para ver o verso dela.

*Galen e Eddie, descoberta da fitoluteína,* era o que estava escrito ali, no verso da fotografia, com a caligrafia de Regina. É claro que Waverly tinha visto essa foto antes, mas nunca havia passado muito tempo analisando-a, nunca se perguntara por que parecia ter sido amassada e alisada novamente, por que suas bordas estavam desgastadas, mostrando o papel branco por baixo da imagem brilhante. E ela nunca havia virado a foto para ler a legenda, ou, se havia feito isso, Waverly nunca notara a descrição. Ela colocou a foto de lado e voltou a separar as outras, dispondo-as em ordem cronológica.

Enquanto Waverly realizava sua tarefa, todavia, seus olhos voltavam para a imagem de seu pai com o capitão Jones. Havia algo na foto que a incomodava. Uma parte dela não queria pensar nisso. Ela queria organizar esse álbum, perder-se em um projeto, sentir-se melhor. Porém, Waverly nunca fora bem-sucedida em desligar sua mente, e as engrenagens continuavam girando até que ela identificou o que a incomodava.

Nunca, nem ao menos uma vez, sua mãe havia se referido ao capitão como Eddie. Ele sempre fora o Capitão ou o capitão Jones, e o nome dele sempre era proferido por sua mãe com formalidade. Porém, no verso daquela fotografia, Regina havia identificado o capitão como Eddie, como se ele fosse um bom amigo. Mais estranho ainda era o fato de Regina dizer que tanto ela quanto seu marido estavam longe do círculo de amizades do capitão, que eram felizes por estarem de fora da tomada de decisões. No entanto, aquela fotografia definitivamente havia captado certa intimidade entre o capitão e o pai de Waverly. Estava claro que os dois foram amigos. Todavia, a coisa mais perturbadora era que Waverly nunca soube que seu pai tinha tido algo a ver com a descoberta da fitoluteína, a droga usada para estimular os ovários das mulheres e criar a próxima geração da tripulação da Empyrean. Seu pai era botânico, e não especialista em fertilidade.

Mas é claro que a fitoluteína deve ter vindo de plantas. De onde mais viriam os medicamentos? E se seu pai fazia parte da equipe que descobrira o composto milagroso, por que Regina esconderia esse fato? Isso não fazia sentido.

Pensativa, Waverly ficou olhando para a antiga estação de comunicação de sua mãe, que estava coberta de restos de material que haviam transbordado da mesa de costura que ficava ao lado dela. Waverly tirou os panos dali e ligou o computador. Um cheiro de poeira queimada tomou conta do ambiente e ela se deu conta de que aquela máquina não havia sido usada desde bem antes do ataque.

Waverly procurou registros nos antigos diários de bordo da nave, desde o início da missão, quase quarenta e três anos atrás. Ela fez a rolagem até a data do acidente com o *airlock*, que havia tirado a vida de seu pai, e leu o registro.

*O* airlock *252 apresentou mau funcionamento durante a missão rotineira de manutenção para reparo de danos por partículas à antena de rádio 252.*

*O dr. Galen Marshall, a dra. Melissa Ardvale e o dr. James McAvoy foram sugados para fora do airlock na descompressão explosiva resultante desse mau funcionamento.*

Isso era tudo?

Esse fora o acidente mais sério que ocorrera na Empyrean. Deveria haver mais coisas escritas sobre isso.

Os dedos de Waverly pairavam sobre o teclado, posicionados para começar uma busca por toda e qualquer informação sobre o acidente, mas certamente esse era o tipo de coisa sobre a qual ela não queria pensar; então, enfiou a estranha foto debaixo de uma pilha no fundo da caixa. Waverly passou o restante da noite separando as antigas fotos, arrumando-as em pilhas que não ficavam em pé.

No momento seguinte, ao que parece, ela acordou cercada de fotografias no sofá. Seus braços e pernas pareciam fracos e soltos do corpo, e sua cabeça, confusa. Seu estômago rugiu por estar vazio, e Waverly levantou-se e alongou-se.

Franziu o cenho enquanto olhava as pilhas que havia feito, e então, rapidamente, enfiou-as dentro da caixa sem nenhuma ordem em particular. Com tudo o que estava acontecendo, a última coisa de que Waverly precisava seria remexer o passado. Além disso, precisava de um bom café da manhã. Tinha de efetuar reparos em um trator no campo de milho, provavelmente com um eixo de engrenagem quebrado, e depois teria de trocar o lubrificante em três colheitadeiras de grãos diferentes, todas em partes diferentes da nave. Era muito trabalho, e ela já estava cansada. Além disso, ao julgar pelo problema em seus joelhos e pela dor entre seus ombros, Kieran havia ordenado mais aceleração. O excesso de gravidade estava afetando todo mundo, mas ninguém reclamava. Mais do que tudo, queriam alcançar a New Horizon e pegar seus pais de volta. Se tivessem de desgastar as juntas nessa perseguição, que assim fosse.

Enquanto Waverly se vestia, voltou a pensar naquela foto de seu pai com o capitão Jones e no relato resumido sobre a morte de seu pai. Parecia que os detalhes sobre o acidente tinham sido encobertos, fosse por Mason Ardvale, pelo capitão ou até mesmo por sua própria mãe. Waverly deixou seus aposentos em uma neblina, caminhando com os braços cruzados, com o olhar voltado para os próprios pés, lembrando-se de algo que Seth Ardvale dissera a ela antes do ataque: "Os amigos do capitão levam uma vida complicada".

Waverly estava tão preocupada que não chegou a ver, em momento algum, o garoto que a seguia sorrateiramente pelo corredor.

# O passado

Kieran estava parado, em pé, analisando o corpo sem vida de Max Brent, com o olhar fixo no rosto repuxado e frio do garoto, que parecia ter sido moldado em uma forma de plástico cinza. Havia profundas olheiras debaixo dos olhos dele, e seus lábios roxos estavam repuxados numa expressão de dor. Uma película de cuspe seco havia se formado nos cantos da boca do cadáver, e a gravidade artificial puxava sua pele de modo que ela se juntava em punhados enrugados na base de seu maxilar. Ele estava sendo mantido em uma das pequenas salas privativas na enfermaria, longe do quarto principal com oito leitos onde estava a maioria dos pacientes. Os poucos adultos que sobreviveram ao ataque original também eram mantidos separados, na unidade de cuidados intensivos, tão doentes por causa do envenenamento por radiação que não poderiam ser de muita ajuda para ninguém. Se Victoria Hand, a única enfermeira sobrevivente a bordo, pudesse ter ajudado, será que Max estaria vivo agora?

— O que aconteceu com ele? — perguntou Kieran, desviando o olhar, horrorizado.

— Eu não sei! — gritou Tobin Ames, encarregado da administração da enfermaria. — Não é uma doença, eu não acho que seja. Também não consigo encontrar nenhum ferimento.

— Poderia ser veneno? — perguntou Arthur, que estava atrás de Kieran.

Arthur tinha dado uma olhada na aparência terrível de Max e recuara com pavor.

Tobin assentiu, com os nervos em frangalhos. Muitas mortes ocorreram a bordo da Empyrean, mas ninguém se acostumava com isso. Parecia que Tobin ficara acordado a noite inteira, e ele mascava as cutículas em suas unhas enquanto tinha o olhar fixo no corpo de Max, claramente atormentado por não ter sido capaz de salvá-lo.

— Você fez o melhor que pôde, Tobin — disse Kieran.

— Eu não consigo nem imaginar como Max chegou até aqui *em cima* — disse Tobin. Ele passou os dedos por seus cabelos crespos de um castanho-claro, fazendo que ficassem eriçados. — Alguém o colocou naquele elevador.

— Vai ser muito fácil de descobrir quem foi — disse Arthur. — É só eu dar uma olhada no vídeo daquele elevador em todos os níveis.

— Também procure por provas de que Seth tenha envenenado Max — disse Kieran.

— Onde ele teria arrumado veneno? — indagou Arthur.

— Há uma sala de manutenção em cada nível — disse Kieran. — Talvez Seth tenha dado a Max uma solução de limpeza?

— É — disse Tobin. — Vou verificar todas as substâncias e ver se batem com os sintomas do Max.

— Que eram...?

— Unhas e lábios azuis. Convulsões. Coma. — Tobin balançou a cabeça. — Eu achei que se tratasse de intoxicação alcoólica. Seja como for, ele estava mesmo cheirando a álcool. Usei carvão para tentar tratá-lo. Levei duas horas para descobrir como fazer isso! O manual era realmente confuso. Se eu tivesse sido mais rápido...

— Você não sabe se teria funcionado — disse-lhe Arthur.

Mas Tobin não parecia acreditar nisso.

— Até os médicos de verdade perdem pacientes às vezes — disse Kieran.

Tobin assentiu e voltou à sua sala, distraído e com um peso nas costas. Kieran deu uns tapinhas amigáveis no ombro de Arthur.

— Vamos.

Kieran e Arthur deixaram a enfermaria. Enquanto esperavam os elevadores para voltar ao Comando Geral, Kieran sentiu-se zonzo. Ele se perguntava se estaria aparentemente tão perturbado quanto Arthur, que engoliu seco, tentando impedir o vômito. Será que Arthur estaria se lembrando daquela noite horrível, meses atrás, quando os dois haviam retirado os corpos do hangar das naves auxiliares a bombordo? Kieran estremeceu.

— Não faz sentido — disse Arthur por fim, quando as portas do elevador se abriram. — Por que Seth deixaria Max sair da prisão só para envenená-lo?

— Ele tentou me colocar em um *airlock*, ou você se esqueceu disso? — disse Kieran, irritado.

Kieran se deu conta de que estava tremendo. Estaria com raiva ou com medo, sabendo que seu inimigo estava à solta? Apertou o botão que levava ao Comando Central e tentou se acalmar. Ele não faria nada de bom a ninguém se entrasse em pânico. "Eu consigo lidar com isso", disse Kieran a si mesmo.

— Estou apenas tentando entender tudo isso — disse Arthur baixinho.

— Sinto muito — disse Kieran, colocando a mão no ombro do amigo. A pressão do comando da Empyrean estava começando a afetá-lo, e ele estava estourando com facilidade ultimamente, principalmente com as pessoas que não mereciam. Na parede, ao lado direito da porta, Kieran viu o desenho de um boneco de palitinho com braços que tremiam e com careta de medo no rosto. Debaixo do desenho se lia: *Nosso destemido líder, Kieran Alden.*

Kieran sentiu as palmas de suas mãos ficando frias. Ele ouviu sussurros atrás de si, virou-se e deparou-se com algumas garotinhas que o observavam. Quando os olhares das garotas se encontraram com o dele, elas fingiram que estavam conversando sobre alguma outra coisa.

— Limpe isso daqui — disse ele a Arthur, e então se dirigiu ao Comando Central.

Sarek virou sua cadeira para assentir em cumprimento a Kieran.

— Teve alguma sorte rastreando Seth pelo sistema de vigilância? — Kieran perguntou a Sarek.

— Para falar a verdade, eu queria falar com você sobre isso — disse Sarek, girando para a frente e para trás em sua cadeira. — Não consegui ver *ninguém* no sistema de vídeo nas últimas dezoito horas.

— O que você quer dizer com isso? — Kieran ajeitou-se no assento do capitão.

— Quero dizer que tudo o que o sistema parece estar gravando são corredores vazios e alas próximas. Se alguém olhasse nossos registros de vídeo de hoje, acharia que essa nave estava deserta.

— Isso é estranho — disse Arthur, assumindo seu lugar perto das janelas. Havia dezenas de assentos e estações de comunicação dispostas em um semicírculo abaixo das grandes escotilhas, todas vazias, exceto pelas estações ocupadas por Arthur, Sarek e Kieran, que ficava no assento do capitão na extremidade da sala. — Seth deve ter desabilitado os detectores de movimento.

— Droga! — Kieran deu um soco no ar. — Eu sabia que se aquele filho da mãe algum dia saísse da prisão... — A voz dele foi esvanecendo até que caiu em um silêncio soturno.

— Kieran. — Arthur inclinou-se na direção dele por cima do espaldar de sua cadeira. — Você tem amigos demais. Aquilo não vai acontecer de novo.

Kieran não teve de perguntar a que Arthur estava se referindo.

— Eu nunca poderia ter imaginado que eles se virariam contra mim *da primeira vez*!

Eles simplesmente ficaram lá, sem fazer nada, quando Seth injetou em Kieran alguma droga paralisante e o jogou na prisão. E, enquanto Kieran estava deitado e morrendo de fome naquela cela pequena e fria, alguns deles haviam ido até lá ajudá-lo? Todos tinham ficado com muito medo de Seth e seus capangas para tentar ajudar Kieran. E agora *eles* estavam chamando *Kieran* de covarde!

— Ok, então... e agora? — perguntou Arthur, paciente.

— Ligue para os oficiais do Comando — disse Kieran a Sarek, que se virou para fazer o anúncio.

Os oficiais do Comando eram um grupo de uma dúzia de garotos, todos com mais de treze anos, cujo trabalho, oficialmente, era manter a tripulação trabalhando durante o dia inteiro e garantir a paz quando estourassem brigas. Mas eles também tinham uma tarefa secreta. Eles reportavam quaisquer atividades rebeldes a Kieran, e mantinham-no informado sobre o humor da tripulação, de forma que ele sempre soubesse quais eram os descontentes. Os oficiais do Comando andavam armados apenas com cassetetes. Kieran não queria nenhuma arma de fogo na Empyrean. Após procurar diligentemente em todas as alas de armazenamento, Kieran resgatou todas as armas e as trancafiou em um local secreto que só ele sabia. O estoque de armas parecia lamentavelmente pequeno, e ele suspeitava de que tivesse deixado passar algumas em sua busca. Porém, ele não tinha conseguido encontrá-las, e provavelmente ninguém conseguiria.

Ninguém além de Seth.

— Arthur — disse Kieran. — Ajude-me a montar uma lista de suspeitos para um interrogatório.

— *Suspeitos*? — Arthur arregalou os olhos. — Então, se descobrirmos quem deixou Seth sair, vamos jogá-los na prisão?

— Bem, sim — disse Kieran, tentando soar calmo. — Isso é o que se faz quando as pessoas violam as leis.

Arthur engoliu seco, e foi possível ouvi-lo.

— Que leis?

— O quê? — Kieran olhou para Arthur com olhos que o analisavam.

— Que lei foi violada por deixar que Seth saísse da prisão? — disse Arthur, visivelmente intimidado, mas se fazendo duro como aço. — Especificamente falando?

— É ilegal libertar alguém da prisão sem o devido processo.

— Ok. — Arthur apoiou o queixo no encosto de sua cadeira. — Mas é ilegal manter alguém *na* cadeia sem o devido processo. Você nunca realizou um julgamento para Seth.

— O que você está dizendo, Arthur? — ladrou Kieran. — Que eu deveria deixar que Seth ficasse vagando por aí depois de tentar me matar?

— Estou dizendo que, se começar a questionar as pessoas e jogá-las na cadeia, você pode ser visto como alguém que está forjando as leis conforme as coisas acontecem.

— É isso que você acha que estou fazendo?

— Não — disse Arthur, mas lançou um olhar nervoso para Sarek, que que não tirava os olhos de sua tela.

— Parece que me lembro de você sugerindo que eu me livrasse de Seth não faz tanto tempo assim.

— Aquilo não foi uma sugestão. Aquilo foi... — Arthur passou os dedos pela beirada almofadada de sua estação.

— Foi o quê?

— Eu queria ver o que você ia dizer.

— E eu passei no seu pequeno teste?

— Você passou sim, como eu achei que passaria. — Arthur inclinou-se para a frente, com os cotovelos nos joelhos, as palmas das mãos pressionadas uma na outra, com toda sua energia focada em Kieran. — Eu me lembro de você dizendo que achava que Seth estava blefando quando ele ameaçou jogar você por um *airlock*.

— Ele poderia estar blefando, mas não estou disposto a apostar a minha vida nisso.

— Só que agora a tripulação acredita em você, pois eles acham que você é um cara bom.

— Ok.

— Se você começar a colocar as pessoas na prisão, precisará de uma razão concreta para explicar por que tem autoridade para fazer isso.

— Arthur, você está propondo que tentemos fazer uma eleição no meio disso tudo?

— Eu acho que isso haveria de proteger você.

— Eu não acho. Nós estamos perseguindo a New Horizon, e temos uma pessoa perigosa à solta na nave.

— Se você for eleito capitão, aqueles que apoiam Seth não poderão dizer que você não tem o direito legal de assumir a liderança.

Kieran queria zombar disso. Muito havia se falado sobre como a Empyrean era uma democracia construída com base em valores humanistas. Mas as eleições sempre tinham parecido mais uma formalidade, porque o capitão Jones e as mesmas pessoas no Conselho Central eram reeleitos desde que a missão começara. As pessoas falavam sobre democracia, mas Kieran achava que gostavam mesmo era de estabilidade. Talvez, porém, essa tripulação de crianças tivesse outras ideias.

— É isso que as pessoas estão falando, Arthur?

Arthur só olhou para Kieran, com a boca fechada.

— Eu não conseguiria lidar com uma eleição agora, Arthur!

— Eu poderia cuidar disso para você.

— Agora não, Arthur.

Kieran reclinou-se em seu assento e deu uns tapinhas na beirada de sua tela de comunicação.

— Nós podemos realizar essa investigação sem termos de acusar ninguém. Não vamos nem mencionar Seth. Conseguiremos imagens de onde as pessoas disserem que estavam, compararemos histórias e veremos se alguém está mentindo.

— Faz sentido — disse Arthur. — Mas ainda digo...

— Eu sei o que você vai dizer — falou Kieran, irritado.

Os oficiais do Comando começaram a entrar, marchando em fila, um por um, e ficaram parados em um semicírculo ao longo da parede curva com janelas que dava para o constante céu noturno. Matt Allbright era o líder *de fato*, em parte por ele ser o mais velho, tendo acabado de fazer catorze anos, mas também porque não tinha medo de tomar a iniciativa. Ele tinha um olhar ágil, e parecia pensar antes de falar, e, quando realmente falava, suas palavras eram assertivas e bem escolhidas. Ele até parecia um oficial, com seus ombros largos e retos e a forma como mantinha os cabelos rigorosamente rentes à cabeça. Ainda assim, Kieran nunca teve certeza de que poderia confiar em Matt ou em qualquer um dos guardas, a propósito. Eles estavam em uma posição de poder, e Kieran sabia o quão facilmente era possível abusar do poder. Por isso escolhera garotos que, mesmo que não se pudesse garantir o caráter deles, eram previsíveis. Nenhum deles era particularmente criativo. Até mesmo Matt tinha um tipo de inteligência linear, cuidadosa, lógica e com propósito. Ele parecia incapaz de enganar alguém.

— O que estou prestes a dizer a vocês não deve sair dessa sala — disse Kieran para os oficiais, que o ouviam, todos eretos, em pé, tal como Matt. — Alguém mexeu no sistema de vídeo na noite em que Seth escapou. Quero que vocês tentem descobrir quem foi.

— Com licença, senhor. — Hiro Mazumoto alisou a leve sombra de pelos de barba que cresciam em seu queixo de menino. — Você está dizendo que nós fomos sabotados por um membro da nossa tripulação?

— Por Seth Ardvale, obviamente. — Kieran caminhou ao longo da fileira de oficiais. Eles prestavam atenção ao que ele dizia, com os ombros para trás, as mãos entrelaçadas atrás de suas costas. Kieran gostava disso, pois essa disciplina fazia que sentisse toda a sua autoridade. — Mas nós sabemos que ele teve ajuda.

— O que eu quero que vocês façam... — ele prosseguiu — é que andem em meio à tripulação, ouçam as conversas, fiquem com os ouvidos atentos. Matt?

O garoto virou a cabeça para Kieran, atento ao que ele estava dizendo.

— Eu quero que você organize um grupo de diversas equipes para essa missão, de modo a vasculhar a nave em busca de sinais de Seth. Onde ele poderia estar acampando, o que poderia estar planejando. Nossa prioridade é encontrar Seth e seus cúmplices.

Matt assentiu.

Quando todos os oficiais saíram com suas novas ordens, Kieran notou que Arthur estava soturno no canto. Ele sabia que Arthur estava certo sobre a eleição em termos de princípios, mas, falando em termos práticos, seria uma imensa bagunça, porque não se trataria apenas de fazer uma eleição. Ele teria de realizar julgamentos também, não apenas para as pessoas que soltaram Seth, como para o próprio Seth. Não haveria jeito de evitar que Seth pudesse falar na frente da tripulação inteira, e Seth sabia ser muito persuasivo. A coisa toda poderia estourar na cara de Kieran.

— Eita! — disse Sarek de sua estação de comunicação. Ele tirou seus *headsets* e virou-se, com seus olhos escuros e surpresos. — Estamos sendo saudados pela New Horizon.

— *O quê*? — disse Arthur.

Kieran se pôs de pé.

— Quem é? Quem está saudando?

— Anne Mather — respondeu Sarek, pasmo.

Os três garotos ficaram paralisados, com os olhares fixos na luz vermelha piscante na estação de comunicação de Sarek. Kieran sentiu seus braços e pernas ficarem bambos. Ele tentara entrar em contato com Anne Mather quase diariamente para exigir a libertação dos prisioneiros, e todos os seus chamados haviam sido ignorados. Por que ela entraria em contato com ele agora?

— Envie o *link* para o meu escritório — disse Kieran baixinho, e saiu do Comando Central, desceu o corredor até a suíte do capitão, onde se sentou à sua escrivaninha e colocou seus *headsets*, com dedos que tremiam. Ele inspirou profundamente, várias vezes, e então ligou o interruptor para ativar o sinal.

Sua tela de vídeo ganhou vida e mostrou a imagem de uma mulher gorducha e de meia-idade com abundantes cabelos grisalhos presos em um coque no topo da cabeça. Ela usava os óculos na ponta do nariz e tinha uma pele lisa, embora suas feições demonstrassem pesar ou ansiedade.

— Com quem estou falando? — perguntou ela, curta e grossa.

— Kieran Alden — disse ele, tentando soar autoritário.

— Eu sou Anne Mather — disse ela, com um sorriso tranquilo.

— O que você quer? — quis saber Kieran, com os olhos voltados para a escotilha que dava para uma espessa camada de estrelas em um céu negro. Ele não gostava de olhar para aquela mulher. Ela estava aprumada demais, confiante demais. E o sorriso dela enchia Kieran de repulsa.

— Não há adultos com quem eu possa conversar? — ela perguntou, com um ar de inocência.

— Não. Você assassinou a nossa tripulação.

Ela tirou o sorriso falastrão do rosto e curvou a cabeça para baixo.

— Você nunca acreditará em mim, mas em momento algum eu esperava que tantos membros de sua tripulação estivessem no hangar das naves auxiliares. Eu achei que a perda de vidas seria mínima.

— Não foi — disse ele, com amargura.

Ela piscou, como se o olhar de ódio de Kieran queimasse seus olhos.

— Você provavelmente quer saber por que eu liguei.

Ele apenas a ficou encarando, à espera.

— Vimos que vocês alteraram o rumo da nave na noite passada. Estou ligando para saber se precisam de ajuda.

— Que bondade da sua parte — disse Kieran, com um olhar de irritação voltado para ela. — Mas nós estamos simplesmente ótimos aqui atrás. Como vão vocês?

— Ah, eu sinto falta disso. Sarcasmo adolescente. — A mulher deu risada. Kieran desejou poder estilhaçar os dentes dela. — Notei que vocês aumentaram a taxa de aceleração para nos alcançar. Isso trará consequências físicas para a sua tripulação, espero que você saiba.

— Nós somos jovens. — Kieran abriu um largo sorriso. — Isso só vai nos fortalecer.

— Isso vai causar edema, problemas de circulação, e vai desgastar as juntas de vocês mais rápido do que poderiam imaginar. E esses são apenas os sintomas de que temos conhecimento.

— Aposto que a minha tripulação pode aguentar mais tempo do que a sua.

— Isso não vai funcionar. Você sabe que não posso permitir que vocês nos alcancem apenas para nos atacar. Precisamos nos entender antes que eu deixe vocês se aproximarem de nós.

— Então coloque os nossos pais em uma nave auxiliar, mande-os de volta e deixaremos vocês em paz.

— Eu faria isso se não conhecesse uma ou duas coisas sobre a natureza humana.

— O que tem pra se saber? Vocês estarão na nave de vocês e nós estaremos na nossa, tal como era antes.

— E quando chegarmos à Terra Nova? E então? — Ela ergueu uma sobrancelha.

— Escolha um continente.

— Eu tenho uma responsabilidade com as pessoas desta nave aqui e com o nosso modo de vida.

— Você está se referindo a atacar as pessoas e sequestrá-las? Esse modo de vida?

— É disso que tenho medo, sr. Alden. Da sua raiva. Posso ouvir em sua voz e ver em seu rosto que você quer matar a mim e à minha tripulação pelo que fizemos. — Ela estalou a língua. — Esse tipo de amargor e ódio pode durar gerações. Isso poderia gerar uma cultura de guerra na Terra Nova. Você se lembra do Oriente Médio na Terra Velha? Eu não quero que algo desse tipo seja o meu legado.

— Você deveria ter pensado nisso antes de nos atacar.

— Eu tinha uma causa justa. — A aparência calma caiu por terra revelando traços de raiva. — Você é o capitão agora; você tem acesso aos registros da nave. Descubra você mesmo como fomos sabotados e provocados. Tenho certeza de que Waverly Marshall contou a você...

— Eu não vou entrar em joguinhos com você — disse Kieran. Ele sentia náusea só de falar com ela. — Liberte os nossos pais e não teremos de lidar com um confronto violento.

— Não posso fazer isso até que tenhamos acertado as nossas diferenças. Precisamos de um tratado.

— Você quer ditar as ordens?

— Eu quero garantias de que a minha tripulação e os nossos descendentes ficarão em segurança uma vez que tenhamos chegado à Terra Nova.

— Tudo bem. Você tem a minha palavra. Nós não vamos atacar vocês.

— Não é o bastante. Eu quero que seja dita a verdade sobre o capitão Jones e o passado. Só então vocês entenderão por que tivemos de fazer o que fizemos. — O tom dela era lastimoso, amigável até, mas ela estava inexpressiva. — Eu quero que você faça uma pesquisa, sr. Alden.

— Você está me passando *lição de casa*?

— Quando eu e você pudermos ter uma discussão franca e honesta em relação ao passado, poderemos começar a discutir a transferência dos reféns.

— Ou eu poderia simplesmente alcançar a sua nave, entrar a bordo e tomá-los à força.

O leve sorriso nos olhos dela desvaneceu-se, e foi substituído por rispidez.

— Se você acha que um bando de crianças pode sobrepujar uma tripulação veterana e adulta, você está se iludindo.

— É apenas uma vantagem para mim se você acha que sou louco — disse Kieran, e cortou o *link* de comunicação.

No entanto, uma mensagem de texto surgiu no computador dele, com um vídeo anexo:

*Estes são os registros das comunicações que mantive com o capitão Jones, dos anos em que ambas as naves lutavam com a infertilidade. Você pode verificar a autenticidade deles comparando-os com os seus próprios arquivos e registros em vídeo. Quando você os tiver visto, chame a minha nave e poderemos retomar as negociações. Até então, não receberei nenhuma comunicação de vocês.*

Kieran ficou encarando o nome do arquivo: *Sabotagem.*

Mentiras.

Ele armazenou os arquivos em um *data-dot* e o colocou no fundo da gaveta de sua escrivaninha. Ele não os veria. Kieran se recusava a ser manipulado por aquela mulher.

Ele ouviu um bipe e pegou o *walkie-talkie* que mantinha em seu cinto.

— Oi, Kieran! — era a voz do garotinho Philip. Ele parecia animado e feliz. Kieran sabia que essa tarefa havia operado maravilhas na mente do garoto. Não havia melhor terapia do que ser útil.

— Oi, Philip, camarada. O que você descobriu?

— Waverly passou a noite toda sozinha nos aposentos dela. Não foi nem mesmo visitar Sarah dessa vez. Ela está com uma aparência realmente cansada. Hoje estava trabalhando no motor de um trator no campo de milho. Ela trocou um pneu com a ajuda de alguns caras. Ela machucou a mão com a chave-inglesa...

— Está tudo bem se você me der menos detalhes, Philip. Ela foi a algum lugar não costumeiro? Conversou com alguém? Mencionou alguma coisa sobre Seth Ardvale, talvez?

— Não é sempre que consigo ouvir o que ela diz. Na maior parte do tempo, ela conversa com outros mecânicos sobre o trabalho. No tempo restante, fica quieta e sozinha. Ela parece triste.

A cabeça de Kieran doía, e, por um instante, pensou nela como a velha Waverly, a garota que ele amava.

— Ok, Philip. Continue em cima dela. Você está levando isso numa boa?

— É fácil.

— E você tem certeza de que ela não o viu?

— Ela não nota quase nada. É como se estivesse sempre concentrada, pensando em alguma coisa, sem olhar ao redor.

— Ok, isso é bom. Você está realizando um excelente trabalho. Acho que vou promover você a oficial quando esta tarefa terminar.

— Isso seria o máximo! — admitiu Philip.

Kieran cortou o *link* e olhou para a gaveta em que estava o *data-dot* de Mather. Ela queria um tratado, foi o que havia dito. Mas ela estava com todas as cartas na mão. Ele poderia ter pouca escolha além de jogar o jogo dela, porém, por ora, ele a deixaria esperando. Kieran enviou o *link* de seu intercomunicador para o Comando Central e Sarek atendeu.

— Sarek, aumente a nossa aceleração em mais dois por cento.

— A tripulação já está reclamando — disse Sarek. — As pessoas estão sentindo dores nas costas.

— Nós temos de alcançar aquela mulher maldita!

— Ok — foi a resposta de Sarek, cansado.

Logo Kieran sentiu a pressão extra em seu corpo. Quando ficou em pé, teve de se apoiar na escrivaninha, ofegante. A gravidade extra era exaustiva, mas deveria ser ainda mais para a tripulação mais velha da New Horizon. Talvez ele pudesse cansá-los desse jeito, chamar Mather à razão para que libertasse os pais deles. Senão, ele não sabia mais o que fazer.

Kieran estava em seus aposentos, tirando as roupas para dormir, quando soou o intercomunicador do Comando Central.

— Sim? — disse ele, sem se dar ao trabalho de ir até sua estação de comunicação para o *link* do vídeo.

— Kieran — disse Sarek. — A New Horizon aumentou a aceleração deles em dois por cento.

Kieran apoiou a testa na parede.

— Nós avançamos em relação a eles?

— Não — foi a resposta de Sarek. — O que devo fazer?

— Mantenha a nova velocidade. Vamos tentar cansá-los.

— Ok — disse Sarek, e desligou.

Quando Kieran pressionou o botão para desligar o intercomunicador, notou que suas mãos estavam inchadas de um jeito estranho. Apertou as almofadas das pontas de seus dedos, que pareciam balões superinflados. Edema. Era o que havia dito Mather.

Já estava acontecendo.

Ele se enfiou debaixo dos lençóis, enterrou o rosto em seu travesseiro e rezou.

— Deus, por favor, nos ajude!

Mas a voz em sua mente, aquele sussurro quase imperceptível que viera a ele pela primeira vez quando estava morrendo de fome na cadeia e estivera com ele desde então, apenas disse o que sempre lhe dizia: "Eu já o estou ajudando".

— Como? — perguntou ele, desesperado, enquanto se contorcia em cima do colchão.

"Você conhecerá o seu caminho quando o vir", disse a voz.

Ele sabia que a voz estava lhe dizendo para confiar em si mesmo, e tentava acreditar que estava à altura da tarefa que tinha pela frente. Ele tinha fé na voz, mas não o bastante para não sentir medo.

# Pistas

Seth agachou-se em um canto da ala das coníferas, atrás dos arbustos de junípero. As lâmpadas quentes estavam programadas para a primavera, mas a temperatura ainda apontava dez graus, e ele tremia. Por enquanto, esse era o melhor esconderijo possível. Duas horas antes, ele havia escutado alguns dos guardas de Kieran entrando na ala, caminhando por ela, espiando entre os pinheiros, procurando por ele. Seth ficou perfeitamente imóvel, sem nem respirar até que os guardas tivessem desaparecido atrás de um bosque de abeto-do-canadá. Desde então não havia aparecido ninguém, e Seth tivera tempo para pensar em quem poderia ter causado os estouros dos *azipods*. Quem ia *querer* que a nave saísse de sua trajetória?

Considerando que todo mundo a bordo, até mesmo os órfãos, desejava desesperadamente recuperar os cativos mantidos na New Horizon, apenas uma possibilidade fazia sentido: havia um passageiro clandestino da New Horizon a bordo da Empyrean.

Seth esfregou os braços com as palmas de suas mãos, para que a fricção o esquentasse. O primeiro passo para encontrar o sabotador seria descobrir como ele havia sido capaz de programar os disparos dos *azipods,* o que só poderia ter sido feito a partir do movimentado Comando Central ou da radioativa casa das máquinas.

Seth nunca conseguiria chegar nem a um quilômetro e meio do Comando Central, mas era improvável que o sabotador tivesse operado lá, a menos que o culpado fosse Sarek, Arthur ou o próprio Kieran. Improvável. Sendo assim, restava a casa das máquinas, se Seth conseguisse descer até lá. Toda aquela seção tinha sido vedada para controlar a radiação, de forma que o único caminho para entrar na casa das máquinas era por meio de uma escotilha externa. O problema principal era que as escotilhas da casa das máquinas haviam sido designadas para soltar gás, e não para se entrar por elas. Elas nem eram grandes o bastante para que um homem adulto passasse por suas aberturas. Porém, chegar até lá seria apenas metade da batalha; toda a a área estava repleta de radiação. Ele sabia que os trajes espaciais eram equipados com escudos antirradiação e com oxigênio. Se ao menos a escotilha da casa das máquinas fosse grande o bastante para que alguém pudesse passar por ela vestindo um traje espacial! Seth reclinou-se, pôs o braço atrás da cabeça e ficou pensando.

Os trajes espaciais eram esplêndidos! Eram volumosos por causa de sua casca externa de metal, dos tanques de oxigênio e dos propulsores a jato nas costas. No entanto, dentro de cada um desses trajes havia uma capa que servia como uma segunda camada de proteção. Se essa camada pudesse ser removida das partes volumosas do traje, seu usuário poderia passar com facilidade pela escotilha da casa das máquinas.

Valia a pena tentar.

Seth levantou-se, afastando as agulhas dos juníperos, e foi rastejando até o corredor vazio, com o computador portátil de seu pai enfiado debaixo do braço. Quando ele teve certeza de que não havia ninguém ao redor, foi correndo até a escadaria externa, subiu sete níveis para chegar ao hangar a estibordo das naves auxiliares e entrou de maneira descuidada.

O hangar das naves auxiliares estava estranhamente silencioso. Era ali que a maioria da tripulação da Empyrean havia morrido, e o lugar parecia uma tumba. Os visores dos trajes espaciais que pendiam ao longo das paredes eram tão assustadores quanto máscaras mortuárias.

Ele foi até o traje espacial mais próximo e, usando o sistema automatizado, abaixou-o de seu compartimento e removeu seu capacete. Enfiou a mão entre o macio tecido e a parte rígida. O tecido parecia metálico, dava a sensação de plástico flexível, mas Seth sabia que se tratava de um polímero avançado de carbono modelado com base nas fibras de uma aranha, o filamento mais forte que se conhece. Era perfeitamente hermético e tinha um revestimento de chumbo da espessura de um mícron. Aquilo o protegeria da radiação da casa das máquinas, e uma vez que tivesse se desconectado dos tanques de ar, haveria oxigênio suficiente dentro do traje para alguns minutos, de modo que seria capaz de respirar por tempo o bastante para dar uma olhada ao redor, não muito mais do que isso.

Seth soltou os conectores que mantinham o traje no lugar e puxou-o pela gola. Parecia um macacão prateado. Seth vestiu o traje, e o excelente tecido esticou e se acomodou em seu corpo esguio. Ajustando o capacete sobre o traje, ele ouviu o clique automático vedando-o ali dentro. Suas orelhas soltaram um ruído tranquilizador quando as vedações de pressão foram ativadas. Entrou na parte externa do traje espacial, deixando as conexões inferiores entre a parte rígida e o envoltório de tecido abertas de modo que, quando chegasse a hora, poderia simplesmente sair da parte rígida.

Seth estava pronto.

— Os engenheiros projetaram algo bom, para variar — murmurou.

Ele ativou os *azipods* para que diminuíssem o peso do traje, ligou o oxigênio dos tanques e foi andando a passos pesados até o menor dos *airlocks* que era para ser usado por alguém com o traje espacial. Assim que entrou no *airlock,* sentiu como se tivesse entrado em um caixão. As pesadas portas de metal bateram com tudo atrás dele, e ele pulou dentro de seu traje quando o *airlock* se abriu em uma onda explosiva.

Sentiu a casca de metal do traje espacial se expandir com a diferença de pressão. Agora, tudo que Seth tinha de fazer era abrir as portas externas, e não haveria nada entre ele e o resto do universo.

Seth nunca admitira isso a ninguém, mas andar pelo espaço era algo que o aterrorizava. Ele tivera de fazer diversas caminhadas no espaço depois dos danos que Kieran havia causado à unidade de condicionamento atmosférico. Seth tinha agido como contramestre, ensinando aos outros garotos como usar as complexas ferramentas, mostrando a eles onde tinham de fazer reparos. Ele estivera o tempo todo tremendo e suando frio em seu traje espacial, com o coração disparado. Quando olhava para qualquer direção no espaço, não via nada entre ele e a eternidade. A sensação de sua própria pequenez perante toda aquela imensidão fria e vazia poderia fazer que a bílis lhe viesse à boca.

Seria pior desta vez: ninguém sabia que ele estaria lá fora. Um movimento errado poderia fazê-lo rodopiar para longe da nave, e não haveria ninguém que pudesse procurá-lo.

Ele não poderia se permitir pensar nisso.

— Eu não estou com medo — disse a si mesmo com uma voz trêmula, inspirou fundo e abriu a porta do lado de fora.

A porta se abriu como um bocejo para a terrível negritude do espaço. As estrelas eram minúsculos pontinhos nítidos e tão juntos em alguns lugares que pareciam espuma. Elas estavam tão distantes... Seth engoliu sua bílis.

— É apenas o céu — seu pai lhe dissera certa vez, quando Seth admitiu sentir medo de voar em um traje espacial. — Se você estivesse em um planeta, seria a mesma coisa. Sem paredes. Sem janelas. Nada além de um imenso vazio acima de sua cabeça.

Seth só havia assentido para isso porque ele não queria dizer nada idiota, mas, na verdade, pensou que andar sobre a superfície de um planeta lhe dava uma terrível sensação de vertigem. Se pudesse viver a vida toda na Empyrean, era provável que fizesse isso. Porque agora, parado na beirada do *airlock* e olhando para a eternidade, ele estava absolutamente aterrorizado.

— Não se mije, Ardvale — ele sussurrou com ferocidade.

Seth inspirou fundo e pisou para fora da plataforma do *airlock*. Ele estava caindo! Não caindo, ele estava sendo deixado para trás por sua nave-mãe, e os arrebites, escotilhas e o revestimento bronze da Empyrean se dissolviam em um aterrorizante borrão de cinzas e pretos enquanto a nave acelerava sem ele. Seth agitou os braços, inutilmente, "Ah, meu Deus, ah, meu Deus!", antes de se lembrar dos *azipods*. Ele pressionou o acelerador e soltou um grito quando seu traje espacial seguiu meio torto em direção à Empyrean. Rapidamente se afastou da imensa nave, evitando uma colisão por pouco mais de um metro.

A bílis subiu à garganta. Por um instante, ele estava paralisado de terror, mas forçou seus olhos a se abrirem e engoliu o líquido amargo enquanto lutava com a atitude, a altura e o ângulo da guinada em um curso paralelo ao da grande nave.

Seth apertou os controles do *azipod* e, por fim, estava na mesma razão de aceleração que a Empyrean, e a ilusão de que estava caindo parou. Em seguida, aproximou-se de uma escotilha, olhou para dentro dela e viu que tinha caído ao nível da ala da floresta tropical. Ele ainda tinha vários níveis a descer até que alcançasse a sala na parte inferior da nave.

Seth reduziu a velocidade em seus *azipods* traseiros o suficiente para se mover para baixo da paisagem cinza da Empyrean. Manteve os olhos no casco da nave, concentrando-se nos parafusos que se alinhavam a cada chapa de lâmina de metal e, então, o pequeno vale entre os domos do sistema de esgoto e do sistema de purificação de água. Ele flutuou sobre uma fileira infinita de escotilhas, e verificou uma em busca de algum rosto, mas ninguém olhou para fora quando ele passou. Ele deveria ter ficado contente por ninguém tê-lo visto, entretanto sentiu um desapontamento irracional, e isso fez com que percebesse o quanto estava sozinho.

Seth afastou esse pensamento e virou seu traje para o bombordo da nave. Ele podia sentir a parte debaixo da Empyrean se agigantando a seus pés como um horizonte. Viu a escotilha que dava para a casa das máquinas abaixo dele e esticou a mão para o controle do *azipod*, mas errou o alvo e, em vez disso, ativou o *azipod* de atitude.

Seu corpo ficou girando no espaço, e ele estava caindo mais uma vez, singrando sobre o casco em um giro insano. A nebulosa cor-de-rosa que eles haviam deixado para trás se agigantava em sua visão, pronta para engoli-lo por inteiro.

Ele gritou?

Em pânico, Seth ativou o cabo de emergência e uma corda saiu dali, mirando a Empyrean, como supostamente deveria ser, mas ele estava girando, e a corda se enrolou em volta de sua cintura, ficando mais curta a cada volta. Enquanto se puxava para trás, ele tinha o olhar fixo na imensa nebulosa, tão silenciosa e densa, e que envolvera a Empyrean durante quatro anos, deixando a nave cega e surda, permitindo que a New Horizon se aproximasse sorrateiramente para um ataque surpresa. Agora ela parecia calma. Seth tomou fôlego enquanto contemplava a extensão de gás magenta que se espalhava a partir de seu centro, os matizes de cinza-azulado nos bolsões onde o gás era mais denso. Ele havia odiado a nebulosa quando estivera dentro dela, mas agora podia ver como era bela.

"Eu vou viver", disse Seth a si mesmo. "Não vou morrer aqui."

Os enormes *azipods* traseiros da Empyrean oscilavam em seu campo de visão, e Seth pressionou o *joystick* para a frente, mirando os *azipods* da nave, sabendo que poderia ser atingido pelo escapamento e ser imediatamente incinerado. Ele já tinha sentido o calor em seu rosto, e uma escorregadia camada de suor revestia sua pele.

— Não, por favor — disse ele, em um tom de lamúria.

Enrijecido pelo terror, Seth empurrou seu traje espacial o mais rápido quanto conseguiu em direção ao casco da nave, estendendo os agarradores de seu traje, rezando baixinho.

— Vamos lá, seu bastardo, filho da mãe. Deixe-me viver!

Ele sentiu seus agarradores entrarem em contato com o metal quente dos túneis do escapamento e ativou o braço magnético, que se prendeu ao casco da Empyrean.

Seth não soube por quanto tempo ficou preso do lado de fora da Empyrean, sorvendo ar, batendo os dentes, desejando para si mesmo que não se partisse em um milhão de pedaços e que não chorasse como um bebê. Seu coração voava de encontro a suas costelas repetidas vezes.

— Você não está morto — disse para si mesmo, de um jeito selvagem. — Não seja um tremendo de um covarde!

O suor escorreu nos seus olhos. Ele verificou o medidor de temperatura em seu capacete, que piscava em sinal de aviso vermelho. A última coisa que ele queria era soltar o agarrador do casco da nave, mas tinha de fazer isso ou poderia se queimar. Girou o braço até que seus *azipods* estivessem apontando para baixo novamente, tomando cuidado para pegar simplesmente o ângulo certo. Em seguida, ativou os *azipods* até sentir a familiar força *g* nas solas dos pés.

— Um, dois, três — sussurrou, e soltou o agarrador.

Tão lentamente quanto podia, Seth guiou o traje espacial de volta a estibordo e encontrou a escotilha da casa das máquinas novamente. Abaixou-se sobre os controles da escotilha, prendeu sua corda perto da porta e, com a mão tremendo bastante, apertou a alavanca de liberação manual na pequena escotilha.

Uma explosão de destroços atingiu-lhe o rosto. Ele perdeu seu agarrador na porta e foi lançado com tudo para trás.

"Estou morto", pensou, indiferente, mas quando teve coragem de abrir os olhos, viu que sua corda tinha aguentado o tranco e que estava pendurado sobre a escotilha da casa das máquinas.

— Não deveria ter nenhum ar ali dentro — disse Seth em voz alta. — Meu pai expeliu o ar dali no dia em que ele... — Seth não foi capaz de terminar o pensamento. Sua voz tremia, e ele respirou fundo quatro vezes para tentar se firmar antes da próxima e aterrorizante parte. — Você vai fazer isso rápido — disse a si mesmo.

Seth acessou o comando para soltar seu capacete da parte externa do traje espacial, mas seu dedo ficou pairando sobre ele.

— Eu não vou morrer — ele disse a si mesmo, e então repetiu isso, com mais firmeza. — Eu não vou morrer!

Seth ativou o comando e as vedações externas foram liberadas com um sibilar.

O frio absoluto do espaço sideral atingiu-o como um balde de nitrogênio líquido, e ele se esqueceu de como respirar. Sua mente parecia ter sido abatida. "Eu não consigo fazer isso", disse a si mesmo: porém, de alguma forma, conseguiu se arrastar como uma cobra para fora da cavidade de metal, segurando-se na nave com uma das mãos, que doía. Conseguiu se arrastar, a parte externa do traje pairando de sua corda do lado de fora da casa das máquinas enquanto se empurrava pela entrada, e depois fechou a escotilha atrás de si.

Estava tão frio lá dentro quanto estivera do lado de fora. Seth deu quatro passos agonizantes e desajeitados em direção à matriz dos computadores e, com mãos que tremiam tanto que mal podia controlá-las, ele encontrou o comando para repressurizar a sala.

O ar se precipitava ao seu redor, envolvendo-o em sua calidez. Seth caiu em uma cadeira, enrolou-se como uma bola, indefeso contra os espasmos musculares, e esperou sua mente voltar ao normal.

No entanto, ele não poderia esperar por muito tempo. O ar dentro de seu traje já estava excessivamente úmido e sufocante. Ele teria de ser rápido.

Ainda batendo os dentes, deu a primeira olhada de relance ao seu redor. De alguma forma era surpreendente que as luzes ainda funcionassem e que os botões de sinal ainda acendessem e apagassem. Tudo parecia estar funcionando, mas, até mesmo com as explosões, ainda havia uma fina camada de partículas radioativas grudadas em todas as superfícies. Inspirá-las diminuiria significativamente seu tempo de vida. Algum dia essa sala teria de ser meticulosamente limpa com equipamentos especializados. Até então, era uma terra de ninguém. Qualquer manutenção nos motores teria de ser feita do lado de fora; era melhor que Kieran tivesse certeza de que forçar os motores demais não acabaria resultando em falha total do motor. Seth balançou a cabeça, frustrado. Para um cara inteligente, Kieran frequentemente agia como um tolo.

Essa era a sala em que o pai de Seth havia passado seus últimos dias, trabalhando em meio à radioatividade sem um traje de proteção, tentando desesperadamente salvar a nave depois da sabotagem executada pelos agressores da New Horizon.

— Você era um canalha — murmurou Seth —, mas achou um jeito de morrer como um herói.

Encolhendo-se em seu quente e úmido ar reciclado, Seth andou em direção à popa da sala e olhou para o chão de metal, marcado por faixas de sangue seco, e olhou para o canto perto da porta, onde encontrou dúzias de recipientes de rações jogados fora. Outros recipientes como aqueles devem ter sido o que o atingiu no rosto quando ele abriu a escotilha.

Seth inclinou-se sobre a pilha de lixo e cutucou-a com a bota. Alguns dos recipientes ainda pareciam úmidos.

Alguém deveria estar acampando ali embaixo, mas como, com toda essa radiação?

Seth foi até o armário de ferramentas, no qual localizou um contador Geiger, e fez uma leitura, ficando ofegante pela surpresa quando o contador mostrou que os níveis de radioatividade estavam dentro da faixa normal. Mais várias leituras confirmaram isso.

"Como?" A limpeza depois de um evento radioativo era árdua e altamente técnica. Alguém deve ter aspirado até a última partícula de poeira dos instrumentos, do chão, do teto, dos portais. O lugar inteiro tinha sido limpo. Os filtros de ar precisariam de troca, a sala precisaria ser conectada ao sistema central de ventilação de ar novamente... a lista de tarefas era infinita e o trabalho teria sido perigoso. Kieran jamais arriscaria uma equipe inexperiente a ir até ali embaixo para fazer a limpeza.

Isso deixava apenas uma possibilidade: o sabotador tinha feito isso.

Seth respirou fundo, soltou seu capacete e, lentamente, puxou-o, desconectando-o do traje. Ele inspirou uma única vez, hesitante. Até agora, tudo bem. O ar estava fresco e seu cheiro era puro. O traje em si estava úmido do contato com sua pele, o que lhe dava calafrios. Seth tirou a coisa toda, dobrou-a e colocou-a junto com seu capacete perto da escotilha.

Ele foi novamente até a pilha de lixo no canto e cutucou-a. Alguns dos restos de comida pareciam relativamente frescos. Encontrou uma pilha de rações no armário do canto. No armário do zelador, havia cobertores e um saco de dormir no chão, junto com sacos gravitacionais de água. Alguém *realmente estava* acampando ali embaixo! A pessoa deve ter fugido quando o alarme de descompressão foi disparado.

Foi então que um pensamento assustador lhe ocorreu. E se o sabotador ainda estivesse ali? Por quanto tempo havia vácuo ali na casa das máquinas? Seth havia feito a repressurização rapidamente, de modo que o sabotador teria ficado exposto ao vácuo do espaço durante dez ou vinte segundos apenas. Isso seria tempo suficiente para matar alguém? Talvez não. Se alguém estivera ali, tal pessoa poderia ainda estar viva e, quem sabe, consciente.

Seth abriu o armário de ferramentas, escolheu a chave-inglesa mais pesada que conseguiu encontrar e segurou-a com firmeza na palma suada de sua mão, olhando para a entrada que dava para as salas dos reatores. Havia um reator a bombordo e um a estibordo, e cada um deles enviava energia para os *azipods* e para o restante da nave. Era possível que alguém pudesse se esconder dentro do alojamento dos reatores, entre os tubos de metal, ou lá embaixo, em meio às tubulações sinuosas do sistema de resfriamento. Seth respirou fundo duas vezes e abriu a porta que dava para o reator a bombordo.

A sala estava escura. Seth acendeu a luz. Ele se sentia claustrofóbico ali, já que a imensa sala estava lotada de centenas de varas de plutônio, profundas poças de deutério e tubos infindáveis que faziam circular o líquido de arrefecimento. As turbinas emitiam um zumbido irritante que fazia cócegas nas orelhas de Seth. Ele subiu em uma grande caixa de metal que deveria ser o alojamento dos sistemas de controle de resfriamento e deu uma olhada em volta da imensa sala. Havia um milhão de lugares para se esconder ali. Ele nunca conseguiria encontrar o sabotador desse jeito.

De repente seus ouvidos espocaram, e ele ouviu um rangido alto vindo da porta que dava para a sala do reator, como se estivesse sendo puxada contra suas vedações. Abaixou a cabeça e ficou esperando, mas não se seguiu nenhum outro som ou movimento.

Ele foi até a porta e olhou pelo olho mágico de vidro. A casa das máquinas estava com a mesma aparência que tivera antes, mas, quando ele tentou abrir a porta, parecia que um peso de quinhentos quilos a estava mantendo no lugar.

Ele estava preso! Seth socou a porta, gritando, quando uma mensagem piscante na tela de comunicação à direita da porta chamou sua atenção. “Represssurizar a sala principal”, dizia a mensagem.

O quê?

Seth selecionou “Sim”, e ouviu uma grande rajada de ar. De repente, desapareceu o peso de quinhentos quilos contra a porta.

Ele voltou correndo para a casa das máquinas e parou no meio do caminho.

Seu capacete não estava mais lá! Assim como o revestimento interno prateado do traje, tirado de onde ele o tinha deixado, perto da escotilha! Seth foi correndo até o visor da escotilha e olhou para fora, para o lugar onde tinha amarrado seu traje espacial. Aquele filho da mãe o tinha roubado! Ele devia ter passado sorrateiramente para fora da sala do reator a estibordo enquanto Seth procurava por ele no bombordo.

Deve ter sido assim também que ele sobrevivera à descompressão. Ele estava em uma das salas dos reatores, atrás de uma porta pressurizada.

Seth chutou uma das cadeiras na frente da mesa de controle, que saiu rolando pela sala. Pegou a chave-inglesa e bateu contra a parede de metal novamente, e de novo, soltando palavrões, com o suor fazendo seus olhos arderem. Quando sua raiva se esgotou ele ficou lá, em pé, parado, arfando, com uma careta no rosto. Estivera tão perto de pegar aquele canalha!

Quem quer que fosse, certamente causaria mais estragos. Seth tinha de enviar um aviso a Kieran.

Seth subiu até a câmera de vigilância acima da mesa de controle e apontou-a para o canto da sala, onde ele tinha reunido uma pilha de recipientes vazios de ração. Em seguida, encontrou um bloco de papel e uma pesada caneta preta. Escreveu, em letras de forma, a seguinte mensagem:

SABOTADOR DA NEW HORIZON A BORDO, TEM ACAMPADO AQUI. OS NÍVEIS DE RADIAÇÃO AGORA ESTÃO NORMAIS.

Seth duvidava que Kieran acreditasse nele, mas tinha de tentar.

Ele foi até a alavanca de emergência na parede, próxima à porta e, apoiando os pés de forma que pudesse sair correndo, puxou-a para baixo. Um alarme perfurou seus ouvidos, e ele sabia que esse alarme ressoaria por toda a nave.

Agora, correr era tudo o que Seth podia fazer.

# Investigação oficial

— Você não tem frequentado as cerimônias religiosas ultimamente — disse Kieran a Sarah Hodges. Ele reclinou-se na cadeira de sua escrivaninha, pressionou os dedos uns nos outros e ficou analisando a garota.

Sarah olhava para ele com ódio, contorcendo-se em seu assento. Seus cabelos estavam oleosos, puxados para trás em um rabo de cavalo, e suas unhas estavam imundas. A tarefa de escavar batatas havia sido atribuída a ela nos últimos dias, tarefa da qual ninguém gostava. Kieran supôs que sua oferta de trocar os deveres dela para cuidar das colheitadeiras de grãos fizesse com que Sarah soltasse a língua, mas ela permanecera tão indiferente quanto sempre fora.

— Você não gosta das cerimônias religiosas?

— Acho que não — disse ela, sem emoção na voz.

— Por que não?

— Elas me fazem lembrar demais daquela mulher.

— Eu não sou nem um pouco como ela.

— Como você sabe? Você nunca chegou a conhecê-la — disse ela, com escárnio.

"Sim, eu a conheci", foi o que Kieran quase disse, mas ele não queria que sua conversa com Mather se tornasse pública. Ele ainda não tinha assistido aos arquivos de vídeo que ela lhe havia enviado, e não tinha ouvido notícias dela novamente e nem tentado entrar em contato. No momento, estava focado em encontrar Seth Ardvale antes que ele pudesse causar mais algum dano.

Kieran apoiou os cotovelos na escrivaninha e a cadeira rangeu sob ele. O aroma leitoso do chá de rooibos pairava no ar.

— Onde você estava na noite dos disparos dos *azipods*?

— Eu estava no meu quarto. Quando ouvi seu anúncio, fui até o abrigo central. Waverly estava lá comigo.

— Isso é o que ela disse.

— Parece que as nossas histórias batem — retrucou Sarah.

— O que você quer dizer com isso?

— Quero dizer que as pessoas não gostam de ser questionadas como se fossem criminosas.

— Essa não é a minha intenção, Sarah. — Kieran soltou um suspiro. Ela era apenas a terceira pessoa que ele havia entrevistado, depois de Sealy Arndt e Tobin Ames, que inicialmente haviam sido apoiadores de Seth. Os comentários já estavam se espalhando. Ele teria de redigir seu sermão para este domingo com muito cuidado, precisaria encontrar uma forma de fazer que as pessoas voltassem a ficar do seu lado. — Não é que eu ache que você teve alguma coisa a ver com os problemas nos *azipods*...

— Ah, não é isso?

— Eu só estou tentando reconstituir mentalmente o que aconteceu naquela noite — disse ele, embora, na verdade, a suspeita que tinha dela fosse mais forte do que nunca. Sarah era amiga de Waverly, e ela parecia o tipo de pessoa recalcitrante que simpatizaria com Seth, porém, no momento, ele precisava que ela baixasse a guarda. — Você pode ter visto alguma coisa sem se dar conta disso. Esse é o único ponto por onde posso pensar em começar.

Ele disse isso com a intenção de aplacá-la, mas Sarah cruzou os braços e o ficou encarando com ares de teimosia.

De repente, as luzes na sala piscaram, lançando estranhas sombras sobre o busto de Harry Truman que ficava no canto do escritório. Um alarme ressoava agudo por toda a nave.

— Ah, meu Deus! — disse Sarah. — O que é isso?

— Fique aqui — disse Kieran, enquanto saía de trás de sua mesa e seguia veloz em direção à porta. Ele desceu o corredor até o Comando Central, ciente dos passos de Sarah atrás dele. Ao chegar, se deparou com Arthur e Sarek inclinando-se sobre uma tela de vídeo, parecendo desnorteados.

— O que aconteceu? — Kieran perguntou a eles.

— Alguém ativou o alarme de emergência na casa das máquinas — disse Sarek.

— Por quê? — Kieran começou a seguir em direção a sua cadeira, mas parou de repente. — Você disse *a casa das máquinas*?

— É — disse Sarek, visivelmente abalado. — Isso foi depois de duas descompressões com intervalos de poucos minutos entre elas. Eu achei que se tratasse de avarias nos instrumentos, mas agora...

— Veja! — Arthur girou a tela de vídeo na direção de Kieran.

A tela mostrava uma pilha do que parecia ser recipientes de rações, e um aviso em letras de forma. Kieran leu a mensagem, balançando a cabeça.

— Mas aquela sala está inundada com radiação!

— Não de acordo com a mensagem — disse Arthur, mas ele não parecia acreditar nisso.

— A equipe de reparos *realmente* expeliu o ar da sala antes de partir — disse Sarek, ponderando a situação.

— Sim, mas haveria resíduos! — insistiu Kieran.

— Eu sei — disse Arthur. — É estranho.

— Bem, alguém definitivamente está morando lá — disse uma voz de mulher.

Os três garotos se viraram e se depararam com Sarah Hodges, que olhava para a tela de vídeo por cima dos ombros deles. Ela respondeu aos olhares contemplativos deles com um olhar fixo e frio.

— O que você está fazendo aqui? — perguntou Kieran a ela, irritado.

— Essa nave também é minha — disse ela. — Eu posso ficar aqui se quiser.

— Essa é uma área restrita — disse Arthur.

Ela olhou com ódio para cada um deles em resposta.

— Quanto mais vocês agem como se estivessem no comando, menos as pessoas confiam em vocês.

— Você pode voltar para aquela imagem? — disse Kieran, ignorando Sarah. — A câmera registrou quem puxou o alarme de emergência?

— Eu tentei fazer isso — disse Sarek, e voltou o vídeo. A imagem mostrava o painel da sala de motores e, em seguida, cortava para uma vista da pilha de lixo.

— Estranho — disse Sarah, pensativa. — O oposto deveria ter acontecido.

— O que você quer dizer com o oposto? — perguntou Kieran.

Sarah olhou para Kieran desafiadora, e manteve a boca fechada.

— Há algo de errado com os detectores de movimento — disse Arthur.

— Estamos trabalhando nisso.

— Eu sei exatamente o que está errado com os detectores de movimento — disse Sarah, com um sorriso presunçoso.

Os três garotos olharam para ela e ficaram esperando.

— Ah, eu não vou contar a *vocês* o que é.

— Como você sabe? Você está em contato com... — Kieran quase disse o nome de Seth, mas conteve suas palavras. — Alguém lhe contou isso?

— Não, é apenas óbvio. Estou surpresa de que vocês, rapazes, não tenham pensado nisso.

— Sarah — disse Kieran em um tom de voz perigosamente baixo. — Você vai me dizer o que sabe.

— Digo, sim, quando você parar de agir como se a nave fosse apenas você.

Kieran ficou encarando o rosto insolente dela com tamanho ardor que ele achou que poderia fazer as sardas dela pegarem fogo.

— Joguem-na na prisão!

Arthur olhou surpreso para Kieran.

— Kieran...

— Faça o que mandei!

— Você é um verme! — gritou Sarah, enquanto Sarek, desconcertado, chamava dois guardas do Comando Central. Sarek murmurou ordens para eles, que flanquearam Sarah; e mesmo sendo uns trinta centímetros mais altos do que ela, não a intimidaram. — Eu vou fazer você se arrepender disso! — ela rosnou a Kieran enquanto um dos guardas a pegava pelo cotovelo.

— Como foi que Seth desceu até lá? — Kieran ladrou a Arthur, que ficou com os olhos arregalados e fixos nele. Ainda dava para ouvir Sarah soltando palavrões e gritando durante o caminho até os elevadores. — Arthur! Como?

— Eu não sei — disse Arthur baixinho. Ele não olhava diretamente para Kieran, claramente muito preocupado. — Aquele nível inteiro está vedado.

— Sarek? — disse Kieran.

Sarek ativou o *software* de segurança e procurou, no sistema de comunicação, os dados sobre as diferentes portas e anteparas que haviam vedado os níveis inferiores para contenção da radiação. — Nada mudou — disse ele. — Os elevadores ainda estão todos vedados.

— E quanto às escadas? — perguntou Arthur do canto da sala.

— Verifiquem-nas individualmente — disse Kieran, com uma sensação de perda.

Sarek fez a rolagem pelas muitas portas nos níveis inferiores.

— Lá está. A escadaria a estibordo. Parece que alguém abriu a vedação manualmente.

— Como foi que não vimos isso? — perguntou Kieran com raiva.

— Como se eu não tivesse mais nada a fazer na vida! — disse Sarek, irritado.

— Onde estão os trajes antirradiação? — ladrou Kieran.

— Na enfermaria, eu acho — foi a resposta de Arthur, com um tom indiferente, e não dava para saber o que estava por trás da expressão em seu rosto. Kieran podia ver que Arthur não aprovava o que ele havia feito com Sarah, mas, no momento, ele não estava nem aí para isso. — Você não pode descer lá.

— Se a vedação foi rompida, o estrago está feito — disse Kieran, com amargura. Seth Ardvale deveria ser jogado por um *airlock* afora por isso.

Kieran desceu correndo até a enfermaria. Encontrou Tobin Ames e Sealy Arndt conversando. O restante do local estava vazio. Os oito adultos sobreviventes, confinados a seus leitos e fracos com a doença da radiação, tinham sido movidos para a unidade de tratamento intensivo na porta ao lado.

Tanto Tobin quanto Sealy olharam para Kieran com suspeita.

— Você vai me interrogar de novo? — quis saber Sealy.

— Não, Sealy — disse Kieran, soltando um suspiro, e depois acrescentou: — Eu realmente achava que você poderia ajudar na investigação. Seth deve estar por trás do que aconteceu com os *azipods*...

— Por mim, aquele canalha pode apodrecer na cadeia pelo resto da vida dele — disse Sealy, olhando com raiva para Kieran. — Mas estou começando a não confiar em *ninguém* que diz estar no comando.

— Estou fazendo o melhor que posso — disse Kieran, magoado. Tudo tinha ido bem até as garotas chegarem ali. Agora tudo parecia desequilibrado, como se ele pudesse perder o controle a qualquer segundo, e a tripulação pudesse irromper na mesma insanidade que quase o matou antes. — Onde vocês, rapazes, colocaram os trajes antirradiação quando os pacientes chegaram?

Tobin apontou para um armário no canto da sala. Kieran abriu a porta desse armário. Os trajes estavam imundos e fedendo a suor, quase impossíveis de serem usados.

— Vocês não os limparam?

— Nós os lavamos com mangueiras da melhor forma que pudemos e ejetamos a água suja. Isso foi tudo que tivemos tempo de fazer.

Kieran escolheu o traje com odor menos ofensivo e jogou-o por cima de seu ombro.

— Aonde você está indo? — Tobin perguntou.

— Não é da sua conta — retrucou Kieran, e marchou para o elevador a estibordo.

No percurso até lá embaixo, Kieran vestiu o traje. Fechou o zíper da calça e do macacão, pressionou e fechou todas as vedações, mas esperou para colocar o capacete. A face de vidro do capacete estava coberta com uma camada de sujeira, e ele a limpou com os dedos, o que deixou uma nojenta camada marrom debaixo de suas unhas. Em seguida, colocou o capacete fétido, torcendo o nariz por causa de seu odor.

O coração de Kieran galopava quando as portas do elevador se abriram para o nível acima da casa das máquinas. Ele pegou as escadas e desceu um degrau de cada vez até chegar à entrada da casa das máquinas, na parte inferior da nave. O ruído dos motores parecia bater de encontro a seus tímpanos, e podia sentir a potência dos *azipods* fazendo vibrar as solas dos seus pés. Devagar, ele se aproximou da entrada, que se parecia com qualquer outra entrada na nave. As portas de aço das anteparas que vedavam a sala tinham sido mesmo abertas manualmente. Ele inspirou fundo e abriu a porta que dava para a casa das máquinas.

Durante meses Kieran havia pensado neste lugar como uma tumba, e não gostava de estar ali. Ele foi até o armário de ferramentas para pegar o contador Geiger. Verificou a leitura, que o deixou pasmo. Ficou hesitante, mas, por fim, tirou o capacete e inspirou o ar comparativamente fresco. Em seguida, tirou o traje repulsivo e chutou-o para um canto.

Kieran foi até a pilha de lixo e mexeu nela. Os recipientes pareciam estar em diversos estágios de apodrecimento, alguns deles totalmente ressecados, e alguns ainda úmidos e reconhecíveis. Ele contou-os e imaginou que havia recipientes em quantidade suficiente ali para que uma pessoa subsistisse durante mais de uma semana.

Seth só estava fora da cadeia havia dois dias.

Kieran sentou-se no chão e ficou olhando, pensativo, para a pilha dos recipientes vazios. A menos que tudo aquilo fosse encenado, e ele não achava que fosse, não havia sido Seth quem estivera acampando ali. O sangue de Kieran corria frio em suas veias quando ele pensava nas possibilidades.

Com uma urgência renovada, ele se levantou e fez uma busca em todos os armários. Em seguida foi até todas as imensas salas dos reatores e andou por seus perímetros, procurando mais pistas. Não encontrou nenhuma. Kieran estava certo de que, quem quer que estivera passando um tempo ali embaixo, essa pessoa não haveria de voltar, não agora depois de o alarme ter sido ativado; ele designaria uma equipe para permanecer ali, por garantia de segurança. Ele balançou a cabeça, com raiva. Achava que encontraria mais coisas, alguma pista sobre o que havia acontecido durante aqueles disparos dos *azipods*, e estava decepcionado.

Kieran foi andando de volta até o elevador e apertou o botão para chamá-lo, profundamente envolto em seus pensamentos. Fora Seth quem havia puxado aquela alavanca de emergência e, por alguma razão, ele tinha certeza disso. Seth sabia de alguma coisa. Por algum motivo, estava disposto a arriscar se revelar para enviar uma mensagem a Kieran. Será que ele o estaria provocando?

O sinal do elevador ressoou e as portas se abriram, porém, em um impulso, em vez de entrar, Kieran dirigiu-se até a escada a estibordo mais uma vez. Aquela era a escadaria menos usada na nave. Sem o traje antirradiação o ambiente ali era frio e desconfortável. Portanto, aquela escada raramente era usada. Além disso, não havia nenhuma câmera de vigilância ali. Poderia ser assim que Seth estava viajando.

Uma gélida rajada de ar foi de encontro ao rosto de Kieran. As escadas eram feitas de uma rede de metal, erguidas centenas de metros acima de sua cabeça, e todos os degraus seguiam em direção à proa da nave. Kieran prendeu a respiração e ficou à escuta, para ver se ouvia passos. Mesmo que Seth estivesse dez andares acima dele, Kieran seria capaz de ouvi-lo. Ou talvez Seth não tivesse ido tão longe assim.

Seguindo um palpite, Kieran subiu até a ala de armazenamento e entrou na imensa sala. Ali, centenas de contêineres estavam empilhados de dez em dez, esperando para serem distribuídos quando a nave chegasse à Terra Nova. Nesta sala silenciosa, cercado por estes contêineres gigantescos, ele se deu conta de que fazia um bom tempo desde a última vez em que havia vagado sozinho pela nave. Ele costumava fazer isso o tempo todo, simplesmente saía sem destino, caminhando pelos arredores, dizendo olá às pessoas que encontrava por acaso, parando para ajudar a sra. Dunnow a colher algumas chirívias, ou para alimentar a truta com o sr. Aims. Agora a nave parecia tão vazia.

Pela primeira vez em um bom tempo, Kieran se permitiu pensar em seus pais. Se algum dia ele visse sua mãe novamente, contaria a ela tudo que havia acontecido, todas as coisas que havia feito, e ela o envolveria em seus braços e diria "Você fez o que pôde. Ninguém poderia ter feito melhor". O pai de Kieran daria uns tapinhas amigáveis em seu ombro, o tipo de tapa que doía só um pouquinho, para fazer com que ele se sentisse durão, e diria "Estou orgulhoso de você, filho".

— Estou orgulhoso de você — Kieran murmurou para si mesmo, tentando soar como seu pai.

Um som atraiu sua atenção. Ele parou. Ficou escutando. Teria acabado de ouvir alguma coisa? Alguém inspirando, surpreso? O andar arrastado de alguém com sapatos?

Passos! Alguém caminhando.

Kieran saiu correndo em direção ao som. Agora que estava correndo, o som dos passos ficava mais alto, como se a outra pessoa tivesse desistido de ficar em silêncio. Ele correu por diversas fileiras de contêineres, e então avistou o lampejo de uma forma humana.

Seth! Ele soube disso por instinto, até mesmo antes que pudesse notar os cabelos de um loiro sujo e de ombros largos.

Seth estava fugindo. Carregava uma bolsa, que parecia pesada, amarrada sobre os ombros. Mesmo com o peso nos ombros, ele ainda era muito rápido. Kieran saiu em disparada atrás dele, correndo o mais rápido quanto podia. Porém, ele era lento.

Ele sabia que nunca se recuperaria plenamente depois de passar fome na cadeia por um mês, mas ficou surpreso de como era difícil correr até mesmo por um curto período de tempo. Seu coração já estava incomodando, e a gravidade extra, que puxava seus braços e pernas para baixo, fazia com que todo o seu corpo ficasse lento, sem velocidade nenhuma. Seth ficava cada vez menor ao longe. A visão de Kieran ficou turva e ele achou que fosse desmaiar. Bateu com seu corpo em um contêiner, com raiva, ignorando a dor em seu ombro.

— Pare! — ele gritou, inutilmente. Para sua surpresa, Seth parou. E lentamente se virou. Os dois garotos entreolhavam-se, e Seth começou a caminhar na direção de Kieran. Que arrogância! Apenas andando por onde tinha vindo, tão confiante que poderia correr mais rápido do que ele. Por fim, Seth parou. Não mais de trinta metros separavam os dois. Seth olhou com ódio para Kieran, com seus frios olhos azuis.

Kieran queria dilacerá-lo, mas as pontas de seus dedos formigavam. Seth deu uma olhada rapidamente ao redor.

— Você está sozinho?

Não havia por que fingir. Kieran só conseguia falar umas poucas palavras de cada vez entre suas respirações.

— Eu vim... para dar uma olhada... na casa das máquinas.

— Não era eu que estava acampado lá embaixo — disse Seth.

Kieran deu um passo para a frente, afastando-se do contêiner. Seth deu um passo para trás, esticou a mão para pegar algo na sacola, mas, fosse o que fosse, não o puxou para fora. Kieran achava que sabia o que era.

— Como você... saiu? — perguntou Kieran, embora estivesse asfixiado, tentando respirar.

— Acordei e a minha cela estava aberta.

— Mentiroso.

— Se você não acredita em mim, por que pergunta?

Kieran ficou encarando Seth, descrente. Esse era o cara a quem Waverly fora visitar na cadeia. Esse valentão mentiroso e astuto.

— Olha — disse Seth. Ele puxou a mão para fora de sua sacola e ergueu--a em apelo. — Você precisa me ouvir, Kieran, ok? Isso é importante. — Kieran nem pestanejava. — Acho que temos um passageiro clandestino da New Horizon a bordo. Ele deve ter vindo com a nave auxiliar da Waverly. Ou ele estava aqui o tempo todo, desde o primeiro ataque. Eu não sei. Foi ele quem permitiu que eu saísse, para fazer com que você achasse que fosse eu quem estava mexendo nos *azipods*. Ele é perigoso. Você precisa encontrá-lo.

— Não me diga o que tenho de fazer — disse Kieran, com repulsa.

— Kieran, isso não é mais sobre você e eu. Você entende isso, não?

— Acho que você está mentindo.

— Não estou mentindo. Por que eu sabotaria a missão ou colocaria a nave em perigo? Tudo o que eu sempre quis foi ser um oficial.

— Então por que você armou um motim? — exigiu saber Kieran.

— Não era realmente um motim, Kieran — disse Seth em tom gentil, quase bondoso. — Você não era o capitão.

Mais uma vez, Kieran não disse nada. Ele estava furioso por Seth tentar ser o homem superior, argumentando com ele, depois de tudo o que tinha acontecido. A hipocrisia era repulsiva.

— Você não pode me pegar hoje — disse Seth. Ele levou a mão até a tira de sua bolsa, ajustou seu peso em seu ombro.

— Eu vou pegar você em breve — disse Kieran, ofegante.

— Você pode tentar. — Seth virou e saiu correndo, mas depois parou e se virou. Levou a mão até nuca, e seus olhos moviam-se mirando o chão entre eles dois.

— Olha — disse ele por fim —, eu sinto muito. Sobre como eu tratei você na prisão. Eu acho que eu estava meio que... culpando você pelo que aconteceu com o meu pai.

— Você tentou me matar.

— Eu nunca teria levado aquilo até o fim.

— Você tem certeza disso?

Seth apenas olhou para ele com uma expressão assombrada.

— Eu nunca permitirei que você tire essa nave de mim outra vez — disse Kieran. Ele empurrou-se para longe do contêiner para ficar apoiado nos dois pés. — Eu morrerei antes de você se sentar na cadeira do capitão.

— Eu sei disso.

— E você nunca poderá ter a Waverly — disse Kieran, tentando pensar na coisa mais cruel que poderia dizer. — Ela ficaria cansada de você. Você é... bronco demais para ela.

Seth assumiu uma expressão sombria ao ouvir isso, e os cantos de seus lábios foram puxados para baixo. Por um instante, parecia que ele iria chorar, mas, em vez disso, ele se virou em direção a estibordo da nave e se foi.

Kieran sentou-se no chão da ala de armazenamento e ficou esperando que seus dedos parassem de formigar. Isso nunca tinha acontecido com ele antes, mas ele também não havia tentado correr desde o mês em que passara preso. Havia algo errado com ele, mas essa era a menor de suas preocupações.

Era bem provável que Seth não estivesse mentindo sobre o passageiro clandestino. Kieran odiava Seth, mas não o bastante a ponto de dispensar o raciocínio dele. Seth desejava o poder, e ele sabia que a última maneira de consegui-lo seria retardando a busca pelos pais da tripulação da Empyrean, mexendo com os *azipods*.

Kieran estava com raiva de si mesmo. Ele deveria ter se dado conta disso antes. Havia um sabotador da New Horizon a bordo da Empyrean e Seth estava procurando por ele. Caso Seth levasse o sabotador à justiça, ele seria um herói. E Kieran pareceria um tolo.

A inquietação espalhou-se por Kieran como febre.

Talvez não fosse tão terrível assim se a tripulação continuasse pensando que Seth era um sabotador.

Kieran permaneceu na ala de armazenamento durante um bom tempo, ponderando suas opções. Quando conseguiu caminhar, pegou o elevador a bombordo e seguiu direto até o Comando Central para convocar uma reunião com os oficiais do Comando.

# 2

# PODER

*Quase todos os homens*
*podem suportar a*
*adversidade, mas se você*
*quiser testar o caráter de*
*um homem, dê-lhe poder.*

Abraham Lincoln

# Novas regras

Waverly estava deitada debaixo de uma colheitadeira de grãos, puxando um parafuso teimoso em uma bateria que tinha um vazamento, quando ouviu o estalido do intercomunicador da nave. Suas mãos estavam pesadas e inchadas por conta do aumento na gravidade; seu corpo inteiro parecia mais lento. Ela descansou a cabeça no solo de cheiro agradável, com o olhar fixo no chassi da máquina, enquanto escutava.

— Aqui quem fala é Kieran Alden. Por favor, queiram parar o que estiverem fazendo e prestar atenção, visto que esse pode ser o anúncio mais importante que já fiz na vida.

Waverly revirou os olhos. Desde que havia assumido o comando da Empyrean, Kieran abusava do uso de hipérboles. Ela supunha que era por isso que ele conseguia fazer com que as pessoas lhe dessem atenção.

— Nós temos motivos para acreditar — dizia Kieran — que há um terrorista da New Horizon a bordo da Empyrean.

O sangue foi drenado da face de Waverly. Ela ouviu várias pessoas gritarem. Duas garotas que estavam trocando o óleo em um trator se deram as mãos e ficaram com os olhos arregalados no alto-falante do intercomunicador. Waverly arrastou-se para fora, saindo de sob a colheitadeira de grãos, e ficou em pé para ouvir melhor.

— Agora parece claro que Seth Ardvale está operando em conjunto com o sabotador.

— De jeito nenhum! — disse Waverly, mas fechou a boca quando diversas pessoas fizeram "Shhh" para que ela se calasse.

— Achamos que Seth esteja agindo em parceria com o terrorista. Juntos, eles mataram Max Brent e fizeram a nave sair de seu curso com aqueles disparos dos *azipods*. Temos motivos para acreditar que eles possuem armas de fogo.

Diversas pessoas ficaram ofegantes, alarmadas, e Waverly ouviu outras trocando sussurros frenéticos.

— Além do mais — disse Kieran — o terrorista deve ter entrado a bordo da Empyrean na nave auxiliar de fuga pilotada por Waverly Marshall.

Waverly teve de se apoiar no trator.

— Com isso em mente, estou instituindo uma nova regra para certificar que todos os membros da tripulação estejam em segurança e sejam registrados. As cerimônias religiosas serão realizadas todos os dias, e a presença de todos será obrigatória. Reportem-se ao auditório todas as manhãs, às 8 horas, quando faremos uma contagem e anúncios; além disso, começaremos os nossos dias com um pouco de reflexão, preces e união. Temos de nos unir, pessoal. Agora não é hora para se criar discórdia ou comprometimento falho. Precisamos confiar uns nos outros para conseguirmos atingir nossos objetivos. Obrigado pela atenção de vocês. Por favor, continuem com os seus deveres.

Waverly deixou cair a chave-inglesa. Ela se deu conta de que estivera prendendo a respiração, e abriu a boca para inspirar o ar.

Havia um passageiro clandestino em sua nave auxiliar? Ela e o restante das garotas tinham vivido naquela nave durante quase um mês, esperando que a Empyrean emergisse da nebulosa para que pudessem fazer contato com a nave-mãe. As garotas tinham estado em todos os lugares naquela nave auxiliar, ficando malucas, tentando não pensar na pilha de rações que sempre diminuía no porão de carga. Onde um passageiro clandestino poderia ter se escondido aquele tempo todo?

Ela deveria ter feito uma busca naquela nave auxiliar, revirado a nave, olhado debaixo de todos os painéis de manutenção, rastejado por todo o encanamento. Ela não conseguia acreditar que havia permitido que isso acontecesse!

Agora Kieran e todo o resto do pessoal teriam mais um motivo para odiá-la.

Waverly jogou suas luvas de trabalho no chão, ignorando os olhares de raiva que vinham dos outros, crianças e adolescentes com raiva procurando alguém a quem odiar. Ela saiu correndo de imediato. Passou voando pelo campo de trigo, chutando o ar, golpeando o solo que ia até seus tornozelos, até chegar aos elevadores a bombordo. Bateu com tudo no botão para chamar os elevadores com a parte interna de sua mão e então, com raiva, socou a parede, até que algo saltou em seu pulso.

O elevador se abriu para um corredor vazio. Waverly mal sentia seus pés tocando o chão enquanto corria entre as fileiras fantasmagóricas de trajes espaciais até a nave auxiliar que ela havia levado até ali. Ela nunca tinha desejado ver aquela nave auxiliar novamente, mas agora subia correndo a rampa e entrava no porão de carga.

O cheiro ali era terrível. Ela se lembrou novamente da aterrorizante jornada de seu cativeiro de volta para casa, na New Horizon. As naves auxiliares eram próprias para serem ocupadas por equipes de terra na Terra Nova durante os primeiros dias dos projetos de terraformação, de modo que eram equipadas com recirculação de água e de ar, além de rações, mas ainda eram precárias para viagens no espaço sideral. Elas tinham apenas sistemas rudimentares para lidarem com gravidade zero, o que tornava o gerenciamento adequado de dejetos e do consumo de alimentos quase impossível. O porão de carga era uma zona repulsiva.

Ela subiu as escadas até a área dos passageiros, que estava ainda pior. Recipientes descartados de rações sujavam o chão da área, e os assentos estavam inclinados cada um de um jeito. Ela se lembrava do choro, das súplicas, dos questionamentos infinitos: "Quanto tempo mais? A Empyrean ainda está lá fora, não está, Waverly?". E as piores perguntas de todas, repetidas infinitamente por praticamente todo mundo: "Por que você não conseguiu salvar a minha mãe? O meu pai? O meu tio? Por que você os deixou para trás?".

Ela poderia mostrar às garotas o tanto quanto quisesse a ferida de bala em seu ombro, mas nunca seria capaz de fazer com que elas entendessem como tinha sido.

Uma imagem de um homem morrendo enquanto o sangue se espalhava, vermelho, em sua camisa. Morrendo por causa dela.

— Eu não penso mais nisso — disse ela em voz alta.

— Olá?! — disse uma voz masculina, que Waverly não reconhecera.

Ela deu um pulo. Havia alguém na cabine do piloto. Seu coração começou a chutar-lhe o peito pra lá de acelerado, e ela deu um passo para trás, mas então Arthur Dietrich olhou para fora da pequena entrada e abriu um sorriso.

— Eu achei que você pudesse vir até aqui. Quero dizer, quando você ouviu o anúncio.

Waverly não disse nada. Ela ficou observando Arthur. Esperava que ele dissesse alguma coisa, porque ela mesma não conseguia.

— Estou feliz por você estar aqui — disse-lhe Arthur. Ele virou-se de volta na direção da cabine do piloto e chamou-a, fazendo um sinal com uma das mãos por cima do ombro. — Alguma ideia de onde ele possa ter ficado escondido?

Waverly foi andando devagar na direção da cabine do piloto, e deparou-se com Arthur sentado na cadeira do copiloto. "Aí é onde a Sarah senta", pensou ela de um jeito irracional, mas segurou a língua. A tela no centro do painel de controle tremeluzia, criando sombras sobre o rosto redondo dele. Arthur assistia a uma gravação em vídeo dos poucos minutos antes de a nave auxiliar decolar da New Horizon.

— Eu nem sabia que havia uma câmera a bordo — disse Waverly.

— Ela é ativada quando os motores se aquecem, e registra as decolagens e aterrissagens, para o caso de haver algum acidente.

— Ah... certo.

— Eu não consigo ver quando o passageiro clandestino entrou — disse Arthur. — Haveria alguma forma de como isso poderia ter acontecido antes de você chegar ao hangar das naves auxiliares?

— Sarah trouxe as garotas. Eu vim por último.

— Ah, sim, ali está você. — Arthur apontou para a tela e Waverly viu uma imagem de si mesma, uma garota abatida e desesperada, mancando em meio a uma multidão de mulheres com aparência bondosa. Waverly estava com os olhos arregalados, seus cabelos eram um ninho de fios emaranhados e o sangue escorria por seu braço. Ela se movimentava como um animal ferido, apontando a arma de fogo a qualquer um que se aproximasse dela.

— Meu Deus, Waverly — disse Arthur, e olhou para ela, chocado. — Eu não fazia a mínima ideia...

— Não! — Waverly ergueu uma das mãos e rapidamente Arthur voltou a olhar para o vídeo.

— Ali! O que é aquilo? — Arthur apontou para o carrinho de provisões que estava sendo levado em direção à nave auxiliar por um grupo de mulheres. A Waverly que era vista na tela de vídeo observava as mulheres com ares desconfiados e então, lentamente, foi caminhando em direção à nave auxiliar, com o cano de sua arma apontado para a multidão.

Ela ficara enojada ao ver aquilo. O que ela havia se tornado? Será que ainda estava congelada por dentro daquele jeito?

Será que ainda era uma assassina?

— Você acha que alguém veio naquele carrinho? — perguntou Arthur.

— De jeito nenhum! — disse ela, voltando ao presente e estremecendo. — Esse carrinho estava cheio de comida. E aquele outro? Está vendo o carrinho ali? Aquele está cheio de água. Não tinha como uma pessoa caber em um deles.

Os dois ficaram olhando para a tela por mais alguns minutos, vendo as mulheres recuarem da nave auxiliar sempre que o escapamento do motor chamejava. A nave auxiliar deslizou facilmente para dentro do *airlock*, e então se moveu para fora e afastou-se da New Horizon, que foi ficando cada vez menor até que desapareceu no espaço.

"Mas a New Horizon ainda está lá", Waverly lembrou-se disso. "A nave não desapareceu. E ela está esperando por nós. Porque ela tem aquilo que nós desejamos, e isso a coloca no topo mais uma vez."

— Espere — disse Arthur. — Eu achei que houvesse um... — Ele voltou a gravação, e eles dois ficaram vendo a imagem da New Horizon encolhendo-se e afastando-se, e então Arthur apertou o botão de pausa. — Ali! — Ele apontou para um ponto indistinto e borrado flutuando na imagem congelada, logo acima da New Horizon.

— O que foi?

— Um traje espacial! Aquilo é alguém vestindo um traje espacial!

Waverly apertou os olhos para olhar para a tela e Arthur apertou o *play* novamente. O pontinho flutuava vindo da New Horizon e acelerava em direção à nave auxiliar. Com rapidez, a pessoa no traje espacial ficou fora do campo de visão abaixo da borda da tela, mas aquilo era inquestionável.

— Ele se prendeu com uma corda em sua nave auxiliar. Foi assim que entrou na nave. E depois, de alguma forma, conseguiu entrar a bordo e se escondeu.

— Como? Quando?

— Ele deve ter usado o pequeno *airlock* do porão de carga. — Arthur levantou-se de seu assento, fazendo um sinal para Waverly por cima de seu ombro, e os dois desceram até o porão de carga da nave auxiliar. Na popa havia uma escotilha do tamanho de um homem com uma portinhola minúscula. Arthur e Waverly espiaram pelo vidro arranhado e viram o capacete de um traje espacial vazio. — Vocês não notaram aquilo ali?

A princípio, Waverly ficou chocada demais para falar, mas ela recuperou a voz e disse:

— Eu acho que olhei uma vez, só para ver o que havia dentro. O traje espacial estava virado para o outro lado, então eu só consegui ver as costas dele. — Ela estremeceu. Ela havia olhado direto para o passageiro clandestino, escondido naquele traje, e não o tinha visto. — Eu achei que fosse padrão manter um traje espacial ali dentro.

Arthur assentiu.

— Provavelmente eu teria pensado a mesma coisa.

— Ele pode ter até dormido ali dentro, passando o tempo todo ali.

— A lógica diz que é possível. Ficaria claustrofóbico, mas, se ele mantivesse as válvulas de ar abertas... pode ser que tenha ficado ali quase o tempo todo.

— Sim — disse Waverly. — Ah, meu Deus, Arthur!

Ele colocou uma das mãos no ombro dela e esperou que ela voltasse o olhar para ele.

— Waverly, *nós* deveríamos ter pensado nisso também. Deveríamos ter feito uma busca na nave auxiliar, deveríamos tê-la colocado em quarentena. Que inferno, deveríamos ter nos livrado dela.

Ela assentiu. Entendia o motivo pelo qual Kieran gostava tanto de Arthur. Ele era gentil.

Eles dois desceram a rampa da nave auxiliar, e Arthur apertou o botão para erguer a rampa novamente. Waverly ficou olhando enquanto as evidências de sua aterrorizante passagem para casa desapareciam atrás da porta.

— Eu preciso lhe dizer uma coisa — disse Arthur a Waverly enquanto cruzavam o hangar vazio de naves auxiliares. Os trajes espaciais pendurados ao longo da parede pareciam se inclinar para longe de seus ganchos, como se estivessem tentando ouvir a conversa. Waverly não gostava de olhar para eles. Eles lembravam-na de quantas pessoas *não estavam* na nave. — Você vai ficar chateada.

Ele tinha a atenção dela agora.

— O que foi? Do que você está falando?

— Primeiro eu quero que você prometa... que não vai fazer nada de imediato. Você e eu vamos pensar no que fazer, e vamos elaborar um plano, e colocaremos esse plano em prática. Nós não vamos deixar que as nossas emoções tomem conta, ok?

— O que houve? Ele capturou Seth? — De repente, o restante do anúncio feito por Kieran voltou a sua mente. — De jeito nenhum que o Seth estaria operando em conjunto com o passageiro clandestino, Arthur! De jeito nenhum! Kieran estava errado ao fazer esse anúncio.

O pânico na voz dela pareceu dar uma pausa a Arthur, e ele olhou para ela, com o cenho franzido.

Ela curvou a cabeça para baixo. Arthur poderia ser bondoso, mas ele era leal a Kieran. Waverly deveria se lembrar disso.

Os dois cruzaram a entrada e seguiram corredor adentro. Arthur fechou a porta do hangar das naves auxiliares atrás deles.

— Waverly, Sarah estava respondendo grosseiramente para Kieran mais cedo hoje.

— Ah, meu Deus!

— Mas você precisa entender. Sarah estava mesmo provocando Kieran, deixando implícito que ela sabia de algo sobre Seth ter escapado. Disse que sabia o motivo de o nosso sistema de vigilância não estar funcionando, mas se recusou a nos contar. Então, Kieran...

— Ele a jogou na prisão.

Arthur assentiu. Waverly balançou a cabeça. Sua raiva fazia seus dedos tremerem. Todas as batidas de seu coração eram incômodas.

— Meu Deus, Kieran.

— Eis como eu vejo o problema — disse Arthur. Se Kieran fosse *realmente* o capitão, ele teria todo o direito de prendê-la por insubordinação.

— Mas ele não é realmente o capitão. — Arthur assentiu. — E você quer realizar uma eleição para dar a ele esse poder?

— Isso poderia ajudar com a atitude da tripulação. Se ele realmente fosse o capitão, Sarah poderia ter sido mais cooperativa.

— Ou Kieran poderia ter sido até mesmo mais canalha e incontrolável. — Em resposta a isso, Arthur não disse nada. — Então, o que você quer que eu faça?

Arthur não fingiu pensar no assunto; ele já havia considerado claramente o que ele desejava que Waverly fizesse.

— Eu quero que você fale com a Sarah e a convença a contar o que há de errado com o sistema de vigilância, para que então eu possa convencer

Kieran a tirá-la da prisão. Desse jeito, os dois podem voltar atrás e ainda livrarem suas caras.

Waverly soltou um suspiro pesado.

— Todos nós perdemos a cabeça?

— Crianças não deveriam lidar com esse tipo de coisa.

— Os adultos não são nem um pouco melhores nisso — disse Waverly, com tristeza, pensando na forma como tanto o capitão Jones quanto Anne Mather enganaram suas tripulações de adultos.

— Então você vai fazer o que lhe pedi?

Waverly assentiu.

— E você não vai correndo até o Kieran?

— Eu acho que é melhor nós dois nos evitarmos por um tempinho.

— Estou pensando que amanhã pela manhã seria um bom momento para visitar Sarah — disse Arthur.

— Não, eu vou agora.

Waverly começou a andar em direção ao elevador, mas Arthur fez que ela parasse, colocando uma das mãos no ombro dela. Ela se virou e viu que ele estava mordendo o lábio, com ansiedade.

— Eu só queria que você soubesse que não foi ideia minha que Kieran expressasse as coisas daquele jeito. No anúncio.

— De que jeito?

— Quando ele disse que o passageiro clandestino estava na nave auxiliar pilotada por Waverly Marshall.

Waverly ficou encarando Arthur, enquanto entendia o que ele queria dizer. É claro! Ao mencionar Waverly na mesma sentença que o passageiro clandestino, Kieran estava colocando a responsabilidade pela presença do passageiro clandestino na Empyrean em cima dela.

— Eu não tinha pensado nisso.

— Eu achei que foi um truque sujo — disse Arthur, envergonhado.

— É. — A voz dela soava insatisfeita e fria.

— Ele está sob muita pressão... — começou a dizer Arthur.

— Nem vem! — disse Waverly, balançando a cabeça e andando em direção ao elevador a estibordo, deixando Arthur para trás. Quando as portas do elevador se abriram, ela entrou e apertou o botão no painel de controle. Seria uma longa viagem até a prisão, e quanto mais ela pensava em tudo que Kieran tinha feito, mais raiva ela sentia.

O elevador abriu-se para o nível mais baixo da nave e Waverly seguiu em direção à prisão. O barulho dos motores era especialmente alto ali embaixo. Ela se perguntava como Seth tinha conseguido aguentar aquilo noite após noite. Claro, ela supunha, as pessoas poderiam se acostumar com praticamente qualquer coisa se fosse preciso.

Ela ouviu vozes quando virou no corredor que dava para a prisão. Na maior parte, vozes de meninos, e então um grito agudo que parecia vir de Sarah.

Waverly começou a correr, esquecendo por completo os avisos de Arthur. Quando chegou à prisão, ela parou para ouvir Sarah. Havia uma dúzia de celas ali em uma longa linha de barras de aço que se estendiam à sua frente, em cada um dos lados. Ela ouviu vozes à sua esquerda, e saiu correndo. Na terceira cela, lá embaixo, deparou-se com Kieran parado, em pé, agigantando-se sobre Sarah, sentada na cama de metal no meio da cela. Os dois estavam cercados de garotos que pareciam enraivecidos.

— Sarah, eu tenho uma nave cheia de crianças para proteger, e não tenho tempo de ficar de joguinhos com você.

— Se você me deixar sair daqui, eu conto! — Sarah rosnou entre os dentes.

Kieran recuou, com a mão erguida, tremendo de raiva. Parecia que ele queria estapear Sarah.

— Pare com isso! — gritou Waverly. — Ela passou com tudo por dois guardas que estavam parados na entrada. — O que você está *fazendo*?

Kieran a olhou como se estivesse revendo a cena em sua mente e considerando como pareceu aos olhos de Waverly, mas ele se recuperou com rapidez.

— Cai fora, Waverly.

— Não! Eu não vou permitir que você faça isso! — A voz dela soava rouca e em pânico.

Kieran agarrou Waverly pelo cotovelo, mas ela conseguiu se soltar.

— Você é um monstro! Eu não reconheço você!

— Waverly — disse Kieran baixinho, arrastando-a pelo braço para fora da cela de Sarah.

Ela tentou se soltar, mas Kieran aumentou a força de sua pegada, causando-lhe dor, e arrastou-a para fora da prisão, com os pés de Waverly derrapando no chão enquanto ela tentava arranhá-lo com a mão que estava livre, até que ele segurou seu pulso. No corredor, ele a encurralou em um canto e fez pressão nela com o peso de seu corpo, com os olhos fixos nos dela. O rosto de Kieran estava inchado com o edema causado pelo aumento na gravidade, e ela podia ver minúsculos vasos sanguíneos na superfície da pele dele. Kieran já tinha sido tão bonito, mas agora parecia horrendo para ela.

— Waverly — disse ele, baixinho. — Eu não ia machucá-la. Eu só estava com raiva.

— Ah, certo — retrucou ela.

— É verdade. Vamos lá, você me conhece. Eu não sou um valentão.

— Você *não era* um valentão antes de se fazer capitão.

— Olha. — Ele enfiou um dedo no rosto dela. — Eu tenho um terrorista nesta nave que está matando a minha tripulação. Não tenho tempo para a teimosia da Sarah. Ela sabe o que há de errado com o nosso sistema de vigilância e não quer dizer o que é.

— Quanto mais você a tratar desse jeito, menos ela vai querer ajudar você!

— O que você sugere?

— Converse com ela, pelo amor de Deus!

— Você quer tentar? — disse ele. A pergunta soava apenas para impressionar, mas ele ergueu as sobrancelhas com esperança.

— Você vai deixar a Sarah sair da prisão se ela cooperar?

— É claro que sim.

— Eu vou tentar — disse Waverly, com frieza. — Mas só se eu tiver a sua promessa de que não vai mais ameaçar ninguém nessa nave de novo, não importa o que aconteça.

Ela se afastou dele e voltou em direção à prisão. Os dois guardas, Harvey Markem e Vince Petrelli, olharam por cima do ombro para Kieran. Harvey estava com uma bandagem imunda sobre a testa, mas parecia tão forte quanto sempre fora. Vince era tão grande quanto Harvey, mas eram apenas dois garotos. Eles devem ter recebido algum sinal de Kieran, porque se afastaram para que Waverly entrasse na cela de Sarah.

A garota parecia abalada, mas forte. Ela ficou encarando Kieran com puro ódio, mas quando Waverly ajoelhou na frente dela, a expressão no rosto de Sarah suavizou-se um pouco.

— Sarah, se você sabe como consertar o sistema de vigilância, você tem de dizer isso a eles.

— Por quê? — disse a garota, retrucando.

— Você *sabe* por quê. Há um passageiro clandestino da New Horizon a bordo da Empyrean e nós precisamos encontrá-lo.

— Há um *passageiro clandestino*? — Os olhos da garota ficaram tão arregalados que suas íris ficaram cercadas por um círculo branco.

Waverly se voltou para Kieran.

— Você não *contou* isso a ela?

— Eu fiz o anúncio faz uma hora — disse Kieran, confuso.

— Bem, eu não ouvi — disse Sarah.

— Porque você não ligou os alto-falantes da prisão, seu imbecil!

Kieran enfureceu-se, mas Waverly ergueu uma das mãos em sinal de aviso. O melhor para Sarah naquele momento seria evitar que Kieran perdesse a paciência.

— Sarah — disse Waverly —, se você tem alguma ideia...

— Eu vou lhe dizer o que você precisa saber — disse Sarah, mas não para Waverly. Ela estava olhando para Kieran, e seus olhos pareciam feitos de mármore. — Se você me deixar sair daqui.

— Eu vou deixar você sair — disse Kieran — depois que você me contar.

Sarah virou-se para Waverly novamente e soltou um suspiro.

— Você consegue desamarrar as minhas mãos?

Waverly deu a volta em torno da garota e viu que as mãos dela estavam vermelho-azuladas, pois a corda estava tão apertada que os dedos de Sarah tinham se contorcido a ponto de parecerem garras. Waverly balançou a cabeça, com mais raiva, mas não disse nada enquanto soltava o nó, puxando-o até que se soltasse e Sarah pudesse erguer as mãos e esfregar a parte que estava em carne viva.

— Eles reprogramaram o *software* que controla os detectores de movimento — disse Sarah com um tom de escárnio.

— Não é isso — disse Kieran. — Nós verificamos o código. Não foi alterado.

— Seria fácil não ver isso. Tudo o que eles fizeram foi inverter os comandos do *software*. Agora as câmeras *param* de gravar quando há movimento, e *começam* a gravar quando não há nenhum movimento. O oposto do que elas deveriam fazer. Eles provavelmente só tiveram de mexer em alguns caracteres. Verifique novamente. Só pode ser isso.

Waverly podia ver que Kieran se sentia um tolo. Isso era tão simples que ele deveria ter sido capaz de perceber de imediato. Certamente ele não teria precisado ameaçar ninguém.

— Agora eu vou pra casa — disse Sarah, e se levantou da cama.

Kieran balançou a cabeça em negativa.

— Quando eu disser que você pode ir.

— O quê? — Waverly soltou num grito agudo.

— Você ainda precisa passar um tempo na prisão pela forma como retardou a investigação — disse Kieran a Sarah.

A garota balançou a cabeça, e sua boca era uma linha irada em seu rosto endurecido.

— Kieran Alden, você não passa de um mentiroso.

— Eu não menti. Eu disse que deixaria você sair daí. Só não disse que seria imediatamente.

Waverly estava congelada de raiva. Ela achava que, se permitisse que seu corpo se movesse, arranharia o rosto de Kieran. Em vez disso, ficou sentada ao lado de Sarah, e encarava esse garoto que ela havia amado durante tanto tempo, o garoto com quem ela achava que se casaria. Agora ela o desprezava.

— Vamos — disse Kieran, e fez um movimento para que os guardas o acompanhassem para fora da prisão. Ele se virou novamente para Waverly, que permanecia na cela, ainda encarando-o, ainda sem acreditar naquilo.

— Waverly — disse ele —, vamos.

Ela balançou a cabeça em negativa.

— Enquanto Sarah permanecer aqui, eu também vou ficar.

— Eu posso fazer com que retirem você daí à força.

— Se você quiser provar que estou certa em relação a você... — embora a raiva estivesse se revirando dentro dela, sua voz era firme e baixa. — Você é igualzinho à Anne Mather. Você se transformou em uma versão mesquinha dela, e só vai piorar até que perceba isso.

— Muito bem — disse Kieran. Ele assentiu para Harvey, que, rapidamente, deu um passo à frente e trancou a cela. Sarah segurou a mão de Waverly e as duas garotas sentaram-se uma perto da outra.

— Três refeições substanciais — disse Kieran aos guardas, e saiu da cadeia.

# Investigação não oficial

Seth estava sentado no chão da ala das coníferas, desmontando pinhas, mascando ruidosamente as castanhas que se aninhavam entre os esporões. Ele se sentia como um esquilo, mas sabia que precisava de proteína mais do que qualquer coisa, e pelo menos as castanhas haveriam de lhe prover isso.

Seth não tirava o anúncio da cabeça. Kieran tinha sido bem mais baixo do que ele achava possível, dizendo que Seth e o passageiro clandestino estavam mancomunados. Ele sabia que Kieran poderia tentar fazer algo do gênero, mas ainda assim doía saber que todas as pessoas na nave agora suspeitavam que ele fosse um traidor.

— Boa jogada, Kieran — murmurou Seth.

Seth catou outro pinhão e tirou os esporões secos, pegando as pequenas castanhas. A única forma de ele se redimir seria pegando ele mesmo o canalha. Enquanto mordiscava uma das pequenas e doces castanhas, tentava pensar como um sabotador. Qual seria seu próximo passo?

Parecia provável que ele se restringisse à ações da nave, mas, sem acesso à casa das máquinas, isso seria difícil. Ele poderia usar um traje espacial para desativar os motores do lado de fora, mas isso seria impossível sem algum tipo de dispositivo explosivo. Se o sabotador havia sido um passageiro clandestino na nave auxiliar de Waverly vindo da New Horizon, era questionável que tivesse conseguido trazer consigo alguma arma de fogo, o que significava que ele teria de construir uma bomba a partir do zero.

Onde encontraria materiais para um explosivo?

Seth reclinou-se, deixando o tapete de pinhas estalar. Ele não sabia nada sobre como fazer uma bomba. A única coisa em que conseguia pensar era verificar os laboratórios, onde havia todos os tipos de substâncias químicas.

Ele se limpou e saiu apressado da ala das coníferas, dando as boas-vindas ao ar cálido que o envolveu no corredor. Foi até a escadaria externa e abriu a porta para passar por ela. Ficou surpreso ao ouvir vozes uns poucos níveis acima dele. Ele se afastou rapidamente da escadaria e agachou-se do lado de fora da porta para ouvir o que diziam.

Conforme as vozes se aproximavam, ele podia ouvir dois garotos falando, exultantes, sobre o que eles fariam com o "terrorista" caso o pegassem. Os sons dos passos deles ficaram cada vez mais altos, até que eles estavam logo ali, do outro lado da porta.

Então eles pararam.

— Você sentiu esse cheiro? —A voz parecia a de Troy Halderson, um robusto garoto de treze anos.

— Que cheiro?

— Tipo... o pior cheiro de suor do mundo!

— Cara, eu ia dizer alguma coisa, mas...

— Eu tomei banho hoje de manhã.

— Bem, você está cheirando como um galinheiro!

Eles deram a volta na escadaria e desceram até o próximo nível. Seth cheirou sua própria camisa e fez uma careta. Ele não conseguiria ficar escondido por muito tempo cheirando assim. Felizmente havia chuveiros nos fundos dos laboratórios, para o caso de vazamento de produtos químicos. Os chuveiros não eram cheios de firulas, mas serviam.

Seth ficou esperando até que o som das vozes das sentinelas sumisse. Sem emitir nenhum som, abriu alguns centímetros da porta e seguiu para a escadaria.

Ele subiu rápida e furtivamente a escadaria de metal, abraçando a parede, e se arrastou até o laboratório químico. Manteve os olhos e os ouvidos atentos, mas o nível inteiro parecia estar completamente vazio.

Ele entrou sorrateiramente no laboratório e trancou a porta atrás de si.

Seth ficou chocado com a primeira coisa que viu: um balcão apinhado de caixas vazias, cuja superfície estava coberta de traços feitos com um pó branco que ele não reconhecia, junto com cartuchos vazios de nitrogênio líquido. Seth olhou dentro da pia, cheia de béqueres vazios, cujas partes internas estavam revestidas de uma sujeira corrosiva marrom. Ele cheirou aquilo e tossiu.

Essa coisa deve ter sido deixada ali pelo sabotador! Seth tinha de enviar uma mensagem a Kieran, mas não podia fazer isso sem a estação de comunicação portátil de seu pai, que ele havia deixado na ala das coníferas. E ele ainda precisava daquela chuveirada. De uma chuveirada bem rápida.

Seth dirigiu-se rapidamente em direção às cabines onde ficavam os chuveiros, nos fundos da sala. Deus ama os cientistas — havia até xampu lá! Seth queria se perder na sensação da água quente em sua pele, mas contou os segundos até cem, esfregando-se com fúria, e então fechou a torneira.

Seth secou-se com um jaleco de laboratório, e depois procurou nos armários até encontrar uma camisa e uma calça limpas penduradas em um gancho. Ele quase saiu correndo do aposento, mas, pensando duas vezes, voltou e pegou todas as roupas dos armários. Encontrou até um suéter feito a mão. Era pequeno demais, mas ajudaria a mantê-lo aquecido naquelas escadarias gélidas e na ala das coníferas. Com a pequena pilha de roupas enfiada debaixo do braço, foi andando em direção à porta, com a mente focada em sua mensagem para Kieran.

— Caro santo Kieran, livre-nos do mal — murmurou ele baixinho, e deu risada.

Ele estava esticando a mão em direção à maçaneta quando foi atingido por trás.

A cabeça dele bateu na porta de metal à frente. Por um segundo, ele se esqueceu de como respirar, mas manteve os pés no chão e virou-se para ficar frente a frente com seu agressor. Viu apenas uma cadeira de metal girando em direção a sua cabeça. Abaixou-se, mas não a tempo, e uma beirada afiada da cadeira abriu um talho em seu couro cabeludo.

Ele piscou, pensando a princípio que havia ficado cego. Seus olhos estavam cheios de sangue quente e viscoso. Limpou o sangue com a mão direita enquanto esticava a esquerda para tocar naquele que o havia atacado. Seth sentiu cabelos crespos em suas mãos, e se agarrou a eles, deu uma guinada neles com toda sua força e bateu a cabeça dele com tudo na parede, duas vezes.

Tentar enxergar através do sangue nos olhos era como ver por meio de uma película avermelhada. Ele viu uma forma volumosa se curvar e rolar para a frente, em seguida sentiu a força total de um ombro golpeando sua barriga.

Ele ficou completamente sem ar e caiu no chão, chutando o ar às cegas, lutando para recuperar a respiração. Indefeso, Seth rolou de lado e cobriu a cabeça com os braços. Golpes selvagens o esmagavam. Uma sola de bota dura acertou suas costelas uma vez, duas, fazendo com que sentisse farpas de dor no fundo de seu peito. A sala escureceu.

A força em Seth esvaneceu-se.

Ele apagou.

Quando voltou a si, Seth esperava se encontrar na ala das coníferas. Porém, em vez de pinheiros, havia bancadas de metal acima dele, luzes fluorescentes que entravam e saíam de foco. Ele não fazia a mínima ideia de como havia chegado ali.

— O que aconteceu? — sussurrou.

Ninguém respondeu. Seth estava deitado em um chão frio de pedra. Ele forçou seus olhos a se abrirem. Estava ferido, muito ferido. Devagar, ele voltava a si, verificando suas pernas, suas juntas, seus braços: tudo intacto. Sentou-se direito.

Uma dor lancinante queimava seu peito. Ah, como *doía*! Ele não conseguia respirar. Uma costela quebrada. Talvez duas. Ele forçou-se a respirar aos poucos, com regularidade, e então conseguiu se levantar, cambaleando, e olhou ao seu redor. Estava em um dos laboratórios, e usava roupas estranhas. Foi mancando até um espelho. Seu rosto parecia uma máscara de Halloween. Ele tinha um machucado debaixo do olho direito, e faixas de sangue cobriam sua face. Acendeu a luz de cima e cutucou o corte que havia em seu couro cabeludo. Era um corte profundo, de uns dez centímetros, e o sangue vazava dali. Ele precisaria de pontos.

A última coisa de que Seth se lembrava era que estava comendo pinhas e pensando em como agarrar o passageiro clandestino...

"Acho que o encontrei", pensou Seth com raiva. "De jeito nenhum Kieran ou os camaradas dele fariam isso comigo. Se fossem eles, agora eu estaria na prisão."

Ele tirou sua camisa ensanguentada, camisa que ele não reconhecia, e virou-se, encolhendo-se por causa da dor em suas costelas. O lado direito inteiro de seu corpo estava com um padrão de ferimentos azulados. Tão mal quanto Seth parecia estar agora, ele sabia que ficaria dez vezes pior pela manhã.

Ele precisava de ajuda.

Seth foi mancando até a porta e ficou ouvindo, depois saiu em silêncio e desceu com dificuldade o corredor em direção a bombordo, uma longa caminhada. Este nível era pouco usado, mas ele ainda teve sorte de não esbarrar em ninguém. Já na escadaria, fez uma pausa, tentando respirar, na esperança de que não estivesse com um pulmão perfurado. Tinha levado uma tremenda de uma surra, mas agora entendia todas aquelas vezes em que seu pai havia dito:

— Estou apenas lhe dando quarenta por cento de uma boa surra, filho.

— Eu também amo você, pai — murmurou Seth, e então se lembrou de onde estava, e parou para escutar. Achou que ouvia passos abaixo dele, mas esses passos vinham de longe, perto do nível da floresta tropical, ou talvez mais embaixo.

Seth segurou-se com firmeza no corrimão e desceu sorrateiramente pela escadaria, deixando que a parede aguentasse um pouco o peso de seu corpo. Sua coxa doía onde havia sido atingida, mas sua perna ainda parecia forte o bastante para que ele conseguisse chegar lá, isso se ele não desmaiasse por causa da horrível e latejante dor de cabeça.

Foi andando devagar, até que chegou ao nível dos alojamentos, e então ficou ouvindo junto à porta.

"E se ela não me ajudar?", pensou ele, segurando a lateral de seu corpo com uma das mãos. "Ela vai me ajudar. Quando ela me vir, ela vai me deixar ficar."

O corredor no nível dos alojamentos estava silencioso, mas alguém poderia aparecer ali a qualquer segundo. Ele tinha de ser rápido. Lutando contra a dor, Seth forçou-se a caminhar com rapidez, embora suas costelas gritassem. A dor estava ruim o bastante a ponto de deixar sua visão vermelha, ou seria o sangue em seus olhos? Ele não sabia. Se não se deitasse logo, ele acabaria desmaiando.

Seth não deveria ser visto entrando nos aposentos de Waverly. Então se dirigiu para a sala de manutenção, descendo o corredor. No caminho, olhou ao redor em busca de câmeras de vigilância. Não havia nenhuma apontada para a sala de manutenção. Uma vez lá dentro, encontrou uma espátula em um balde sujo e espiou a parede dos fundos. Havia uma passagem ali, idêntica à do estreito espaço atrás do apartamento de seu pai. Espremeu-se para dentro dessa passagem, agonizando, com o suor escorrendo pelo rosto como em pequenos riachos. Ele tinha de passar de lado por ali, contando os tubos até que estivesse quase certo de que havia encontrado os aposentos de Waverly. Olhou para fora pela parede oposta e caiu dentro de um guarda-roupa que cheirava a sândalo, lutando para conseguir sair do meio de roupas penduradas, e entrou em um quarto escuro.

Ele ficou ouvindo. O apartamento parecia estar vazio. Seth nunca fora convidado aos aposentos de Waverly, a não ser em uma festa de aniversário de quando eles tinham cinco anos de idade. E se ele estivesse nos aposentos de alguma outra pessoa?

— Waverly? — ele a chamou, com timidez. Sua voz soava fraca, anasalada pela dor. Como ninguém respondeu, ele falou o nome dela mais alto: — Waverly?

Seth cruzou o corredor até o outro quarto e acendeu a luz. Havia uma imensa boneca Raggedy Ann em uma cadeira no canto, e, sobre a cama de solteiro, uma foto de uma mulher em pé em um campo de flores, com uma sombrinha acima do rosto marcado pelas sombras. Viu um suéter preto sobre as costas de uma cadeira e o pegou, para sentir seu cheiro. Waverly. Definitivamente estes eram os aposentos dela.

Ele ficou em pé, parado na escuridão, tomando fôlego. Seu coração socava suas costelas quebradas, e parecia que estava tirando lascas dos ossos, deslocando farpas irregulares deles, uma de cada vez. Seth queria muito se deitar.

Mas não. Ele não podia fazer isso. Não antes de costurar e fechar aquele talho.

Entrou no banheiro mancando e olhou-se no espelho. O talho em seu couro cabeludo estava com as bordas separadas uma da outra como uma boca aberta aninhada em meio a seus cabelos, cujas beiradas cheias de sangue eram espessas e moles. Um curativo simples não adiantaria. Se não fechasse o machucado, certamente ficaria infeccionado.

Seth sabia que deveria esperar por Waverly e deixar que ela cuidasse dele, mas ele não podia suportar a ideia de outra pessoa chegando perto daquele corte horrível. Nem mesmo ela.

Só desta vez, Seth se permitiu chorar enquanto entrava mancando na sala de estar, indo até a mesa de costura de Waverly. Ele escolheu aquele que parecia ser o mais forte fio preto e a mais fina agulha que conseguiu encontrar.

— Quatro pontos, isso não é nada — disse a si mesmo, com voz trêmula. — Um, dois, três, quatro... está feito! — Ele encontrou uma solução antibiótica debaixo da pia no banheiro, assim como cotonetes e um pedaço de gaze que podia prender sobre o corte.

De volta ao banheiro, Seth olhou para seu reflexo, tentando medir o garoto no espelho: "Você é forte o bastante para fazer isso"?. O sangue havia endurecido em sua testa e ao longo das dobras naturais de pele em volta de sua boca. Ele achava que essa deveria ser a aparência de um velho e ficou encarando sua imagem no espelho. Talvez tudo isso o tivesse transformado em um velho.

Ele balançou a cabeça em negativa.

— Não fique doido ainda, Ardvale.

Primeiramente, ele cortou os cabelos em volta das beiradas da ferida com uma tesoura, tão rente à pele quanto possível. Ele ficaria careca em uma parte, mas isso não vinha ao caso. Em seguida, passou o antibiótico no talho. Aquilo ardeu até seu âmago, e ele quase desmaiou. Desejava algo mais suave, mas sabia que o único lugar onde encontraria isso seria na enfermaria. Então ele teria de aguentar a dor física e profunda da solução antibiótica nas camadas internas de sua pele até que tivesse certeza de que o corte estava limpo. Mesmo que não estivesse, ele não aguentaria mais aquela dor.

— Eu posso fazer isso — disse ele, enquanto levava uma chama até a agulha, e depois enfiava a linha ali. — Eu sou um filho da mãe durão — disse ele, enquanto costurava e fechava a extremidade do corte. — Isso não é nada. As pessoas passam por coisas muito piores.

Ainda assim, manteve a agulha em posição durante um bom tempo, e ficou só com o olhar fixo nela, sabendo que, quanto mais adiasse aquilo, pior seria. Ele tinha de simplesmente acabar com isso logo para que pudesse ir dormir. Porém, o simples ato de perfurar sua pele não era, na verdade, algo simples. Ele tinha superar todos os instintos que proibiam o autoflagelo involuntário. E o medo da dor. De quão ruim a dor seria. De quão horrivelmente aquilo haveria de doer.

— Não importa — disse a si mesmo no espelho. — Você não quer morrer por causa de um corte, quer?

Enfiou a agulha em seu couro cabeludo e soltou um grito. Ele não pôde evitar. A dor era excruciante, mas ele se forçou a perfurar o outro lado do corte, com a agulha inteira entrando na pele em carne viva e sangrando. Lágrimas escorriam do rosto e caíam na pia em pequenos riachos vermelhos. Porém, mesmo com os dedos tremendo, conseguiu atar a primeira sutura com o máximo de firmeza possível.

Então ele vomitou. Seth não havia sequer notado que estava prestes a vomitar. O espasmo o pegou de surpresa, torcendo suas costelas, esmagando seus ossos uns contra os outros. Ele soltou um grito, segurando a lateral de seu corpo, com a testa na porcelana fria. Ele não se lembrava de ter caído de joelhos, mas, de alguma forma, ele estava lá, no chão, de joelhos, o suor escorrendo por sua face.

Como deveria fazer aquilo de novo?

Seth precisou de muito mais tempo para tomar coragem para o segundo ponto, mas quando, por fim, a agulha penetrou em sua pele, não doeu tanto assim. De alguma forma, seu corpo havia amortecido a dor, e ele agradeceu a Deus por isso. Cada ponto sucessivo doía menos do que o último, mas ele tremia descontroladamente, e seu peito se erguia com suas respirações irregulares.

No fim das contas, ele precisou dar seis pontos no corte. Estavam desiguais, irregulares, muito feios. Porém, o ferimento estava fechado. Seth forçou-se a passar novamente ali um cotonete embebido no unguento, e então prendeu um pedaço de gaze por cima do corte e debaixo de seu queixo. Quando Waverly chegasse em casa, Seth estaria com uma aparência ridícula, mas ele não tinha como evitar isso.

Ele curvou-se e bebeu água da pia do banheiro, com um fluxo intenso de água entrando em sua boca. Em seguida, fuçou no armário de remédios até encontrar aspirina. Mastigou quatro comprimidos de uma vez, sabendo que aquilo faria pouco por sua dor.

Ele precisava dormir. Suas pernas tremiam e seu torso parecia fraco e molengo. Tinha de se deitar imediatamente.

Seth cruzou o corredor em direção a um quarto escuro, sem nem saber ao certo aonde estava indo, e viu uma cama bagunçada à sua frente. Ele soltou um gemido e foi em frente, mancando, até que seus joelhos tocaram no colchão, tentando proteger suas costelas com o braço. Os lençóis frescos o envolviam, e ele caiu em um sono agitado.

# O pastor

— Obrigado a todos por virem — disse Kieran a sua congregação.

Essa era a primeira das cerimônias religiosas desde que estabelecera a regra de frequência obrigatória, e Kieran estava satisfeito com os resultados. Quase toda a tripulação compareceu. Arthur estava na fileira dos fundos, em silêncio, anotando nomes para descobrir quem não estava presente, embora estivesse hesitante em relação a essa tarefa. Kieran olhou para a multidão, tentando medir quantos ele teria de ganhar. Quase todas as garotas mais velhas o olhavam com desdém declarado, com raiva pelo encarceramento de Sarah e Waverly. Elas devem ter ficado sabendo por meio de um dos guardas. Até mesmo alguns dos garotos olhavam para Kieran com desconfiança. Mas ele ainda tinha aliados. As fileiras da frente estavam repletas de seus principais apoiadores: as crianças que ficariam ao seu lado sem se importar com o que acontecesse. Ele tinha esperanças de que aquele número aumentasse com esse sermão. Sua vida poderia depender disso.

Kieran afastou a lembrança daquele julgamento simulado que Seth tinha arranjado. Ele estava semiconsciente, faminto e doente, e ouviu falsas acusações contra si de garotos que antes ele chamava de amigos. Ele se lembrava da frieza nos olhos de alguns deles, a forma como se inclinaram para a frente em seus assentos quando Seth mencionou execução. Ele fora um pedaço de carne para eles, um lixo para ser jogado por um *airlock*. Seth os havia convencido disso uma vez, e isso poderia acontecer de novo, a menos que Kieran consolidasse apoio para si por quaisquer meios necessários.

— A essa altura vocês já devem saber que Sarah Hodges e Waverly Marshall estão na prisão. Aposto que alguns de vocês estão com bastante raiva disso. Bem, eu também estou. E quero deixar claro que elas não foram presas para um acerto de contas pessoal. Estão na prisão por obstruírem a investigação de uma série de incidentes ocorridos nesta nave que nos colocam, a todos, em grave perigo. Não será permitido que nenhum membro sequer da tripulação coloque nossa missão em risco. Vocês têm a minha palavra quanto a isso.

Ele olhou para aqueles rostos novamente. Muitos o olhavam com desconfiança, mas estavam lhe dando ouvidos. Eles não haviam feito com que ele calasse a boca. Isso era melhor do que ele esperava. Podia ver, pelos movimentos de assentimento e pelas expressões pensativas, que tinha quase todo o apoio dos meninos. Curvou a cabeça em reverência.

— Eu não pedi para assumir uma posição de comando tão jovem assim. Gostaria muito se pudesse acumular mais experiência para poder comandar essa nave. Porém, nós não temos o luxo do tempo. Agora mesmo os nossos pais estão nas mãos de nossos inimigos, e quem vai saber o que eles devem estar sofrendo? Minha prioridade é trazê-los de volta e proteger a todos vocês enquanto fazemos isso. Sei que cometi muitos erros, mas erros não são cometidos por todos nós? Tivemos mais falhas nas colheitadeiras de grãos nos últimos seis meses do que nos cinco anos anteriores. Isso se deve ao fato de que as nossas equipes de manutenção e os nossos motoristas estão todos cometendo erros. Bem, eu também cometo erros. E lamento por cada um deles.

Kieran pôde perceber que houve uma mudança repentina na multidão. Agora, não havia mais tantas caras fechadas. A expressão nos rostos dos garotos estava mais suave. Na certa, eles estavam se lembrando dos próprios erros cometidos ao longo do caminho.

— Isso me leva até Seth Ardvale. Ele escapou da prisão na mesma noite em que aconteceram os disparos dos *azipods,* o que faz dele um suspeito. Ele pode nos levar até o terrorista, mas apenas se conseguirmos encontrá-lo. O terrorista já matou uma pessoa e mexeu no sistema de navegação da nave. Eu imploro que, pela segurança de todo mundo nesta sala, se vocês souberem de alguma coisa em relação ao paradeiro de Seth, por favor, queiram se manifestar.

Kieran olhou ao redor. Agora sua congregação não estava pensando tanto em Sarah nem em Waverly, não com um perigoso terrorista à solta. (Ele havia escolhido essa palavra deliberadamente.) A maior parte das garotas já parecia estar mais com medo do que com raiva, e todos os seus olhares estavam voltados para ele.

— Um confronto está a caminho. Precisamos nos erguer juntos contra nossos inimigos. Até agora, não sei ao certo se *estivemos* unidos. Fico ouvindo muitas reclamações, dúvidas, pessoas questionando em vez de confiarem. — Com toda força, Kieran socou a palma de sua mão com o punho cerrado. — Isso não pode continuar assim! Se não nos unirmos contra nossos inimigos, não seremos capazes de vencê-los. Eles são mais velhos, eles são mais experientes e estão em maior número do que nós. Quando finalmente os alcançarmos e exigirmos a libertação de nossas famílias, se eles sentirem qualquer discórdia na nave, qualquer dúvida ou bate-bocas, haverão de tirar proveito disso, mas, se apresentarmos união e segurança ao defendermos nossa causa, prometo a vocês que nós *venceremos*! Não apenas porque somos mais jovens, mais fortes e mais espertos; venceremos por ficarmos do lado dos bons e dos justos, enquanto eles ficam do lado do mal. E, em toda a história da humanidade, o bem sempre triunfa sobre o mal.

Kieran pôde ver que eles abaixavam os olhares enquanto pensavam no que sabiam da história da Terra, e então erguiam os olhos novamente para ele. Ele os havia conquistado. Eles acreditavam nele. Como poderiam não acreditar? A verdade era persuasiva por natureza. Tocava fundo e removia suas dúvidas, neutralizava a raiva que sentiam, refutava o pesar. Se algum dia ele duvidara de que estivesse realizando a vontade de Deus, hoje era a prova de que estava fazendo o que deveria fazer, aquilo que seu criador *queria* que ele fizesse. Ele deveria liderar esta nave em direção ao futuro. Kieran sabia disso.

— Vocês irão se juntar a mim? Vamos colocar as nossas diferenças de lado e nos unirmos em um propósito comum! Vamos fazer um acordo, bem aqui, agora. Nós somos um único povo, unidos! — Ele ergueu os punhos cerrados sobre a cabeça e ergueu o rosto em direção às luzes acima. — E nunca haveremos de permitir que eles nos dilacerem!

A voz de Kieran ecoava pela sala, e sua congregação lhe respondeu com estrondosas ovações. Seus principais crentes socaram o ar com os punhos cerrados, entoando o cântico “Kyrie Eleison!”. Pouco a pouco, as outras crianças também se juntaram, entoando esse cântico de bênção e ovacionando Kieran. Ele sentiu a trovoada das vozes como tambores em seu peito, e sorriu para eles. Deus estava ao seu lado, afinal. Como ele poderia falhar?

Mais uma vez, Kieran estava a salvo.

# Dissidentes

Waverly levantou-se quando Arthur apareceu para tirar tanto ela quanto Sarah da prisão no dia seguinte. Ele parecia envergonhado enquanto lançava as barras de metal para o lado.

— Vocês podem sair — murmurou, com os olhos voltados para o chão.

Sarah saiu em um pulo, sem sequer olhar para ele, mas Waverly ficou ali por um tempo.

— Você sabe o que eu vi Kieran fazendo a ela? — disse Waverly, com a voz fervendo de ódio. — Ele a estava ameaçando...

— Eu fiquei sabendo — disse Arthur, baixinho.

— Ele está descontrolado! — gritou Waverly.

Arthur ergueu uma das mãos.

— Ele não a feriu.

— Isso não justifica... — Waverly começou a dizer, mas estava furiosa demais para terminar a frase.

Arthur pressionou os lábios e olhou de relance, nervoso, para Matt Allbright, que estava parado, em pé no corredor, com as mãos entrelaçadas atrás das costas, obviamente escutando tudo aquilo. Arthur fez um sinal para que Waverly o seguisse para fora da prisão, e os dois começaram a descer o corredor em direção aos elevadores.

Assim que estavam fora do alcance do ouvido de Matt, Arthur segurou no braço de Waverly e falou baixinho ao pé do ouvido dela.

— Concordo que Kieran saiu da linha, mas Sarah também.

— Ela agiu como uma imbecil — admitiu Waverly. — Mas não podemos ameaçar as pessoas! Ou jogá-las na prisão sem julgamento!

— Eu concordo com você. — Arthur falou isso meio de lado. — Você ouviu o sermão de Kieran ontem?

— Eu não tive como *não* ouvir. Ele fez com que aquilo ressoasse na nossa cela.

— Então você sabe que ele basicamente pintou você e Sarah como colaboradoras do terrorista.

Pela expressão neutra de Arthur, Waverly não tinha como saber se ele a estava ameaçando ou tentando avisá-la.

— Nós não podemos deixar que ele continue com isso, Arthur.

— Todos nós estamos fazendo o melhor que podemos — disse Arthur, soando exausto. Ele apertou o botão para chamar o elevador enquanto passava a língua pela penugem de seu lábio superior. — Sei que você está enfurecida com Kieran. Eu também estou, mas vamos ser cuidadosos.

— Quer dizer: "Por favor, não incite as pessoas a um motim?" — disse Waverly enquanto as portas do elevador se abriam e os dois entravam nele. Ela notou Arthur observando-a enquanto ela pressionava o botão para o nível das habitações. Será que ele havia sido enviado até ali para ver aonde ela iria? — Kieran mantém segredos demais. Um Conselho Central ajudaria quanto a isso.

— Você quer fazer parte desse Conselho? — quis saber Arthur, com uma expressão impassível no rosto.

— Querer eu não quero, mas farei parte dele.

Arthur inclinou a cabeça para o lado.

— Você sabe o que aqueles que apoiam o Kieran vão dizer sobre você, não sabe?

— Que eu apoio terroristas?

— Sim. — O rosto de Arthur assumiu um ar sombrio. — E que você era a responsável pelo resgate dos pais das crianças, e você fracassou em sua tarefa.

Waverly sentiu como se tivesse levado um soco no estômago, mas talvez Arthur estivesse certo. Talvez ela não conseguisse ser eleita de jeito nenhum.

— Olha — disse Arthur, em tom apelativo através de seus óculos e com grandes olhos azuis.

— Não é que eu não tenha pensado em uma eleição. — As portas do elevador se abriram, mas Waverly permaneceu onde estava, olhando com tristeza para Arthur. Depois da conversa que eles tiveram na nave auxiliar, ela achara que tinha nele um aliado, alguém que era seu igual. Agora não sabia ao certo o que pensar em relação a Arthur.

— Adeus, Arthur — disse Waverly enquanto saía do elevador.

Arthur parecia querer dizer mais alguma coisa, mas apenas assentiu enquanto as portas se fechavam entre eles.

Waverly desceu o corredor, profundamente perdida em pensamentos. Quando chegou à sua porta, digitou o código para destravá-la sem olhar para os dedos e entrou em sua sala de estar.

De imediato ela soube que havia algo de errado com seus aposentos. Na sala escura, havia um cheiro de terra que não era dali. Havia alguém lá dentro. Ela pegou o bastão de críquete que mantinha perto da porta e, com cuidado, acendeu a luz. Ela piscou, incapaz de acreditar no que via: um homem deitado em seu sofá. Um homem cuja face era uma massa de machucados ensanguentados e feições inchadas, apoiado nos cotovelos. Ela tentou encontrar um grito dentro de si, mas estava paralisada.

Ele abriu a boca e falou:

— Eu vou embora se você quiser.

— Seth — sussurrou ela, deixando o bastão cair. — Seth, ah, meu Deus!

— Eu precisava de algum lugar que fosse seguro.

Ela trancou a porta atrás de si e foi correndo até ele, ajoelhou-se no chão e colocou a mão na testa inchada de Seth. Um curativo desleixado, ensopado de sangue, cobria a parte de cima do couro cabeludo dele.

— O que *aconteceu* com você?

— Acho que me deparei com nosso passageiro clandestino — disse ele, com a fala arrastada. Seu lábio inferior estava rachado e inchado como um balão cor púrpura. — Cara legal ele.

Seth contou a Waverly que havia acordado no laboratório e ido até ali para que ela o ajudasse. Ele não se lembrava muito do ataque em si. Ela podia ver que só falar já era um grande esforço para ele; ele estava sentindo muita dor.

— Você tem de ir até a enfermaria.

— Não, por favor. — Ele esticou a mão para segurar na dela, fechando os dedos em volta dos dela, apertando-os. — Não posso voltar para a prisão.

O rosto de Seth estava inchado, quase irreconhecível, mas quando Waverly roçou os dedos na bochecha dele, sua pele parecia fresca.

— Não acho que você esteja com febre. De qualquer forma, não há infecção.

— Você tem algum remédio para dor?

— Acho que tenho — foi a resposta de Waverly, e ela entrou no banheiro para procurar. Encontrou um frasco de um medicamento forte que sua mãe costumava usar contra enxaquecas, e sentiu uma pontada de tristeza. "E se a minha mãe tiver enxaqueca naquela nave?" Ela piscou para se livrar das lágrimas e voltou para a sala de estar.

— Aqui está — disse ela, e deu três comprimidos a ele, que os engoliu de uma só vez. — O seu rosto parece um hambúrguer — disse ela.

— Nem todos nós podemos ser reis e rainhas da beleza — disse ele, sem pestanejar. Apesar de seus machucados, Seth parecia feliz por vê-la.

Waverly escondeu um sorriso e foi até a cozinha encher uma pequena bacia com água morna e sabão, em seguida se sentou na mesinha de centro ao lado dele e, com uma toalha de rosto úmida, começou a limpar e a tirar o sangue do rosto de Seth, revelando um aspecto abatido e magro.

— Como você saiu da prisão?

— Tenho certeza absoluta de que foi o passageiro clandestino que me deixou sair de lá.

— O quê?

Ela ficou tão surpresa que deixou a toalha cair no peito dele.

— Por quê?

— Acho que essa foi a distração que ele provocou.

— Kieran acha que fui eu quem deixou você sair.

— Isso está causando problemas entre vocês dois?

Ela deu de ombros.

— Faz um tempinho que terminamos o namoro.

— Sinto muito — disse ele com sinceridade. — Se eu tivesse algum outro lugar para ir...

Ela tentou ler sua expressão, procurando qualquer evidência de que ele estava contente por ela e Kieran terem terminado. Waverly não encontrou nenhuma evidência disso. O rosto de Seth estava consumido pela dor.

— Você consegue sentar direito tempo suficiente para tirar a roupa?

— Está na hora do meu banho de esponja? — Ele conseguiu abrir um sorriso maroto.

— Você tem sorte de eu não jogar você fora, junto com o lixo — disse ela, mas ficou segurando a toalha de rosto, à espera.

Ele sentou direito, gemendo e contorcendo-se, e tirou a camisa, que estava emplastrada de sangue seco. Waverly ficou ofegante. O peito de Seth estava marcado por feios ferimentos e horríveis abrasões.

— O que ele *fez* com você?

— Ele me deu um abraço de urso — disse Seth, soltando um gemido.

Com rapidez e eficiência, Waverly passou o pano imerso em água e sabão pelos ombros de Seth, descendo por suas costas, por seu abdômen, e ao longo dos sulcos de suas costelas, tomando um cuidado especial em volta de um machucado violentamente preto na lateral de seu corpo. Ela sabia que ele estava olhando para ela enquanto fazia aquilo, mas seus olhares não deveriam se encontrar. Isso não podia acontecer. Ela estava ciente demais sobre sua respiração acelerada. Era perfeitamente natural que estivesse ajudando

Seth, e ainda assim, ela se sentia estranha. Ela ouvia a respiração dele também, podia ver o subir e descer de suas costelas. O cheiro dele era pungente, mas agradável, como flores silvestres, e ela se pegou inspirando esse cheiro enquanto esfregava e limpava o torso de Seth.

— E agora, a metade de baixo — disse ele, impassível.

Ela apenas entregou a toalha a ele.

— Eu vou ver se tenho algo que sirva em você.

Waverly foi até o quarto de sua mãe e acendeu a luz, e depois deu um grito, horrorizada, quando viu os lençóis ensanguentados.

— O que você *fez*?

— Eu sinto muito — disse Seth, soando mortificado. — Eu não sabia em que quarto estava. Vim para cá assim que me dei conta.

— Aquela é a cama da minha *mãe*!

Com o lábio inferior tremendo, Waverly passou pela cama maculada, e foi até o guarda-roupa, onde encontrou uma das calças de moletom de sua mãe e uma velha camisa de seu pai que Regina havia guardado. Waverly voltou para a sala de estar e entregou as roupas a Seth. Ele se levantou, tremendo, para se vestir, mas caiu no sofá de novo, soltando um choramingo.

— Você está realmente ferido — disse Waverly.

— Eu sei.

Ela resistiu ao instinto de tirar os cabelos dele da frente dos olhos e, em vez disso, sentou-se na poltrona com as mãos no colo.

— Como é a aparência do terrorista?

— Tudo o que vi foi sangue nos meus olhos. — Ele reclinou-se, com os olhos voltados para o teto. — Acordei no laboratório químico. Acho que fui até lá para tomar um banho.

— O que ele estaria fazendo no laboratório químico?

Seth sentou-se de repente, encolheu-se de dor, e caiu de volta no sofá.

— Não posso acreditar que eu tenha esquecido — disse ele.

— Esquecido o quê?

— Eu me deparei com uma zona no laboratório. Acho que ele estava fazendo alguma coisa. — Seth socou as almofadas do sofá com um punho cerrado. — Como fui me *esquecer* de uma coisa dessas?

— Fazendo o quê? — quis saber Waverly.

Os olhos dele ficaram fixos nos dela. Os dois ficaram se entreolhando por um bom tempo.

— É melhor contar isso ao Kieran — disse Seth, resignado, por fim.

— Ok. — disse ela, com um tom de dúvida. — O que eu digo?

— Você é uma garota esperta — disse Seth, com os olhos fechados. — Minta.

Waverly saiu do apartamento e desceu o corredor, ensaiando baixinho o que ia dizer. Quando chegou ao corredor do Comando Central, passou por um grupo de pré-adolescentes, conduzido por Marjorie Wilkins. Enquanto Waverly passava por ela, Marjorie pegou uma pulseira de dentro de uma pequena cesta que carregava em um dos braços.

— Você quer mostrar o seu apoio a Kieran usando uma dessas pulseiras? — perguntou-lhe a garota. Não havia nenhum sorriso por trás dessa oferta. Todo o resto das garotas se virou para ouvir o que Waverly diria.

Waverly entendeu o desafio e ficou irritada com isso.

— Não, obrigada.

— Porque você é uma cúmplice? — lançou uma das garotas, cujos lábios vermelhos pareciam um talho em seu rosto.

— Cúmplice de quem? — disse Waverly, de braços cruzados.

— De Seth Ardvale — disse Marjorie, apertando os olhos com maldade. — Todo mundo sabe que você está ajudando o Seth.

Waverly sentiu-se ficando sem ar, mas sua expressão permaneceu impassível. "De jeito nenhum eles teriam como saber", ela disse a si mesma.

— Isso é ridículo.

— Todo mundo sabe que você foi visitar Seth na prisão pelas costas de Kieran.

— Isso não é da conta de ninguém — disse Waverly. Ela tentou passar pelas garotas, mas uma das amigas de Marjorie, uma criaturazinha pequena e insignificante chamada Melanie, bloqueava seu caminho. Com um largo sorriso sarcástico, a garota voltou o olhar, com maldade, para a parede à direita de Waverly.

Waverly viu seu nome escrito ali com uma seta apontada em direção a uma imagem. Embora ela soubesse que não deveria dar satisfação a elas, entendeu o significado daquilo. Era uma figura de palitinho com longos cabelos esvoaçantes, ajoelhada na frente de outra figura de palitinho com uma grande ereção. Debaixo dos desenhos havia uma legenda: *Traidor + traidora = amor verdadeiro.*

— Quem desenhou isso? — exigiu saber Waverly.

Marjorie apenas deu de ombros.

— Isso já estava aí quando chegamos.

Waverly olhou para cada uma delas. As garotas a encaravam com sorrisos insolentes. Waverly sentia-se assustada, perseguida. "São apenas crianças", ela disse a si mesma. Mas quantos membros da tripulação pensavam isso dela?

Ela abriu caminho entre as garotas com os ombros e marchou em direção ao Comando Central. Apertou a campainha, e a porta deslizou quase de imediato. Antes de entrar, virou-se e olhou para Marjorie, que obviamente estava com ciúmes dela por poder entrar ali.

Lá dentro, Kieran levantou-se da cadeira do capitão e olhou para Waverly como se estivesse esperando movimentos repentinos. Arthur ficou visivelmente constrangido.

— Não vou tomar muito do seu tempo — disse Waverly a Kieran em um tom calmo.

Kieran indicou uma cadeira para ela.

— Sente-se.

Waverly sentou-se em uma das cadeiras perto de Kieran.

— Estive no laboratório químico ontem e vi algo que parecia fora do lugar. É uma coisa que tem me incomodado desde então, por isso achei que você deveria saber.

— Ok... — disse Kieran lentamente. Ele entrelaçou os dedos e esperou que ela prosseguisse.

Ela se deu conta de que não fazia a mínima ideia do que Seth havia visto exatamente.

— Acho que é melhor eu mostrar a você.

Kieran ficou olhando para ela por um instante, e depois se levantou.

— Vamos lá.

— Talvez devêssemos levar alguns guardas conosco — disse ela, tremendo.

Kieran foi até o armário da sala e tirou de lá um bastão pesado.

— Nós ficaremos bem — disse ele.

Ela queria insistir em mais proteção, mas sabia que pareceria estranho fazer isso. Era esquisito caminhar por um corredor com Kieran, como nos velhos tempos. Ele apertou o botão para chamar o elevador, olhando de relance para Waverly. Ela fingiu não ter notado, tentou não demonstrar o medo que sentia.

O nível do laboratório estava escuro, e Kieran foi até um painel de controle e acendeu as luzes, e depois eles dois desceram o corredor. Waverly estava com medo de respirar alto demais. Quando os dois chegaram à porta do laboratório, Kieran entrou, confiante.

O laboratório parecia tão imaculado quanto sempre estivera. Todas as superfícies reluziam, o aço inoxidável brilhava. A pia estava limpa e seca, como se não tivesse sido usada havia semanas. Todas as latas de lixo estavam vazias. Waverly olhou ao redor da sala com desespero, procurando algum sinal do que Seth havia lhe falado, mas não havia nada.

— O que você viu? — perguntou Kieran, com os olhos no rosto dela, e a voz baixa.

— Eu... parecia um experimento científico — disse Waverly, hesitante. — Béqueres e tubos de ensaio...

Kieran olhou ao redor do laboratório intacto.

— Onde?

— No balcão.

Ela podia sentir seu rosto ficando vermelho e fingiu não notar que Kieran a analisava.

— Em que lugar do balcão?

Ela apontou para um ponto aleatório perto da pia, e Kieran foi andando até lá.

— Quando foi que você viu isso?

— Eu não sei. Ontem pela manhã — disse ela, lamentando-se por isso.

Como ela podia ser tão idiota? Cada uma de suas mentiras era mais óbvia do que a última.

Ele foi andando de volta e se pôs ao lado dela, perto da entrada, com os olhos no rosto dela.

— Você anda em contato com Seth Ardvale?

A garganta de Waverly se fechou, e ela ficou encarando Kieran, com a mente a mil.

— Sério, Kieran? — disse ela, fingindo sentir raiva para encobrir o medo que sentia. — É isso que você está pensando?

— Hoje de manhã encontramos uma gravação em vídeo dele saindo dessa sala ontem, parecendo que havia levado uma boa surra. Quando descemos aqui, o laboratório estava limpo. De que outra forma você saberia disso se não fosse ele quem lhe contou?

— Bem, eu não o vi — disse ela, e ficou encarando Kieran, desafiando--a a contradizê-la. Ela ficou observando o rosto dele, esperando por algum sinal de que soubesse da presença de Seth em seu apartamento, mas, quando Kieran baixou o olhar, ela sabia que ele só estava supondo.

— Tudo que preciso fazer para descobrir se você está mentindo é verificar o registro de vídeo.

Ela lamentou não ter pensado nisso, mas era algo que não poderia ter evitado. O melhor seria mudar de assunto.

— Por que você está dizendo que Seth está mancomunado com o terrorista?

Kieran apertou os lábios.

— Essa é a explicação mais lógica.

— Seth nunca operaria em conjunto com ninguém da New Horizon, você sabe disso.

— Ele é capaz de qualquer coisa, Waverly — disse Kieran baixinho e em um tom muito condescendente.

Mas Kieran estava mentindo. Pelo jeito culpado dele, ela podia ver que nem ele acreditava no que dizia.

— Ele não é um traidor — retrucou.

— Ele se voltou contra seu capitão — disse Kieran, erguendo a voz.

— Você não é o capitão! — ela gritou. — As paredes de metal ao seu redor reverberavam com sua voz. — Em momento algum você foi eleito!

— Você concordou em me apoiar! — ele gritou, enfiando um dedo na cara dela. — Agora você simplesmente está sendo irresponsável. Se parecer que os líderes da nossa nave estão brigando, isso é ruim para o moral da tripulação.

— Sem uma eleição, Kieran, *não* há líderes.

Kieran fechou e abriu os lábios do jeito como sempre fazia quando ficava nervoso.

— Não houve nenhuma eleição nessa nave por décadas — disse ele, arfando. — E com um terrorista correndo por aí...

— Você está usando o terrorista para ganhar pontos políticos, Kieran. E isso é simplesmente... simplesmente... — Ela sentiu lágrimas se acumulando em seus olhos, mas, com fúria, apertou os olhos e se livrou delas. — Como você pode dizer que eu e Sarah...

— Ela ajudou-os a se *esconder*! Ao me desafiar, ela deu ao Seth e ao terrorista tempo para...

— Ela não sabia sobre o terrorista!

— Ela sabia sobre Seth. Todo mundo sabia.

— E você o está usando como bode expiatório. — Waverly cortou o ar com o dorso da mão. — Você está colocando a tripulação inteira contra ele.

— Manter a tripulação unida contra um inimigo em comum é uma forma de protegê-los. Se você estivesse no comando, você veria que...

— É isso, Kieran. Você é a única pessoa que acha que está no comando.

— Você quer tentar? Ver o quão fácil é?

— Pretendo fazer isso.

Ela o deixou com cara de tacho, parecendo pequeno. Enquanto descia os corredores até o elevador, ela não viu o minúsculo garoto que a observava pelo vidro da entrada da escadaria. Também não o viu entrar sorrateiramente no corredor enquanto ela saía do elevador, e, assim, não soube que estava sendo seguida de volta a seus aposentos e, enquanto fechava a porta, o pequeno garoto também entrou, sorrateiramente, em seu apartamento.

# A garota

Seth sabia que sua permanência junto a Waverly estava no fim, até mesmo antes de ela voltar e lhe dizer que Kieran havia adivinhado seu contato com ela, e que não poderia ficar no apartamento dela além dessa noite. Seth também entendia que não haveria nada entre eles, mas não conseguia esconder sua felicidade ao receber uma tigela de canja e um pão fresco da bela Waverly Marshall.

— Eu não gostaria de expulsar você daqui — disse ela, passando os grandes olhos castanhos pelos machucados e arranhões no rosto dele.

— Eu precisava mesmo dos analgésicos — disse ele, sentando-se direito. Era incrível como ele já se sentia melhor. — Mais uma noite no seu sofá e ficarei bem.

Os olhos deles se encontraram, e, por um bom tempo, Seth ficou imaginando no que ela estaria pensando. Não tinha como enxergar além do olhar contemplativo e pétreo dela.

— E se eu deixar comida para você... isso ajudaria? — perguntou ela enquanto mergulhava uma casca de pão em sua sopa.

— Soa arriscado demais — disse Seth.

— Como se eu pudesse ter problemas piores com o Kieran ou, a propósito, com o restante da tripulação.

— O restante da tripulação? Por quê?

Ela fez uma pausa, com a cabeça baixa, o olhar contemplativo e remoto, como se o tópico fosse doloroso demais para ser discutido. Por fim, disse:

— Eles estão enfurecidos comigo porque deixei os pais de todo mundo na New Horizon.

— Se você fez isso, eles também fizeram.

Ela balançou a cabeça em negativa.

— Não. Eu deveria ter...

— Waverly — disse ele em tom austero. — Você escolheu entre resgatar um bando de criancinhas que não conseguem se virar sozinhas e um bando de adultos que são capazes de fazer isso. Você fez a coisa certa.

— Mas...

— Não! — disse ele, e a encarou até que ela erguesse o olhar. — Ninguém tem o direito de criticar você pelo que você fez. Ninguém! Você tem de acreditar nisso, dentro de você, ou eles vão continuar pegando no seu pé.

Ela fixou o olhar nele por um bom tempo, pensando no que ele tinha dito, antes de assentir, por fim.

— Você está certo.

— Geralmente eu estou.

Ela moveu os olhos devagar, de sua tigela para o rosto dele, para as mãos dele, para sua tigela. Ela demonstrava muito pouco a Seth, mas ele podia sentir o desconforto dela, e gostava do que essa sensação fazia com ela. Assim, ela ficava vulnerável.

— De qualquer forma... — disse Waverly, em um tom mais forte agora — sobre a comida para você. Vamos pensar em uns quatro ou cinco lugares onde a deixarei, e nos horários. Não acho que descobririam isso.

Ele estava tentado, especialmente depois da sopa, salgada e picante, com um sabor perfeitamente equilibrado. Mas ele balançou a cabeça em negativa.

— Eu já coloquei você em perigo demais.

— Como se Kieran fosse me executar.

— Eu sei — disse Seth, apoiando-se em um dos cotovelos. — Mas não gosto de pensar em você na prisão.

— Você age como se pudesse dar palpite no que eu faço — disse ela, irritada. Waverly parecia chateada por causa da conversa que tivera com Kieran, mas Seth sabia que não deveria fazer perguntas sobre isso. A última coisa sobre a qual queria conversar era Kieran Alden. — Eu vou deixar as refeições para você, quer você queira ou não, então você bem que poderia aproveitá-las.

— E se alguém perceber que você está fazendo isso?

— Eu só vou deixar a comida em lugares aonde ninguém nunca vai. Por exemplo, no observatório. Há muitos lugares abandonados como aquele.

— Ok — disse Seth, em tom de dúvida. — Se não posso impedi-la, vá em frente.

Waverly abriu um sorriso nervoso para ele, e então foi até a cozinha, e logo estava de volta, com uma pilha de *cookies* em um prato.

— Quer um?

— Vou querer quatro — disse ele, e pegou um punhado, deixando um único *cookie* para Waverly, que olhou incisivamente para ele.

— Não seja tímido.

— Ok. — Ele abriu um largo sorriso e pegou o último *cookie* também.

Ela apanhou o *cookie* de volta e sentou-se no sofá, perto de onde estavam os pés dele, e a coxa dela fazia pressão nos dedos dos pés dele, uma espécie de pressão reconfortante. Seth se perguntava se ela estava tão ciente do contato quanto ele, mas ela parecia estar a milhões de milhas de distância. O olhar concentrado no rosto de Waverly criava rugas entre suas sobrancelhas, enquanto a luz do abajur fazia piscarem minúsculos pontos nos globos oculares dela.

— Certa vez você disse uma coisa estranha sobre o capitão Jones — disse ela, por fim. — Logo antes do ataque.

— É. — A voz dele estava rouca, e ele sabia que estava olhando para ela de um jeito que não poderia ser entendido errado.

Se ela notou isso, fingiu não ter notado.

— Você disse que os amigos dele levavam vidas complicadas.

— É.

A garganta de Seth ficou apertada. Ela inclinou-se em direção a ele.

— Nossos pais foram assassinados?

Seth sentou-se direito, encolhendo-se de dor, e envolveu seus joelhos com os braços, inclinando-se perto o bastante de Waverly a ponto de sentir o cheiro residual do xampu que permanecia em seus cabelos. Mas isso de que ela queria falar era tão desagradável que ele se inclinou para longe de novo, e se recompôs.

— O que você sabe dessa história?

— Nada, mas... — Ela limpou as migalhas de *cookie* de suas mãos. — Posso lhe mostrar uma coisa?

Waverly não esperou a resposta de Seth. Ela foi até uma caixa que estava escondida atrás de um grande tear, puxou dali uma única fotografia e entregou-a a Seth. Na foto, o pai de Waverly era um homem jovem, com os cabelos grisalhos apenas começando a aparecer em suas têmporas, em pé junto com o capitão Jones, parecendo que eles dois haviam partilhado uma piada particular.

— E...? — Seth perguntou a ela.

— Veja — disse ela, e virou a foto para mostrar o que estava escrito: *Galen e Eddie, descoberta da fitoluteína.* — Essa é a caligrafia da minha mãe — disse Waverly, em um tom sombrio.

Seth olhou para ela, sem entender o que queria dizer com aquilo.

— Nunca, nenhuma vez, a minha mãe algum dia chamou o capitão pelo primeiro nome. — Com os olhos absolutamente sérios, fixos nos de Seth, Waverly voltou a se sentar no sofá. — Ela nunca *disse* isso, mas eu sempre senti que ela o odiava — disse ela, e então pareceu ouvir o que havia acabado de dizer. — Quero dizer, odeia.

Seth assentiu.

— Então você acha que a sua mãe sabe de alguma coisa?

— Sim, acho.

— Por que ela mentiria a você?

— Para me proteger — disse Waverly, sem nenhuma ponta de dúvida. — Mas isso não é tudo, Seth. Eu dei uma olhada nos registros públicos da nave. Quase nada foi escrito sobre aquilo. Eles disseram que o acidente foi causado por um mau funcionamento no *airlock* que tinha vindo de uma instalação falha.

Isso não soava bem.

— Se o problema ocorreu na instalação...

— O problema deveria ter sido notado da primeira vez em que o *airlock* fosse usado.

— Então o que temos de fazer é descobrir quantas vezes aquele *airlock* foi usado antes...

— Aquele *airlock* foi aberto trinta e cinco vezes, todas sem nenhum incidente. Eu analisei os registros de manutenção desde que a Empyrean foi lançada no espaço.

— Isso não é nenhuma prova, mas concordo que soa estranho. — Seth soltou um suspiro. Ele não queria pensar nisso. Durante tantos anos havia protegido Waverly e o próprio pai dele da verdade, mas, talvez, o fato de que ele estava ocultando a verdade estivesse apenas atormentando-a. Quanto ao pai dele, nada poderia feri-lo agora.

— Eu não consigo encontrar mais nada — disse ela. — Não sem entrar sorrateiramente na suíte do capitão Jones e ler o seu registro particular.

— Você acha que encontraria algo lá? — perguntou Seth com tristeza. — Você só vai se deparar com mais das mesmas mentiras.

— Mentiras — disse ela, pensativa, analisando a face dele. Ele baixou o olhar. — Você sabe de alguma coisa.

— Eu não sei de nada ao certo. — Ele apoiou a lateral de sua cabeça nas costas do sofá. — Só de algumas coisas das quais eu me lembro de quando era criança.

— Conte-me — disse ela, e colocou a mão em cima da dele. — Por favor, Seth.

Ele só conseguia olhar para a pequena mão dela sobre a sua, que era maior. Ele ficou paralisado, temendo que ela tirasse a mão dali, até que, por fim, ela fez isso e reclinou-se, esperando que ele começasse a falar.

— Tudo o que vou falar agora é sobre uma conversa que ouvi sem querer entre o meu pai e o capitão quando eu tinha quatro anos. Acho que eu estava cochilando, mas eles me acordaram. — Seth fechou os olhos, permitindo que suas lembranças voltassem, aquilo em que nunca se permitia pensar e que, não obstante, sempre estava lá.

A raiva na voz de seu pai o havia acordado, e ele sentou-se direito e esfregou os olhos com seus gorduchos punhos cerrados enquanto os dois homens, em pé na sala ao lado, sibilavam um com o outro. Seth foi andando até a entrada e sentou-se no chão, envolvendo os joelhos com os braços, escutando o que eles diziam pela fresta da porta.

— Ela não teve nada a ver com isso — dizia Mason Ardvale, com a voz ríspida, ao capitão. — Ela não poderia ter feito uma coisa daquelas.

— Mason, eu sinto muito. Eu não sei o que dizer.

— Não há *nada* a ser dito. Você pode simplesmente ir embora.

— Eu não faria uma acusação como essa sem evidências.

O capitão tinha puxado um *data-dot* de seu bolso e andado até o terminal do computador que havia ali no canto. Os dois homens ficaram calados por um bom tempo. Seth espiou para dentro da sala e viu os dois inclinados sobre a tela de vídeo, com os rostos banhados em luz azul. O rosto de seu pai era um bloco impassível, mas sua fisionomia foi se alterando aos poucos para uma expressão de choque e, depois, de profundo pesar.

— Temos de questioná-la sobre isso — havia gritado Mason Ardvale. — Deve haver alguma explicação.

— O que possivelmente poderia justificar isso? — disse o capitão em tom frio, com os olhos fixos no rosto do jovem homem enquanto ele se inclinava sobre o capitão, com uma das mãos pesadas em seu ombro.

— Dê a ela uma chance de se explicar!

— Ela terá a chance dela — dissera o capitão.

O pai de Seth não olhou para ele, e o grande homem parecia ter reconhecido que estava na hora de ir embora. O capitão Jones lançou-se porta afora com suas pernas desajeitadas, com o queixo barbudo enfiado no peito como um homem que sabe que deveria aparentar tristeza.

Sua mãe estava metida em alguma encrenca, disso Seth tinha certeza, mas, quando ela chegou em casa naquela noite, coberta de poeira da colheita dos campos de trigo, seu marido estava calado, de um jeito sombrio. Durante o jantar, ela lhe perguntou qual era o problema. Ele desanuviou a expressão no rosto e disse, com um sorriso:

— Ah, só estou ansioso para ter alguns dias de folga.

Então, no fim das contas, Seth havia concluído que sua mãe não estava tão metida em encrenca assim.

Quanto tempo havia se passado? Uma semana? Um mês? Seth não sabia. Porém, mais tarde, quando ele estava na creche, brincando sozinho com os blocos de montar, como sempre, um alarme ressoou por toda a nave, e luzes vermelhas piscaram. Seth deixou os blocos caírem, cobriu as orelhas e começou a gritar. As professoras o pegaram pelos ombros e o seguraram, enquanto ele chutava as canelas delas. As outras crianças ficaram encarando Seth, e algumas começaram a chorar.

— Eu me lembro disso — falou Waverly, trazendo-o assim ao infinitamente mais agradável momento presente. — Não entendi por que você ficou tão perturbado com aquilo.

— Eu ainda não entendo.

— Porque você sabia. — Waverly colocou uma das mãos no ombro dele. — Meu Deus, Seth, você sabia que seu pai tinha alguma coisa a ver com aquilo!

— Eu não sabia disso ao certo, e ainda não sei. — Seth falou em um tom mais pungente do que pretendia. Waverly afastou-se dele. Ele abrandou o tom de voz. — O que quero dizer é que não entendo como eu sabia, naquele instante, que a minha mãe estava morta, mas eu senti aquilo. Foi assim: em um momento eu estava brincando com aquelas porcarias daqueles blocos lógicos e, no momento seguinte, havia um imenso buraco na minha vida.

Seth nunca havia falado isso para ninguém antes, mas ele descobriu que, assim que se permitiu elaborar em palavras, um peso veio à tona. Ele queria despejar todas as suas histórias sobre Waverly, permitir que ela soubesse qualquer outra coisa sobre ele.

— Mas talvez você esteja certa. Talvez eu estivesse esperando que algo acontecesse, pelo jeito como o meu pai a olhava quando ela não estava olhando para ele. Ele sorria quando ela olhava para ele, mas o sorriso dele se esvanecia no momento em que ela virava as costas, e ele olhava para ela como se... eu não sei... como um predador olha para algo que vai matar. Eu *conhecia* aquele olhar, mesmo com aquela idade. — Seth ergueu os olhos na direção dos olhos de Waverly. Ela ficou olhando com firmeza para ele, aceitando todas as palavras, sem julgamento. — Ele queria machucá-la.

— Mas por quê? — perguntou-lhe Waverly, com as lágrimas se acumulando nos cantos de seus olhos. — Por que eles mataram o meu pai?

Seth só podia balançar a cabeça.

— Eu não sei *o que* eles fizeram para deixar o capitão tão enfurecido.

— Enfurecido o suficiente a ponto de matá-los.

Uma lágrima escorreu pelo rosto dela. Sem pensar, Seth levou a parte de trás de seu dedo até a bochecha de Waverly e limpou a lágrima de sua pele, pressionando o local com a almofada de seu polegar. Em momento algum ele tirou os olhos do rosto dela.

— Você se lembra do seu pai? — perguntou-lhe Seth, com gentileza.

— Tenho apenas alguns lampejos de recordações — sussurrou ela. — Às vezes me pergunto se inventei as lembranças a partir das coisas que a minha mãe me falou.

— Eu sei o que você quer dizer.

— Com você foi pior do que comigo. Pelo menos a minha mãe foi boa para mim — disse ela, olhando para si mesma e, depois, dentro dos olhos dele.

— Você sabia? — disse ele, com frieza. — Como o meu pai me tratava?

Ela baixou o tom, alerta e hesitante, mas então disse:

— Todo mundo sabia.

— E ninguém fez nada para impedir — disse ele, em um tom mais frio ainda.

— Ele era o melhor amigo do capitão Jones — disse Waverly, mas ela pareceu se dar conta de que estava inventando desculpas. — Não, você está certo. É errado ninguém ter feito nada para ajudar você.

— É incrível como as pessoas se safam quando são poderosas.

Waverly assentiu, e em seguida apoiou a lateral de sua cabeça nas costas do sofá. Seus olhos demonstravam sono, mas Seth não queria parar de conversar. Ele se perguntava se isso seria algum rito de passagem, os dois conversando em sussurros sobre os segredos dos pais deles.

Ele sempre pensara que falar a verdade sobre seu pai o deixaria com a sensação de que o estivesse traindo. Na verdade, ele sentiu que estava sendo leal a si mesmo pela primeira vez na vida.

— Seth — disse Waverly. — Eu preciso saber da verdade.

— Eu não sei como isso vai acontecer.

— Eu também não sei, mas vou fazer com que aconteça.

Ela parecia tão determinada, tão forte, que ele queria beijá-la. Ele pensou que poderia pegá-la pelos ombros e pressionar sua boca de encontro à dela. Se fosse qualquer outra garota, e não Waverly Marshall, seria isso que ele faria. Mas um movimento errado com ela... ele não queria pensar em quanto doeria se ela o rejeitasse de uma vez por todas.

Ainda assim, ela havia chorado na frente dele. Será que ele a havia desarmado também?

Ele observava o rosto dela, mas ela apenas lhe devolvia o olhar, examinando suas feições como se ainda estivesse indecisa se ainda podia realmente confiar nele.

"Ela não é sua, ele lembrou a si mesmo. Ela não pode ser sua."

— Bem, você deve estar cansado — disse ela, com um sorriso solidário.

"Não vá", ele queria dizer, mas assentiu.

— Venha — disse ela, e esticou a mão para ele.

O coração de Seth deu um pulo, mas ele se deu conta de que ela estava apenas ajudando-o a se levantar, deixando que ele se apoiasse nela. Waverly o levou devagar até o quarto de sua mãe, onde ele viu que ela havia trocado os lençóis.

— Você está machucado demais para dormir em um sofá — disse ela.

Ele voltou-se para ela. Sabia que seu rosto estava mostrando coisas demais, que ela poderia ver tudo o que ele estava sentindo bem ali no formato de seus lábios.

— Boa-noite — disse ela, e virou-se para ir ao seu quarto. Ela olhou de novo para ele enquanto fechava a porta.

— Boa-noite — disse Seth para o corredor vazio.

# Ataque

Kieran olhava para sua congregação, radiante. O auditório nunca tinha estado assim tão cheio, nem mesmo depois de ele tornar obrigatória a presença nas cerimônias religiosas. Quase todos os assentos estavam ocupados. Até mesmo Waverly estava ali, sentada em uma fileira do meio, usando um vestido azul, erguendo o olhar para ele. Alguma coisa no jeito dela era difícil de captar. Estaria sendo solidária? Seria culpa? Talvez ela se sentisse mal em relação à conversa que tiveram e estivesse ali para corrigir aquilo.

Kieran se sentia particularmente cheio de energia em relação a este sermão. Sua voz parecia mais clara, suas palavras, mais fortes, seu sentimento, mais alegre e aberto. Ele iria comovê-los. Ele sabia que sim.

— Vocês em algum momento pensam em como vieram parar a bordo dessa nave em vez de estarem lá, na Terra, tentando dar um jeito de viver em um planeta que está se transformando em um deserto diante dos seus olhos? Em algum momento vocês ponderam sobre o amplo conjunto de circunstâncias que tiveram de ocorrer, simplesmente na ordem certa, para que vocês estivessem dentre os escolhidos para a missão mais importante que a humanidade já viu?

Kieran soltou um pigarro, com os olhos voltados para a beirada reta de seu púlpito de madeira. Suas mãos roçaram as laterais do púlpito, sentindo a firme madeira sob suas mãos, ele a sentia como maciça e legítima.

— Pode ser que alguns de vocês se lembrem da história de Arthur Dietrich. Lembram? De como os pais dele tiveram de viajar por todo o Oceano Atlântico em um pequeno navio de carga? O motor do navio quebrou a 500 milhas da costa da Groelândia por causa de gasolina adulterada, e eles ficaram flutuando nas águas do mar do Norte durante seis semanas, destilando sua própria água e comendo apenas o que podiam conseguir com suas redes de pesca, até que, por fim, surgiu um cruzeiro e os rebocou para a Nova Escócia. Então eles tiveram de seguir de carona na ferrovia cruzando o continente, viajando em cima dos vagões dos trens que não eram para ser usados por pessoas e tostando debaixo do sol durante o dia, até que, finalmente, conseguiram chegar a Chicago, onde tiveram de passar por uma série exaustiva de testes de aptidão e de provar repetidas vezes seu nível de educação, até que seus nomes, por fim, foram inseridos em uma vasta loteria. Mas a história não acaba aí. Não. Eles não foram escolhidos na primeira rodada. Vocês sabiam disso? Os nomes deles foram arquivados como alternativas, e quase voltaram para a Alemanha, derrotados. Afinal, a missão seria lançada dentro de apenas duas semanas. Mas eles decidiram esperar. E vocês sabem o que aconteceu? As pessoas escolhidas antes deles foram mortas por agressores em um ataque surpresa e aleatório, apenas quatro dias antes de a Empyrean ter sido lançada. Foi assim que Gunther e Edith Dietrich foram escolhidos como engenheiros para a tripulação da Empyrean. Pensem nisso por um minuto. Pensem em todas as coisas que poderiam ter dado errado, mas que não deram. — Kieran ergueu as mãos em um gesto de deslumbramento. — Algumas pessoas poderiam chamar isso de acaso, mas o meu coração me diz que o acaso não explica isso. E pensem nas outras histórias que vocês ouviram, em todos os membros da tripulação que tiveram de lutar com unhas e dentes para serem incluídos nesta nave. Os pais de vocês. Os meus. — Kieran podia ver que eles estavam refletindo, olhando para o passado enquanto estavam ali, sentados em suas cadeiras, os rostos marcados por expressões concentradas. — Para mim, há apenas uma única conclusão. Nosso lugar é aqui. Essa nave é o nosso destino.

Há um vasto plano para cada um de nós e para todos nós. E tudo que fazemos é uma realização desse plano. Cada um de nós está apenas fazendo o que deve fazer, precisamente do jeito que deve ser feito. É assim que sinto, no meu coração, que não haveremos de fracassar.

Ele fez uma pausa, longa o bastante para ouvir o eco de sua voz ressoando pelo auditório. Nada passava uma sensação mais maravilhosa para ele do que esses momentos de silêncio durante seus sermões, quando ele podia sentir a presença de Deus na sala. Ele sentia tanto amor, tanta religiosidade. Ele estava feliz porque Waverly tinha ido vê-lo. Ele olhava para ela agora, para seu belo rosto oval e seus imensos olhos, a maneira como estavam fixos nele. Ela estava pensando a fundo em alguma coisa, isso ele podia notar. Será que ele a estaria convencendo?

— Vocês conseguem sentir isso? — sussurrou ele ao microfone, e depois fez uma pausa, esperando completo silêncio de sua multidão arrebatada sendo filtrado pelo ar. — Vocês conseguem sentir o poder dessa mensagem? Espero que continuem sentindo isso o dia inteiro. Espero que vocês continuem sentindo isso, até que possamos nos encontrar amanhã de manhã para renovarmos a nossa fé mais uma vez.

Agora vinha a parte predileta dele. Ele foi para o lado, descendo do púlpito, ergueu as mãos e gritou para a multidão:

— Agora é a hora de vocês falarem! Por favor, queiram vir à frente com suas preocupações!

Ele ficou chocado quando Waverly se levantou sem hesitação.

— Estou preocupada porque ainda não fizemos uma eleição — disse Waverly, olhando diretamente para ele. — Supostamente, essa nave é uma democracia. Nós precisamos de um Conselho Central imediatamente.

As palavras dela eram como lascas de gelo.

Porém, o comentário de Waverly foi apenas o início de uma avalanche. Sarah Hodges levantou-se do meio da congregação, fixou seus olhos cheios de raiva em Kieran, e disse, com um largo e severo sorriso:

— Estou preocupada porque o Kieran mantém todas as informações apenas para si. Nós temos um terrorista a bordo e precisamos saber o que está acontecendo.

Kieran abriu a boca para se pronunciar, mas então Melissa Dickinson se levantou e falou, com sua vozinha:

— Estou preocupada porque Kieran Alden está jogando as pessoas na prisão sem a aprovação de um oficial de justiça conciliador.

Kieran estava em um pesadelo.

Ele ficou encarando as três, paralisado, até que Waverly pigarreou.

— Kieran vem fazendo um trabalho admirável — disse ela, em voz alta, virando-se para falar à congregação como um todo. — Mas ele estava traumatizado pelo ataque, tal como o restante de nós. Como esperar que ele aguente nos ombros, completamente sozinho, o peso de governar essa nave? Ele precisa de um tempo de descanso. — Os olhos de Waverly encontraram-se com os de Kieran, e ela disse de maneira muito clara:

— Com isso em mente, eu indico Sarah Hodges para concorrer com Kieran Alden, em uma eleição geral, pela cadeira do capitão.

— Eu indico Waverly Marshall para o Conselho Central — disse Sarah Hodges.

De repente, o ar estava repleto de vozes, todas gritando nomes para preencherem postos a bordo da nave.

Isso havia sido orquestrado. Eles não haviam ido até ali para ouvir seu sermão. Eles foram ali para atacar seu governo.

— Agora esperem! Esperem! — gritou Kieran, acima do ruído na sala. Ele não pretendia soar tão enraivecido, mas pelo menos eles calaram a boca. Todas as 250 crianças viraram-se para olhá-lo. — Como podemos realizar uma eleição quando temos um terrorista a bordo?

— Nós podemos fazer isso em um dia — gritou Waverly por sobre a multidão. — Se você for reeleito, hoje à noite você pode ter uma reunião com seu Conselho Central e eles poderiam começar a partilhar de seu fardo.

Ele odiava que ela estivesse colocando as coisas assim, como se estivesse fazendo um favor a ele.

Sarah Hodges começou a entregar tiras de papel às pessoas. Ela estava com centenas desses papéis em um pacote, e as crianças na congregação pegavam-nos com avidez. Kieran olhou para Waverly, que olhou diretamente para ele em resposta, sem uma pontinha sequer de remorso no rosto. A última ponta de admiração que ele tinha por ela se foi, e ele se deu conta de que aqueles adoráveis olhos grandes, aquele queixo em forma de coração, aquelas altas têmporas, aquela pele cor de mel, tudo aquilo compunha a face de seu inimigo.

— Este é um cronograma para debates entre os indicados — gritou Sarah Hodges para a multidão ali reunida. — No final de cada debate, podemos votar em nossos favoritos. Dentro de poucas horas, teremos um Conselho Central. Então, nesta tarde, poderemos eleger um oficial de justiça de conciliação. À noite, os dois indicados a capitão podem ter seu debate, então você tem tempo para se preparar, Kieran.

— Eu não preciso de tempo para me preparar — disse Kieran, cheio de raiva.

— Que bom — disse Sarah, em um tom feliz.

Kieran ficou com o olhar fixo no largo e insolente sorriso dela, balançando a cabeça, em sinal de descrença. Mas, quando ele olhou para a multidão ali reunida, começou a ver o quão ávidos todos estavam. As crianças andavam de um lado para o outro, animadas, lendo o cronograma, conversando entre si. Nunca pareceram tão animadas. Elas *queriam* isso.

Se ele tentasse impedir que a eleição fosse realizada, certamente perderia a cadeira do capitão.

— Eu me submeto à vontade da tripulação — disse Kieran em voz alta, para certificar que todo mundo o estava ouvindo.

Com um sorriso perverso, Sarah entregou a ele um cronograma. Kieran foi para seu escritório pensar, deixando para trás o som de vozes cheias de animação, todos falando ao mesmo tempo.

Kieran repousou a cabeça em sua escrivaninha e fechou os olhos. Ele estava sendo testado.

Ele inspirou fundo, e tentou se acalmar.

— Preciso ter fé — disse a si mesmo. — Se essa eleição faz parte do plano d'Ele, eu apenas tenho de ter confiança.

"Mas e se eu perder?", pensou.

— Eu não vou perder — ele disse a si mesmo. — Fui feito para ser o capitão. Caso contrário, para que serviu tudo isso?

Ele estava calmo e preparado para enfrentar seus oponentes na hora em que voltou ao auditório, onde os debates estavam prestes a começar.

Cerca de vinte e cinco membros da tripulação estavam sentados no palco, todos competindo por uma posição no conselho composto de sete pessoas, todos ansiosos para ter a palavra e discorrer sobre como ajudariam a melhorar a maneira como a Empyrean era regida. Kieran aguentou bravamente críticas atrás de mais críticas, as quais tinham como base uma fraca compreensão da capacidade da tripulação e da nave.

Adam Mizrahi apresentou a mais ridícula das sugestões em sua candidatura a um lugar no Conselho Central.

— Nós poderíamos alcançar a New Horizon amanhã se simplesmente forçássemos os motores até o máximo que eles aguentam.

Essa sugestão foi recebida com uma forte salva de palmas pelas crianças mais novas, mas Kieran podia ver que as crianças mais velhas, que entendiam quais eram os efeitos da gravidade adicional sobre a saúde, estavam menos entusiasmadas.

Arthur Dietrich, que também era um dos indicados, levantou-se e enfrentou Adam.

— Além do efeito que isso teria em nossos corpos, nós não podemos forçar os motores mais do que estamos fazendo agora sem nos arriscarmos a colidir com alguma partícula no espaço sideral, o que poderia abrir um talho no casco da nave. Isso está bem ali, no *Manual de pilotagem e navegação*, se vocês se derem ao trabalho de dar uma olhada nele. — Isso aquietou a multidão e Arthur virou-se para ficar face a face com eles. — Tem de haver pelo menos uma pessoa no Conselho Central que esteja familiarizada com as operações dessa nave, atualizada quanto a todas as informações recentes sobre o terrorista e nossos planos para confrontar a New Horizon. Essa pessoa sou eu, se vocês votarem em mim.

Arthur voltou um olhar cheio de significado para Kieran, que sabia que ele seria um mediador confiável. Kieran esperava que ele fosse eleito.

Em seguida, Waverly ergueu a mão para chamar a atenção da multidão.

— Eu tenho mais experiência do que ninguém em lidar com a estrutura de comando da New Horizon, e estou familiarizada com a situação política naquela nave, e também com seu *layout* físico. Tenho habilidades específicas que seriam inestimáveis para o Conselho Central quando formos planejar o nosso ataque.

— Você deixou os nossos pais para trás! — gritou uma garotinha nos fundos, uma das meninas do grupo de Marjorie. Diversas outras vozes ergueram-se concordando com ela, enquanto Marjorie sorria em meio a elas.

— Se fiz isso, vocês também fizeram — disparou Waverly em resposta, com um lampejo nos olhos.

Isso pareceu intimidá-las. Mas alguns dos garotos não ficaram satisfeitos.

— Você nem mesmo tentou descobrir quem ainda está vivo! — gritou um garoto de doze anos. Kieran sabia que o paradeiro dos pais do menino era desconhecido.

— Você tem um buraco de bala no seu corpo? — perguntou Waverly, com raiva, puxando a gola de sua blusa para deixar à mostra a marca feia e vermelha em seu ombro. — Eu consegui isso tentando salvar os nossos pais. E teria conseguido se não houvesse balas voando por toda parte.

— Você os deixou lá! — gritou Marjorie Wilkins. Embora ela fosse uma das pessoas que apoiavam Kieran com mais ferocidade, ele nunca tinha gostado dela de verdade. Havia algo em relação ao rosto desdenhoso dela que indicava uma alma cruel.

— Foi o *meu* plano que tirou as garotas daquela nave, junto com a Sarah Hodges. Samantha Stapleton deu a vida dela para que pudéssemos nos libertar — disse Waverly, com os olhos cravados em Marjorie. — Se temos garotas sentadas em meio a vocês hoje, é graças a *nós*.

Ninguém parecia ter nada a dizer em resposta a isso.

Assim que o debate terminou, os membros da tripulação formaram uma fila nos fundos do auditório e inseriram suas sete escolhas para o Conselho Central em um computador, que somava os números imediatamente. Kieran tinha uns poucos amigos no conselho. Arthur havia sido eleito, junto com Tobin Ames, ou "doutor Tobin", como as crianças haviam começado a chamá-lo, e Harvey Markem, um oficial de Comando. Harvey não estava mais com uma bandagem na cabeça, parecia perfeitamente curado. Waverly entrou no conselho por uma menor faixa de votos, juntamente com algumas crianças que provavelmente ficariam ao lado dela: Alia Khadivi era uma amiga leal de Waverly; Melissa Dickinson, a garota que tomava conta das crianças pequenas, sempre defendera Waverly de seus detratores; e Sealy Arndt havia sido o camarada esquentadinho de Seth. O coração de Kieran afundou em seu peito. Aqueles que o apoiavam seriam a minoria no conselho. Arthur teria de ser muito persuasivo nos debates.

Depois do que pareceu um debate eterno entre os cinco candidatos a oficial de justiça conciliador, a tripulação acabou escolhendo o garoto de doze anos chamado Bobby Martin. Kieran tentou não deixar transparecer que não aprovava a escolha. Bobby tinha uma personalidade imprevisível, e Kieran nunca tivera certeza de sua lealdade. Parecia loucura permitir que as decisões legais recaíssem sobre os ombros de um garoto que sequer tinha de se barbear. O problema era que todos os garotos mais velhos já estavam encarregados de responsabilidades como guardas, membros do Conselho Central, ou no Comando Central. Eles não tinham mais adolescentes para comandar a nave.

Kieran voltou um olhar cheio de ódio e raiva na direção de Waverly, e ficou surpreso ao ver que ela já o estava olhando. Ele assentiu para ela, visto que, não importava como ele se sentisse, parecia que estaria trabalhando com ela. Mas ele sabia que ela podia ver sua fúria através de sua superfície plácida. Ele nunca fora capaz de esconder nada dela.

Quando todos os debates para os cargos inferiores terminaram, Waverly foi andando até o palco vazio e pegou o microfone.

— Está na hora do debate para a cadeira de capitão. Eu gostaria de convidar Sarah Hodges ao palco.

Sarah foi andando até a frente da sala, mexendo os braços para a frente e para trás, parecendo que estava se preparando para uma luta física. Ela pegou o microfone e sorriu cheia de ódio para Kieran antes de começar.

— Como vocês sabem, vários dias atrás fui mantida na prisão sem o devido processo. Fui ameaçada e rotulada como traidora. Se vocês não votarem em mim, algo do gênero pode acontecer com vocês. Kieran Alden não é o capitão dessa nave. Ele é um ditador, e cabe a todos nós fazermos com que ele pare.

Kieran tremia de raiva enquanto ouvia ultraje atrás de ultraje saindo da boca de Sarah. Estava alarmado de ouvir alguém falando dele com tamanho ódio, mas, quando olhou para a multidão, viu que muitos rostos céticos a observavam. Quanto mais falava sobre como aceleraria a perseguição da New Horizon e como executaria Anne Mather e seu Conselho Central pelo que haviam feito, menos se parecia com uma líder, e soava mais como uma garotinha raivosa e assustada que não fazia a mínima ideia daquilo contra o que teria de lutar. Embora o final do discurso de Sarah tivesse sido recebido com palmas, Kieran sabia que poderia fazer melhor do que ela.

Quando Kieran assumiu seu lugar no palco, Arthur, que estava parado nos fundos da sala, liderava uma salva de palmas que, instantaneamente, deixou Kieran mais confiante.

— Certamente foi uma história interessante a que Sarah Hodges contou a vocês sobre mim — disse ele, tentando soar como se aquilo fosse divertido, em vez de soar furioso. — Estou chamando de história porque nada disso é verdade. Eu coloquei a senhorita Hodges na prisão porque ela segurou informações vitais que poderiam nos ajudar a encontrar Seth Ardvale e o terrorista. Eu me importo em conseguirmos pegar nossos pais de volta e me importo em manter essa nave operante, mas há uma coisa com que me importo ainda mais: manter vocês vivos. Se há maníacos correndo pelos arredores da nave, matando a nossa tripulação da forma como mataram Max Brent, vocês não acham que eu não deveria parar por nada nesse mundo para encontrá-los e levá-los à justiça?

Arthur soltou um grito entusiástico nos fundos, que foi o gatilho para um coro de aplausos e assovios.

— Vejam — disse Kieran, e esperou que o som dos aplausos diminuísse um pouco. — Eu sei que não tenho sido um capitão perfeito. Cometi alguns erros. Tal como vocês, sou uma criança fazendo o trabalho de adultos. Mesmo havendo problemas no meio do caminho, estou confiante de que fiz o melhor trabalho do que qualquer um nessa nave poderia ter feito.

Outra rodada de aplausos. A multidão já soava mais animada do que estivera com o discurso de Sarah, que estava sentada na fileira da frente, erguendo uma cara fechada para Kieran enquanto roía uma unha.

— Outra coisa mais importante ainda: nós não deveríamos fazer uma troca de líderes agora. Eu já venho desempenhando este trabalho há vários meses. Sei o que está envolvido nisso. Entendo essa nave. Mudar a liderança quando estamos sob uma séria ameaça poderia ser desastroso não apenas para a nave, como também para a nossa missão de resgate.

— Todos esses são bons motivos para que vocês me elejam capitão dessa nave — disse ele, em um tom humilde. — Porém, tenho mais um motivo que creio suplantar todos eles. — Ele fez uma pausa para causar efeito, olhando para a tripulação, com todos olhando para ele, alguns com ceticismo, mas a maioria com interesse e esperança. — Ninguém tem a visão que eu tenho para o futuro desta nave. Peguei uma equipe frustrada e arrasada e fiz com que colocássemos essa nave em funcionamento. Vejam o quão longe chegamos! Mas não posso tomar os créditos por isso. Acredito que fomos capazes de nos reorganizarmos por finalmente termos aceito um propósito em comum. Juntos, estamos construindo uma conduta para o nosso futuro, e estou mais honrado do que as palavras poderiam expressar em ser o instrumento para a realização de nosso destino como criadores do próximo mundo.

Houve uma pausa reflexiva antes dos aplausos, mas, quando eles finalmente começaram, foram altos e prolongados. Kieran assentiu. Agora ele tinha certeza de que seria eleito.

A votação acabou em questão de minutos, e cada membro da tripulação deixava cair pequenas cédulas dentro de uma caixa. Ter os votos somados por três contadores independentes também foi rápido, e eles fizeram a contagem no palco mesmo. Sarah ficou observando o processo com os olhos apertados, lançando olhares de relance e furiosos na direção de Kieran. Ele tentava parecer confiante enquanto estava lá, sentado na fileira da frente, mas não podia evitar a preocupação. O que ele faria se não fosse mais capitão? Ele não sabia ao certo se a vida teria o mesmo significado para ele. Ele *tinha* de ganhar.

"Você vai ganhar", disse a voz nos fundos de sua mente.

Ele sentou-se direito e mais ereto. Onde estava sua fé? Se realmente estava destinado a liderar a Empyrean até a Terra Nova do jeito como acreditava, era claro que venceria. Ele não deveria temer.

Quando, por fim, os três contadores, Harvey Markem, Alia Khadivi e Melissa Dickinson, aproximaram-se do microfone, as conversas murmuradas na sala dissiparam-se, e todo mundo olhava para eles com expectativa.

Harvey pigarreou, com o rosto vermelho e brilhante sob seus cabelos ruivos.

— Sarah Hodges recebeu 91 votos. Kieran Alden recebeu 149 votos. Kieran Alden é...

A voz de Harvey perdeu-se em meio aos estalos dos aplausos e das saudações. Kieran levantou-se e os aplausos cresceram enquanto ele subia as escadas até o palco em direção ao púlpito. Ele não podia evitar, estava sorrindo. Quando olhou para baixo, para Sarah, ela estava sentada com os braços cruzados sobre o peito, fazendo uma careta. Waverly estava sentada apenas algumas fileiras atrás dela, e não parecia surpresa.

— Obrigado, obrigado — disse Kieran com um sorriso, erguendo as mãos para que a multidão se aquietasse. Depois de um tempinho, os aplausos e as saudações foram se esvanecendo, e as pessoas se sentaram para ouvir o discurso dele. — Em primeiro lugar, eu gostaria de agradecer a Waverly Marshall por pedir por essa eleição.

Waverly observava, impassível. Se percebeu sarcasmo na voz dele, não deixou que isso transparecesse.

— Eu só queria que todos vocês soubessem que continuarei a liderar essa nave...

Algumas pessoas nos fundos tossiram, e ele esperou que elas parassem de fazer barulho, porém, em seguida, mais crianças nos fundos começaram a tossir, e alguns deles se levantaram, cobrindo os rostos com as mãos.

De repente, eles caíram no chão.

Com seu discurso esquecido, Kieran observava enquanto o mal-estar parecia se espalhar dos fundos do público ali reunido até a parte da frente. Cada vez mais crianças estavam fazendo caretas, engasgando, dobrando seus corpos ao meio, com lágrimas escorrendo de seus olhos. Aquilo se movia em direção ao palco como uma onda.

— Evacuar! — gritou Kieran ao microfone. As pessoas nas fileiras da frente encaravam-no sem expressão. — Evacuar imediatamente! — ele gritou. — Saiam pelas portas da frente! Há algum tipo de gás aqui! Vamos!

Pareceu demorar horas para que eles se levantassem, vissem que os membros da tripulação estavam caindo no chão nos fundos do auditório, agarrando seus pescoços e lutando para respirar, antes de começarem a entender o que estava acontecendo.

O auditório irrompeu em caos.

Kieran olhou para a multidão ali reunida, primeiramente para Waverly, que estava segurando duas garotinhas, uma em cada lado de seus quadris, correndo desajeitada em direção à saída mais próxima. Em seguida, os olhos dele registraram Sarah Hodges, que estava puxando um garotinho atrás dela, cobrindo o nariz e a boca com a gola de sua blusa.

Então ele viu Arthur. Ele estava deitado de costas, completamente estirado no chão, no meio do corredor. Kieran não pensou. Mergulhou ali, foi nadando em meio à multidão, empurrando ombros e testas suados, lutando para chegar até Arthur. Uns seis metros até Arthur. Kieran não conseguia vê-lo, em meio à multidão que o acertava lá atrás, um fluxo infindável de rostos aterrorizados e marcados pelo medo que corriam em direção a ele pelo corredor. Kieran sentiu uma ferroada cáustica e horrível em sua garganta, em seus olhos, em seu estômago. E o gosto era como de suco de laranja azedado há muito tempo. Ele achou que fosse vomitar, mas se deu conta de que não deveria inalar aquilo. Tampou a boca, forçando-se a não inalar aquilo. Mergulhou de encontro à corrente de crianças que fugiam — mais três metros — e pensou ter avistado um vislumbre de cabelos loiros no chão. Então perdeu Arthur por completo, mas seguiu em frente, às cegas, até que pisou nele.

Kieran esticou a mão para pegar na mão de Arthur, errou, e então fez uma tentativa desesperada novamente. Dessa vez esbarrou em seu cinto de couro. Kieran enrolou os dedos em volta dele e puxou-o até que conseguisse colocar seu outro braço debaixo da cintura de Arthur, e então, de alguma forma, ele não sabia como, conseguiu levantar o garoto por cima do ombro e começou a correr.

Seus pulmões incomodavam. Não haviam se passado nem vinte segundos desde que ele começara a prender a respiração, mas o esforço de carregar Arthur fazia com que todos os músculos em seu corpo gritassem por oxigênio. Ele lutou contra o instinto de inspirar, e, em vez disso, focou com os olhos na porta, que estava a pelo menos uns vinte metros de distância. Ele tateava ao seu redor, piscando para afastar as lágrimas de seus olhos que ardiam, sentindo as cadeiras em uma fileira com as pernas até que, por fim, a porta estava à sua frente.

Kieran jogou seu peso contra a porta e entrou cambaleando. O corredor estava cheio de crianças doentes, crianças tossindo, crianças chorando. Ele foi mancando até o elevador, ofegante, mal conseguindo respirar. Sua garganta parecia estreita e inchada, e ele mesmo se sentia sitiado em meio a todas as crianças que haviam se apinhado dentro do elevador com ele. Na hora em que o elevador se abriu e deu para a insanidade que reinava na enfermaria, a visão de Kieran havia ficado turva. Havia crianças em pânico amontoadas na área de espera, e não havia nenhuma cadeira ou leito livre. Colocou Arthur no chão com gentileza e levantou-se para encontrar Tobin.

Ele sentiu uma onda de vertigem erguer-se como bílis de seu estômago.

Um alto som de algo rachando ressoou pela sala lotada, aquietando a multidão, enquanto as pessoas procuravam em volta pela fonte do ruído. Kieran se deu conta de que havia sido o som de sua própria cabeça batendo no chão de metal. Ele não havia sentido nada.

# O conselho central

No dia seguinte ao ataque, a nave parecia estranhamente silenciosa enquanto Waverly caminhava pelo corredor em direção ao Comando Central. A tripulação havia ficado bem assustada, a maior parte permanecia escondida em seus aposentos e muitos deixaram de realizar seus deveres por isso. Waverly ainda estava com a garganta ferida, e seus olhos ardiam por causa do gás tóxico, mas ela estava incólume em comparação com algumas outras pessoas. Diversas crianças, inclusive Kieran e Arthur, haviam sido severamente afetadas e estavam recebendo terapia de oxigênio na enfermaria. Além disso, poucos detalhes haviam sido informados sobre o que realmente aconteceu.

Waverly virou uma esquina e viu que mais uma pichação havia sido adicionada às paredes do lado de fora do Comando Central. Havia um desenho de todos os sete membros do Conselho Central, e, na frente deles, de quatro no chão, estava uma figura que Waverly podia apenas presumir que deveria ser ela, parecendo preparada para realizar diversos atos obscenos.

A primeira coisa que ela faria como membro do Conselho Central seria limpar esse maldito corredor.

Waverly inspirou fundo, cerrou a mão em punho e socou a porta do Comando Central. Ouviu o tatalar de uma câmera de vídeo e ergueu o olhar para a lente preta e vazia apontada para ela. A voz de Sarek Hassan soou crepitante pelo intercomunicador:

— O que foi, Waverly?

— Eu gostaria de usar o sistema de comunicação para convocar uma reunião do Conselho Central.

Isso era uma desculpa. Havia outros lugares de onde poderia fazer um anúncio, mas ela queria saber o que estava acontecendo.

Seguiu-se uma breve pausa, e depois a porta deslizou e se abriu para o Comando Central, que parecia escuro e vazio sem Kieran na cadeira do capitão e nem Arthur, no lugar do segundo em comando perto das escotilhas. Da tripulação costumeira, apenas Sarek permanecia ali, sentado em frente a seu painel principal de comunicação. Matt Allbright, o devotado e principal assecla de Kieran, estava parado, em pé, atrás de Sarek, olhando por cima do ombro dele para a tela de comunicação.

— Quem anda fazendo aquelas pichações? — perguntou Waverly, tentando soar despreocupada.

— Quem quer que seja usa um casaco com capuz preto por cima do rosto — disse Sarek, soando ele mesmo irritado com aquilo. — De qualquer forma, essa é a menor de nossas preocupações.

— Qual estação eu deveria usar para o anúncio? — perguntou Waverly.

Sarek assentiu, apontando com a cabeça para a cadeira do capitão. Waverly sentou-se nela, colocou os *headsets* na cabeça e ativou o sistema.

— Atenção, membros do Conselho Central, aqui quem fala é Waverly Marshall, e estou convocando uma reunião. Por favor, queiram reportar-se à câmara do conselho dentro de cinco minutos.

Ela permaneceu sentada e olhou para o outro lado do corredor, para a tela que havia ocupado tanto Sarek quanto Matt. Era uma visão externa do auditório. Eles deveriam estar procurando evidências em vídeo do terrorista plantando o gás ali.

— As câmeras capturaram alguma coisa? — quis saber Waverly.

Sarek virou a cabeça para ela, com raiva, mas pareceu se acalmar quando viu que ela olhava para a tela com grave preocupação.

— Nenhuma imagem em nenhuma câmera algum dia que fosse captou a imagem dele.

— Ele deve estar desativando as câmeras de alguma forma — disse ela.

Sarek olhou para Matt, cujo rosto estava impássivel. Então, com um tom de ressentimento, disse:

— Sim, ele está fazendo isso. — Sarek avançou a imagem para uma tela completamente branca que havia durado vários segundos. — Nós achamos que ele está voltando um laser para as lentes das câmeras quando passa por elas. Vimos essa tela branca várias vezes antes de percebermos do que se tratava.

— Então vocês nunca captaram a imagem dele, nenhuma vez?

— Não, nada com o que possamos trabalhar — disse Sarek, com um tom sombrio. — Tudo o que sabemos é que ele é grande.

Ele virou a tela, e uma imagem sombreada de uma silhueta desajeitada, vestindo um casaco com capuz apareceu congelada na tela, com um dos braços levantados e um dispositivo na mão apontado para a câmera. O capuz lançava uma sombra pelas feições dele.

Waverly balançou a cabeça em negativa, embora soubesse que isso realmente não importava. Qualquer estranho a bordo obviamente seria o terrorista, e qualquer membro da tripulação haveria de reconhecê-lo instantaneamente. Então, por que ele estava se dando ao trabalho de se esconder?

— Como está Kieran?

— Ele vai ficar bem dentro de um ou dois dias. O Arthur também.

— Alguém conseguiu descobrir o que era aquele gás?

Sarek balançou a cabeça em negativa.

— Nada que tivéssemos aqui conosco. Ele deve ter feito aquilo no laboratório. Achamos que pode ser aquele tipo de coisa usada para controle de multidões lá na Terra, durante as Guerras da Água. Não é letal, mas deixa as pessoas incapacitadas.

— Por que ele faria isso? — perguntou Matt em seu profundo barítono. — Por que não nos matar?

— É um aviso — disse Waverly.

— Ele está tentando nos assustar. Da próxima vez vai usar algo pior.

Matt e Sarek entreolharam-se.

— O que foi? — perguntou Waverly a eles. — Rapazes?

Matt tinha o olhar fixo e teimoso na tela. Sarek evitava o olhar de relance de Waverly.

— Temos um Conselho Central agora — disse Waverly a eles —, e eu faço parte desse conselho. Se vocês estiverem omitindo informações de mim, posso colocar o oficial de justiça conciliador em cima de vocês por obstrução de uma investigação oficial.

Sarek ergueu uma das mãos.

— Ok. Encontramos um bilhete.

Sarek ergueu as sobrancelhas para Matt, que puxou uma chave de uma corrente que tinha em volta do pescoço, e foi até o armário atrás da cadeira do capitão. Dali ele puxou uma lata vermelha de metal, do tipo usado pelos trabalhadores agrícolas para beberem água, envolta em um saco plástico transparente.

— Encontramos isso na cabine de luz nos fundos do auditório.

Waverly pegou-a da mão dele. Amarrado na lata estava um bilhete com algo escrito em letras maiúsculas:

A SEVERIDADE DOS ATAQUES IRÁ AUMENTAR ATÉ QUE VOCÊS ASSINEM UM TRATADO DE PAZ COM A NEW HORIZON.

— Tratado de paz? — disse ela. — Como podemos assinar um tratado de paz se eles nem mesmo respondem aos nossos chamados?

A expressão de Sarek ganhou um ar mais sombrio, mas ele não disse nada. Waverly arquivou isso mentalmente para posterior questionamento. Agora não era hora de pressioná-lo.

Waverly empurrou o saco plástico para Matt, que o pegou de sua mão. O bilhete tinha o tipo de lógica distorcida que Anne Mather usaria. Aquelas palavras provavelmente haviam sido ditadas por ela.

— Eu quero saber de tudo que vocês estão fazendo para encontrar esse canalha — disse Waverly a Matt. — Venha comigo.

— *Agora*?

— Você vai elaborar um relatório — ladrou ela. Waverly não estava se importando com o quão autoritária soava. — Quando Matt voltar, Sarek, quero que você venha até nós e conte o que você sabe.

Sarek olhou para ela com ares de dúvida, mas ela o ficou fitando, e, por fim, ele assentiu, tenso.

Waverly saiu do Comando Central e desceu o longo corredor até a câmara, onde encontrou o restante dos membros do conselho já esperando por ela. A câmara do conselho era uma sala em domo, uma das poucas salas na nave com uma vista quase panorâmica do céu estrelado, um dos poucos lugares em que a nebulosa pela qual eles haviam acabado de passar ainda estava visível. Ela era imensa, cor-de-rosa, com tentáculos que se espalhavam a partir de seu centro. Parecia-se vagamente com uma lula. Ela estremeceu e desviou o olhar da nebulosa.

Alia Khadivi estava sentada à mesa, girando seu anel de turquesa em volta do dedo, com seus enormes olhos escuros reluzindo à luz do abajur. Tobin Ames estava sentado com as mãos juntas, entrelaçadas atrás do pescoço, e observava Matt com cautela por entre sua crescida franja de cabelos castanhos. Melissa Dickinson, Sealy Arndt e Harvey Markem estavam alinhados no outro lado da mesa. Os dois garotos imensos faziam com que a pequena Melissa parecesse um ratinho, de tão pequena, mas ela parecia não estar ciente desse efeito, e sorria com timidez para Waverly, que assumiu o assento deixado para ela, à cabeceira da mesa.

— Obrigada por virem — disse Waverly. — Infelizmente, Arthur Dietrich está muito doente para estar aqui, mas eu o atualizarei depois. Matt Allbright está aqui para nos apresentar um relatório sobre o progresso da investigação para encontrar o terrorista. Matt? — Waverly girou sua cadeira para ficar frente a frente com ele.

A princípio, Matt ficou com o olhar fixo no centro da mesa, parecendo não saber o que dizer, mas pigarreou e começou a falar.

— O fato é que temos muito poucas pistas. Não há nenhum traço claro do terrorista em vídeo, então não temos como saber onde ele está morando, como está arrumando provisões ou se está em contato com a New Horizon.

— Bem — disse Waverly. — Vocês têm as telas brancas que ele está deixando para trás. Podem seguir os movimentos dele com base naquilo.

— Talvez — disse Matt —, mas é difícil fazer uma busca por uma tela branca que dura apenas um ou dois segundos. Teríamos de ficar avançando gravações de vídeo de vários dias, e provavelmente perderíamos muitas delas. Em vez disso, estamos tentando descobrir se ele está em contato com Anne Mather.

— Vocês estão monitorando transmissões externas? — quis saber Waverly.

— Há maneiras de criptografar as transmissões para fazer com que soem como radiação de fundo. Até agora não estamos vendo nada do gênero tendo origem na nave, mas temos de presumir que ele possui um conhecimento técnico superior ao nosso.

— Vocês fizeram uma busca física na nave?

— Saímos em patrulha todos os dias em duplas.

— E vocês mudam, aleatoriamente, os horários em que fazem isso? — perguntou-lhe Waverly.

Matt olhou para ela, inexpressivo.

— Se vocês querem pegá-lo, seus movimentos têm de ser imprevisíveis — disse Waverly, surpresa por Kieran não haver pensado nisso. — Além disso, vocês não devem ficar conversando e nem fazendo barulho algum. Se ele ouvir vocês chegando, conseguirá escapar facilmente.

Matt assentiu, mas ele estava claramente perturbado por ser exposto. Olhava com desconfiança para Waverly, e ela imaginava que ele partilhava da opinião de Kieran em relação a ela.

Alia inclinou-se para a frente, com um dedo levantado.

— Vocês localizaram algum lugar em que ele poderia estar acampado?

— Além da casa das máquinas, e talvez no laboratório, não localizamos nem um único traço dele. Achamos que está sendo mais cauteloso agora, não permanecendo no mesmo lugar duas vezes. — Matt fez uma pausa, desajeitado, obviamente hesitando em prosseguir. O conselho ficou esperando em silêncio, todos eles parecendo ter o mesmo instinto que Waverly, de não o forçar, de não perguntar demais, ou ele poderia se calar de vez. — Para falar a verdade, encontramos alguns lugares onde Seth Ardvale vem acampando.

— Onde? — perguntou Sealy energeticamente.

— A ala das coníferas, a ala da floresta tropical.

— Como vocês sabem que esses são lugares de acampamento de Seth e não do terrorista? — perguntou Melissa Dickinson, parecendo envergonhada com o som da própria voz.

— Porque podemos voltar atrás e encontrar registros em vídeo de Seth indo até esses lugares e saindo de lá.

— Então por que vocês não o pegaram? — exigiu saber Sealy.

Desde sua briga de socos com ele na prisão, Sealy tinha o que era de Seth guardado.

— Há muitas gravações em vídeo para analisarmos — disse Matt. — O sistema de vigilância não é projetado para fazer busca por fugitivos. Na verdade, o sistema de vigilância existe para investigar acidentes ou crimes que aconteçam em determinado lugar e em um momento específico, digamos assim. Há câmeras por toda a nave, gravando todos os membros da tripulação. Temos de repassar lentamente todo esse material para encontrarmos registros em vídeo de Seth.

— Vocês deveriam estar concentrados no terrorista — disse Waverly, um pouco rápido demais. Ela ignorou os olhares curiosos de relance em sua direção. — Quantas pessoas vocês têm em patrulha?

— Com seis duplas dos nossos, somos capazes de cobrir a nave inteira todos os dias.

— Isso não é um número suficiente — disse Waverly, jogando as mãos para cima. — Vocês precisam de mais oficiais de comando.

Matt abaixou o queixo. Ele não respondeu, o que Waverly recebeu como concordância tácita.

— Matt, quero que você arranje novos recrutas. Duplique sua força. E quando aquelas equipes de busca saírem em suas missões, elas devem incluir um garoto com bastante experiência nisso e... — ela teve um momento de inspiração — uma garota com menos experiência. Recrute-as dentre as garotas mais velhas. Não há nenhum motivo pelo qual os oficiais de comando deveriam ser todos meninos.

Matt claramente não gostou da ideia, mas segurou a língua.

— Essa é uma boa ideia. Eu me voluntario — disse Alia, voltando um sorriso para Matt.

— Eu também — disse Melissa Dickinson, sem hesitar desta vez.

— Matt, há alguma outra coisa que você queira acrescentar? — quis saber Waverly. Ela sentia que havia forçado o garoto um pouquinho, e tentou compensar com um tom de voz mais suave. — Nós apreciaríamos qualquer coisa que você pudesse nos contar.

O maxilar de Matt ficou se mexendo durante uns poucos tensos instantes, mas por fim se saiu com essa:

— Kieran é um bom líder. Ele vem fazendo um trabalho magnífico.

— Obrigada, Matt — disse Waverly, com um sorriso. — Você pode mandar o Sarek entrar em seguida, por favor?

Depois que Matt saiu da sala, Waverly olhou ao redor da mesa, para os membros do conselho. O olhar de relance de Melissa traía sua expressão plácida; parecia haver uma alma feroz debaixo de sua aparência frágil, de seu exterior calado. Harvey Markem estava roendo uma cutícula, com os olhos voltados para o centro da mesa. Ele tinha algumas sardas laranjas no nariz, e, embora estivesse musculoso por causa de seu trabalho nas fazendas, o rosto dele tinha a suavidade de um garotinho. Ao lado de Harvey,

Alia parecia uma princesa moura, com seus espessos cabelos negros e sua pele morena. Waverly estava feliz por ter a força silenciosa dela no conselho. Sealy estava com o olhar sombrio voltado para fora da janela, fitando o espaço, e seus crespos cabelos castanho-claros estavam espetados em cachos bagunçados. Waverly achava estranho que ele tivesse sido eleito para o conselho, considerando que ele fora um dos principais homens de confiança de Seth. Ela esperava que o fato de ele ter sido eleito significasse que havia simpatizantes de Seth entre a tripulação.

Todo mundo endireitou-se em suas cadeiras quando Sarek entrou, parecendo ressentido e temeroso. Ele nem mesmo esperou por perguntas; simplesmente seguiu até uma cadeira vazia, sentou-se ruidosamente e lançou um discurso.

— Vejam, venho trabalhando com Kieran há meses no Comando Central, e ele é o único que poderia ter unido essa tripulação. — Sarek olhou ao redor da sala, para cada uma das pessoas presentes. Mas ficou com os olhos fixos em Waverly enquanto falava a parte seguinte. — Sei que alguns de vocês têm dúvidas em relação ao lado religioso dele, mas acho que, depois de tantas crianças perderem os pais, elas precisavam de algo do gênero. Caso contrário, teriam afundado em desespero.

Waverly olhou ponderadamente para Sarek. Ela se deu conta do quão inteligente ele era, e até mesmo sentiu-se um pouco persuadida. Ela achou por bem dizer o seguinte:

— Provavelmente você está certo em relação a isso, Sarek.

Sarek olhou surpreso para Waverly, e depois franziu a testa, tenso. Parecia que uma pequena batalha estava sendo travada dentro dele. Talvez ele quisesse falar ao conselho, mas sua lealdade a Kieran o estivesse impedindo. Ela teria de ser gentil com ele.

— Há algo que você queira relatar? — ela perguntou baixinho. Ele balançou a cabeça, com ares de dúvida. Ela analisou-o e deu um tiro no escuro. — Alguma notícia da New Horizon? — Ele moveu rapidamente os olhos para cima, e parecia estar prendendo a respiração. — Sarek, você tem de nos contar qualquer coisa de que saiba — disse Waverly.

O restante dos membros do conselho o observava, esperando que se pronunciasse.

— Cerca de duas semanas atrás... — ele começou a falar. Sarek fechou a boca novamente, com os olhos voltados para suas mãos fechadas em cima mesa. — Por fim, respirou fundo e disse: — Anne Mather chamou nossa nave e Kieran teve uma conversa particular com ela.

Alia ficou ofegante ao ouvir esse nome. Melissa Dickinson ficou lívida. Waverly limpou uma das mãos molhadas de suor em sua calça de algodão.

— Você sabe sobre o que eles conversaram? — Waverly perguntou-lhe baixinho.

— Ela quer um tratado de paz — disse Sarek, parecendo envergonhado. — Ela quer que Kieran assista a alguns vídeos sobre alguma coisa que tem a ver com o capitão Jones, e depois discutir a libertação dos reféns. Quero dizer... dos nossos pais.

A sala ficou em silêncio com a tensão.

— E o Kieran... — disse Waverly, inspirando fundo para tirar a tremedeira de sua voz. — Kieran atendeu aos desejos de Mather?

— Eu não sei — foi a resposta de Sarek. — Ele não falou com ela desde então.

— Que você saiba...?

— Tenho total acesso à estação de comunicação central nessa nave. Nenhuma transmissão ocorre sem que eu saiba.

— E desde o ataque no auditório? — perguntou Alia, que parecia simplesmente tão preocupada quanto Waverly. Ouvir a menção do nome de Mather parecia trazer tudo de volta: as estranhas roupas puritanas, a linguagem codificada de Mather, as garotas sendo drogadas, tendo seus óvulos colhidos sem seu consentimento. Esse era o tipo de violação da qual nunca se cura. — Tivemos alguma comunicação por parte da Anne Mather?

— Não — foi a resposta de Sarek, mas... eu não ficaria surpreso se ela entrasse em contato conosco em breve.

O conselho recebeu isso com grave silêncio.

— Parece que Mather nos deu uma oportunidade — aventurou-se a dizer Alia. — Estamos perseguindo a New Horizon há meses sem progresso algum. Talvez, se parecermos dispostos a jogar o jogo dela, quem sabe poderíamos nos aproximar.

O restante dos membros do conselho olhou para ela.

— Acho que era isso que Kieran estava tentando decidir — disse Sarek.

— Totalmente sozinho! — disse Waverly com amargura, e então desejou não ter dito isso.

Sarek olhou para ela com desconfiança. Waverly precisava manter consigo esse tipo de comentário se quisesse a cooperação dele.

— Você tem esses vídeos? — quis saber Sealy, cujos olhos cinzas miravam Sarek.

Era evidente que ele estava menos propenso a perdoar o segredo que Sarek havia acabado de partilhar com eles do que os outros membros do conselho. Ao ouvir o tom forçado, Waverly se deu conta de que também estava com raiva. Ela deveria ter sido avisada de que Mather havia entrado em contato com Kieran. Toda a tripulação deveria ter tido conhecimento disso.

— Eu salvei uma cópia da transmissão de Mather — disse Sarek.

— Temos que ver esse vídeo — disse Harvey Markem.

Era a primeira vez que ele se pronunciava. Pelo fato de Harvey ter sido um dos guardas que observava Seth na prisão, Waverly não sabia ao certo de que lado ficava a lealdade dele, se com Kieran ou com o conselho. Agora, parecia claro que ele estava disposto a enfrentar Kieran.

— Você pode pegar o vídeo para que possamos assisti-lo? — perguntou Harvey a Sarek.

Pela primeira vez em um bom tempo, Waverly sentiu-se esperançosa. Esse conselho era exatamente o que eles precisavam o tempo todo.

— Não sei ao certo se posso fazer isso — disse Sarek, devagar.

— O quê? — guinchou Melissa Dickinson. — Se você tem alguma coisa que seja que poderia nos levar para perto dos nossos pais, você tem de nos entregar!

— Kieran guardou para si por um motivo — disse Sarek. — Eu já disse mais do que ele gostaria que fosse falado. Não farei isso com ele.

Gritos gerais de protesto ressoaram pela sala, mas Waverly levantou uma das mãos.

— Ei, ei! Esperem! — Os protestos foram cessando, e os membros do conselho olharam para Waverly. — Sarek está certo. Kieran é o capitão eleito, e nós deveríamos respeitar a autoridade dele.

Todas as dúvidas em relação a ela pareciam ter sido lavadas do rosto de Sarek, e ele até mesmo abriu um leve sorriso quando olhou para ela. Waverly tinha sua confiança, pelo menos por ora.

— Kieran deve ficar bem em breve, de modo que poderemos obter sua permissão para assistirmos ao vídeo.

— Eu não quero negociar com aquela mulher — disse Alia, com sua voz aveludada subitamente fria e rígida.

— Não vamos dar a ela uma única coisa do que ela queira — retrucou Waverly com ferocidade. — Mas podemos fazer com que ela pense que estamos dispostos a jogar segundo as regras dela.

Isso pareceu chamar a atenção plena de todo mundo, e a sala ficou até mais silenciosa, de forma que as palavras seguintes de Waverly vieram carregadas de um significado extra.

— Vamos agir como se quiséssemos cooperar com ela — disse Waverly, em um tom sombrio. — E então, vamos matá-la.

# O observatório

Seth sentia falta de Waverly. Ele estava enrolado, aninhado junto a uma saída de ar quente na ala de condicionamento atmosférico, deixando que o calor permeasse a terrível dor em suas costelas. Ele precisava de uma cama macia e refeições quentinhas, mas não tinha nada disso. Waverly vinha deixando sanduíches e saladas frias para ele diariamente, nos lugares combinados. Ontem ela havia deixado um sanduíche de frango e algumas ameixas do lado de dentro da porta no nível 15 da escadaria externa a estibordo. A refeição estava quase sólida e congelada na hora em que a pegou, mas ele estava agradecido mesmo assim. Poderia sobreviver com o que nascia nas alas da biosfera, mas nada daquilo o satisfazia por muito tempo.

Seu estômago rugia. Waverly deixaria seu jantar no laboratório em poucos minutos. O observatório era uma sala com domo de vidro, sempre muito fria, e ninguém ia até lá; era um bom lugar para armazenar comida. Ele deveria tentar descansar até que fosse a hora de ir.

Porém, Seth não conseguia desligar sua mente. Ele não conseguia parar de pensar no passageiro clandestino. Havia ocorrido mais um ataque, ele sabia. Ele captava pedaços de conversas, sempre que os membros da tripulação passavam pelos lugares em que ele estava escondido. Embora não soubesse dos detalhes, estava claro que a tripulação parecia mais assustada do que antes. Ele queria saber se Waverly estava bem, mas a única indicação de seu bem-estar eram as refeições que ela deixava para ele. Talvez com a próxima pudesse vir um bilhete.

Seth fechou os olhos e tentou dormir. Uma imagem de Waverly passou diante dele, a forma como ela sorria, nunca um sorriso aberto, mais do tipo do sorriso de alguém que está tentando não sorrir. Ele tinha como meta conseguir arrancar um sorriso de verdade dela algum dia. Queria ver como Waverly ficava quando estava feliz.

Provavelmente ela estaria a caminho do observatório naquela mesma hora com sua comida. O observatório sempre havia sido o lugar aonde as crianças da Empyrean iam para encontros românticos. A vista era a mesma de qualquer outra escotilha, mas ali era um lugar calmo onde os casais poderiam ter um pouco de privacidade no escuro. Será que havia algum significado por trás do fato de Waverly haver escolhido aquele lugar para deixar sua comida? Seth disse a si mesmo que não. O observatório fora abandonado por completo, agora que não havia nenhum adulto a bordo da nave, e as crianças poderiam ir aonde quisessem se desejassem ficar a sós. O único motivo pelo qual alguém iria até ali agora seria para realizar manutenção no relé do sensor dianteiro, o que dificilmente era preciso.

Seth abriu os olhos.

Em um lampejo, soube como o passageiro clandestino estava se comunicando com a New Horizon.

O relé dianteiro era o dispositivo de detecção de longa distância que ajudava o sistema de navegação a fazer correções na rota para evitar objetos no espaço. Funcionava enviando estouros eletromagnéticos de alta densidade e registrando quando a luz era refletida em um objeto. Poderia ser facilmente modificado para enviar e receber sinais criptografados de voz. Os controles principais desse relé ficavam no Comando Central, mas havia uma estação manual na proa da nave, cujo objetivo era ser usada pela manutenção.

E ela ficava no observatório.

Quanto mais Seth pensava nisso, mais certeza ele tinha: a única forma de o terrorista estar se comunicando em segredo com a outra nave seria usando o relé dianteiro. Não havia *nenhuma* outra maneira. O terrorista provavelmente poderia passar o dia todo no observatório, esperando mensagens, sem que nunca fosse descoberto.

E Waverly estava se dirigindo até lá agora.

De súbito, Seth sentiu uma horrível sensação de temor. Ele tinha de ir até o observatório *agora mesmo.*

Depois de constatar a ausência de sentinelas na porta da escadaria externa, Seth subiu vários lances de escada até chegar à proa da nave. Ele respirava com dificuldade, mas a única coisa com que se importava era certificar-se de que Waverly estava a salvo. O corredor estava silencioso, e Seth andou furtivamente nas pontas dos pés até a porta do observatório.

Ele não conseguia se livrar da sensação de que era tarde demais.

— Não seja paranoico — ele disse, baixinho.

Espiou dentro da sala escura. Não ouviu nada, viu apenas as fileiras de assentos de teatro dispostas em um semicírculo, apontadas em direção à área do domo de vidro que formava as paredes da sala. Que ridículo da parte dos engenheiros da Terra de pensarem que essa sala teria algum uso de verdade! A monotonia da vista fazia com que as pessoas evitassem olhar pelas escotilhas, pois as lembrava do quão longe estavam da Terra e de seu céu em constante mudança. Em vez disso, a tripulação voltava os olhares para dentro, para as plantas e os animais, lembretes de um planeta que eles haviam deixado para trás há décadas e que nunca mais veriam.

Seth enfiou-se atrás de uma fileira de assentos e ficou observando a porta. A sala cheirava a bolor, e o ar tinha aquele quê de morto que surge quando um ambiente fica fechado por muito tempo. Provavelmente Kieran estava conservando energia, deixando a ventilação circular apenas nas áreas mais usadas da nave, o que não era má ideia, considerando que os motores estiveram a ponto de derreter recentemente. Na verdade, por mais que ele odiasse admitir isso, Kieran não estava fazendo um trabalho tão ruim assim.

Seth ficou paralisado. Ele ouvira alguma coisa. Será que *ouviu* mesmo? Ou *sentiu*? Alguma coisa atrás dele, ali perto. Talvez fosse a fraca agitação do ar exalado. Talvez fosse o mais leve vestígio de outro corpo.

Ele se virou meio degrau antes que um braço de ferro se prendesse em volta de seu pescoço.

— Eu não sei como você continua me encontrando, seu merdinha — rosnou uma voz rouca.

Seth tentou afastar o braço do homem para longe de sua garganta, mas a força dele era brutal. Ele prendeu o pescoço de Seth, fechando sua traqueia. Seth podia sentir o fluxo de sangue para seu cérebro sendo interrompido, e piscou contra os pontos vermelhos na visão.

— Desta vez eu vou ter de matar você — disse a voz do homem, em tom de carícia. — Eu sinto muito, garoto. Não é nada pessoal.

"Eu vou morrer", pensou Seth, distante. Seu rosto parecia inchado com o sangue, e sua garganta estava travada. Tentou arrancar o braço do homem de sua traqueia, contorcendo as pernas. Mas ele já sentia sua mente perdendo os sentidos, seus braços e suas pernas fraquejando, enquanto o fluxo de sangue para seu cérebro ia parando.

Então ele ouviu o clique da tranca da porta.

"Waverly."

Com a última pontinha de sua força, Seth torceu o corpo para longe da porta, para que o homem não a visse. Ele envolveu suas mãos em torno do braço corpulento dele, de modo a aliviar um pouco a pressão em sua garganta, e impulsionou todo seu peso para baixo, puxando o homem para uma posição recurvada.

"Corra", pensou Seth em relação à Waverly enquanto sentia pétalas de nada florescendo dentro de seu crânio. "Por favor, saia correndo."

Ele ouviu o nauseante *tunc* de metal atingindo osso, e a pegada em seu pescoço se soltou.

— Sua vadiazinha! — ele ouviu o homem rosnar. — Você matou o Shelby!

Seth sentiu que estava caindo no chão, incapaz de se mover ou de abrir os olhos. Ouviu Waverly gritar, surpresa, e então gorgolejar.

"Ele está estrangulando Waverly."

Seth pensou nisso como poderia pensar em um fato científico. Nada viaja mais rápido do que a luz e Waverly está morrendo.

"Eu estou de quatro no chão", ele se deu conta. Seth estava indo de um lado para o outro no chão enquanto pontos cobriam a sala escura. Ele inspirou, com a respiração irregular, com a garganta bem inchada, e, de alguma forma, conseguiu colocar um pé debaixo de si, e depois o outro. Quando se levantou, a sala inclinou-se, mas ele se apoiou no encosto de um assento e foi cambaleando em direção aos sons de Waverly sendo estrangulada.

No chão, na frente de seu pé esquerdo, havia uma pesada chave-inglesa, do tipo que é usada para soltar os parafusos da roda de um trator. Ele chegou à conclusão de que aquilo vinha do cinto de ferramentas de Waverly. Lá estava ele, o cinto, preso em volta da minúscula cintura dela, contorcendo-se, com porcas e parafusos caindo enquanto as pernas dela se torciam e ela caía indefesa no chão. O corpo do homem bloqueava o rosto dela enquanto ele se ajoelhava sobre ela, apoiando todo o peso no pescoço dela.

A fúria ergueu-se em Seth, e ele se esqueceu da fraqueza de seus braços e pernas e da forma como a sala girava. Pegou a chave-inglesa, deu dois passos em direção ao homem e girou-a com toda a sua força.

A ponta da chave-inglesa arrancou uma lasca de pele do crânio do homem, e ele se virou, surpreso.

Nunca antes Seth tinha visto feições contorcidas de um jeito tão feio. O nariz do homem estava franzido, seus olhos estavam injetados sob a fraca luz, ele rangia os dentes, e a baba brilhava nos cantos de sua boca. Seth girou a chave-inglesa mais uma vez, mas o homem se inclinou para longe dela, e Seth errou o golpe. Ele sentiu a chave-inglesa sendo puxada de seus fracos dedos.

O homem oscilou para trás, fazendo uma careta, segurando a chave--inglesa bem alto acima da cabeça. Se aquela ferramenta fosse de encontro ao crânio de Seth, ele estaria morto. Ele deu um passo para trás, e mais outro, até que sentiu as cálidas pernas de Waverly debaixo de seus pés, e afundou-se em cima dela, cobrindo o rosto dela com suas mãos. "Ela está morta", pensou por um instante aterrorizante.

Nada havia passado a ele a sensação mais bela do que quando o hálito de Waverly aqueceu seus dedos.

Seth ficou à espera do golpe, mas ele não veio. Em vez disso, ele ouviu um grito de surpresa e, quando olhou para trás de si, viu uma criatura colossal e corcunda lutando consigo mesma. O homem deu um grito e soltou a chave-inglesa, puxando uma das mãos, agora coberta de sangue, para aninhá-la junto a seu corpo. O homem virou-se tão de leve de modo que Seth pôde ver as costas dele, e ele sabia para o que estava olhando.

Um garoto minúsculo estava colado junto ao homem, cujas pernas envolviam a cintura dele, pernas compridas e estreitas em volta do pescoço musculoso do homem, segurando-se a ele por sua vida, enquanto o homem arranhava suas costas com sua mão boa. O garoto clamava por assassinato sangrento e dizia isso em palavras quase irreconhecíveis.

— Você matou a minha mãe! O seu pessoal matou a minha mãe!

— Seth — sussurrou ele.

Seth olhou para baixo e deparou-se com Waverly olhando para ele, arfante.

— Ajude-o — ela conseguiu dizer antes de lutar para respirar mais uma vez.

Seth tomou a chave-inglesa novamente e levantou-se, tremendo, no mesmo instante em que o homem encurralava o garotinho no vidro frio do domo, acertando-o com força. A cabeça do garoto bateu com tudo no vidro, e ele soltou um gemido, e então caiu, manquejando, no chão de metal. O homem olhou para ele, pasmo, e tinha acabado de se virar novamente quando Seth girou a chave-inglesa com toda a força que ainda lhe restava, e a ferramenta entrou em sólido contato com a têmpora do bruto homem, que olhou para Seth com olhos embasbacados e aquosos.

A chave-inglesa vibrava na mão de Seth como se fosse o badalo de um sino.

O homem caiu primeiro de joelhos, com os olhos ainda abertos, mas vazios, com um filete de baba escorrendo pelo queixo. Em seguida, estatelou-se de cara no chão, e ficou lá, caído, se contorcendo.

Seth se deu conta de que estava de joelhos novamente, embora não soubesse em que momento havia deixado cair a chave-inglesa e rastejara até o sistema de comunicação nos fundos da sala. O botão ficava a pouco mais de um metro do chão, tão longe que ele não sabia como alcançá-lo. Ergueu seu braço direito, apesar de estar pesado como chumbo, e acertou o botão de chamada de emergência com a palma da mão estirada. A tela tremeluziu e ganhou vida, e Seth viu o rosto chocado de Sarek Hassan encarando-o.

— Ajudem! — grasnou Seth, por sua garganta inchada.

Ele ouviu a voz de Sarek ladrando ordens a alguém. A ajuda estava a caminho. Ele queria voltar rastejando até Waverly, mas havia pontos vermelhos demais e ela estava tão distante... Então, ele ficou deitado de lado, cerrou os olhos, e esperou que eles chegassem.

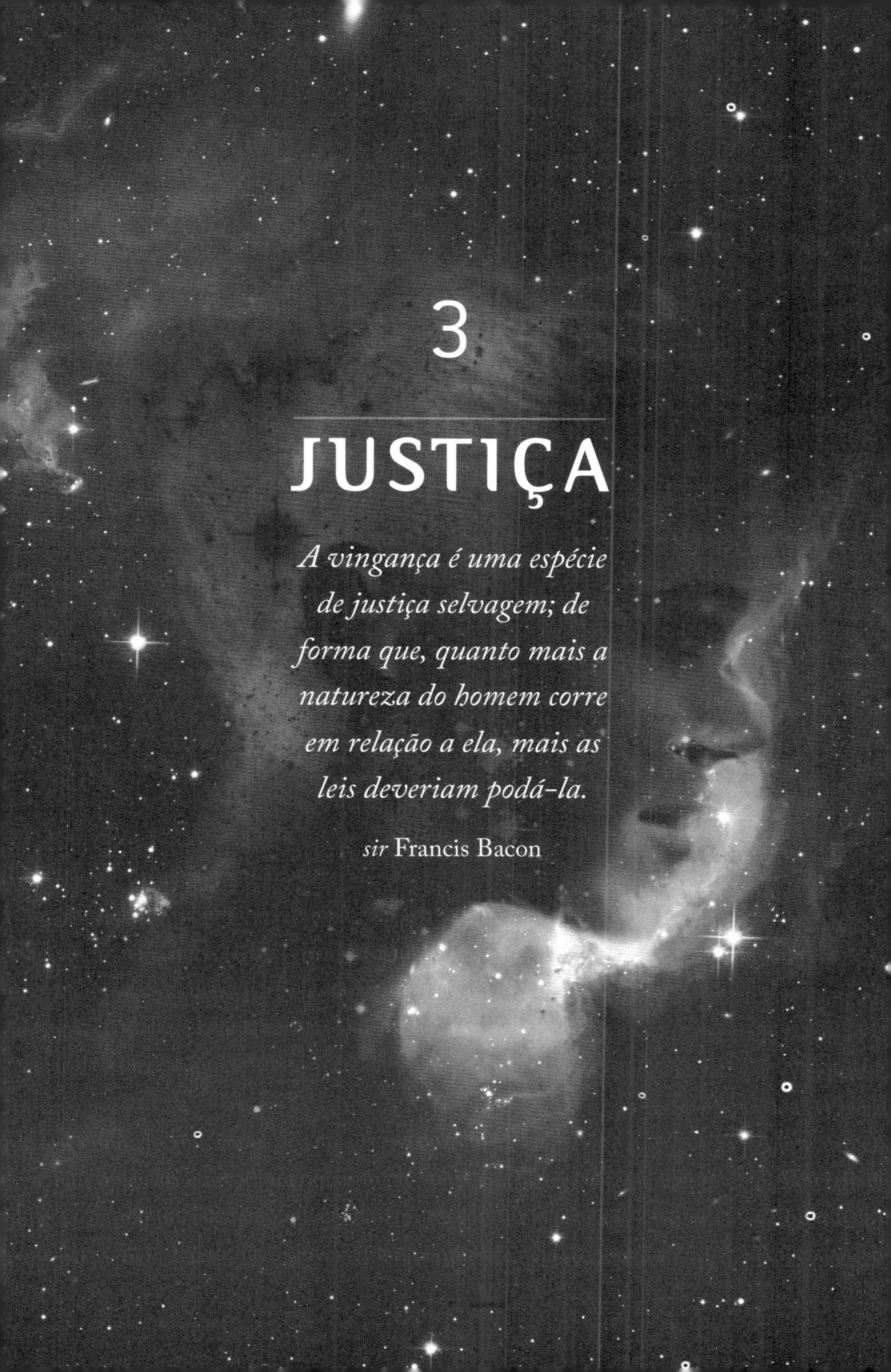

# 3

# JUSTIÇA

*A vingança é uma espécie de justiça selvagem; de forma que, quanto mais a natureza do homem corre em relação a ela, mais as leis deveriam podá-la.*

*sir* Francis Bacon

# Recuperação

A dor de cabeça de Kieran parecia forte demais para ser contida em um único crânio. A dor latejava para fora da enfermaria e entrava no vazio negro além da escotilha acima da cabeceira de sua cama. Uma garotinha com um pequeno corte no dedo entrou ali e o mostrou a um dos ajudantes de Tobin, que a levou até uma das áreas fechadas com uma cortina para limpar o local do ferimento. Quando ela passou pelo leito de Kieran, abriu um sorriso tímido para ele. Mais uma vez, Kieran se questionou quanto ao motivo pelo qual os projetistas pensaram em colocar a maior parte das camas da enfermaria no grande aposento principal, de frente para a porta, à plena vista de qualquer um que pudesse entrar ali. Era humilhante estar tão doente em um local público.

— Vamos lá, cara durão. Está pronto para um pouco de morfina? — perguntou-lhe Tobin Ames novamente, com uma das mãos calejadas em seu pulso, sentindo seus batimentos.

— Vá em frente — Kieran por fim assentiu, e ficou observando enquanto Tobin preparava, habilmente, uma agulha hipodérmica e a enfiava na veia do antebraço de Kieran.

A dor foi se esvaindo, flutuando para fora do casco da nave, onde ficou pairando, logo ali, do lado de fora da escotilha, observando Kieran, esperando que o efeito da morfina passasse para que ela pudesse voltar.

— Não sei por que você insistiu em esperar — disse Tobin, balançando a cabeça.

— Morfina me parece forte demais para uma dor de cabeça.

— Depende da dor de cabeça.

— Como posso lhe dizer o quanto é ruim essa dor de cabeça a menos que deixe passar o efeito da morfina? — disse Kieran, grogue.

Ele odiava morfina quase tanto quanto odiava a dor. Morfina amortecia sua mente, deixava seu estômago ruim e fazia com que ele se sentisse confuso e fraco. Ela trazia pesadelos horríveis nos quais Waverly gargalhava dele, Sarah o cutucava com um longo dedo acusador. Ou, pior ainda, sonhava que havia ficado preso em um *airlock*, prestes a ser jogado para fora por Seth Ardvale, que exibia um largo sorriso para Kieran, através da escotilha, com o polegar logo acima do botão. A morfina era melhor do que a agonia, mas apenas um pouco melhor.

— Você inalou uma dose bem grande daquele gás, eu acho — disse Tobin. — Isso ou você é mais suscetível ao gás do que as outras crianças.

— Como estão todos os outros? — quis saber Kieran, dispensando com um aceno a sugestão de que ele fosse frágil. "Mas eu sou frágil", pensou ele. "Eu costumava ser muito mais forte, e agora eu sou fraco. Porque Seth Ardvale quase me matou de fome."

— A maioria já se recuperou. — Tobin apontou com o polegar para Arthur, a sua esquerda, no leito próximo, ao lado do de Kieran. — Você e ele são os mais doentes.

Kieran voltou-se para Arthur, que estava tomando uma tigela de sopa. Arthur viu que Kieran olhava para ele e assentiu.

— A sua voz voltou? — perguntou-lhe Kieran.

Arthur balançou a cabeça em negativa.

— Aquele gás age de um jeito infernal nas cordas vocais — disse Tobin. Ele se mexeu lentamente em volta do leito de Kieran, com a cabeça encurvada entre os ombros como se fosse uma permanente contração de ombros. — Tudo que posso fazer é dar esteroides a Arthur e esperar que a voz dele volte.

— Como você sabe disso? — perguntou-lhe Kieran.

— Como eu sei de alguma coisa que seja?! Eu leio os manuais. Assisto aos vídeos de treinamento.

— Deve ser horrível não ser capaz de falar — disse Kieran a Arthur.

O garoto ignorou, com um irônico revirar de olhos, como se Arthur não considerasse a perda de sua voz grande coisa, visto que ele ficava calado na maior parte do tempo.

Kieran reclinou-se. Agora que não sentia dor, podia voltar sua mente para outras coisas. Era bem provável que Waverly estivesse fazendo de tudo para miná-lo enquanto estava ali deitado. Esse era o verdadeiro motivo pelo qual ele tinha desejado tentar ficar sem morfina: conseguir ficar ativo se deixasse a enfermaria. Se permanecesse ali o período que Tobin queria que ficasse, Waverly teria tempo suficiente para consolidar seu poder.

Era bem provável que ela já estivesse aprontando ou preparando alguma coisa neste exato minuto.

Kieran jogou suas cobertas para o lado e levantou-se de seu leito, pondo--se de pé, porém, meio cambaleando. Apoiando-se no gradil do leito, ele deu um passo hesitante em direção à porta da enfermaria.

— Eita! O que você acha que está fazendo? — Tobin foi correndo até ele, com uma prancheta na mão. — Volte para a cama!

— Eu só preciso dar uma passada rápida no Comando Central.

— Sarek está mantendo tudo sob controle. — Tobin tentou empurrar Kieran de volta ao colchão, mas Kieran resistiu.

— Eu sou o capitão dessa nave — disse Kieran, piscando.

A sala parecia estar mudando de cor, de verde para azul, para vermelho, para amarelo, tremeluzindo entre os matizes como a luz de um alarme.

— O capitão deve seguir as ordens médicas — disse Tobin, cruzando os braços sobre o peito. Ele estava prestes a falar mais quando, de repente, um alarme soou em seu consultório. Tobin saiu correndo para atender a emergência.

Alguma coisa estava acontecendo. Kieran seguiu capengando em direção à porta, com passadas irregulares. Apenas algumas vítimas do gás permaneciam ali, a maioria composta das crianças mais novas, ainda asmáticas devido ao ataque. Ele acenou para uma garotinha, que chupava a orelha de seu ursinho de pelúcia enquanto o encarava. Provavelmente, deveria achar que ele estava bêbado. Kieran continuou caminhando, e saiu dali com o máximo de dignidade que lhe era possível.

Kieran deixou o elevador sem se lembrar sequer que havia entrado nele. O corredor que dava para o Comando Central parecia pulsar, ficando cada vez mais largo, em vez de se estreitar. Ele ficou com os olhos pregados na entrada durante o que pareceu uma hora, antes de finalmente chegar lá. Ouviu o zunido da câmera de vídeo verificando seu rosto, e, em seguida, o som de um sino, no momento em que a porta se abriu para ele.

— Avisem-me quando vocês chegarem à enfermaria. — Sarek estava ladrando em seu microfone, e então ele mudou de canal. — Harvey! Você já chegou à prisão?

— Estou quase lá — veio a resposta no som sem fôlego da voz de Harvey. — Ele é pesado!

— Vou mandar uma equipe médica até aí embaixo, mas quero que ele seja amarrado antes que você permita que qualquer pessoa chegue perto dele. — Sarek ergueu o olhar e viu Kieran. Acenou para ele se aproximar, animado.

— O que está acontecendo? — quis saber Kieran. Ele olhava para fora das escotilhas, e, certamente, sua dor de cabeça o havia acompanhado até ali. Ela pairava ali fora, pulsante.

— Waverly e Seth pegaram o terrorista! — disse Sarek.

— O quê? Waverly e *Seth*? — espantou-se Kieran. Ele quase desmaiou por um segundo, quase caiu, mas uma cadeira surgiu atrás dele. Kieran ergueu o olhar e deparou-se com Matt Allbright parado acima dele, em pé, com as mãos nas costas da cadeira. Matt fez um aceno curto com a cabeça para Kieran.

— Eles foram muito surrados pelo terrorista — disse Matt. Kieran estava com o olhar erguido para o nariz do garoto, olhando para os pelos em suas narinas, que tremiam enquanto ele falava. — E tem aquele garotinho, o Philip Grieg.

— Ele está inconsciente — disse Sarek, com uma das mãos posicionada no fone de seus *headsets*. — Waverly e Seth estão se alternando entre desmaios e lucidez.

— Eles não estavam lá na enfermaria — disse Kieran. Ou será que estavam? A morfina havia deixado sua mente mais nebulosa do que ele pensava.

— Eles estão indo para lá agora. — Sarek curvou-se por cima de sua estação de comunicação, quando a voz de Harvey voltou.

— Sim! Ele está aí? Ok! Vou falar ao Tobin.

Sarek enviou uma mensagem no *pager* à enfermaria e Tobin a respondeu com o seguinte:

— Que foi? Estou ocupadíssimo aqui!

— Preciso que um médico seja enviado à prisão — disse Sarek.

— O terrorista que espere! — gritou Tobin. — Estou com três dos nossos bem feridos aqui!

Kieran devia ter se desencontrado deles. Ele sentou-se em sua cadeira, zonzo. Seth e Waverly, seus dois maiores inimigos, encontraram o terrorista. Eles seriam grandes heróis agora.

"Eu vou parecer um idiota!"

— Tudo isso aconteceu em questão de minutos atrás — disse Sarek, animado. — Não sei como nem por que, mas Waverly e Seth deram de cara com ele no observatório.

— O observatório — disse Kieran baixinho. Ele costumava levar Waverly lá em encontros românticos. Eles se aninhavam sob um cobertor, olhando as estrelas, beijando-se. Agora ela estava se encontrando com Seth lá. — O que eles estavam fazendo?

— Procurando o terrorista, creio eu.

— Não — disse Kieran, cortando o ar com uma das mãos. — Eles se depararam com o terrorista por acaso.

— O que você quer dizer com isso? — perguntou-lhe Sarek, confuso.

— Seth e Waverly estavam trabalhando juntos — disse Kieran. Sua voz estava fininha. — Eles estavam se encontrando no observatório para me derrubar. A eleição foi ideia de Seth. Ele está controlando Waverly. Eles se depararam com o terrorista por acaso.

— Suponho que isso seja possível — disse Matt, devagar. — Porém...

— Não é *possível* — disse Kieran, com a língua meio amortecida. — Foi isso que aconteceu. Tenho certeza.

— Como você sabe disso? — perguntou Sarek.

— As coisas simplesmente são assim — disse Kieran. Ele balançou a cabeça para desanuviá-la e quase caiu da cadeira.

— Sabe, chefe, eu acho que você não está bem para ficar aqui — disse Matt a Kieran. — Você deve estar doente ainda.

— Todos vocês querem me derrubar — disse Kieran, inspirando com pungência.

— Eu não quis dizer isso.

— Leve-o de volta para a enfermaria — disse Sarek a Matt.

— Não falem de mim como se eu não estivesse aqui. Eu não sou uma criança — disse Kieran, mas sentiu que estava sendo levado em uma cadeira com rodinhas pelo corredor abaixo.

Ele não sabia ao certo se estava sentado ou deitado, porque às vezes podia ver o teto, e outras, conseguia ver as coisas à sua frente.

Quando Matt entrou com ele na enfermaria, deparou-se com um cenário caótico.

Waverly estava deitada no leito à direita do de Kieran e, do outro lado de Waverly, estava Seth. Ambos estavam com os olhos fechados. Horríveis machucados cor púrpura cobriam suas gargantas, e os dois respiravam com dificuldade, com grandes intervalos entre uma respiração e outra. Tubos de oxigênio serpenteavam de tanques, passando pelos leitos dos dois e subindo até suas narinas. Waverly estava pálida!

Da sala adjacente irromperam vozes frenéticas. Tobin e dois outros garotos estavam inclinados sobre um leito, bloqueando a visão de Kieran de quem seria o paciente. Tudo que ele conseguia ver era um par de pequenos pés que tremiam muito.

— Quem é aquele? — quis saber Kieran.

— Philip Grieg — sussurrou alguém.

Kieran virou-se e viu Waverly, com um olhar nauseantemente injetado em sua direção.

— Ele salvou as nossas vidas — disse ela.

— Leve-me até ele — disse Kieran. Matt, obediente, levou-o em sua cadeira até a sala.

Kieran saiu de sua cadeira, e, apoiando-se na parede, moveu-se ao longo dos fundos da pequena sala privada para ver o rosto de Philip.

O olho esquerdo do garotinho estava inchado. Sua boca espumava, e tanto seus braços quanto suas pernas tremiam num ritmo espasmódico. Havia sangue seco incrustado em suas narinas, e gemidos e grunhidos horríveis saíam de sua garganta. Seu aspecto era monstruoso.

— O que há de errado com ele? — gritou Kieran.

Kieran já estava assustado, e seu sangue gelou quando viu Tobin Ames, o garoto competente que agia como médico da nave, erguer o olhar para ele com o rosto marcado por lágrimas.

— Hemorragia cerebral, eu acho — disse Tobin, desmoronando. — Não tenho como ajudá-lo! Não tenho como!

— Por que não? — gritou Kieran. Os efeitos da morfina de repente passaram e ele pôde ficar em pé, com sua mente inteiramente cristalizada em um único ponto: salvar a vida de Philip Grieg. — O que um médico faria?

— Abriria um buraco na cabeça dele!

— Então faça isso!

A sala ficou em silêncio, e todos os olhares se voltaram para ele. Kieran estava calmo agora.

— Você não está entendendo! — gritou Tobin. — Tudo que eu precisei fazer até agora estava nos manuais! Não há nenhum vídeo de treinamento para uma cirurgia cerebral!

— Qualquer um pode ver que ele vai morrer se você não fizer isso.

— Ele vai morrer se eu *fizer isso*.

— Dê uma chance a ele — disse Kieran.

Tobin prostrou-se sobre o corpo de Philip, que tremia, arfando, com as veias saltadas em seu pescoço curto. Por fim, ele disse:

— Ok. Tragam-me um aparelho de barbear e um bisturi, e... deixe eu pensar... iodo. E... eu não sei. Achem uma furadeira.

Seus dois assistentes o ficaram encarando boquiabertos, até que ele gritou:

— Vão! Não temos tempo.

Tobin foi até a pia e lavou as mãos, esfregando-se com uma pequena bucha branca até a altura dos cotovelos. Um de seus assistentes colocou luvas de borracha enquanto o outro entrou com um carrinho de rodinhas contendo instrumentos, cada um mais aterrorizante e complicado do que o outro.

— Temos de conseguir trazer os adultos de volta à nave — disse Kieran baixinho para si mesmo. Mas então se lembrou de que *havia* adultos na nave, na unidade de cuidados intensivos, ainda se recuperando do envenenamento por radiação. — Victoria Hand está consciente? — ele perguntou para alguém na sala, sem obter resposta.

— Virem-no — disse Tobin.

Os garotos viraram o corpo franzino de Philip, e ficaram ofegantes quando viram o grande calombo atrás de sua cabeça, inchado como se fosse um grotesco balão. Deveria haver tanto sangue naquele crânio jovem! Tobin fechou os olhos, e expeliu todo o ar dos pulmões por entre seus lábios franzidos. Então, um dos assistentes prendeu uma máscara cirúrgica sobre o nariz e a boca de Tobin.

— Todo mundo para fora! — disse Tobin.

— Você não precisa de ajuda? — perguntou-lhe seu assistente, com os olhos arregalados.

— Eu não vou conseguir fazer isso com alguém olhando — disse Tobin.

Matt pegou Kieran pelo cotovelo e retirou-o da sala.

Ele dirigiu-se até o leito de Kieran, mas este plantou os pés no chão, empurrando o garoto com força.

— Vamos dar uma olhada nos adultos.

Matt segurou com firmeza no cotovelo de Kieran. Enquanto os dois caminhavam, passaram pelo consultório e passaram na seguinte, um amplo espaço com uma fileira de oito leitos, cada um ocupado pelos adultos enfermos. Haviam-se se passado semanas desde que Kieran descera até ali para ver como estavam. Dois deles respiravam com ajuda de aparelhos, que inflavam seus peitos, fazendo com que parecessem bonecas. A mãe de Tobin era um deles. Não admirava o fato de o garoto parecer nunca sair da enfermaria; ele estava fazendo o melhor que podia e salvando outras pessoas de modo a não ter de pensar em como era incapaz de ajudar a própria mãe.

Tobin era capaz de manter esses adultos vivos, e isso já mostrava o quanto ele e seus assistentes eram competentes.

No canto mais afastado da sala estava deitada a enfermeira Victoria, única sobrevivente da equipe médica da Empyrean. O filho dela, Austen, que cochilava ao lado de seu leito, havia se tornado o enfermeiro *de facto* dessa ala, além das outras crianças cujos parentes estavam ali.

— Como ela está? — perguntou Kieran. Austen se endireitou na cadeira, esfregou os olhos para afastar o sono e deu uma fungada.

— Ela meio que dorme vinte horas por dia, e tenho de fazer diálise nela todos os dias.

— Como vocês sabem fazer diálise?

— Ela me disse como se faz.

— Então ela está conseguindo conversar?

— Quando ela está acordada, conseguimos fazer perguntas.

Não era à toa que tudo corria bem na ala médica. Kieran inclinou-se sobre Victoria e segurou sua mão.

— Vickie? Vickie, acorde.

Os cílios dela agitaram-se, mas se fecharam novamente. Sua pele estava inchada, e ela aparentava ter envelhecido vinte anos nos últimos meses. Ela abriu a boca apenas alguns milímetros e, com um suave fluxo de ar, disse:

— Kieran.

— Vickie, nós estamos com um caso gravíssimo de ferimento na cabeça na outra sala. — Os olhos dela se agitaram e fecharam novamente. Kieran ajoelhou e disse, em voz alta, ao pé do ouvido dela: — Tobin Ames está prestes a abrir um buraco no crânio de Philip Grieg com uma furadeira.

Os olhos dela se abriram com tudo, e ela se concentrou em Kieran.

— A mãe dele nunca vai consentir... — ela começou a dizer, mas então pareceu se lembrar de que a mãe de Philip estava morta.

— Se eu conseguir colocar você em uma cadeira de rodas... — começou a dizer Kieran, mas ela já estava assentindo, lutando para sentar-se direito. Austen jogou seu peso por trás dela e empurrou-a.

— Mãe, você tem certeza?

— Sim — disse ela, com a voz rascante. — É só me levar até lá.

Agora que ela estava ereta e a luz reluzia em seu couro cabeludo, Kieran se deu conta de que os cabelos dela tinham caído e sido substituídos por uma penugem cor de pêssego, de aparência frágil. Através de sua fina roupa de enfermaria, suas costas deixavam à vista todas as suas costelas; parecia que ela era feita de palitinhos. Austen, mordendo o lábio inferior, levou uma cadeira de rodas até ali. Matt ergueu Victoria a colocou na cadeira. Ela quase desmaiou. Inclinou-se pela lateral da cadeira e vomitou uma substância aquosa e fina, sujando um pouco sua roupa hospitalar.

— Mãe! — gritou Austen.

— É só porque fiquei ereta depois de tanto tempo deitada — disse ela, com fraqueza.

Todo mundo que estava na sala principal da enfermaria parou e a ficou encarando quando ela entrou sendo levada na cadeira de rodas até a sala de operação em que Philip estava. Kieran podia ver através da porta de vidro que Tobin estava raspando os cabelos do garotinho. Victoria pegou uma máscara cirúrgica.

— Prenda isso em mim — ela disse a seu filho, que se curvou sobre ela, com suas feições transtornadas pela preocupação. — Você, coloque uma máscara — disse ela com a voz rascante, apontando para Matt. Ele rapidamente prendeu uma máscara em torno do próprio rosto, e em seguida a levou para dentro da sala. Austen ficou para trás. Claramente ele não queria entrar ali de jeito nenhum.

Kieran ficou observando o desenrolar da cena pelo vidro da porta. Quando Tobin viu Victoria, soltou um grito, aliviado. Matt conduziu-a pelos arredores, de modo que ela pudesse dar uma olhada no crânio disforme do pobre Philip, e então ele saiu rapidamente da sala e postou-se em pé, parado, ao lado de Kieran. Ficaram observando enquanto Victoria apontava para o garoto, e Tobin ouvia com atenção o que a mulher tinha a lhe dizer. Tobin pegou um grande pedaço de algodão com iodo e começou a espalhá-lo pela cabeça de Philip. Então, com o suor escorrendo por sua face, ele pegou o bisturi.

— Tobin é valente — disse uma voz, e Kieran virou-se e deparou-se com Seth, que estava observando tudo de seu leito. — Eu nunca seria capaz de fazer uma coisa dessas.

— Nem eu — sussurrou Waverly, que também estava vendo tudo, enquanto lágrimas escorriam aos filetes de seus olhos.

Eles pareciam muito melhor agora que os remédios tiveram uma chance de fazer efeito, embora as suas vozes soassem constritas.

Kieran foi cambaleando até seu leito, com os olhos em Seth, que também olhava para ele. Kieran pôde notar que Seth havia perdido peso, mas é claro que isso apenas acentuava a definição de seus músculos, os ossos belamente entalhados de sua face. Será que Waverly era tão idiota a ponto de ser conquistada por nada mais que a beleza física?

— Matt — chamou Kieran, apontando para o garoto com um dedo. Matt inclinou-se para baixo, com as costas eretas, e Kieran sussurrou ao pé do ouvido dele: — Desça lá e diga aos guardas na prisão para me notificarem quando o terrorista recuperar os sentidos. Ninguém deve conversar com ele até que eu desça lá.

— Ok — disse Matt.

— E na volta traga alguns guardas com você.

Matt olhou com frieza para Seth e assentiu.

— Então acho que vou voltar para a prisão — disse Seth, embora não pudesse ter ouvido o que Kieran havia dito.

— Mas agora você terá um julgamento — disse Waverly. — Não é, Kieran?

Kieran ficou com o olhar fixo a sua frente, ignorando-a.

— Seth descobriu como capturar o terrorista — disse ela com dificuldade.

— Ele modificou o relé do sensor dianteiro para realizar uma transmissão de voz — disse Seth, constatando um fato. — Não consigo acreditar como não pensei nisso antes.

Ele soava tão presunçoso, tão arrogante. Kieran sentia novamente vontade de esganá-lo.

— Como é que vocês dois foram parar lá? — perguntou Kieran baixinho.

Seguiu-se um silêncio desconfortável. Kieran virou-se e deparou-se com Waverly olhando para suas mãos, com a boca firme, teimosa. Ela ergueu o olhar para ele e disse, em tom firme:

— Eu estava levando comida para o Seth.

— Sob ameaça — interpôs-se Seth. — Eu forcei Waverly a fazer isso.

— Ninguém pode me forçar a fazer nada — disse Waverly, olhando com ódio para Seth antes de se voltar para Kieran. — Eu estava fazendo isso porque não achava que ele deveria voltar para a prisão depois que vi a forma como você ameaçou Sarah. Achei que ele estava em perigo, então o ajudei a se esconder.

— Que bondade da sua parte — disse Kieran, e desviou o olhar dela.

Quão repulsiva Waverly parecia para Kieran agora.

Logo Matt estava de volta à enfermaria, com Harvey Markem e Hiro Mazumoto vindo atrás dele, parecendo nervosos.

— Matt, Hiro, levem Seth para a prisão — disse Kieran.

Os dois garotos pareciam hesitantes, mas quando Hiro segurou o braço de Seth, este tirou o tubo de oxigênio do rosto e saiu de seu leito com boa vontade. Parecia tremer ao ficar de pé, e cambaleava um pouco. Então Kieran disse:

— É melhor levar um tanque de oxigênio com vocês.

Com a mão livre, Hiro pegou um dos tanques e foi caminhando com Seth em direção à porta.

— Harvey — disse Kieran. — Estou colocando Waverly na prisão por obstrução de justiça e por ajudar um fugitivo.

Ele ignorou o grito rouco de indignação de Waverly enquanto Harvey, relutante, a puxava pelo braço. A princípio, ela ficou deitada, parecendo considerar se lutaria ou não, mas por fim acabou aceitando que não conseguiria vencer. Harvey pegou o tanque de oxigênio dela e puxou-a em direção à porta.

— Kieran, estamos doentes — disse Waverly. — Kieran ouviu cliques na garganta dela quando ela inspirava. — Nós deveríamos ficar aqui na enfermaria, e não na prisão.

— Vocês terão cuidados médicos — disse Kieran.

Seth estava prestes a sair pela porta, cambaleando, quando puxou seus dois guardas, resistindo a eles por tempo suficiente para olhar para trás, para Kieran, com um olhar assassino e cheio de ódio.

— Você não é nem um pouco melhor do que eu era — ele conseguiu dizer antes de os guardas partirem para cima dele o tirarem dali.

Uma vez que tinham saído dali, Kieran olhou para sua esquerda e deparou-se com os firmes olhos azuis de Arthur fixos nele.

— Eu não tenho escolha, Arthur. Você está vendo que não tenho escolha, não está?

Arthur desviou o olhar e entrincheirou-se debaixo de suas cobertas. Kieran manteve os olhos fixos na porta que dava para a sala de cirurgia, onde Tobin e Victoria operavam Philip. Nesse exato momento, ele só se importava com a vida do garoto.

# Libertação

— Estamos doentes demais para ficar aqui embaixo — disse Waverly a Harvey, que a arrastava ao longo do corredor. Até mesmo aos seus próprios ouvidos isso soava como uma desculpa, mas ela *sabia* que era verdade. Os esteroides que Tobin havia aplicado em seu corpo a tinham deixado renovada, mas e quando o efeito passasse? As carnosas partes internas de sua garganta poderiam ficar totalmente inchadas novamente, e isso a poderia sufocar. Waverly precisava ficar na cama, e mais ainda de cuidados médicos. Ela conseguia ver apenas as costas de Seth enquanto avançava cambaleante entre seus dois guardas; ela estava com medo de que ele caísse. — Harvey, eu não estou brincando. Nós quase morremos!

— Eu sei disso — sussurrou Harvey pela lateral da boca. — Vou convocar uma reunião do Conselho Central. Fique quieta aí.

Ele a puxou pelo corredor que se estendia entre as celas da prisão. Waverly olhou para a primeira cela a sua direita e se deparou com o homem que quase a matou, deitado na cama, roncando sonoramente.

— Eu não quero ficar perto dele.

Ela sentiu um calafrio.

— Ele nunca vai ficar sabendo que vocês estão aqui — disse Harvey.

Waverly cambaleou e quase caiu de joelhos quando, com uma força surpreendente, Harvey segurou-a e a carregou corredor abaixo. Ele a deitou na cama da cela no final da fileira, em frente à cela onde estavam colocando Seth.

Waverly e Seth poderiam se ver e conversar um com o outro. Kieran não ia gostar disso. Era bem provável que Harvey e os outros guardas também soubessem disso. Será que essa era uma forma de reconhecer a injustiça perpetrada por Kieran?

Waverly ficou deitada, imóvel, enquanto Harvey prendia um tubo debaixo de seu nariz e girava o disco no tanque de oxigênio. Ela se sentia um tanto renovada.

— Você está bem? — ela ouviu, virou-se e se deparou com Seth olhando para ela, com seu tanque de oxigênio já ligado. As partes brancas dos olhos dele estavam vermelhas por causa dos vasos sanguíneos estourados, e sua pele estava cinza. Será que ela estava assim tão pálida quanto ele? Será que seus ferimentos estavam tão feios quanto os dele?

— Estou bem, eu acho — disse ela, mas ainda estava sem fôlego por ter caminhado até ali. — E você?

— Acabei de ser estrangulado por um gorila, então, é... estou me sentindo excelente!

Waverly olhou para o teto, não conseguia mais olhar para os machucados de Seth. Estava com medo de fechar os olhos. Poderia morrer enquanto dormia se sua garganta fechasse outra vez.

"Ainda estou com medo, só isso", disse a si mesma, tentando se acalmar. "O sono vai me curar."

Porém, quando fechou os olhos, tudo que viu foi aquele rosto animalesco contorcido de fúria, com mãos de ferro que apertavam sua garganta. Todos os detalhes dele estavam cristalizados em sua mente: a entrada em seus cabelos, seus poros dilatados e oleosos, seu hálito podre, o suor que escorrera em faixas até a ponta de seu nariz, onde ficara, e depois caíra em gotículas que se espalharam pelo rosto de Waverly, por seu pescoço, por seus cabelos. Suas vértebras foram esmigalhadas pelos dedos dele, e ela ouvira o estalido de sua laringe. Waverly esqueceu-se de que Seth estava na sala. Esqueceu-se até de onde ela estava. Estava morrendo, sozinha com seu assassino. Havia dado chutes, tentando se soltar da pegada dele, mas ele tinha uma força impressionante, e era gigantesco.

Waverly havia conhecido o medo antes, mas este terror no fim de sua vida tinha sido algo novo. Algo que a tornava oca, que a degradava, a transformava em nada mais do que pulmões sem ar e cérebro sem sangue. Uma nuvem cinza pairava sobre sua vista, e uma voz dentro dela havia gritado: "Estou morrendo! Estou morrendo agora!".

Quando acordara na enfermaria, Waverly não conseguia sentir o próprio corpo. Havia pessoas inclinando-se sobre ela, conversando sobre ela, gritando com ela, mas não conseguia falar com essas pessoas. Ela não sabia ao certo se estava na mesma dimensão que elas. Essas pessoas eram os vivos, e Waverly estava morta.

Então era bem provável que tivesse virado a cabeça, e visto que Seth estava na cama ao lado da sua, olhando para ela.

"Eu voltei", ela havia pensado. "Estou viva novamente."

Depois de tudo aquilo, Kieran havia enviado Waverly para esse lugar frio, sem conforto, solitário. Ele a havia banido.

"Ele deve mesmo me odiar."

Waverly balançou a cabeça, encolhendo-se por causa da dor que sentia na base de seu crânio. Sentiu lágrimas escorrerem pelas laterais de seu rosto, pelas entradas em suas têmporas, em seus cabelos. Ela já sabia que Kieran não a amava mais. Isso ficara claro há um tempo, e ela aceitara esse fato. Mas agora ele se tornara seu inimigo.

"Eu sabia que isso poderia acontecer", disse ela a si mesma, com ferocidade. Waverly não gostava de seu próprio pesar. Ansiava por um momento em que não se sentiria mais em luto pela perda de sua antiga vida, quando não se importaria tanto em relação ao futuro. Em algum momento haveria de se tornar tão endurecida que isso não a machucaria mais. Sentia que partes dela mesma começavam a se partir, como fibras em um contorcido ramo de palmeira, cedendo pouco a pouco. O que aconteceria quando ela finalmente cedesse?

— Eu vou ficar maluca — sussurrou ela, e abriu os olhos.

De alguma forma, ela havia perdido algum tempo. Será que tinha dormido? Alguém apagara as luzes. Agora a cela dela estava parcamente iluminada, com apenas uma pequena lâmpada acesa e reluzindo sobre a pia de metal. O único som era o sibilar de seu tubo de oxigênio.

— Não, não vai não — ela ouviu, e voltou-se para Seth.

Ele estava olhando para ela sob a luz fraca, deitado em sua cama, inspirando em arroubos curtos que deixavam sua barriga oca. Ele estava com um leve sorriso no rosto.

— Em algum momento — disse ela, em meio à dor que sentia em sua garganta —, depois de tudo o que passamos, haveremos de enlouquecer.

— E então...?

Ela balançou a cabeça, e depois gritou, por causa de toda a dor que sentia em seu pescoço, em seus músculos e em seus ossos. Sua mão voou até sua garganta. Se houvesse alguém ali perto, um guarda ou um médico, ela teria pedido um analgésico, mas não havia ninguém.

— Então — sussurrou ela —, poderia ser um alívio enlouquecer.

— Talvez — disse ele, dando de ombros. — Mas você não vai enlouquecer.

— Como é que você sabe?

— Se isso acontecesse, a esta altura você *já estaria* louca.

Ela cerrou os olhos. Talvez ele estivesse certo. Mas, às vezes, ela desejava simplesmente poder desistir e se esquecer de todas as coisas pelas quais se sentia obrigada a lutar. Desejava poder deixar que alguma outra pessoa se preocupasse com tudo isso.

— Waverly — sussurrou Seth. — Ela voltou-se para olhar para ele. — Há um saco enterrado na ala das coníferas, no bosque dos juníperos. Está marcado com um galho em cima com muitas bagas vermelhas. Se estiver procurando por isso, fica fácil de avistá-lo.

Ela franziu o cenho.

— Do que você está falando?

— Se algo de ruim acontecer, você vai precisar do que está dentro desse saco.

— O que há dentro desse saco?

Ele balançou a cabeça. Não queria dizer o que era, mas ela sabia.

— Não vou chegar a esse ponto — disse ela, baixinho.

Seth ergueu uma sobrancelha para ela, e ela se sentiu uma tola por dizer algo tão infantil e ingênuo.

A luz do corredor piscou e acendeu-se, e Waverly ouviu o som de passos se aproximando. Ficou surpresa ao ver Tobin Ames em pé do lado de fora de sua cela. Estava em pé, mas não pisava com firmeza no chão, oscilava, parecendo pra lá de exausto, e segurava uma seringa, com as sobrancelhas erguidas.

— Mais anti-inflamatório para a dama?

— Ok — respondeu ela.

Ele sacou uma chave de um gancho em seu cinto e girou a tranca da cela dela. Quando cruzou o limiar, as luzes tremeluziram e se acenderam. Waverly apertou os olhos por causa de todo aquele brilho. Tobin passou um algodão embebido com álcool no ombro dela e enfiou a agulha em seu músculo.

— Você é bom nisso — sussurrou ela.

Ele não reconheceu o elogio e, em vez disso, entregou a ela alguns comprimidos com um copo de água para que ela os engolisse.

— Para a dor — disse ele.

Ela analisava o rosto dele.

— Como foram as coisas com o garotinho? Philip?

— Você não teria acreditado na quantidade de sangue — disse Tobin. — Mas agora tem espaço na cabeça dele para o cérebro.

— Ele vai ficar bem? — perguntou Seth, do outro lado do corredor.

Tobin balançou a cabeça em negativa.

— Victoria Hand disse que ele pode sobreviver, mas é bem provável que nunca mais seja o mesmo.

Waverly soltou um choramingo, e lágrimas frescas escorreram por sua face.

— Ei. — Ela sentiu um polegar em seu queixo, e olhou para Tobin. — Chore depois, ok? Ficar chateada agora não fará bem a você.

Ela assentiu e inspirou fundo várias vezes, por sua garganta áspera.

Tobin saiu da cela, trancou a porta e ficou do lado de fora da cela de Seth.

— Você vai me deixar tratar de você sem causar nenhum problema?

— Por quê? Você está com medo de mim?

— Você poderia me esmagar como se eu fosse folhas secas — disse Tobin, com franqueza.

— Não, eu não poderia fazer isso agora — disse Seth, erguendo um braço mole para mostrar o quão fraco estava.

— Há quatro guardas no final do corredor, e você não conseguirá passar por eles, só pra você ficar sabendo — disse Tobin, e então encaixou a chave na fechadura e entrou na cela de Seth. Entregou os comprimidos a Seth, que os engoliu a seco. Quando Tobin lhe administrou a injeção, Seth encolheu-se.

— Fracote — disse Waverly.

— Nem todo mundo pode ter a força sobre-humana de uma garota de cinquenta quilos — disse Seth.

— Vocês dois são duas figuras mesmo. — Tobin bocejou monstruosamente, deixando todos os dentes à mostra.

— Vá dormir um pouco — disse-lhe Waverly.

Tobin assentiu e saiu andando da cela de Seth. Ele começou a descer o corredor, mas fez uma pausa e virou-se.

— Só para constar, acho horrível essa atitude de Kieran de mandar vocês dois aqui pra baixo, para estas celas, depois de vocês terem pegado o terrorista! — disse Tobin, e então inclinou de leve sua cabeça pesada. — Mesmo assim, você agia meio como um canalha quando estava no comando, Seth.

— Obrigado pelo seu apoio — disse Seth, com um tom de voz delicado.

— Você agia mesmo como um canalha — insistiu Tobin, esticando o queixo para a frente.

— É... eu sei! — disse Seth, irritado.

— Bem, se você consegue admitir isso para mim, quem sabe consiga admitir para todo mundo, mostrar seu apoio a Kieran em público e acabar com isso tudo.

— Você acha que daria certo? — disse Seth, com ceticismo.

— Vale a pena tentar — disse Tobin, dando de ombros, antes de descer o corredor, bocejando outra vez.

Ele desapareceu no corredor cheio de sombras entre as celas mais rápido do que Waverly gostaria. Esse lugar era todo feito de metal frio, de extremidades inflexíveis, não havia nada suave nem cálido.

— Talvez ele esteja certo — disse Waverly. — Pode ser que Kieran só precise saber que você não vai armar um novo motim.

— Ah, é? E como *você* vai se redimir?

— Talvez eu devesse pedir desculpas a ele também — disse ela, com melancolia.

— Então você acha que estava errada em me ajudar?

Ela virou-se para ele e viu uma expressão magoada em seus pobres olhos avermelhados.

— Não, Seth.

Dizer o nome dele em voz alta mexeu em algo dentro dela. Ela achou que tinha visto essa mudança ocorrendo nele também. Seus olhos adquiriram uma expressão mais suave, suas bochechas afundaram para dentro, e ele mordeu o lábio inferior. Se ela estivesse olhando para qualquer pessoa que fosse, e não para Seth Ardvale, acharia que aquele era o rosto de alguém que estava prestes a chorar.

Eles olharam um para o outro pelo corredor, até que as luzes tremeluziram e se apagaram novamente. Agora que ela havia tomado sua injeção de esteroides, seu medo de morrer enquanto dormia havia diminuído, e ela se deu conta de que estava sonolenta. Waverly sentiu suas pálpebras caindo, e rendeu-se ao sono.

Quando acordou, Waverly deparou-se com o rosto ovalado de Alia Khadivi, que a observava com olhos ternos através das barras de sua cela.

— Você está bem?

— Estou machucada — grasnou Waverly. Ela sentia a garganta raspada e coberta de sangue, e seca depois de ter dormido. — Preciso de água.

— Guarda! — gritou Alia em direção ao fundo do corredor. Logo apareceu Hiro, com as feições imóveis. Quando Alia apontou para a tranca na cela de Waverly, ele, obediente, enfiou a chave na tranca e abriu a porta.

Alia foi até a pia que havia na parede da cela de Waverly e encheu um copo de plástico com água. Depois se ajoelhou perto dela, com muita gentileza, levantou sua cabeça, e ergueu a beirada do copo junto aos lábios dela A água estava fria, tinha um gosto limpo e doce, e Waverly engoliu-a com tudo.

— Mais — ela grasnou.

Com paciência, Alia levou a Waverly vários copos de água até que sua sede fora saciada. Então ela se sentou na beirada da cama de Waverly e segurou na mão dela. A palma da mão da garota era como a de uma irmã, reconfortante em sua mão fria.

— Tenho uma ordem da corte do oficial de justiça conciliador para que você seja solta. O doutor Tobin está esperando lá fora com uma cadeira de rodas para levá-la de volta à enfermaria.

Waverly sorriu para sua amiga.

— Como você fez isso?

— Muito simples. — Os lábios cor de rubi da garota ergueram-se nos cantos. — Seth nunca foi acusado de crime nenhum, então, quando você o ajudou, tecnicamente ele não poderia ser considerado um fugitivo.

— Então Seth também pode sair?

Ela ouviu Seth dando risada na outra cela, mas não podia vê-lo porque Alia estava na frente.

— Não, porque Kieran por fim apresentou acusações formais contra ele.

— Que são...? — disse Seth, com a voz rascante. Ele estava se apoiando em um dos cotovelos para manter-se de pé, mas, da forma como sua cabeça pendia, Waverly podia ver que isso estava lhe custando muito esforço.

Alia ficou hesitante, mas virou-se para Seth, e agora Waverly podia vê-lo de relance. Ele ainda estava acinzentado. As partes brancas de seus olhos haviam ficado com a aparência de pudins cor-de-rosa, e ele lambia os lábios secos. Ele havia piorado.

— Kieran está acusando você de tentativa de assassinato — disse Alia a Seth.

— Parece certo — disse Seth, antes de cair novamente em sua cama.

— Seth precisa de cuidados médicos — disse Waverly.

— Posso ver que sim. Vou apelar ao oficial de justiça conciliador para que ele seja liberado à custódia da enfermaria. — Ela se voltou novamente para Seth. — Quanto tempo você aguenta?

— Preciso de água — disse Seth. — Ele tentou se levantar da cama, mas estava fraco demais e caiu novamente.

— Hiro! Preciso ver Seth Ardvale por um instante — disse Alia, e Hiro veio e abriu a cela de Waverly para que Alia saísse, e depois a conduziu à cela de Seth e destrancou a porta. Hiro ficou na frente de Seth, em pé, com uma das mãos em seu cassetete e a outra em um bastão de metal preso a seu cinto. Mas ele não precisava ter sido tão vigilante assim. Quando Alia segurou um copo de água junto aos lábios de Seth, ele mal tinha forças para erguer a cabeça de seu travesseiro para beber a água.

De repente, uma voz raivosa ecoou corredor abaixo.

— É inútil vocês me manterem preso!

— Ele está acordado — disse Waverly, arrepiada.

— É um homem muito assustador. — Alia estremeceu. — O jeito como olhou para mim quando passei por ele. Acho que me reconheceu da New Horizon.

— Você se lembra dele?

— Não. — Alia balançou a cabeça.

— Quando poderemos interrogá-lo?

A expressão de Alia ficou anuviada.

— Kieran quer ter acesso exclusivo a ele.

— Ele está invocando os privilégios de capitão para interrogar o terrorista?

— E está deixando o Conselho Central de fora.

— Não — disse Waverly. Renovada pela água, que parecia ter soltado o sangue em suas veias, ela descobriu que conseguia se sentar direito, embora ainda estivesse muito zonza. — O Conselho Central deve estar presente ao interrogatório.

— Teremos de passar pelos guardas dele — disse Alia, olhando de relance para Hiro, cujos olhos se voltaram para a parede, enquanto ele se fingia de surdo.

— Nós teremos os nossos próprios guardas — disse Waverly.

— Você pretende dar início a uma guerra com Kieran Alden? — quis saber Alia, com uma sobrancelha negra como carvão erguida.

— Foi ele quem começou.

Waverly ouviu o som de passos no corredor. Tobin Ames apareceu com uma cadeira de rodas.

— Pronta para sua viagem?

— Dê uma olhada no Seth primeiro — disse Waverly.

Tobin notou a cor pálida de Seth e sua respiração dificultada e balançou a cabeça.

— Ele deveria estar em observação.

— Como está o Philip? — perguntou Seth, em um sussurro gutural.

— Vivo — disse Tobin, com um tom sombrio. — Se soubesse fazer um eletroencefalograma, eu lhe diria como está o cérebro dele, mas não sei. — Ele ergueu os olhos para Hiro, que estava parado, com o olhar fixo na parede. — Deixe-me entrar para que eu possa ver o meu paciente.

"Doutor Tobin, de fato", pensou Waverly. Ele havia assumido esse papel, se não com facilidade, com uma sombria determinação de aprender rápido e executar bem seu trabalho. Tobin iluminou os olhos de Seth, em seguida sua garganta, e então tirou uma seringa do bolso.

— Achei que você pudesse precisar de um pouco mais disso.

Seth aceitou a injeção com completa apatia, o corpo estirado sobre a cama, e o único movimento vinha de seu peito, enquanto ele inspirava e expirava.

— Seth, vou voltar aqui embaixo e colocar um tubo intravenoso em você — disse Tobin. — Você precisa de fluidos e de glicose para manter as forças, ok?

— Você é o doutor.

— Eu gostaria de ter estado aqui antes.

Tobin olhou para Hiro, que abriu a porta da cela de Seth para ele, trancou-a e finalmente entrou na cela de Waverly. Tobin ajudou Waverly a sentar-se direito e, depois, com uma das mãos debaixo de cada uma das axilas dela, ajudou-a a sentar na cadeira de rodas.

— Eu vou tirar você daqui — disse Waverly a Seth, enquanto Tobin a levava para longe dali, na cadeira de rodas.

— Ok — disse Seth. Mas Waverly podia ver, nos olhos dele, que Seth não acreditava que ela tivesse tal poder.

Waverly inclinou-se para a esquerda, segurando-se ao braço da cadeira de rodas, enquanto Tobin a levava lentamente na direção daquele que quase a havia matado. Ela começou a ficar ofegante, e sentiu gotas de suor misturando-se com os pequenos cabelos na linha de seu couro cabeludo. Ela podia sentir o cheiro de seu próprio medo erguendo-se como brumas ao seu redor.

"Sente-se direito. Não deixe que ele a veja assim." Waverly endireitou-se e colocou as mãos debaixo de suas coxas, e quando passou em frente da cela dele, mal olhou lá dentro.

Ele estava sentado, rígido, com os pulsos algemados, e seus punhos cerrados pareciam pedras sobre os joelhos. Arqueado, sua cabeça se aninhava entre seus corpulentos ombros, e ele tinha o olhar fixo para fora de sua cela. Enquanto respirava, seus lábios bufavam, e então ele sugava o ar como se fosse uma bizarra gaita de fole, e suas bochechas tremeram com fúria quando reconheceu Waverly. Seus olhos negros acompanharam com um ódio feroz e firme a passagem dela passava por sua cela. Ele parecia um homem que nunca havia conhecido a civilização.

— Pare — disse Waverly a Tobin, com seu medo substituído pela raiva. — Vire-me na direção dele.

Tobin fez o que ela pediu sem dizer nada.

— Vou deixar você aterrorizado — disse ela na cara corpulenta do terrorista. Sua voz ainda saía esganiçada, mas seu tom era assassino. Ele parecia estar olhando adiante, para o ar vazio atrás da cabeça dela. — Vou fazer você sentir tanta dor que vai implorar para que eu pare. E eu vou gostar disso.

Por meio segundo ou menos, os olhos dele voltaram-se para os dela, e em seguida se desviaram para um local não específico. Ela sabia que o havia atingido. Ela havia lhe dado algo em que pensar. E, quando voltasse ali, ele já não estaria tão valente assim.

# Conversa

Kieran sentou-se na cadeira dobrável de metal de frente para o terrorista, ignorando os últimos resquícios de sua dor de cabeça, que havia diminuído e dado lugar a um desconforto incômodo desde que saíra da enfermaria. O homem respirava ruidosamente por suas narinas peludas, e mantinha seus pequenos olhos fixos no peito de Kieran, recusando-se a falar. Havia um vazamento na pia encostada na parede dos fundos da cela, cujo gotejamento incomodava os ouvidos de Kieran.

— Qual é a sua missão? — perguntou Kieran mais uma vez, mas se deparou com um silêncio entorpecido.

Kieran sabia, por ele mesmo ter ficado cativo, que depois de certo tempo sozinho, uma pessoa fica disposta a falar com qualquer um, até mesmo com alguém que ela odeia. Talvez ele não tivesse isolado aquele homem o bastante para deixar que a solidão agisse sobre ele, mas não podia se dar ao luxo de deixar mais tempo passar. Poderia haver armadilhas na nave. Ele precisava dar um jeito de entrar na mente daquele homem, e tinha de fazer isso rápido.

— Max Brent — disse Kieran, e fez uma pausa para que o nome pairasse entre eles dois. — Esse era o nome do garoto que você envenenou. Ele tinha catorze anos. Você gosta de matar crianças?

Os olhos de porco do terrorista passaram pelo rosto de Kieran.

— E Philip Grieg. Era um órfão que carregava um ursinho de pelúcia para todos os lugares em que ia. Você nocauteou o garotinho na cabeça com tanta força que causou uma hemorragia cerebral. Ele nunca mais será o mesmo. Você se sente bem com isso?

Isso pareceu tocar o homem. Seus olhos assumiram uma expressão mais suave e ele disse, com tristeza:

— Eu não sabia que ele era tão pequeno até que o vi no chão.

Ele havia falado! Kieran tentou esconder sua animação e respondeu com o seguinte:

— E você tentou estrangular dois membros de nossa tripulação, ambos de quinze anos de idade.

Os olhos dele assumiram um ar sombrio ao ouvir isso.

— Aquela vadia fez por merecer.

— Ah, é mesmo? — disse Kieran, forçando sua voz a permanecer tranquila. — E por quê?

— Ela matou meu... amigo. Ela o matou a sangue frio.

— Eu conheço a Waverly, e ela não teria feito isso a menos que achasse que ele ia matá-la.

— Shelby não era um homem ruim.

— Então você acha que Waverly deveria permitir que Anne Mather fizesse o que quisesse e não tentasse fugir?

— Depois da forma como a sua tripulação tornou nossas mulheres estéreis — disse o homem —, suas garotas nos deviam isso.

— Do que você está falando?

— Não finja que não sabe — lançou o homem a Kieran com desprezo. — Vocês destruíram as nossas mulheres.

— Eu não sei como isso foi possível.

— Vocês nos enviaram uma fórmula adulterada para o tratamento da fertilidade. Vocês nos garantiram que a fórmula tinha sido testada e que era segura.

— Anne Mather mandou que você dissesse isso?

— Ela nem sabe que estou aqui.

— É claro que ela sabe. Caso contrário, por que você estaria no observatório, afinal, se não fosse para se comunicar com ela?

— Eu gosto de olhar as estrelas — disse o homem, sem rodeios.

— Você está dizendo que a nossa tripulação enviou uma fórmula adulterada a vocês? Vocês não realizaram testes com a fórmula antes de fazerem uso dela? Isso me parece algo bem imbecil.

— Nós confiamos em vocês! — gritou o homem com uma violência ensurdecedora. Ele saiu, desajeitado, da cama em que estava sentado, mas as correntes em volta de suas mãos o impediram de ir para a frente. Ele olhou com ódio para Kieran, como se pretendesse matá-lo.

Dando apenas meia-volta com a cabeça, Kieran certificou-se de que Hiro ainda estava em pé atrás dele, preparado, com um bastão. Ele expirou silenciosa e lentamente, acalmando-se.

— Mesmo que o que você esteja dizendo seja verdade, isso não lhe dá o direito de matar dois jovens garotos.

O terrorista fixou os olhos nos de Kieran e fechou os lábios carnudos como se estivesse determinado a não dizer mais nada.

Kieran se levantou e fez um movimento, indicando a Hiro que destrancasse a porta da cela. Ele ia deixar o terrorista se preocupar por um tempinho.

Harvey e outros dois guardas estavam em pé no corredor, do lado de fora da entrada que dava para a prisão, armados com bastões e cassetetes.

— Ninguém dever vê-lo e nem falar com ele, entenderam? — Kieran ladrou.

— Certamente que sim — disse Harvey a Kieran, mas não olhou nos olhos dele por muito tempo. Harvey fazia parte do Conselho Central, e Kieran achava que sua lealdade já estava sendo testada. Pensou em transferir Harvey para uma tarefa menos crucial, mas isso poderia alienar o garoto mais ainda.

De volta a seu escritório, Kieran abriu a gaveta inferior de sua escrivaninha. O *data-dot* que continha os arquivos de Mather ainda estava onde ele havia deixado. Ele achara que ela entraria em contato com ele novamente, que tentaria persuadi-lo a assistir aos arquivos de vídeo, o que lhe daria uma oportunidade de influenciá-la, mas ele não tinha recebido nenhum chamado dela.

Kieran efetuou o *login* no sistema do radar no Comando Central e verificou a posição da New Horizon. Eles estavam a cerca de 8,75 milhões de milhas à frente da Empyrean. Ele havia conseguido diminuir a distância entre as duas naves em um quarto de milhões de milhas, porém, a essa proporção, demoraria pelo menos um ano antes que pudessem alcançá-los. E então, o que faria? Se algum dia alcançassem a New Horizon, a tripulação da Empyrean estaria tão enfraquecida devido a edema severo, lesão muscular e juntas desgastadas que seriam inúteis em uma luta. O corpo inteiro de Kieran doía, e ele podia ver nos rostos de sua tripulação que sentiam tanta dor quanto ele.

Kieran analisara dezenas de ideias sobre como atacar a outra nave sem matar os pais que estavam a bordo dela no processo. Ele apenas seria capaz de usar as crianças mais velhas em uma ofensiva, cerca de quarenta, talvez cinquenta, no máximo. Elas teriam de entrar a bordo da New Horizon e tirar os pais de lá à força. Mas todas as vantagens estavam com Mather. Ele nunca seria capaz de entrar sorrateiramente na nave dela; ela poderia monitorar a posição da Empyrean com facilidade. O campo de batalha seria a própria New Horizon, que ela poderia preparar da maneira que desejasse. E, pior de tudo, ele e sua força de ataque não teriam a mínima ideia de onde procurar os pais. Quanto mais Kieran pensava nisso, mais podia ver que uma guerra declarada nunca daria certo para o lado deles.

Embora sentisse o estômago se revirar ao pensar no que pretendia fazer, Kieran entrou no sistema de comunicação a longa distância e chamou a New Horizon. O rosto de uma mulher adoentada tremeluziu na tela e Kieran disse:

— Quero falar com Anne Mather.

— Fui instruída a perguntar se você viu os vídeos que ela lhe enviou.

— Não tive tempo de fazer isso. Estivemos lidando com um terrorista a bordo de nossa nave.

— Fui instruída a lhe dizer que a pastora não está disponível.

— Só quero fazer uma pergunta a ela.

— Até que você tenha assistido aos... — A mulher ergueu a mão junto a um fone em seu ouvido e olhou novamente para Kieran, com olhos sem cor. — Um instante, por favor.

Abruptamente, a tela passou para a imagem das bochechas rosadas e rechonchudas de Mather.

— Olá, Kieran.

— Capturamos o seu homem.

— Que homem? — disse ela, com as sobrancelhas erguidas, curiosa.

— Sabe o neandertal que você enviou para sabotar a nossa nave? Ele está na nossa prisão.

— Você está me dizendo que há um membro da minha tripulação a bordo da Empyrean? — perguntou ela, piscando, surpresa.

Kieran ficou observando, procurando sinais de engodo. O olhar dela era firme e seu cenho estava franzido, como se estivesse insatisfeita ao ficar sabendo que um dos membros de sua tripulação estava desaparecido. Ou ela realmente não tinha conhecimento sobre o terrorista, ou era uma boa mentirosa.

— Ele não quer nos dizer seu nome, mas é um cara grande, tem feições pesadas, entrada nos cabelos...

— Jake — disse Mather baixinho. — Jacob Pauley não aparece para realizar seus deveres já faz um tempinho. Achei que ele estivesse deprimido e recolhido em seus aposentos.

Estava claro que era mentira. A New Horizon era uma nave tão grande e tão complicada quanto a Empyrean. Todos os membros da tripulação tinham deveres vitais a realizar, e seriam severamente advertidos se tais deveres fossem negligenciados. Não. Ela deve tê-lo mandado até ali, ou pelo menos sabia há um bom tempo que ele estava ali.

— Presumo que você tenha assistido àqueles vídeos — disse ela.

— Não... e quer saber de uma coisa? Não pretendo assistir.

Ela ergueu as sobrancelhas ao ouvir isso.

— Achei que vocês quisessem as suas famílias de volta.

— Como podemos saber que eles ainda estão vivos? Você não nos deu nenhuma prova disso.

Mather assentiu, desviando o olhar da tela de comunicação.

— Sim, suponho que você esteja certo. Vocês iam querer provas, não? — Ela inclinou-se para a frente e pressionou as pontas dos dedos de ambas as mãos umas nas outras. — Quando você tiver assistido ao vídeo, eu lhe darei uma lista parcial com nomes de sobreviventes. Conforme formos fazendo progressos em nossas negociações, você terá mais nomes.

— Não vou deixar você manipular...

— Eu nem pensaria nisso — disse ela, com um sorriso presunçoso, e sua tela tremeluziu e apagou-se.

A mulher era odiosa, mas pelo menos não estava fingindo ser amiga dele. Kieran ficou com o olhar fixo no *data-dot*, relutante, temendo o que haveria de encontrar ali. Ele quase o trancou de volta na gaveta da escrivaninha, mas tinha acabado de ver uma pichação, do lado de fora do abrigo central, chamando Seth Ardvale e Waverly Marshall de heróis por terem capturado o terrorista. Sarek captara uma imagem em vídeo do pichador, que havia jogado uma coberta sobre si mesmo. Era impossível ver se o pichador era um garoto ou uma garota.

Na parede, estava rabiscada, em grandes letras azuis, a seguinte frase:

NÓS COLOCAMOS NOSSOS HERÓIS NA PRISÃO?

Na melhor das hipóteses, a posição política de Kieran estava abalada.

Se ele conseguisse ter todos os pais sobreviventes de volta à Empyrean, sua liderança nunca mais seria questionada novamente.

Kieran pegou o *data-dot* e o girou em seus dedos. Suas entranhas se revolviam, e ele engoliu em seco o restante de sua saliva.

"Meu Deus, o que é que eu devo fazer?" Ele implorava por um sinal, mas seu coração estava muito cheio de dúvidas, e o caminho estava obscurecido para ele.

Com um movimento rápido, inseriu o *data-dot* em sua estação de comunicação e ligou-a.

Instantaneamente, a imagem de um capitão Jones muito mais jovem surgiu na tela, sorrindo. Seus cabelos eram brilhantes e vermelhos, em vez dos brancos como papel com que Kieran estava acostumado. O capitão Jones estava sentado nessa mesma cadeira em que Kieran se encontrava agora, na frente da pintura de Goya. Isso dava a Kieran uma estranha sensação de impermanência. O capitão ainda não tinha barba. Sem ela, o que se via era o queixo duplo como o de um cachorro, um queixo frágil e com covinha. Ele parecia uma pessoa diferente.

— Anne, você nunca vai acreditar nisso — disse o capitão Jones.

— Vocês descobriram? — disse a voz ansiosa de Mather.

Ela não estava visível na tela, apenas o capitão podia ser visto.

— Vocês descobriram a fórmula?

— Nossos testes preliminares foram incríveis! Você não vai acreditar no que vai ver!

— Vocês já passaram para os testes em seres humanos?

— Estou *falando* dos testes em seres humanos! A droga estimula os ovários; isso nós esperávamos. Mas ela parece melhorar a qualidade dos óvulos! Nós conseguimos embriões!

— Ah, meu Deus! E eles estão crescendo?

— Estão crescendo que é uma beleza, Anne. — O capitão Jones esfregou a mão no rosto, pra lá de contente. — Vou enviar a vocês as instruções para a sintetização da fórmula.

— Edmond, vou rezar dez preces para você esta noite!

O capitão Jones fez uma pausa, minúscula, a expressão em seus olhos ia ficando fria, e em seguida ele disse:

— Bom, obrigado. Faça isso.

A tela tremeluziu e deu lugar a uma nova imagem, na qual o capitão Jones estava deixando crescer uma barba rala. Ele ainda era jovem o bastante para que não houvesse nenhum cabelo grisalho em suas têmporas, e seus olhos não tinham veios como teias de aranha, mas o olhar de desprezo em sua face o tornava monstruoso.

— Como você pôde fazer isso conosco? — gritou uma chorosa Anne Mather. Kieran gostaria de poder ver o rosto dela. Ele adoraria vê-la chorar.

— Anne, eu sinto muito pelo que aconteceu; não tenho como lhe dizer o quanto eu sinto! — disse o capitão. Só que ele não parecia lamentar nada. Parecia irritado. — Mas daí a nos acusar de sabotá-los de propósito...

— Eu retiro! — gritou Mather. — Eu retiro a acusação, e ninguém nunca mais vai ouvir falar disso; apenas, por favor, nos ajude! Não temos muito tempo, Edmond!

— Temos crianças pequenas nessa nave. Os ossos delas ainda estão crescendo. Nossa equipe médica acha que os resultados poderiam ser desastrosos para as crianças, em termos físicos, caso aumentássemos a nossa aceleração...

— Ainda seria apenas uma fração da força *g* plena da Terra, Edmond, e você sabe disso! Não é mais do que os corpos delas conseguem aguentar!

— Mas e quando desacelerarmos novamente? Não temos como julgar o quanto isso haveria de afetar o desenvolvimento delas. Se fôssemos apenas nós, os adultos...

— Você está mentindo! Você está inventando desculpas! Você não quer nos ajudar!

— Anne, tenho de pensar na minha tripulação.

— Você quer a Terra Nova só para vocês, de modo que você possa criar sua ideia doentia da sociedade perfeita. Você não nos quer lá.

— Anne — disse ele, e pela primeira vez Kieran detectou compaixão na voz do capitão Jones —, você me conhece bem demais para realmente achar que... — O vídeo pulou umas partes, como se tivesse sido editado. — Edmond, havia mais de quinhentas etapas para a sintetização daquele composto. Em uma etapa crucial, recebemos instruções que criaram um veneno com objetivo específico de destruir a nossa fertilidade. Quais são as chances de isso acontecer? Como vocês explicam isso?

O capitão ficou com o olhar fixo na tela, inexpressivo.

— Não tenho como explicar.

— Fomos sabotados. Essa é a única explicação.

— Anne, nossas crianças são mais preciosas do que nunca agora, você não está vendo? — suplicou o capitão, com os dedos entrelaçados. — Não podemos nos arriscar quanto à saúde delas, de jeito nenhum. Isso poderia significar sucesso ou fracasso para a *missão*.

— Vocês não conseguirão ter crianças o suficiente para a missão, Edmond, e você sabe disso. Precisaremos de um complemento quando chegarmos à Terra Nova.

— Poderemos ter um complemento se as nossas filhas engravidarem jovens. Estou com a minha equipe de logística trabalhando nisso neste momento.

— Logística! Estou falando do que é certo e do que é errado!

— Vamos voltar àquela velha discussão? Agora, mais do que nunca, acho que deveríamos reconhecer que a moralidade é relativa. — O capitão Jones inclinou-se em direção à tela e seu rosto agigantou-se. Kieran viu seus grandes poros e as gotículas de suor que formavam uma camada em sua testa. — Seria certo ajudar vocês, mas seria *mais* certo proteger as nossas crianças, para garantir que elas cheguem à Terra Nova.

— Você está nos condenando à destruição pela *pequena* chance de que a aceleração poderia machucar aquelas crianças.

— Se é assim que você quer ver as coisas...

— Todas as nossas esperanças... destruídas — disse ela, com sua voz sem vida tremendo de desespero. — Nosso futuro. Você está preparado para aguentar esse peso sobre os seus ombros?

— Pelo bem das futuras gerações, sim.

— Você será lembrado como o primeiro criminoso de guerra da Terra Nova.

Por um instante, um olhar de apreensão passou pelas feições do capitão, mas então ele balançou a cabeça.

— Não, Anne. Ninguém na Terra Nova vai se lembrar de que isso um dia aconteceu.

A tela tremeluziu e mostrou uma imagem de Anne Mather nos dias de hoje, com seus cabelos reunidos no topo da cabeça, em um coque arrumadinho, e os óculos na ponta de seu bem formado nariz.

— Acredito que o capitão Jones tinha conhecimento da sabotagem, e até mesmo a aprovou. Porém, sr. Alden, mesmo se ele não soubesse, assim que soube disso, você não acha que ele e o restante da tripulação a bordo da Empyrean deveriam ter feito tudo o que estivesse ao alcance para consertar a situação? Essa não teria sido a coisa mais humana a se fazer?

Kieran mexeu-se desconfortável em seu assento. Ele havia esperado por manipulação, mas não esperava que fosse tão eficaz.

— Visto que seu capitão se recusou a nos ajudar, e devido ao fato de que estávamos enfrentando não somente a nossa própria extinção, como também a probabilidade de que a missão de terraformação da Terra Nova pudesse fracassar, não tivemos escolha senão invadir a nave de vocês e recolher material genético para restaurar a nossa fertilidade. — Anne Mather sorriu, sua face cheia de uma estranha alegria. — Agora temos quase cem bebês a bordo de nossa nave, e mais uma centena de grávidas em nossa tripulação. A missão está salva, sr. Alden. Porém, o futuro é frágil. Eu lhe peço que leve a verdade até a sua tripulação, para fazer com que todos fiquem sabendo do que aconteceu. Até mesmo se ainda formos vilipendiados por vocês, pelo menos entenderão os nossos motivos. Creio que as gerações futuras de ambas as naves serão capazes de perdoar os erros de seus antepassados e viver em paz, lado a lado, na Terra Nova.

Kieran reclinou-se em seu assento, com os olhos arregalados, embasbacado. O capitão Jones vinha mentindo todos esses anos? Kieran entendia por que o capitão se recusara a ajudar a New Horizon, mas não as suas mentiras. Durante dezesseis anos, o capitão Jones escondera a verdade da tripulação da Empyrean. Ele havia criado um inimigo amargo, e nunca deixara a tripulação saber que poderiam estar correndo o risco de serem atacados. Kieran sempre amara e admirara aquele homem, mas agora não sabia mais o que era verdade.

Nada poderia justificar o ataque da New Horizon e toda aquela perda de vida sem sentido. No entanto, se o que Mather estava clamando fosse verdade...

Kieran ligou o botão de chamada em seu console de comunicação e chamou a New Horizon. Desta vez, Anne Mather respondeu diretamente.

— Imagino que você tenha assistido ao vídeo, certo? — perguntou ela, com uma fina sobrancelha levantada.

— Sim.

— E?

— O que você quer de mim?

— Um reconhecimento.

— De quê? Até agora vejo que o capitão Jones não fez nada de errado. Ele só estava protegendo sua tripulação.

— Como você está fazendo? Você aumentou a aceleração da Empyrean, embora ele tivesse se recusado a fazer isso. Você já pensou nisso?

Isso fez com que Kieran parasse de falar imediatamente. E quanto às crianças pequenas? Será que ele havia causado danos a elas? Ele se deu conta de que estava na hora de voltar atrás com a aceleração. De qualquer forma, isso não havia funcionado.

— Eu fiz o que você me pediu — ele disse a Mather. — Envie-me a lista.

— Tudo bem — disse Mather, e a tela com a imagem dela sumiu, tremeluzindo, mas uma mensagem de texto contendo cinco nomes apareceu. Kieran os leu com voracidade, na esperança de encontrar o nome de sua mãe ali. O que não aconteceu, mas ele sorriu mesmo assim. Apertou o botão de chamada para o Comando Central e o rosto de Sarek encheu a tela.

— Sarek, eu acabei de conseguir uma lista parcial de nomes de sobreviventes com Anne Mather.

— E? — disse Sarek, mordendo o lábio.

— Seu pai está nela.

# Detentos

Seth estava deitado com as costas voltadas para baixo, os olhos escondidos debaixo do gancho formado por seu cotovelo. Ele sentia certa leveza nos ossos, sentia-se menos cansado, e achava que Kieran devia ter parado com a aceleração. Uma onda de alívio envolveu todas as partes de seu corpo, desde seus músculos e juntas, até a sua pele. Agora, se pudesse apenas dar um jeito de sair de sua câmara de tortura. Não importava o quão pouco pesasse, ele ainda estava deitado em uma dura cama de metal. E suas orelhas também estavam sendo atormentadas. O terrorista vinha cantando um antigo hino religioso repetidas vezes durante horas, e isso o estava levando à loucura.

— Ei! — disse Seth em direção ao fundo do corredor, sua voz machucada saía com dificuldade. — Por que você não cala a boca?

O cantarolar parou por meia batida de coração, mas recomeçou, e dessa vez, ainda mais alto.

— Você está ensaiando para o coro da igreja, babaca? — disse Seth, o mais alto quanto seu corpo enfraquecido lhe permitia falar. — Eu disse para você calar a boca!

— Cala a boca você, seu merdinha inútil! — gritou o homem em resposta, as primeiras palavras que havia falado em mais de um dia.

— O homem das cavernas ganha o poder da palavra! — disse Seth.

Para sua surpresa, o gorila deu risada.

Seth queria levantar e beber um gole de água, porém, com todos aqueles tubos presos a seu braço, isso seria um incômodo. Além disso, beber água nem era mesmo necessário. Quando Tobin inserira o fio de injeção intravenosa no dorso da mão de Seth, ele lhe dissera:

— Isso vai lhe prover todos os fluidos e todos os nutrientes de que você precisa agora.

— Por que não posso simplesmente comer frango no jantar? — Seth havia lhe perguntado, com fraqueza na voz.

— Não com essa garganta assim, Seth. Ele machucou muito você. Só líquidos.

Tobin havia erguido a camisa de Seth e analisara os feios ferimentos em suas costelas, e então passara os dedos por seus longos cabelos loiros até encontrar a parte careca onde o talho em sua cabeça havia sido costurado.

— Parece que a cicatrização do ferimento está indo bem.

— Acho que a Waverly contou a você...

— ... sobre a surra que você levou. Sim. Como está a alimentação intravenosa?

— É simplesmente deliciosa.

— Primeiro isso e depois um pouco de frango frito e quiabo, certo? É só ficar deitado aqui e deixar seu corpo se curar.

Mas ficar deitado não era uma habilidade que Seth Ardvale algum dia houvesse dominado. Ele já estava sentindo garganta muito melhor, mas ainda não conseguia gritar. Então, com uma bandeja de comida de metal, Seth bateu nas barras de sua cela. Ouviu passos pesados, e Harvey Markem surgiu do outro lado das barras.

— Sim? — disse Harvey.

Harvey estava sendo bem mais amigável com Seth do que de costume. Seth achava que isso se devia ao fato de ele ter pegado o terrorista; era por esse motivo que muita gente estava sendo mais legal com ele. Seth não chamara a atenção de ninguém para o fato de que também havia sido pego pelo terrorista...

— Se tenho de ficar ouvindo aquele filho da mãe — disse Seth —, por que você não me coloca onde eu possa vê-lo?

— Pra quê? A visão não é exatamente bonita.

Seth ficou observando o rosto franco de Harvey, tentando decidir se a verdade o levaria a algum lugar. Porém, desistiu de mentir. Ele só estava cansado demais. Ele deu de ombros, tentando parecer humilde.

— Pode ser que ele venha a conversar comigo.

— Por quê? — Harvey contorceu o rosto, parecendo um garotinho, apesar de seu impressionante tamanho.

— Honra entre os ladrões? O infortúnio adora companhia? Algo do gênero?

— Ah — disse Harvey. Ele pensou no assunto por um minuto, mascando o canto da boca, e depois inseriu a chave para abrir a porta da cela. — Se alguém lhe perguntar, eu mudei você de cela como punição.

— Pelo quê?

— Por ser terrivelmente lindo. — Harvey inclinou-se por cima de Seth, enganchou seu braço por cima do ombro dele, e puxou-o para que ficasse sentado. — Ok?

— Sim — disse Seth, envolvendo os dedos em torno do suporte para pegar sua cânula intravenosa.

— Vá devagar. — Gemendo, Harvey ergueu o braço de Seth até que ele conseguisse ficar de pé, e depois, lentamente, os dois saíram oscilando da cela em direção ao corredor. — Kieran diminuiu a velocidade da nave? — perguntou-lhe Seth.

— Sim. As minhas costas também estão bem melhores agora.

Seth não havia ficado em pé fazia dias, e acabou se dando conta do quão fraco realmente estava. Tentou esconder esse fato para que Harvey não notasse, e gostava da forma como o garoto mais jovem, educadamente, mantinha os olhos voltados para o chão à frente deles dois.

— Então — Harvey se aventurou a dizer —, foi você quem me carregou até lá no abrigo central depois que eu apaguei?

— Foi — disse bafejando.

— Foi legal da sua parte.

— Não vá achando que não pensei duas vezes antes de fazer isso — disse Seth, com a voz rascante.

— Por que você fez isso?

— Porque você parecia patético.

— Bem, obrigado.

Seth sentia-se envergonhado e olhava para dentro das celas vazias enquanto passava por elas.

Por fim, Harvey arrastou-o até a cela em frente à do gorila, e soltou-o devagar em cima da cama. Ele abriu um sorriso de gratidão a Seth enquanto trancava a cela atrás de si, e depois foi embora.

O prisioneiro estava sentado no chão da cela, apoiado na cama de metal. Ele não havia parado de cantarolar seu precioso hino, e seus olhos leitosos estavam fixos no teto. Havia um estranho quê de vidrado na expressão dele. Seth se perguntava se esse homem era totalmente são. Ele achou ter reconhecido aquele olhar. Havia visto algo assim em sua própria face muitas vezes antes. Era o olhar de alguém que não tinha nada a perder. O olhar de alguém governado pelo impulso, porque pensar durante muito tempo sobre qualquer coisa era doloroso demais.

— Você se importa se eu cantar junto?

O cantarolar parou por um momento, mas o gorila voltou com a melodia novamente desde o começo.

"Como a gente faz alguém falar?" Seth não era exatamente o cara mais social do mundo; ele sempre sentira inveja das pessoas que conseguiam se abrir e falar sobre si mesmas sem reservas. Sempre parecia que as pessoas queriam responder quando esse tipo de gente falava com elas.

— Você e os seus colegas de tripulação certamente sabem causar uma ótima primeira impressão — disse Seth, olhando de relance para o homem. — Realmente um excelente ataque. Muito eficiente.

O cara continuava cantando, com o olhar fixo em suas mãos, que mantinha em forma de conchas entre os joelhos curvados.

— Meu pai morreu por causa do que você e os seus amigos fizeram — disse Seth. — E, desde então, estou por conta própria. Obrigado por isso. Aprendi muito sobre mim mesmo.

O cantarolar do homem parecia ter ficado um pouco mais baixo, e ele estava imóvel, como se estivesse escutando o que Seth estava dizendo.

— Perdi a minha mãe há anos — disse Seth, com os olhos voltados para o teto. Se olhasse para o cara, ele sabia que entregaria o que estava tentando fazer. — Um acidente esquisito com um *airlock,* eles disseram. Quando eu tinha quatro anos. Para falar a verdade, não me lembro dela. Restaram apenas fotos.

— Você quer que eu seja solidário a você? — grunhiu o gorila.

— Só estou conversando para passar o tempo — disse Seth, tentando esconder sua animação por ter conseguido fazer o cara falar.

— Eu não estou interessado.

— Então não me dê atenção — disse Seth, irritado.

O homem voltou a cantarolar. Seth focou os olhos no teto novamente enquanto passava os dedos nos calos das mãos.

— São engraçadas as coisas de que a gente sente falta. Minha mãe costumava fazer os melhores chocolates quentes do mundo. Eram realmente cremosos, e deixavam a gente com um espesso bigode no lábio. Eu fazia a maior cena lambendo o bigode de chocolate quente, só para a minha mãe dar risada. Depois que ela se foi, meu pai tentou fazer chocolate quente para mim, mas eu nunca conseguia fazer com que aquilo descesse. Quando fiquei mais velho, até tentei prepará-lo eu mesmo, mas minha mãe fazia alguma coisa com o chocolate quente que acho que nunca vou descobrir. Alguma especiaria, ou mais leite de cabra, ou algo do gênero. Mas o chocolate quente dela era o melhor que existia. Hoje em dia, nem chego perto de chocolate quente.

Em algum momento, enquanto ele falava, o cantarolar do homem cessou.

— Ela costumava rir muito — disse Seth, que fechou os olhos e ficou imaginando o som de sua mãe rindo, umas risadinhas leves que nunca duravam muito tempo, mas que sempre o deixavam feliz. Ele adorava fazer palhaçadas para ela. Costumava dançar pelos arredores, vestindo seu pijama, chutando o ar com as pernas e fazendo caretas até que ela lhe desse um beijo.

— Depois que minha mãe morreu, ninguém mais dava risada na nossa casa. Meu pai era realmente... Bem, odeio falar mal dos mortos, mas ele era o tipo de filho da mãe que acha que dar risada é um sinal de fraqueza. Acho que puxei o cara nisso, porque não acho que haja ninguém nessa nave que tenha algum dia conseguido me fazer dar risada.

— Talvez você seja apenas triste — disse o gorila.

Seth ficou chocado por um segundo com essa aparente compaixão, mas se recuperou rapidamente.

— Acho que sou mesmo.

— Eu não sabia que você era órfão.

— É — disse Seth, cuja garganta doía de tanto que falava. Então, ele prendeu a respiração, esperando que o homem falasse.

Seth esperou por um bom tempo e quase caiu no sono, quando o homem por fim falou:

— Eu sou órfão. — O homem disse isso com uma voz tão profunda que parecia vir do meio de seu peito largo. — Minha mãe morreu na Terra, antes de entrarmos a bordo da New Horizon. Mordida de cachorro. Não conseguimos encontrar nenhum antibiótico para ela. Você consegue imaginar uma coisa dessas? Algo tão simples quanto penicilina e não conseguíamos encontrar! Isso quase me levou à loucura. Acho que meu pai queria tanto entrar a bordo da nave... para que sempre tivéssemos um médico por perto.

— O que aconteceu com seu pai? — perguntou-lhe Seth.

— Câncer no fígado. Quando eu tinha doze anos.

— Que droga.

— Eu cresci bem. Os camaradas cuidavam de mim.

— É... você *cresceu* — disse Seth, com um falso tom de apreciação. — Quanto você tem de altura?

O homem deu risada.

— Um metro e oitenta e oito centímetros.

— É mesmo? Eu teria chutado mais.

— E você?

— Um metro e oitenta e pouco.

— Você ainda vai crescer um pouco. Se não morrer primeiro.

— Comentário interessante vindo do cara que tentou me matar. Duas vezes.

— Não foi pessoal.

— Certamente parecia *tremendamente* pessoal!

Por um instante, Seth se esqueceu do que estava tentando fazer. Ele queria gritar com o homem, atirar facas nele.

— Bem, sinto muito — disse o cara. Ele alternou o peso de seu corpo, mexendo-se junto à cama em que estava encostado, fazendo com que ela rangesse. Endireitou as pernas até que as solas de seus pés enormes tocaram as barras da cela. — Eu só estava tentando permanecer vivo.

— E você tentou matar Waverly.

— Ela matou o Shelby.

— Ele era sua ovelha de estimação?

— Ele era meu irmão — disse o homem. Havia um quê de vulnerável em sua voz que o fazia soar como um garotinho. — Nós não tínhamos ligação de sangue. Nossos vizinhos me acolheram depois que o meu pai morreu, e Shelby era filho deles. Muitas crianças ficariam ressentidas com uma criança nova na casa, mas o Shelby... ele me envolveu com o braço e disse: "Eu sempre quis ter um irmão". Isso foi no primeiro dia. Acho que ele lamentava por mim, por perder o meu pai e tal, e queria me ajudar.

— Parece um cara legal mesmo — disse Seth quando o gorila fez uma pausa.

— Ele era um cara *ótimo* — disse o homem, na defensiva. — Tinha uma grande quedinha pela pastora Mather, só isso, e fazia tudo que ela quisesse.

— E você não?

— Ela nunca me deu muita atenção — disse o homem, mas Seth achava que ele havia *desejado* ter a atenção dela.

— Então por que ela mandou você aqui?

O homem virou a cabeça para olhar diretamente para Seth, que tentou o seu melhor para manter o olhar firme.

— O que você está tentando fazer? — perguntou-lhe o homem.

— O que foi? — disse Seth, com ares de inocência. — Você está achando que eu seja um espião ou algo do gênero? — O homem estreitou os olhos. — Acredite naquilo que você quiser — disse Seth, e virou-se de lado para dormir. Ele ficou encarando a parede escurecida nos fundos de sua cela, a pia de aço inoxidável, o armário com uma marca de amassado em um dos cantos. Seu silêncio era totalmente fingido, mas seus cílios estavam pesados, e ele havia decidido que era melhor não pressionar o cara. Então, ele se permitiu cair no sono.

Seth foi acordado pelo som de metal esfregando-se com metal, virou-se e se deparou com Kieran Alden sentado em uma cadeira em frente ao prisioneiro. O homem olhava para Kieran com olhos velados. Sendo um cara durão, Seth podia ver que a postura raivosa do gorila ocultava um medo real. Talvez fosse um bom sinal que o gorila sentisse medo de Kieran.

— Você precisa de mais algum cuidado médico? — Kieran perguntou ao prisioneiro.

Involuntariamente, Seth bufou em desdém. Kieran não havia lhe oferecido sequer uma bola de algodão desde que ele estava ali embaixo. Kieran olhou inexpressivo para Seth, e depois para Harvey, que estava parado, em pé, com as mãos entrelaçadas atrás de si, observando o desenrolar das cenas para certificar-se de que Kieran estaria a salvo. Seth sabia que Harvey teria de explicar por que havia mudado Seth de cela.

Seth analisou Kieran. De alguma forma, ele parecia menor. Sua pele tinha uma coloração esverdeada, e ele apertava os olhos por causa da luz da cela. Ele não parecia saudável.

— Como está a sua cabeça? — perguntou ao prisioneiro. Este manteve o olhar fixo em um ponto logo acima do ombro de Kieran, ignorando-o.

— Vou mandar um médico descer com alguns analgésicos — disse Kieran. — Você terá de deixar que ele tire a sua temperatura também. Precisamos nos certificar de que você não está com nenhuma infecção.

— Por que você se importaria se eu estivesse doente? — disse o homem, retrucando. — Você deveria me deixar morrer.

— Se eu fizesse isso, perderia a oportunidade de conversar com você.

— Eu não vou lhe entregar nada.

— Eu sei quem você é — disse Kieran, com uma calma enganadora. — Seu nome é Jake Pauley. Mather me disse.

Seth recobrou energia ao ouvir isso. Ele não fazia a mínima ideia de que Kieran estava em contato com a outra nave.

O gorila parecia incerto quanto ao que fazer agora. Ele obviamente não esperava que Mather revelasse algo sobre ele.

— Tentei usar você como uma forma de influenciá-la — Kieran estava dizendo. — Negociar uma troca. Nossos pais por você. Mas Mather me disse que não se importa com o que eu fizer com você.

Quase imperceptível, mas Seth viu os olhos do gorila fervilharem ao ouvir isso.

— Ela ficou especialmente com raiva quando eu disse que você havia matado uma criança e que tentou matar outras.

Os olhos do homem passaram tremeluzindo por Kieran, e então pousaram em Seth, por um instante, antes de voltarem a seu ponto, em lugar nenhum, logo acima do ombro de Kieran.

— Então não sei por que você ia querer ser leal a ela — disse Kieran. — Ela é uma vadia cruel.

— Ela é uma mulher de Deus — disse o homem.

— Da última vez que chequei, era pecado matar pessoas inocentes.

— Ela não esperava que toda a tripulação estivesse lá — o homem começou a dizer, e depois fechou a boca.

— No hangar das naves auxiliares? — perguntou-lhe Kieran, ansioso e ávido demais. Ficou esperando, porém, o prisioneiro não disse mais nada. — Ela não pretendia massacrar a nossa tripulação? — O homem continuava de boca fechada, com o olhar fixo na parede. — Então por que ela abriu o *airlock* no hangar das naves auxiliares?

Nenhuma resposta.

— Jake, qual é a sua missão? — perguntou-lhe Kieran.

— Não tenho missão nenhuma — disse o prisioneiro, mas depois fechou a boca novamente e balançou a cabeça em sinal de negativa.

— Jake, eu preciso saber. Minha tripulação ainda está em perigo?

O homem se recusava a responder, apenas continuava fitando o ponto acima do ombro de Kieran.

— O que você pode dizer sobre a localização dos reféns na New Horizon? Jake? — a voz de Kieran tremia com impaciência agora. — Eles são nossos pais. Precisamos pegá-los de volta!

Jake ficou sentado no chão, com o olhar fixo no nada.

Kieran levantou-se, inclinou-se sobre o prisioneiro e apontou com um dedo na cara dele.

— Se você acha que posso proteger você eternamente, está se iludindo! Há 250 crianças nesta nave que querem extrair informações de você por meio de tortura, e eu não vou conseguir impedir eternamente que façam isso. A menos que eu obtenha alguma informação útil de você.

— Sinto muito — disse o gorila, e revirou os olhos para que seu próprio olhar se encontrasse com o de Kieran, que se endireitou, fez um movimento para que Harvey o deixasse sair da cela, e saiu dali pisando duro, olhando com ódio por cima de seu ombro, não para o prisioneiro, mas para Seth.

— Ele não gosta muito de você — disse Seth a Jake com uma gargalhada.

— Nem de você, eu acho — Jake riu.

— É, bem, ele acha que eu tentei matá-lo.

— E você tentou?

Seth enfiou o queixo no peito, inspirou fundo, afastando de sua mente as feias imagens daquele dia.

— Eu só estava tentando assustá-lo, para que ele tivesse um pouco de bom senso, ameaçando jogá-lo para fora de um *airlock*.

— Talvez você pudesse ter pensado um pouco melhor nisso.

— É. Acho que sim — disse Seth, com um sorriso torto. Ele virou-se de lado, apoiando a cabeça na mão. — Mather não enviou você aqui, não é mesmo?

O olhar contemplativo de Jake voltou-se para a parede da cela de Seth.

— Você veio até aqui por conta própria como um justiceiro maluco. Você estava apostando em uma promoção ou algo do gênero?

O homem soltou um longo e árduo suspiro.

— Não pensei direito nisso. Vi a nave auxiliar partindo, apanhei um traje espacial. O que eu mais queria era matar Waverly Marshall. Eu só estava esperando o momento certo.

Seth engoliu seco. Com a menção do nome de Waverly, ele tinha muita dificuldade para esconder seu ódio por este homem.

— Ela pode ser meio que uma vadia — disse Seth, de um jeito casual. — Ela tem o narizinho empinado.

— Há famílias a bordo da New Horizon agora — disse o gorila, de um jeito distante, como se estivesse recitando algo que pensara muitas vezes antes. — Eles têm de ser protegidos.

— Você tem filhos?

— Não — disse o homem com amargor. — Não tenho nenhum filho.

— Mas você quer proteger os filhos de outras pessoas. Isso é bom, eu acho.

— Shelby teria feito isso.

— E você está tentando honrá-lo — disse Seth, como se estivesse terminando o pensamento do homem. Sua garganta estava começando a arder de um jeito desesperador. Precisava ficar calado. — Ele provavelmente preferia isso.

— Espero que sim — disse o homem, com uma tristeza velada.

— Como envenenar Max e eu se encaixa nessa equação? — disse Seth. Quando o homem olhou para ele, Seth ergueu uma das mãos. — Você não pode me culpar por querer saber.

O gorila estirou a boca e enfiou o queixo em seu peito de barril.

— Eu não sabia ao certo se vocês dois tinham me visto quando entrei aqui.

— Eu estava dormindo o tempo todo. E Max me disse que não tinha visto nada.

— Eu não tinha como saber, ao certo. Eu queria vocês dois como bodes expiatórios, se vocês estivessem por perto para dizer que havia um passageiro clandestino a bordo, achei que isso poderia ameaçar a minha missão.

— Então você *de fato* tem uma missão — disse Seth, despreocupado. — E só está deixando o Kieran louco de propósito. Eu gosto disso.

O homem abriu um sorriso, mostrando lacunas triangulares entre seus dentes.

"Ele pensa que somos amigos", pensou Seth, e voltou a se deitar em seu colchão para dormir. "O filho da mãe idiota não sabe que ele é um homem morto."

# Colisão

Kieran estava sentado à sua escrivaninha, batendo na madeira com o dedo indicador. Ele se inclinou para a frente e apertou o botão do intercomunicador para falar com a enfermaria.

— Tobin? Você pode falar agora?

— Estou aqui, Kieran — disse Tobin, quando a tela de vídeo tremeluziu e mostrou sua imagem. Parecia que ele não dormia há dias.

— Alguma mudança no estado do Philip?

— Não. Eu e Victoria estamos trabalhando na máquina de eletroencefalograma. Assim que eu entendê-la o suficiente, farei uma leitura e verificarei as funções cerebrais dele.

— Victoria está ajudando você?

— Meio que sim. Ela fica acordada algumas horas por dia. Mas não tem como fazer muita coisa.

— Philip está respirando por conta própria?

— Ele ainda está ligado a um aparelho. Tentaremos desconectá-lo assim que seus sinais vitais parecerem fortes o bastante.

— Ligue para mim quando for fazer isso, ok? Quero estar aí — disse Kieran, e desligou.

Havia tantas coisas com que se preocupar, tantas coisas a serem temidas, mas o que o mantinha acordado à noite era a lembrança da cabeça inchada de Philip, seu olho saliente, a forma como seus braços e suas pernas tremiam como se fossem os membros de uma marionete. Kieran nunca deveria ter enviado um garoto tão pequeno para uma tarefa tão arriscada. Naquele momento, não parecia perigoso.

As coisas ficaram perigosas por causa de Waverly. Se ela não estivesse fazendo o que não deveria, Philip estaria bem.

Provavelmente ela estaria se encontrando com o Conselho Central neste momento. Pelo menos Arthur havia se recuperado o suficiente para estar presente nas reuniões, e, embora mal pudesse falar, ele seria capaz de lhe trazer relatórios fidedignos. Waverly não seria capaz de fazer movimento algum sem que Kieran ficasse sabendo. Por ora, tal ameaça estava neutralizada.

Ou não? Enquanto caminhava de seus aposentos até o Comando Central, Kieran havia passado por uma pichação especialmente vívida que o mostrava se masturbando enquanto Waverly e Seth derrubavam o terrorista. Debaixo da pichação, havia a seguinte legenda: *Quem são os nossos verdadeiros líderes*? Uns poucos dias antes, havia um desenho de Seth atrás das grades, com a seguinte legenda: *É assim que agradecemos a nossos heróis*. Talvez, ao encarcerar Seth, Kieran fizera dele um mártir para algumas pessoas, mas qual seria a alternativa?

— Conseguir os nossos pais de volta — ele murmurou para si mesmo. — Ninguém poderá reclamar se você fizer isso, Kieran.

Ele tremia com apreensão, e sua respiração era rápida e irregular, mas ele se inclinou para a frente por tempo suficiente para efetuar o *login* no sistema de comunicação a longa distância, e chamou a outra nave.

Imediatamente, um homem de aparência apática atendeu ao chamado.

— Empyrean, aqui é da New Horizon.

— Eu gostaria de falar com Anne Mather, por favor.

— Vou ver se a pastora está disponível — disse o homem.

Kieran não teve de esperar muito tempo. Logo o rosto de Mather apareceu em sua tela. Ele sentia-se reconfortado ao vê-la com aparência cansada e acabada, como se ela também estivesse passando noites em claro.

— Olá, Kieran. Espero que você tenha boas-novas para mim.

— Quero saber quais são os seus termos.

— Tudo bem — disse ela, plantando os cotovelos em sua escrivaninha. — Em primeiro lugar, eu quero imunidade.

— Para quem?

— Para mim. Você poderia vir a tentar me pintar como uma criminosa de guerra, mas, se fizer isso com a líder dessa nave, estará insultando todo mundo a bordo dela. A paz não pode existir se cada um de nós tentar perseguir o outro lado.

— Vou levar isso em consideração.

Ela dirigiu a ele um olhar pungente, mas prosseguiu.

— Em seguida, eu quero saber se, quando chegarmos à Terra Nova, ambas as naves estarão envolvidas na negociação de territórios.

— Dividir um planeta inteiro entre umas centenas de pessoas? Você acha mesmo que esse vai ser um ponto importante a que se prender?

— Nós temos uma quantidade limitada de dados sobre os ecossistemas de lá, Kieran. Poderia existir muito pouca terra arável. Não posso deixar o meu pessoal preso em um deserto.

— Ok, com isso eu concordo.

— E creio que representantes de ambas as naves deveriam participar, pelo menos uma vez por ano, de um congresso, organizado alternadamente pelo pessoal de cada nave, ou colônia, em que haverá a troca de informações e em que a governança planetária será decidida.

Kieran começou a se dar conta de que ele não havia preparado nenhum termo seu além de obter os pais dos tripulantes da Empyrean de volta, e que Mather estava tomando todas as decisões.

— Pastora Mather...

— Anne, por favor.

Ele soltou um suspiro, irritado com o tom amigável dela.

— Envie os seus termos para mim em um documento em texto, de modo que eu possa examiná-los cuidadosamente com o meu pessoal.

— O seu pessoal? — ela perguntou, com um sorriso presunçoso.

— O meu Conselho Central — disse ele, apenas para ganhar tempo. — A minha tripulação. Não é certo da minha parte tomar todas as decisões por eles.

Mather reclinou-se em sua cadeira, olhando para Kieran.

— Você está em bons termos com o seu Conselho Central?

— É claro que sim — disse ele, com um sorriso tenso.

Ela assentiu, mas Kieran suspeitava que ela não tivesse acreditado nele.

— Então o terrorista, Jacob, estava repassando informações a você no fim das contas? — Kieran chutou. Por que outro motivo ela deveria duvidar do que ele havia dito?

Os olhos dela mostraram uma reação a isso, mas sua expressão não mudou em um único mícron que fosse.

— Não.

— Porque me parece que você tem informações sobre essa nave.

— Eu sinto muito por haver lhe passado essa impressão. Não. As minhas dúvidas quanto a seu relacionamento com o seu conselho são originadas somente da minha própria experiência. Como qualquer grupo governante, eles competem pelo poder.

— E você não quer dar isso a eles — disse Kieran.

— Eles nem sempre gostam do que eu faço, mas às vezes um líder tem de tomar decisões impopulares. Pensei que a esta altura você já soubesse disso.

Os dois se olharam por um momento gélido. Essa mulher era perceptiva de um jeito desconfortável para Kieran, e ela sabia exatamente como dizer a coisa mais enervante. Ela o lembrava de Waverly. No entanto, ela havia lhe revelado uma fraqueza, não? “Ela tem medo de ser julgada como uma criminosa de guerra”, Kieran se deu conta disso. “Como posso usar essa informação?”

— Enviarei os meus termos em um documento de texto a você, Kieran. Leve o tempo que se fizer necessário para analisá-los, e nos falaremos de novo em breve, eu espero.

— Espere — disse Kieran. — Eu quero uma lista com os nomes de todos os membros da tripulação da Empyrean que estão a bordo de sua nave, ou as conversas não avançarão nem um pouco.

Mather soltou um suspiro.

— Além disso, quero que cada um deles envie uma mensagem em vídeo à Empyrean, de forma que possamos ver com os nossos próprios olhos em que condições estão.

— Isso vai demorar um pouco.

— Quero isso dentro de vinte e quatro horas. E é bom que todos eles estejam com boa saúde, ou vou me certificar de que você seja conhecida em toda a história da Terra Nova como a primeira criminosa de guerra — disse Kieran, e terminou a transmissão antes que ela pudesse lhe responder.

"Deixe que ela se preocupe com isso por um tempinho", ele pensou, com satisfação. Seu intercomunicador emitiu um bipe, e ele se inclinou para a frente, esperando ver Mather chamando-o de novo. Na verdade, o sinal vinha da enfermaria. Kieran atendeu ao chamado, e o rosto cansado de Tobin apareceu em sua tela.

— Kieran, Phillip abriu os olhos.

— Já já estarei aí.

Kieran seguiu tropeçando pelos corredores e desceu a escadaria que dava para a enfermaria, onde encontrou Tobin inclinado sobre Philip, olhando para o rosto oval do menino. Os olhos do garotinho estavam opacos como carvões, fixos no teto, sem reconhecer nada.

— Ele pode falar? — perguntou, ansioso, Kieran.

— Não com aquele respirador na garganta — disse Tobin. — Eu poderia tentar desconectá-lo.

— É seguro fazer isso?

— Eu ia fazer isso de qualquer forma. É a única maneira de ver se ele consegue respirar sozinho.

— Faça isso então — disse Kieran, e recuou enquanto Tobin soltava, com cuidado, um fecho que prendia a mangueira.

A máquina acima do leito de Philip emitiu diversos bipes alarmantes, mas Tobin desligou-a, irritado, e então apoiou sua bochecha sobre Philip para sentir se ele respirava. Kieran viu o peito do garotinho subir e descer, então se seguiu uma pausa agonizante até que subiu e desceu novamente. Tobin fez várias leituras, depois olhou aliviado para Kieran.

— Ele parece estar bem.

Os olhos de Philip pararam na face de Tobin por um instante, observando-o falar, mas então voltaram ao teto.

— Philip — disse Tobin — aposto que você quer que eu tire essa mangueira da sua boca, não quer, camarada?

O garoto fechou e abriu os olhos, parecendo incapaz de fazer mais do que isso. Ele fazia com que Kieran se lembrasse de uma boneca antiga de Felicity Wiggam, a única garota que havia escolhido ficar para trás na New Horizon. Se ela colocasse a boneca com as costas voltadas para baixo, seus olhos se fechavam com um enervante dispositivo mecânico. "Será que Philip ainda está aí?", Kieran se perguntava.

— Eu vou puxar a mangueira com um único movimento, ok? — disse Tobin em voz alta a Philip, enquanto agarrava o tubo respiratório com firmeza com seu punho cerrado. — Preciso que você respire quando eu fizer isso.

— Você já fez isso antes? — perguntou-lhe Kieran.

— Fica quieto — disse-lhe Tobin.

Kieran entendeu que era a primeira vez que Tobin fazia quase tudo por ali, e a única esperança era manter seus pacientes calmos fingindo ter total confiança no que estava fazendo.

Tobin esperou até que Philip estivesse prestes a exalar o ar e então, com um movimento rápido, puxou o tubo para fora da garganta dele. O garoto tossiu, e ruídos de uma tosse seca chacoalhavam seus ombros. Quando ele havia se acomodado, Tobin pegou um frasco de um *spray* da mesinha de cabeceira, abriu com gentileza a boca do garoto e borrifou uma névoa fina dentro dela. O hálito de Philip cheirava a coisa velha e podre, mas Kieran se inclinou para perto dele.

— Philip, você consegue me ouvir? — perguntou-lhe Kieran, tentando manter a emoção fora de seu tom de voz.

Os lábios do garoto abriram e fecharam, fazendo que ele parecesse um peixe. Kieran se inclinou mais para perto de Phillip e colocou a mão no ombro do garoto, que parecia frágil sob seus dedos.

O garoto sussurrou uma palavra aguda, que Kieran não conseguiu ouvir.

— Tente dar mais água a ele — disse Kieran a Tobin, que borrifou um pouco mais de água dentro da boca do garoto. Philip esfregou os lábios um no outro.

— Brilhante — sussurrou Philip, piscando os olhos como se a luz estivesse sendo jogada dentro deles.

— Diminua a intensidade das luzes — disse Kieran, e Tobin apertou uma base na parede, reduzindo a intensidade do brilho das luzes na sala pela metade.

— Um lampejo — disse Philip, e então tossiu novamente. — Um lampejo de luz.

— Você está vendo luzes piscantes, Philip? — perguntou-lhe Tobin, preocupado. Philip rolou a cabeça para olhar para Tobin, mas seus olhos pareciam separados demais, e suas pupilas, algo que Kieran notou pela primeira vez, estavam de dois tamanhos diferentes.

— A estibordo.

— Eu acho que ele está delirando — disse Tobin. — Deveríamos deixá-lo descansar.

Kieran assentiu e começou a recuar, mas Philip esticou a mão na direção dele. Segurando na mão do menino com gentileza, Kieran inclinou-se sobre o garotinho, nivelando sua boca na altura da cavidade auricular dele, e sussurrou-lhe ao pé do ouvido:

— Philip, eu não sei se você pode me ouvir, mas eu sinto muito. Eu não deveria ter colocado você naquela situação.

— Elas estão em todo o estibordo da nave — sussurrou Philip. — No teto.

— Philip. Você me ouviu?

— Ah, meu Deus! — Os olhos de Philip ficaram arregalados, e ele respirou rápido e superficialmente. — Eles nunca vão nos perdoar!

Kieran sentiu a mão de Tobin em seu braço.

— Vamos dar a ele uma oportunidade de descansar, ok?

— O que ele está dizendo? — quis saber Kieran. Ele sentiu um calafrio, e seu coração lhe socava o peito.

— Ele não está consciente — disse Tobin, pesaroso. — Eu li sobre isso. Acontece às vezes com pacientes em coma. Ele está falando dormindo. É tudo coisa sem sentido.

— Como se ele estivesse sonhando? — perguntou-lhe Kieran.

Os murmúrios soavam irreais, desconexos.

— Mais ou menos como sonhos — disse Tobin, com tristeza. — Ele está ativo e respirando por conta própria, o que é um bom sinal.

Tobin estava sendo gentil com Kieran. Este se deu conta de que ele havia ouvido seu pedido de desculpas a Philip.

— Se houver qualquer mudança, me informe, ok?

— Imediatamente — disse Tobin, assentindo. Quando se virou novamente para Philip, Kieran notou que os músculos dos ombros de Tobin haviam ficado imensos. "Ele deve ficar levantando os pacientes o dia inteiro", Kieran se deu conta disso, "para dar medicamentos ou para ajudá-los a se arrumar nos leitos. Isso deve ser um trabalho de ferrar as costas. Ele nunca reclama."

— Acho que fazer de você o oficial médico foi a melhor decisão que tomei como capitão — disse Kieran a Tobin.

Sentindo-se envergonhado, Tobin parecia não conseguir olhar para Kieran. Em vez disso, acenou para que ele saísse da enfermaria e virou-se de costas para escrever alguma coisa no quadro de Philip. Kieran pensou ter visto uma lágrima no canto do olho do garoto assim que ele se virou. De todas as pessoas na nave, provavelmente era Tobin quem entendia tanto quanto Kieran o peso da responsabilidade. Ele tomava decisões que envolviam vida e morte, tinha de trabalhar até a exaustão, e raramente as pessoas lhe agradeciam pelo que fazia. Se apenas tivesse alguém a bordo que pudesse dizer a Kieran que ele também estava realizando um bom trabalho... Ele ansiava por um pouco de certeza de que não estava fazendo a coisa errada a cada passo que dava, porém, a essa altura, Kieran sabia que isso não era o tipo de coisa que os líderes obtinham de suas tripulações.

Certa vez Kieran perguntara à voz que lhe visitava se ele estava fazendo um bom trabalho, e achou que tinha ouvido o que queria. Porém parte dele se perguntava se ele não havia inventado aquilo.

Quando voltou a seu escritório, Kieran deparou-se com Waverly esperando por ele do lado de fora da porta.

— Precisamos conversar — disse ela, com a boca formando uma curta e rígida linha. Sua voz ainda soava como se estivesse saindo por uma garganta apertada, mas seus machucados haviam adquirido uma cor amarelada e ela parecia saudável novamente.

— Eu não tenho tempo agora.

— Só vai levar um minuto.

Ele soltou um suspiro pesado, destrancou a porta de seu escritório e se pôs de lado para que ela passasse. Waverly entrou ali sem lhe agradecer, e sentou-se na cadeira do outro lado da escrivaninha dele. Kieran sentou-se em sua cadeira e olhou para ela, esperando pelo que ela lhe diria.

— O Conselho Central quer ver o terrorista — disse ela.

— Não posso deixar que isso aconteça.

— Por quê?

— Por motivos de segurança.

— O estatuto da nave diz que o conselho tem o direito de acesso a qualquer prisioneiro na Empyrean para verificar sua saúde física e seu estado mental. Está na página quarenta e dois.

— Então você está preocupada que ele esteja sentindo falta da mamãezinha dele?

— Legalmente, você não pode nos impedir, Kieran.

Kieran levou os olhos na direção do volume de leis que estava na parte de cima da estante do capitão. Ao contrário de Waverly, ele não tivera tempo de estudá-las.

— Vou ter de verificar isso — disse ele. — Você pode esperar alguns dias?

— Não.

— Você não pode simplesmente lançar isso pra cima de mim.

— Eu acabei de fazer isso.

— Quando foi que você se tornou uma vadia assim?

Kieran colocara essas palavras para fora antes mesmo de completar o pensamento. Mas era verdade. Waverly tinha se tornado exigente, irracional, impossível.

— Do que foi que você me chamou? — A voz dela soava como se estivesse suspensa por um fio aquecido.

— Você está sempre indo aonde não é seu lugar, fazendo coisas que não são da sua conta.

— A administração dessa nave é da conta de todo mundo. — A voz dela saía irregular por ela estar forçando. — Supostamente isso é uma democracia.

— Isso não faz de mim seu empregadinho.

— Você vai deixar que passemos por seu esquadrão de valentões ou não, Kieran?

— Antes de você entender a situação? Antes de você obter qualquer informação comigo sobre o prisioneiro? Você só quer ir correndo até lá e jogar lenha na fogueira? — Ele estava gritando agora. Ele podia sentir seu rosto ficando quente, vermelho.

— Como se você tivesse obtido algum resultado! — Ela deu um tapa no ar com a mão aberta. — Deixe-nos tentar.

— Como você sabe que ele não disse nada?

— Você acha que os seus guardas não falam?

Harvey. Obviamente ele havia feito um relatório ao conselho. Waverly conseguira virar um de seus guardas mais leais contra ele. Kieran estreitou os olhos para ela, que cruzou os braços em cima do peito. Waverly batia os pés no chão, em um ritmo acelerado. Kieran cerrou os dentes.

— Você vai fazer com que mais gente saia ferida — disse Kieran a Waverly, por fim, usando sua voz como se fosse uma faca, sondando-a em busca de um ponto fraco.

— Do que você está falando? — Ela havia ficado pálida, e parara de mexer a perna.

— Se não fosse por sua causa, o pobre Philip não estaria... — Kieran se impediu de completar a frase.

— O que você quer dizer com isso? Aquilo foi um acaso! Você não pode me culpar por... — Ela parou de falar no meio da frase, boquiaberta. Lentamente, seus olhos viraram dois pontinhos pretos.

Kieran tentou pensar em alguma coisa que pudesse dizer para desviar a atenção dela, dolorosamente ciente de que, quanto mais ele ficasse em silêncio, mais culpado pareceria.

— Você mandou que ele me seguisse — disse Waverly, baixinho. — Philip estava apresentando relatórios sobre mim a você, não estava?

— Não — disse Kieran, mas ele cometeu o erro de tentar dar risada da sugestão dela. Ele não poderia ter fingido tão mal, mesmo que tivesse tentado.

Waverly se levantou.

— Você é um mentiroso.

Ele apontou um dedo para o rosto dela.

— Você me deu motivos.

— Então você admite.

— Você vai ficar aí e tentar me convencer de que não estava ajudando Seth Ardvale? Realmente, Waverly? — Kieran tinha erguido a voz e estava gritando. Ele estava no domínio da situação, e não conseguia parar de falar. — Você estava indo se encontrar com ele! Vocês não encontraram o terrorista! Foi ele que encontrou vocês!

— Ele quase nos matou! — resmungou Waverly. — Acredite em mim, eu preferia não o haver encontrado!

— Não venha com essa pra cima de mim! Essa é a melhor coisa que poderia ter acontecido com você, em termos políticos!

— A cada dia que passa, Kieran, você me lembra cada vez mais Anne Mather! — A voz dela se partiu nas últimas palavras, e sua mão voou até a sua garganta. — Você está usando o seu púlpito para fazer lavagem cerebral nas pessoas!

— Estou mantendo-os para cima! Eles afundariam em desespero se não fosse por isso!

— Sem seu messias, Kieran Alden, para lhes mostrar o caminho? — ela retrucou. — Você é repulsivo!

Kieran foi para a frente e para trás, preparado para estapeá-la, porém, acabou se impedindo de fazer isso.

Ela ficou ali, parada, em pé, respirando pelas narinas dilatadas, com os olhos vermelhos, os cabelos bagunçados, os punhos cerrados pendendo nas laterais de seu corpo, como se estivesse pronta para jogar Kieran no chão. Eles encaravam um ao outro, o ar entre eles crepitando, até que Waverly deu um giro e saiu pisando firme do escritório.

# Justiça selvagem

— A resposta dele foi não — disse Waverly com amargura quando retornou à câmara do conselho.

O restante do conselho aceitou essa notícia com amarga resignação. Tanto Alia quanto Melissa sorriram com tristeza para Waverly enquanto ela caía em seu assento à grande mesa oval.

— Eu deveria ter ido — resmungou Arthur.

— Não, precisamos que ele confie em você, Arthur — disse Waverly com um fraco sorriso.

Ela queria chorar. Queria gritar e dar chutes. Mas só podia passar os dedos pelo dispositivo colocado secretamente em seu bolso. "Eu vou usar isso", ela disse a si mesma. "De uma forma ou de outra."

Alia estava olhando para fora, pensativa, pelo teto de vidro em domo, para a Via Láctea, densa com minúsculas estrelas. Harvey e Melissa encaravam suas mãos, com os dedos entrelaçados. Tobin Ames parecia perturbado com a notícia e mascava uma cutícula, com os olhos voltados para o lado enquanto pensava. Sealy Arndt simplesmente parecia furioso.

— Então — aventurou-se Alia a dizer com sua voz aveludada. — O que você está nos dizendo é que teremos de descer lá e forçarmos a nossa entrada.

Harvey balançou a cabeça em negativa.

— Aqueles guardas são leais a Kieran. Eles não vão agir contra as ordens dele.

— Então as coisas poderiam ficar violentas — disse Waverly com temor. Ela tivera sangue demais derramado.

— E quanto ao oficial de justiça conciliador? Não podemos apelar ao Bobby? — perguntou Tobin. — Se temos a lei do nosso lado, vamos fazer uso dela.

— Podemos chamá-lo para que venha até aqui? — quis saber Arthur.

Melissa foi até o intercomunicador e pediu que Sarek, no Comando Central, encontrasse Bobby Martin. Enquanto esperavam, Waverly contou a eles que Kieran havia ordenado a Philip que a seguisse.

— Ele estava espionando você? — perguntou-lhe Melissa, com seus olhos redondos.

— Você está mesmo surpresa? — perguntou-lhe Waverly.

— Você pode culpá-lo? — resmungou Arthur, e todos os olhares se voltaram para ele. — Waverly, você esteve visitando Seth Ardvale na prisão. Como você esperava que Kieran reagisse a isso?

— Sendo razoável! Fui visitar Seth uma vez!

— E claramente você estava indo se encontrar com Seth no observatório — disse Harvey, com as sobrancelhas baixas sobre seus grandes olhos de garoto do interior.

— Então toleramos que se espionem os membros de nossa tripulação? — disse Waverly retrucando, e depois tossiu. Ela ainda sentia sua garganta raspada e fraca.

— Todos nós estamos com medo — disse Alia ingenuamente. — O medo faz as pessoas fazerem coisas terríveis.

— Bem, isso não deveria ir contra os direitos das pessoas — disse Waverly, com teimosia.

— O ideal seria que não fosse assim — disse Arthur, com a voz rascante, baixinho. — No entanto, não há nada de ideal na situação em que nos encontramos.

Waverly sentiu-se subjugada e ficou fora da conversa por um tempinho, até que voltaram ao prisioneiro e seu interrogatório.

— Deveríamos fazer uma lista de perguntas ao terrorista — estava dizendo Tobin. — Não podemos só entrar lá sem saber o que queremos perguntar a ele.

— Ele tem estado em contato com a New Horizon — disse Waverly, inclinando-se para entrar na conversa, fazendo com que eles olhassem para ela. — Pode ser que saiba alguma coisa sobre o que está acontecendo por lá.

— Sim — disse Alia. — Pode ser que ele saiba onde os prisioneiros estão sendo mantidos.

— E quem são eles — acrescentou Melissa Dickinson. — Talvez alguns dos nossos pais...

— E como está a guarda em torno deles — disse Harvey.

Arthur puxou um computador portátil de sua mochila e começou a digitar as perguntas. Eles ainda estavam trabalhando nisso quando Bobby Martin entrou, aparentemente exausto. Seus cabelos de um loiro branco estavam embaraçados e caídos por cima de seus claríssimos olhos azuis, criando um chocante contraste com sua pele morena. Algum dia ele poderia até mesmo ficar mais bonito do que Seth Ardvale, pensou Waverly, enquanto observava Bobby puxando uma cadeira para sentar-se à mesa do conselho. Por ora, ele ainda era só um menino. A julgar pelo cheiro dele, ele estivera espalhando esterco de ovelha no campo de batatas.

— Aposto que isso tem a ver com o prisioneiro — disse Bobby, olhando para Arthur, presumindo ser o líder do Conselho Central. Waverly ficava irritada com isso, mas ignorava o fato.

— Nós queremos ter acesso a ele — disse ela, usando sua voz com firmeza de forma que ele soubesse que não poderia ignorá-la. — Nós queremos interrogá-lo.

— Achei que Kieran estivesse à frente disso — disse ele, voltando os olhos rapidamente de uma face para a outra.

— Nós achamos que poderíamos ser... mais eficazes — disse Sealy. — Ele entrelaçou os dedos uns nos outros e apoiou os cotovelos na mesa. — Vamos chegar ao âmago da questão um pouco mais rápido.

— Por que vocês precisam de mim? — quis saber Bobby, falando com a voz que saía aguda, fazendo com que ele soasse como o garoto que era.

— Kieran não quer nos conceder acesso a ele — disse Alia.

— E, segundo as regras de encarceramento, nós temos o direito... — começou a dizer Waverly, mas Bobby a cortou.

— Passe-me o estatuto — disse ele, sacudindo a mão para Arthur, que se voltou para a prateleira atrás dele e puxou o volume em questão.

— Página quarenta e dois — disse Waverly enquanto Bobby folheava o livro. Ele leu a seção, passando rapidamente os olhos claros pela página enquanto sugava o lábio inferior. Ele estava em silêncio, a sala inteira estava em silêncio, enquanto ele considerava o significado das palavras.

— Legalmente ele não pode impedir vocês de verem o prisioneiro — disse ele, depois de terminar de ler.

— Então vamos descer lá — disse Waverly. — Agorinha mesmo, antes que Kieran possa descobrir uma maneira de nos impedir.

Alia levantou-se, olhando ao redor da sala, desafiando os outros a seguirem-na. Sealy foi até a porta e conduziu Alia para fora, na sua frente, e então se seguiram Harvey e Melissa. Tobin e Arthur pareciam os mais relutantes, e Waverly lamentava por eles. Ambos eram chegados a Kieran, e eles não queriam criar desacordo. Porém, isso seria obra do próprio Kieran, e não deles. Ela foi a última a sair da câmara. Seguiu meio correndo para alcançar Bobby, que esfregava as mãos sujas em sua calça.

— Eu deveria estar mais limpo para fazer algo assim — disse ele, embaraçado.

— Você se lembra do oficial de justiça conciliador Connor? — disse Waverly, com um sorriso afetuoso, lembrando-se do homem esguio, do jeito como ele sempre parecia estar comendo um pedaço de pão. Ele havia morrido muitos anos antes do ataque, e a tripulação inteira foi ao memorial dele. Waverly ficara triste porque ele havia morrido, mas talvez fosse uma coisa boa ele não ter vivido para ver o ataque. Ele morrera antes, quando todo mundo achava estar em uma missão pacífica, quando todos acreditavam que estavam em segurança. — Ele sempre tinha graxa debaixo das unhas. Você está levando a tradição adiante.

— Acho que sim — disse Bobby, com ares de dúvida.

A viagem de elevador até lá embaixo foi horrível. Havia um cheiro travoso e almiscarado no ar ali perto, o cheiro que pessoas exalam quando estão com medo. Waverly pensou, distraída, que ela mesma deveria estar sentindo medo, mas ela não estava com medo. Ela estava ansiosa.

Quando os guardas do lado de fora da prisão viram os membros do Conselho Central chegando, ambos endireitaram suas colunas, segurando seus rifles cruzados em seus peitos. Waverly então notou que Kieran havia finalmente recorrido ao uso de armas de fogo.

— O acesso à prisão é restrito — disse Hiro Mazumoto, com os olhos imóveis em suas órbitas.

Bobby Martin deu um passo à frente, puxou algo de seu bolso e agitou um distintivo na cara de Hiro. Waverly se perguntava onde ele o teria arrumado.

— Eu sou o oficial de justiça conciliador e ordeno que você vá para o lado.

— Não sem ordens de Kieran Alden — disse Ali Jafar, cujos olhos castanhos se moviam, nervosos, de uma face à outra.

— Se vocês não se puserem de lado, vou prender os dois — disse Bobby.

— O estatuto declara que o acesso nos deve ser concedido — disse Arthur, com sua voz saindo com som de cascalho raspando no chão, porque ele ainda estava se recuperando. Ele pegou o livro das leis, abrindo-o para que os guardas pudessem vê-lo por si mesmos.

Hiro pegou o livro e leu a passagem, com Ali se inclinando por cima de seu ombro. Nenhum dos dois garotos parecia saber o que fazer.

— Somos o Conselho Central e o oficial de justiça conciliador. Duas autoridades do governo da nave estão na frente de vocês — disse Waverly. — A palavra de Kieran não vai contra a nossa. Ele não é nosso ditador.

Hiro soltou um suspiro, balançando a cabeça.

— Eu gostaria que as pessoas se dessem bem — murmurou ele, mas se pôs de lado e deixou que eles passassem.

A prisão cheirava a suor rançoso. O prisioneiro estava deitado em sua cama, a dobra de seu cotovelo protegendo seus olhos da luz enquanto dormia. Sua boca pendia aberta, deixando à mostra dentes arruinados, tortos e marrons, enquanto ele roncava. Os ruídos de seu ronco soavam como os de um animal.

— Acordem-no — disse Waverly aos guardas.

Hiro bateu nas barras de ferro da cela com a ponta de sua arma.

— Ei. Você tem visita.

O prisioneiro esfregou os olhos para afastar o sono, estalando os lábios espessos com barba por fazer ao redor, acordando lentamente. Viu Waverly do outro lado das barras, olhando para ele. Instantaneamente a expressão em seu rosto endureceu-se, e ele sentou-se direito, encarando--a com olhos assassinos.

— Algemem-no — disse ela, em voz baixa.

Ali se posicionou do lado de fora da cela, com a arma apontada para a cabeça do prisioneiro, enquanto Hiro destrancava a porta e entrava na cela.

— Levante-se — disse Hiro ao prisioneiro, que fez o que ele mandou, sem tirar os olhos avermelhados do rosto de Waverly em momento algum.

— Agora algeme os tornozelos dele aos pés da cama — disse Waverly.

A expressão no rosto do prisioneiro alterou-se de uma forma quase imperceptível; Waverly podia ver que ele estava ficando com medo. Ali entregou a Hiro dois conjuntos de algemas que tirou de seu cinto, e Hiro prendeu cada uma delas nos tornozelos do prisioneiro e nas pernas da cama de metal, que ficavam presas ao chão com pesados parafusos. O prisioneiro sentou-se, com as pernas estiradas desajeitadas, e com as mãos atrás das costas. Ele estava indefeso.

— Waverly — alguém sussurrou, e ela se virou, surpresa ao deparar-se com Seth parado, em pé, na cela bem atrás dela.

— Achei que você estivesse na outra ponta — disse ela a Seth.

Waverly não queria que ele presenciasse o interrogatório.

— O que você está fazendo? — Ele ainda tinha uma cânula intravenosa presa ao braço, e sua coloração não estava boa.

— Nós vamos fazer perguntas a ele — disse ela, que ergueu o queixo, desafiando-o a dizer alguma coisa.

Seth inclinou a cabeça, analisando-a.

— Vocês não estão fazendo o que eu acho que estão fazendo, não é?

— Deixe-me em paz — disse ela, virando-se. Ela queria ser a primeira a ficar na cela com o terrorista. Queria que fosse ela a pessoa a conduzir o interrogatório.

Waverly ficou lá, em pé, em frete ao bruto, perto o bastante para sentir o cheiro de cebolas velhas no hálito dele. Podia ver gotículas de suor no couro cabeludo do prisioneiro, entre os fios curtos de cabelos, e sentir o odor dele, um fedor pungente que fazia suas narinas arderem entre os olhos. Em pé, ficava mais alta, deixando que ele sentisse sua presença, permitindo que a odiasse, até que pudesse encontrar uma forma de falar em meio a sua fúria.

— Nós vamos fazer algumas perguntas a você — disse ela, com a voz saindo tremida, mal conseguindo controlá-la. — E você vai responder às nossas perguntas.

Ele riu de um jeito zombeteiro.

De seu bolso, Waverly puxou uma arma de eletrochoque. Ela ouvira murmúrios de surpresa dos membros do Conselho Central. Alia a ficou observando com um olhar penetrante. Melissa a ficou encarando-a, inexpressiva. A arma normalmente era usada no gado se o rebanho estivesse em pânico e se machucando. Tinha potência suficiente para derrubar um bode, mas o choque não seria forte o bastante a ponto de nocautear um homem. Porém, seu uso provocaria dor, uma profunda dor.

— Eu não concordei com isso — disse Bobby, dando um passo na direção dela.

— Quero saber se os nossos pais ainda estão vivos na New Horizon — disse ela, sabendo que isso faria com que Bobby, cujos pais estavam desaparecidos, ficasse na dele.

Bobby ficou para trás, esperando a resposta do homem. O restante do conselho, e até mesmo os guardas de Kieran, pareciam estar prendendo a respiração.

— Eu não sei — disse o prisioneiro.

Ela pressionou a parte ativa da arma no pescoço dele e apertou o gatilho. O homem soltou um grito e seu corpo estremeceu, fazendo ruídos com as correntes em suas algemas. Quando Waverly afastou a arma do prisioneiro, viu uma queimadura na forma de um V na pele dele, e podia sentir o cheiro de carne levemente queimada.

— Waverly, não! — disse Seth, rouco, da outra cela.

— Nossos pais ainda estão vivos? — disse Waverly, e pressionou a arma de eletrochoque no prisioneiro novamente, mas não apertou o gatilho. Não ainda.

Por instinto, ele se afastou da arma, mas disse, baixinho:

— Acho que sim.

— Onde eles estão sendo mantidos? — ela lhe perguntou.

O homem fechou os lábios, com os olhos teimosamente focados no chão.

— Onde?! — ela gritou ao ouvido dele, e puxou o gatilho novamente. Ela podia sentir o zunido da corrente se movendo pelo dispositivo e para dentro do corpo do homem, que tremia com espasmos profundos. Ele gritou, e seu rosto se contorcia em uma máscara de agonia. Ela se lembrou da forma como ele havia mantido sua traqueia fechada, da forma como ele havia olhado nos olhos dela, sussurrando "Eu vou matar você, assim como você matou o Shelby, sua maldita!". Da forma como ela havia aceitado sua morte, como aceitara que ele era seu assassino. Da falta de esperança que ele a fez sentir. Do quão facilmente ela havia desistido. Ah, ela o odiava!

Mas ela tirou o dedo do gatilho, e os espasmos dele pararam. Ele gemia.

— Onde estão eles? — disse ela baixinho.

— Eu não ouvi nada de novo — disse ele, sem fôlego. — Provavelmente ainda estão na área de condicionamento atmosférico.

— Mather é cuidadosa demais. Ela os mudou de lugar. Tenho certeza disso.

— Eu não sei!

Ela o acertou com a arma novamente, e ele soltou um grito. Quando ela o soltou, ele disse, debulhando-se em lágrimas:

— Por favor, não faça isso de novo. Por favor!

— Então me diga onde estão os prisioneiros!

— Eles estão... eles estão na estação de tratamento de águas residuais! As portas são fechadas com correntes! Vocês vão precisar de alicates cortadores de metal para tirá-los de lá!

— Como você sabe disso?

— Ela... ela queria um lugar mais permanente, então eles modificaram a estação de tratamento de águas residuais. Provavelmente já foi terminado a essa altura.

— Isso é verdade? — disse Waverly em um tom de aviso, mantendo a arma perto do olho dele.

— Eu juro que sim! — Ele implorava, com seus olhos azuis movendo-se rapidamente de um membro do conselho ao outro, suplicante, procurando um olhar empático. — É verdade. É lá que eles estão.

Waverly olhou para Alia, que assentiu para ela. Parecia acreditar nele.

— Que espécie de guarda está sendo mantida em relação a eles? — perguntou-lhe Waverly, movendo a arma para entre as saliências de osso na base do pescoço do homem, logo acima de sua coluna.

— Poucas pessoas, eu acho — disse ele, com os olhos marejados. — Já que vocês não estão mais na nave.

— E qual é a situação política? — ela quis saber.

— Eu não estou lá desde que você saiu. Não sei mais do que você.

— Você vem conversando com eles.

— Não, eu não fiz isso.

Ela pressionou a arma de eletrochoque na coluna dele e apertou o gatilho. Dessa vez ele gritou, mas ela não parou. Ele tremia, e uma bolha de baba escorria de sua boca enquanto sua cabeça caía para a frente e ia para trás. Quando, por fim, ela soltou a arma, ele estava mole, com os ombros arqueados, e sua cabeça pendia entre os joelhos.

— Água — disse ela.

Ali foi até a pia, encheu um copo de plástico com água, e entregou-o a ela. Waverly despejou a água sobre a cabeça do prisioneiro, e ele estremeceu, acordando, gemendo e resmungando. Ele suava como um porco.

— Você tem estado em contato com a New Horizon, não tem?

Lágrimas escorriam pelo rosto dele, mas ele assentiu.

— E o que você ficou sabendo em relação à situação lá?

— O que você quer ouvir?

— A verdade. Quando saímos de lá, as coisas não estavam indo muito bem para Mather.

— Ela ainda está no controle — disse ele, com os olhos bem fechados.

— Você está deixando de me dizer alguma coisa.

Desta vez ela levou a arma até a virilha do prisioneiro e olhou com ódio bem no rosto dele. Lágrimas escorriam do rosto do homem e ele analisava a expressão dela. Ele tremia. Ela sentiu os músculos das coxas dele ficarem tensos e relaxarem debaixo de sua arma.

— Conte-me tudo que você sabe.

— Mather não tem um bom relacionamento com os anciões da igreja. Shelby me contou isso uma vez. Eles poderiam removê-la do cargo a qualquer momento.

— Isso é verdade?

— Sim — ele disse, em tom de lamúria.

Mas Waverly apertou o gatilho mesmo assim. Ele gritou, e gritou novamente, mas ela manteve a arma no lugar, observando enquanto o rosto dele se contorcia de agonia, sentindo o indefeso tremor das pernas dele, os solavancos e espasmos que chacoalhavam o corpo. Ele soltou um gorgolejo, e bolhas se formavam nos cantos de sua boca. Mas ela continuou com a arma de eletrochoque em ação, até que sentiu a mão de alguém em seu braço. Ergueu o olhar e se deparou com o rosto chocado de Alia.

— Ele disse tudo — falou Alia. Pálida, seus lábios se contorciam enquanto puxava Waverly para longe do prisioneiro, que soluçava e chorava.

Waverly permitiu-se ser conduzida para fora da cela. Até que ela tentou caminhar, não havia se dado conta de como suas pernas tremiam. Ficou olhando enquanto Ali soltava as algemas do homem e o ajeitava sobre seu colchão. O homem pulava a cada toque, a cada movimento, lamuriando-se como uma criancinha. Quando Ali o deitou, o homem se curvou, em uma posição fetal, levando a mão à boca como se fosse chupar o polegar. Os outros membros do Conselho Central saíram se arrastando da prisão, todos com os olhos voltados para o chão, emitindo poucos sons além de tosses de embaraço e o raspar de seus sapatos no sujo chão de metal. Waverly ficou observando enquanto eles iam embora, e depois se voltou para Seth, que a encarava com os olhos arregalados, como se nunca a tivesse visto antes.

Ela abriu a boca para falar, mas sua voz parou em algum lugar em sua garganta, então se virou para ir embora. Ela ainda não entendia seus sentimentos.

Waverly não entendia o buraco no meio de seu peito, o peso que se arrastava em seus braços e em suas pernas, e a escuridão que parecia deixar sua mente nebulosa. Ela nunca havia sentido isso antes.

Mais tarde, naquela noite, sem conseguir pegar no sono, Waverly entendeu que o que sentia era uma profunda e irrevogável vergonha.

Seth tinha visto tudo.

# Pistas

Deitado de lado, Seth encarava Jacob, que não se movia há horas. O homem estava sentado, dobrado na cama, balançando para a frente e para trás, cantando baixinho alguma canção ininteligível. Ele havia enlouquecido. Mas não era o comportamento do prisioneiro que perturbava Seth. O que o amedrontava era aquilo que o homem havia dito enquanto dormia, gritando ou gemendo. A princípio, a coisa soara como balbucios ou fala de bebê, porém, depois de um tempo, o ouvido de Seth estava sintonizado no que o homem dizia, e as palavras formaram algo ominoso: "Ela vai arder, Shelby".

Algo terrível estava para acontecer. Algo que Jake havia planejado. E Seth tinha de enviar uma mensagem a alguém sobre isso.

— Guarda! — grasnou Seth, pegando seu prato de metal e batendo com ele nas barras. — Guarda! Eu preciso de ajuda!

Ele havia tentado fazer isso antes, mas Kieran devia ter dado novas ordens, porque ninguém nunca aparecia. Ninguém nem mesmo falava com ele. Ninguém olhava para ele quando colocavam suas refeições dentro da cela. Ele se sentia como um animal dentro de uma armadilha.

— Ei! Preciso de cuidados médicos! — Seth tentou gritar, com a esperança de que isso pudesse fazer com que se mexessem. Na verdade, ele se sentia melhor agora que estava comendo novamente, e se Tobin viesse lhe dar "cuidados médicos", poderia lhe dar ouvidos.

— Todo mundo nessa nave está morto. — As palavras foram pronunciadas com um orgulho cheio de satisfação.

Seth sentiu um calafrio na espinha.

A voz era de Jake, mas tinha um quê de longínquo, como se alguma outra pessoa estivesse falando por meio dele. Seus olhos estavam estranhamente distantes, e seu lábio inferior pendia de sua face como se fosse um pedaço de gordura.

Seth o ficou encarando, com a boca seca.

— O que isso significa?

— Isso significa que você não deve ficar todo animado. Porque não vem ao caso — disse Jacob. Pela primeira vez desde que havia sido torturado, Jake voltara a olhar para Seth. Ele retraiu os lábios e deixou seus dentes tortos à mostra, e suas bochechas se dobravam sob seus olhos, que reluziam sob as luzes brilhantes de sua cela. Mas aquilo não era um sorriso. Era uma efígie de um sorriso. — Logo, nada mais vai importar.

— Por quê? — perguntou-lhe Seth. — Jake?

— Acredite em mim, você não vai querer saber.

— O que você fez? — Seth tentou soar interessadíssimo, como um companheiro de conspiração, alguém que queria compartilhar a piada. Era um disfarce fraco esse, e Seth achava que Jake conseguia perceber isso. — Os motores? Você ferrou os motores de alguma forma? Ou os reatores?

— Por que você queria cuidados médicos? — perguntou-lhe Jake, com ares de suspeita. — Para mim, você parece bem.

— Eu... — Seth limpou o rosto com a mão para ganhar tempo. — Para passar uma mensagem de que o Conselho Central está torturando os prisioneiros, porque, sabe... eu posso ser o próximo.

— Eles não odeiam você o suficiente.

— Eu não sou exatamente popular. — Jacob apenas riu, balançando a cabeça como se fosse dizer "garoto bobo". — Vamos lá, cara. Conte-me o que você planejou! A quem eu iria contar isso?

— Por que você quer saber?

— Porque estou entediado — disse Seth, sabendo que a urgência no tom de sua voz estava traindo a mentira. — E se alguma coisa for acontecer com aqueles canalhas, isso é algo que quero saborear.

— Quero que seja uma surpresa — disse Jake, e sorriu... aquele sorriso gélido.

— É o reator, não é? Você o preparou para que derretesse.

Jake virou-se, desinteressado, e voltou a sua canção esquisita, sem ritmo. Ele se embalava para a frente e para trás, com as mãos enterradas em seu colo, o olhar fixo em um ponto ao longe. A tortura tinha sido ruim, mas não durou tanto tempo assim, e só acontecera uma vez. Não deveria ter sido o suficiente para levar uma pessoa sã à loucura, mas, bem, desde quando pessoas sãs saem por aí matando crianças? Talvez o cara sempre tivesse sido maluco, e a arma de eletrochoque usada por Waverly apenas fora a gota d'água que o fez cair no abismo da insanidade completa.

Quando ele parou de cantar, Seth disse:

— Você está começando a ficar sinistro e a me dar medo.

Jake sorriu de novo. Sua testa estava brilhante com o suor, e ele inspirava e expirava, com o ar entrando e saindo de seu peito em forma de barril, soando úmido e pesado ao passar por seu pescoço corpulento.

— Shelby não foi a única pessoa que você perdeu, foi? — disse Seth. Tratava-se apenas de um palpite, mas ele tinha de tentar alguma coisa para fazer com que Jake falasse.

— Meus pais. Eu falei disso com você — disse Jake, soando como se estivesse pensando em outra coisa.

— Não. Mais recentemente. Você perdeu mais alguém. Não perdeu?

Por um bom tempo, Jake ficou sentado como se não estivesse ciente da pergunta feita por Seth. Quando se voltou novamente para olhar para Seth, havia rastros de lágrimas em suas bochechas.

— Tudo que ela sempre quis, em toda a sua vida, era ser mãe — disse o homem, por fim. A voz dele se partiu, e ele enterrou o queixo no peito. — A minha Ginny era a única na New Horizon que podia engravidar.

Seth prendeu a respiração e ficou observando enquanto o homem revivia o passado, a mágoa passando como uma sombra em suas feições.

— Da primeira vez, ficamos tão felizes e orgulhosos... Contamos à tripulação inteira, e todo mundo nos deu os parabéns. Demos esperança a eles. A pastora Mather fez até um sermão falando de nós. Ela chamou Ginny de Nova Eva, e acho que isso fazia de mim o Adão. — Ele endireitou-se enquanto dizia isso, sorrindo para a recordação.

— Achei que não tivesse nenhuma criança na New Horizon — disse Seth, com a voz estranhamente baixa.

O sorriso de Jake desapareceu de seu rosto. Ele olhou de relance para Seth, com aquele tipo de olhar que um predador lança à presa.

— Não há crianças na New Horizon.

— Ela perdeu o bebê — disse Seth, baixinho. Ele quase sentiu pena deste homem destruído e confuso.

Jake enterrou o rosto em suas mãos largas.

— E outro e mais um, e ainda mais um.

Seth deixou a resposta no ar por alguns instantes, observando a respiração irregular de Jake.

— Depois de um tempo, foi como se a luz dela tivesse se apagado — disse Jake por fim, com a voz tensa. — Ela parou de sorrir, depois parou de falar, e então, parou de sair da cama. Eu não sabia o que fazer. Achei que ela melhoraria, mas...

Seth queria perguntar o que havia acontecido com Ginny. Ele achava que sabia o que havia acontecido com ela.

— Eu só estou tentando consertar as coisas — disse Jake, com a cabeça coberta por suas mãos. — Todos os nossos bebês mortos. Todos os nossos bebês que nunca chegaram a existir. Tem de haver um jeito de acertar as contas, sabe? Depois do que eles fizeram conosco.

— Matar Max consertou as coisas?

— Foi um começo.

— Max não era nem nascido quando tudo isso aconteceu.

— Mas o pai dele era — disse Jake, com a voz recoberta de sofrimento. — Agora o pai dele saberá como é a sensação quando seu bebê morre.

— O pai dele morreu no ataque. — Seth não sentiu satisfação nenhuma ao dizer essas palavras.

Jake não respondeu.

Seth ficou encarando Jake, a princípio sem se dar conta de que estava tremendo de raiva. A tolice, a idiotice cega de atacá-los em nome da vingança... era algo repugnante. Seth fizera isso com Kieran, depois que seu pai morrera, punindo-o por tudo que havia dado errado. Machucar Kieran havia feito com que Seth se sentisse bem por um tempo, mas deixara uma sensação amarga. Ele só queria achar um jeito de sair do nauseante labirinto negro que havia criado para si mesmo.

Agora Waverly estava em um labirinto como o dele. O rosto dela, quando pressionara a arma de eletrochoque no pescoço de Jake, fazendo uma careta quando ele gritava, seus olhos brilhando enquanto observava o filete de fumaça erguendo-se da pele queimada dele. Aparentemente, estava atrás de informações, mas Seth sabia o que ela realmente estava fazendo. Waverly havia passado por muita coisa. Alguma parte dela havia surtado. Sua humanidade tinha tirado férias, e o que ficara era seu instinto animal: matar, ferir, mutilar, sobreviver.

Mas ele sabia como as lembranças do que ele mesmo havia feito com Kieran o assombravam. Waverly se lembraria daquele momento em que ela tinha dado férias a sua natureza mais elevada. Nada era pior do que saber o quão profundamente uma pessoa poderia afundar na barbaridade.

Este homem estava mais perdido do que Seth ou Waverly algum dia estiveram.

— Eu costumava acreditar na vingança — disse Seth, tentando soar como se estivesse apenas conversando. — Eu torturei Kieran Alden, eu o puni por seus erros, fiz com que ele sofresse. Eu fui um monstro. Eu só estava piorando as coisas, criando mais inimigos, mais ódio nessa nave, mais motivos para vingança. Veja onde estou agora. Kieran acha que eu sou perigoso, e ele está certo. Eu *fui* perigoso. Mas agora, aqui estou eu preso nessa cadeia quando poderia estar ajudando a administrar a nave. E até mesmo se os adultos retornarem e as coisas voltarem a alguma espécie de normalidade, eles nunca mais irão confiar em mim. Eu arruinei a minha vida, e tudo isso porque eu queria fazer alguém sofrer.

— Acho que foi ele quem acabou conseguindo sua vingança então — disse Jake, com um sorriso contorcido.

— Tudo o que sei... — disse Seth, tentando o seu melhor para soar razoável — ... é que piorei as coisas sendo ruim, quando eu poderia ter melhorado as coisas sendo uma pessoa melhor.

— Você ainda é jovem o suficiente para acreditar em contos de fadas.

— É lógica pura isso que estou dizendo, cara.

Jake olhou para Seth com desconfiança, com um largo sorriso de lado no rosto.

— Você será o único por quem eu vou me arrepender.

— *Do que* você vai se arrepender, Jake? O que você planejou?

— Você vai ver — disse ele. O sorriso estava de volta em seu rosto. Aquele estranho e beatífico sorriso no rosto de um monstro. Jake virou para o lado e começou a cantarolar para si mesmo, aquela estranha melodia. Seth o ficou encarando, nadando na mais horrenda sensação de impotência que já sentira em sua vida, enquanto ouvia o homem devastado cantar.

# Dano

Kieran ainda estava fervendo de raiva por causa da discussão com Waverly no dia anterior quando chegou à prisão para interrogar o terrorista novamente. Passou por Hiro e por Ali, ambos guardas leais. Eles pareciam fechados em si mesmos e perturbados. Quando Kieran chegou à cela de Jake e olhou através das barras para ele, deparou-se com um homem tremendo no chão, deitado e enrolado, de lado, com as mãos enfiadas entre os joelhos, dormindo um sono intermitente.

— Jake? — disse Kieran. O homem não se mexeu. — Ali! — gritou Kieran.

Ali desceu o corredor, soltando um suspiro pesado.

Ele mal conseguia olhar nos olhos de Kieran.

— Há quanto tempo ele está assim?

— Cerca de vinte e quatro horas.

— Por que você não me chamou?

O garoto ficou parado, em pé, diante de Kieran, com a boca aberta, como se fosse falar alguma coisa, mas não conseguia.

— Kieran — sussurrou alguém atrás dele. Kieran virou-se e deparou-se com Seth Ardvale apoiado nas barras de sua cela. Seth olhou nos olhos de Kieran, desesperado e suplicante. — Preciso falar com você.

Kieran virou as costas para ele.

— Ele está doente? — quis saber Kieran.

O homem estava coberto de suor e, embora seus olhos estivessem fechados, Kieran podia ver o movimento deles debaixo de suas pálpebras, como se Jake estivesse afundando em um sonho perturbador.

— Não — disse Ali, relutante. — O Conselho Central esteve aqui.

Kieran virou-se e ficou olhando com ódio para Ali, que se encolheu e se afastou dele.

— O que aconteceu? — perguntou-lhe Kieran, rosnando. Ali ficou hesitante.

— Kieran — disse Seth em um sussurro. — É sério. Preciso falar com você.

Kieran segurou Ali pelo braço e puxou o garoto de volta para o posto de guarda. Hiro estava parado, em pé, com os olhos voltados para o corredor vazio.

— Quero saber o que aconteceu aqui, agora mesmo.

Os guardas olharam nervosos, um para o outro.

— Waverly Marshall trouxe Bobby Martin até aqui embaixo — disse Ali por fim, hesitante —, e eles disseram que seria ilegal impedir que entrassem.

— Por que vocês não me chamaram?

— Estávamos prestes a fazer isso, mas... — Ali olhou para Hiro, que observava a conversa com preocupação no olhar.

— Waverly começou a fazer perguntas a ele sobre os nossos pais — disse Hiro. — Eu me esqueci de ir chamar você. Eu queria saber o que ele ia dizer.

— O que ela fez com ele? — perguntou-lhe Kieran com uma sensação desanimadora.

— Ela usou uma arma de eletrochoque de ovelhas nele — disse Ali, com a vergonha estampada em seu rosto.

— Por que vocês não me chamaram? — A voz de Kieran tremia com a fúria, e ambos os garotos pareciam estar com medo dele.

— Nós ficamos com medo de ir chamar você — disse Hiro. — Sabíamos que você ficaria enfurecido.

— Vocês estavam com esperanças de que eu não fosse descobrir.

Ambos os guardas olharam para Kieran como se esperassem que ele batesse nos nós de seus dedos com uma régua. "Eles são crianças", pensou Kieran. "Eles são garotinhos que estão com medo de se meter em encrenca."

Kieran fechou os olhos e soltou um suspiro. Como uma nave poderia ser administrada com guardas que agiam como se fossem criancinhas de oito anos?

— Dê-me o seu *walkie-talkie* — disse Kieran, contrariado. Hiro o entregou, e Kieran falou nele. — Sarek, mande dois novos guardas descerem até aqui na prisão.

— Você está nos dando um tempo fora daqui? — perguntou-lhe Hiro, com tom de esperança.

Kieran deu risada enquanto puxava as chaves dos cintos de Ali e de Hiro. Pegou as armas de cada um e trancou-as no armário de metal atrás do balcão da guarda.

— Estou destituindo vocês dois de seus cargos. Vocês vão voltar a fazer trabalhos de fazenda.

Hiro baixou o olhar, parecendo aceitar que merecia ser punido, mas Ali olhou com ódio para Kieran.

— Se você não fosse um tremendo de um idiota, as pessoas não teriam tanto medo assim de lhe dizer a verdade — disse Ali.

Kieran ignorou-o e voltou a entrar na prisão. O terrorista não havia mexido nem um músculo.

— Kieran, por favor — sussurrou Seth, esticando a mão na direção dele por entre as barras. — Eu sei algumas coisas que você precisa saber.

— Então me diga — falou Kieran, sem olhar para ele.

— Não posso fazer isso aqui — disse Seth, de olho no prisioneiro, que se mexia em seu sono.

— Jake? — Kieran chamou-o em voz alta por entre as barras. — Sou eu, Kieran.

O homem não se mexeu. Em silêncio, Kieran entrou na cela, tomando cuidado para ficar perto da porta no caso de o homem tentar fugir.

— Jake — sussurrou Kieran.

Os olhos do homem abriram-se e ele ficou ofegante como se estivesse se vendo na prisão pela primeira vez.

— Jake, sinto muito. Eu não sabia que eles iam fazer aquilo com você.

Os olhos do homem reviraram-se até que encontraram Kieran, depois ele o encarou.

— Você tem de acreditar em mim. Waverly não tinha permissão para fazer aquilo. Eu sinto muito.

— Não, você não sente não — disse o homem, soando choroso.

— Eu não acredito em tortura. Não coloquei a mão em você, coloquei?

— Bom policial, policial malvado. É assim que eles chamam quando vocês fazem isso.

— Fazem o quê?

— Um é seu inimigo, um é seu amigo. — Ele falava como se houvesse repetido isso diversas vezes seguidas para si mesmo, preparando-se. — É como as coisas são feitas.

— Waverly não é minha amiga — disse Kieran em tom de súplica. Todo seu trabalho tentando construir uma ponte até aquele homem estava acabado. — Não estamos trabalhando juntos.

O homem olhou para ele, com os olhos e a face desprovidos de expressão.

— Vou providenciar alguns cuidados médicos a você, ok? — disse Kieran.

Jake fechou os olhos, protegendo-os da luz com a mão. Kieran deu um passo para trás e saiu da cela, trancando-a depois de sair.

— Kieran, por favor — disse Seth. — Preciso sair daqui por alguns minutinhos. Só para conversar com você.

— Vá pro inferno — Kieran disse a ele, e saiu.

Assim que dera as ordens aos novos guardas para que uma equipe médica fosse verificar o estado do prisioneiro, Kieran seguiu diretamente para a câmara do Conselho Central. Foi somente quando viu Arthur sentado à mesa com o restante deles que se deu conta de que seu amigo de confiança também não havia lhe contado o que acontecera com o prisioneiro. Quando Arthur viu Kieran parado na entrada da câmara do Conselho Central, sua face ficou lívida e ele voltou o olhar para seu colo. Logo o restante do conselho percebeu a presença de Kieran ali parado, e a conversa foi se transformando em um murmúrio, e depois parou de vez, dando lugar a um silêncio cheio de embaraço.

— Olá — disse Waverly a Kieran. Ela era a única pessoa ali que parecia desafiadora.

— Ouvi dizer que vocês fizeram uma visita à prisão — disse Kieran.

— Esse era o nosso direito por lei — disse Waverly, empinando o queixo.

— E tortura? É seu direito por lei também?

A expressão no rosto de Waverly se alterou; ele pôde ver que ela não gostava dessa palavra.

— Eu não causei nenhum dano permanente a ele.

— Talvez não ao corpo dele.

— Eu fiz o que precisava ser feito.

— Você me disse uma vez, Waverly, que não torturamos ninguém nessa nave — falou Kieran, com a voz mortalmente baixa. — Você é uma hipócrita.

Waverly baixou o olhar para suas mãos, que estavam mexendo uma na outra, em seu colo.

Por fim pronunciou-se Arthur, com a voz esganiçada:

— Você não quer saber o que descobrimos?

Encarando seu amigo, Kieran sentiu-se atormentado pela traição. Ele nunca imaginou que Arthur pudesse tomar o partido de Waverly contra ele.

— Kieran — disse Arthur —, a situação de Mather, em termos políticos pode estar vulnerável. Ela não está em bons termos com os anciões da igreja.

Kieran queria negar o valor dessa informação, mas não podia fazer isso. Essa informação poderia vir a ser útil.

— Além disso — disse Waverly —, descobrimos que os nossos pais estão sendo mantidos na estação de tratamento de águas residuais.

— E daí?

— E daí que não é um lugar ruim para se lutar — disse Waverly.

Kieran olhou para a mesa e viu que o conselho estava olhando para os desenhos das partes da New Horizon.

— Nós não vamos lutar com eles — disse Kieran em voz baixa.

A sala ficou em silêncio, todos os olhares voltados para ele. Por fim, Alia Khadivi disse:

— Você está sugerindo que entremos em negociações com Anne Mather?

— É o único jeito — disse Kieran.

Ele e Arthur se entreolharam, mas o garoto foi incapaz de manter seu olhar fixo no de Kieran e voltou-se para os desenhos à sua frente.

— Ela vai enganar você, Kieran — disse Waverly em tom de aviso.

— Ela *acha* que vai me enganar — disse Kieran.

— Ela nunca vai nos dar aquilo que queremos — disse alguém de um canto. Kieran virou-se e viu Sarah Hodges olhando para ele com a testa contraída e uma expressão raivosa. Os cabelos avermelhados de Sarah estavam puxados para trás, afastados de seu rosto, presos em um rabo de cavalo desleixado. Ela estava curvada para a frente em sua cadeira, olhando com ódio para Kieran, o mesmo olhar de ódio que desferia ao seu professor de física. Ela sequer era membro do Conselho Central! Por que partilhava o segredo dessa reunião e ele não?

— Vocês não podem vencer uma batalha contra a tripulação da Mather — disse Kieran.

— Com um bom planejamento, poderíamos... — começou a dizer Waverly, mas Kieran a interrompeu.

— Você diz que ela é tão ardilosa e acha que poderá vencê-la em uma guerra?

— Ela não estará esperando... — disse Alia, mas Kieran a interrompeu também.

— Eu estava na primeira fileira assistindo ao ataque e estou dizendo a vocês que Anne Mather é taticamente engenhosa. Nunca haveremos de vencer uma batalha no território dela, com a tripulação dela. Não sem que um monte de crianças acabe morrendo. Vocês estão preparados para isso?

A voz dele retumbava, amplificada pelos painéis de vidro que formavam o teto em domo. As estrelas acima das cabeças deles pareciam frias e distantes.

— Pode ser que você esteja certo — disse Arthur por fim. Ele se levantou, apoiando uma das mãos na mesa. — Mas achamos que Mather esteja planejando assumir o controle da nossa nave quando nos encontrarmos. Ela é faminta por poder, e sabemos que quer estabelecer uma teocracia na Terra Nova, como aquela que tem na sua nave. Você conseguiria viver sob o comando dela? Porque não acho que eu conseguiria.

Kieran ficou encarando Arthur, chocado. Era imperdoável que Arthur o estivesse desafiando abertamente, na frente de seus inimigos políticos.

O conselho sentiu a tensão entre os dois garotos. Seguiu-se uma pausa constrangedora enquanto eles se encaravam, até que Waverly também se levantou.

— Diplomacia pode ser um bom plano, Kieran, mas precisamos nos preparar para o pior. É isso que estamos fazendo agora — disse ela, baixinho, fazendo contato visual com cada um dos membros do conselho. A sala parecia abafada, e todo mundo segurava suas línguas, até mesmo Sarah, que olhava para Waverly como se a estivesse analisando.

— Então esse é o plano B? Você está dizendo que não vão atacar a menos que a minha diplomacia falhe?

Waverly olhou para cada uma das faces em volta da mesa. Com relutância, todos os membros do conselho assentiram.

— Ok, façam os planozinhos de vocês — disse ele para a sala em geral, mas sua raiva direcionava-se a Arthur. — Mas terei de pensar muito antes de liberar as armas de fogo a vocês.

— Tudo bem — disse Waverly, com um sorriso misterioso.

Isso deixou Kieran alarmado, mas ele tentou não deixar transparecer, e voltou ao Comando Central antes que eles pudessem dizer mais alguma palavra.

Quando ele chegou lá, Sarek ergueu o olhar, animado, de seu console de comunicação.

— Kieran, acabamos de receber um imenso arquivo de vídeo da New Horizon.

— Envie-o ao meu escritório — disse Kieran, e desceu o corredor correndo. Com os dedos tremendo, digitou o código da trava para abrir seu escritório, correu até sua escrivaninha e ativou o arquivo.

Dezenas de fotos em miniatura enchiam sua tela, rostos que ele não via há meses, e uma imensa tristeza ergueu-se dentro dele, enchendo-o de lembranças nostálgicas. Ele os contou... quarenta e seis sobreviventes.

Só quarenta e seis? De mais de 350 membros da tripulação? Por um instante, ele ficou paralisado pela atrocidade disso, o coração apertado no peito, e sentiu uma fraqueza no restante de seu corpo. Ele sabia que as perdas que tiveram foram imensas, mas... ele não conseguia aceitar que mais de 300 pessoas que conhecera sua vida inteira haviam sido apagadas em questão de minutos. Ele reviveu aqueles momentos horríveis no hangar das naves auxiliares, sua impotência na tentativa de convencer as pessoas de que o hangar não deveria ficar tão cheio com tantos membros da tripulação, e depois o horror das portas do *airlock* abrindo-se para o vácuo do espaço, sugando quase toda a tripulação para a morte. Girando para sempre no frio. Eles nunca parariam de girar.

"Saia desse transe", *Kieran.*

Kieran inspirou fundo algumas vezes até acalmar seus sentimentos de choque e de perda, e forçou-se a olhar com mais atenção para cada foto em miniatura. Agora que esse momento havia chegado, ele descobriu que temia saber a verdade. Se o rosto de sua mãe não estivesse entre os sobreviventes...

Regina Marshall, Harvard Stapleton, Kalik Hassan, Gunther Dietrich, as faces dos pais de seus amigos apareciam à sua frente, e ele ficou aliviado em relação a cada um deles. No entanto, enquanto fazia a rolagem pelas miniaturas, seu coração ia se enfraquecendo, e ele sentiu lágrimas quentes queimando suas pálpebras. Ela não estava ali. A face de sua mãe não estava entre os sobreviventes. Nem a de seu pai, mas por isso ele já esperava.

Na parte inferior da tela havia uma foto miniatura do rosto de Mather, e Kieran clicou ali.

— Esses são todos os sobreviventes da Empyrean que estão em nossa nave, Kieran, menos um — disse Mather, com um falso arrependimento. — Estou segurando o vídeo da sua mãe até que você nos encontre nas coordenadas que estou lhe transmitindo agora.

A tela ficou em branco.

A mãe dele estava viva. Ela estava viva! Porém, rapidamente Kieran viu o outro lado dessa mensagem: seu pai não estava vivo.

Durante muito tempo ele suspeitara que seu pai não tivesse sobrevivido ao ataque. No entanto, ter certeza sobre isso... foi algo que fez que ele se sentisse congelado por dentro.

Kieran não conseguia lidar com seus sentimentos em relação aos fatos. Ele queria chorar. Ele sabia que *deveria* chorar, ou gritar. Porém, em vez disso, reproduziu os vídeos dos prisioneiros, observando-os em busca de sinais de coação. Todos os cativos pareciam bem alimentados e limpos, embora parecessem exaustos, e todos falavam com a câmera, dizendo aos seus filhos o quanto os amavam, para que não se preocupassem, que eles estariam em casa em breve. Para não terem medo.

O vídeo de Harvard Stapleton era especialmente assombroso. O homem tinha envelhecido, estava com profundos vincos na pele embaixo de seus olhos avermelhados. A voz dele tinha mudado também. Estava mais rouca, mais fraca, mais plangente. Kieran sentiu uma profunda pena dele. Harvard filmara essa mensagem para a filha e a esposa que havia meses estavam mortas.

— Você é forte, Samantha — disse Harvard, em um tom valente. — Não temo por você. Sei que conseguiu sair daqui, e que está tudo bem com você. Mas sei que você e a sua mãe estão preocupadas comigo. Eu estou bem. Tem sido difícil, mas eles nos dão alimento e cuidados médicos. Fisicamente, estou bem. A parte mais difícil disso tudo é sentir falta de você e da sua mãe. Eu simplesmente mal posso esperar para ver os rostos de vocês duas de novo.

Kieran enterrou o rosto entre as mãos e chorou pelas famílias destruídas, pelas jovens mentes com cicatrizes tão profundas pelo que havia acontecido. E pelo futuro. Ele não havia dado voz a seus medos pelo que aconteceria em seguida, mas não conseguia mais deixar isso de lado. Como resolveria isso? Como os conseguiria de volta? E mesmo se os conseguisse, como eles algum dia poderiam coexistir na Terra Nova com as pessoas que haviam destruído tantas vidas?

Perto do final dos vídeos, a mente de Kieran havia voltado a território familiar. Ele tinha coisas a fazer, tarefas a completar, e não poderia deixar que seu pesar ficasse no meio do caminho do trabalho que tinha a fazer ali. Kieran enviou os arquivos de vídeo a Sarek, junto com instruções para entrar em contato com os familiares dos cativos para que eles pudessem assistir aos vídeos.

— Mas não diga a eles que estes são todos os prisioneiros.

— Estes são *todos* os prisioneiros? — perguntou-lhe Sarek, incrédulo. Kieran olhou para os olhos arregalados do garoto mais jovem em seu monitor.

— Sim.

Sarek sentou-se, balançando a cabeça, com a boca aberta.

— Chame a New Horizon — disse Kieran.

Sarek não se mexeu.

— Sarek?

— Ok — o garoto disse baixinho.

Apenas depois que as luzes do comunicador piscaram e se apagaram Kieran se deu conta de que Sarek tinha acabado de descobrir que sua mãe estava morta. E Kieran não havia dito sequer uma palavra de condolência que fosse.

"Eu vou consertar isso", pensou Kieran. Mas sentiu que havia perdido para sempre a chance de dizer a Sarek o quanto lamentava, assim como sua chance de se fazer ser ouvido. "Estou ficando endurecido. Eu não sou mais a mesma pessoa."

O *link* de seu comunicador emitiu um bipe e ele estava olhando mais uma vez para a face odiosa de Anne Mather. Ela absorveu a expressão sombria dele e ergueu uma sobrancelha.

— Era disso que eu tinha medo. Esses vídeos despertaram alguns demônios que estavam adormecidos.

Kieran ignorou o comentário dela.

— Verifiquei as coordenadas que você nos enviou e parecem ok. Vamos nos dirigir ao ponto de encontro esta noite e devemos chegar lá dentro de uns poucos dias.

— Assim que eu tiver confirmado a mudança na rota de vocês, enviarei o arquivo remanescente. — Ela se moveu para cortar o *link* de comunicação, mas Kieran apressou-se a falar.

— Venho pensando nos seus termos para um tratado. Anne voltou os olhos para ele. — Não posso concordar em conceder imunidade a você e não fazer nenhuma acusação criminal — disse ele.

Anne reclinou-se em seu assento, estreitando os olhos.

— O meu pessoal vai ficar muito desapontado com isso.

— Ah, eu acho que não. — Ele cuspiu cada palavra como se fosse uma semente amarga. A expressão dela não mostrava nada, mas suas bochechas ficaram pálidas. — Veja bem, pastora Mather — disse ele, baixinho, e cheio de sarcasmo —, acho que há bastante gente na sua tripulação que não gosta do que você fez com a Empyrean.

— Eles entendem que eu fiz o que tinha de ser feito.

— Eles entendem que você deixou 200 crianças órfãs? — disse Kieran. — Toda a sua tripulação teria de ser tão desprovida de senso moral quanto você. Acho que isso é improvável.

Ao menos uma vez, ela não fazia ideia do que dizer. Sua boca pendia aberta. Ela estava com o olhar fixo na tela, e seus olhos eram duas bolas aquosas.

— Agora você tem de decidir o quão hipócrita você está disposta a ser. Vai colocar todo o tratado em risco com a única condição de que você, Anne Mather, seja colocada acima das leis?

— Eu...

— Como você vai olhar para a sua tripulação?

— Espere só um minuto.

— Como você acha que isso vai soar nos livros de história?

Ela ficou em silêncio. Seu rosto congelou enquanto olhava para ele novamente. "Eu a surpreendi", ele deu-se conta disso. "Ela não está acostumada a ser surpreendida."

— Tudo bem, sr. Alden — disse ela, ao recuperar sua fria compostura. — Você se fez entender.

— Vamos começar do zero. Transmitirei os *meus* termos para o acordo de paz. E vamos começar a discutir sobre como lidar com seus crimes de guerra apenas depois que todos os membros da tripulação da Empyrean tiverem retornado em segurança à minha nave. Estou sendo claro?

Anne Mather ficou perplexa. E antes que pudesse lhe responder, Kieran deligou na cara dela.

# 4

# CENTELHA

*É o lampejo que aparece,*
*o raio virá em seguida.*

Voltaire

# Simulação de ataque

A ala das coníferas estava gélida. Waverly odiava ir até ali quando as lâmpadas de calor estavam desligadas, mas ela precisava da cobertura escura. Carregava uma leve pá dobrável debaixo de sua túnica e andava como se estivesse passeando entre as fileiras de abetos e pinheiros, ciente de que as câmeras de segurança estavam capturando todos os seus movimentos. Embora estivesse vestindo uma camisa com capuz, Waverly achava que provavelmente ainda estava reconhecível pela forma como mancava. Pelo menos sua garganta estava curada quase por completo. Uma semana havia se passado desde que ela fora estrangulada, e a cada dia ela se sentia mais forte.

Quando chegou ao bosque dos juníperos, mergulhou para fora do campo de visão, entre os ramos das árvores, e ligou sua lanterna, mirando o círculo amarelo de luz no chão, procurando no solo por um ramo em especial.

Havia quinze espécies de junípero ali, cada uma representada por diversas amostras. Waverly precisou de um bom tempo para achar o ramo que Seth tinha deixado entre os dois juníperos da montanha rochosa. O lugar cheirava a pinho e coisas frescas. Embora estivesse tremendo por causa do frio terrível, ela gostava do ar revigorante em seu rosto. Chutou o ramo para longe do caminho e enfiou a lâmina de sua pá no solo congelado e endurecido, despedaçando o tapete de agulhas. Então começou a cavar a terra fria debaixo delas. Waverly não tinha pensado no quão congelado o solo estaria, e xingou Seth baixinho enquanto apoiava todo o seu peso para realizar a tarefa. Logo Waverly tinha uma fina camada de suor que a deixava ainda mais com frio. Era um trabalho duro, e então sua mente se voltava ao mesmo pensamento dos últimos dois dias.

— Não faça nada estúpido — sua mãe dissera a ela no vídeo. Waverly assistira ao vídeo repetidas vezes, procurando alguma indicação do verdadeiro estado de sua mãe. Regina sorria bravamente para a câmera, e sua voz saía modulada com um timbre quase alegre. Mas havia algo estranho em relação a ela. Na forma como seu olho esquerdo estremecia. Na forma como ela continuava olhando de relance para fora do enquadramento da câmera, como se estivesse buscando a aprovação da pessoa que a estava filmando. Waverly não sabia o que esperar quando Sarek lhe enviou o arquivo de vídeo com uma nota dizendo que Kieran forçara Anne Mather a enviar essas mensagens. Seu coração foi às alturas a princípio. Porém, quanto mais assistia ao vídeo, mais ficava preocupada. Havia algo nos modos de sua mãe que fazia parecer que ela estava sendo coagida.

Ainda mais motivos para que ela fosse pegar aquilo que tinha ido buscar agora.

A pá de Waverly bateu em algo duro a cerca de uns trinta centímetros abaixo da terra. Ela cavou em volta da coisa, a princípio retirando gradualmente a terra dura com sua pá, depois ajoelhando-se no chão e removendo blocos de terra com os dedos. Até que finalmente sentiu a alça. Ela a puxou com o máximo de força que conseguia, forçando-a a sair do chão, até que a bolsa se soltou e ela caiu para trás com tudo.

Waverly colocou a ponta da lanterna dentro da boca e abriu o zíper da bolsa, deparando-se exatamente com o que esperava encontrar: duas dúzias de armas de fogo e uma grande quantidade de munição.

*Por que* Seth havia pegado essas armas e essa munição? E quando foi que ele fez isso?

Wavelry não sabia e, por ora, não se importava com isso. Kieran escondera todas as armas de fogo a bordo da Empyrean, e nem mesmo Arthur sabia onde elas estavam. Essas eram as únicas que haviam sobrado.

Waverly saiu correndo da ala das coníferas e entrou na calidez dos corredores, com a bolsa pesando em seu ombro, as armas de metal dentro dela batendo de encontro a seu quadril a cada passo que dava. A bolsa estava insuportavelmente pesada, e fazia com que a velocidade da caminhada diminuísse. Por sorte, ela não encontrou ninguém a caminho do hangar das naves auxiliares. Se ela tivesse se deparado com algum dos valentões de Kieran, não sabia como os impedir de olhar dentro da bolsa. Waverly suspeitava que Kieran sabia que a equipe de resgate faria uso de armas de fogo, mas ela não estava a fim de lidar com nenhuma pergunta.

Quando ela chegou no hangar, Arthur estava na nave auxiliar predileta deles, sentado na cabine do piloto, encarando o painel de controle, pensativo, como se estivesse memorizando as posições dos interruptores e das alavancas.

— Quantas você tem aí? — perguntou ele em tom solene quando ouviu Waverly chegar.

— Vinte e quatro — disse ela. — É mais do que precisamos. Mas levaremos todas. Se tivermos de sair atirando, os nossos pais podem ajudar.

— Boa ideia — disse Arthur, engolindo em seco, de forma audível.

Estava claro que pensar em uma batalha o perturbava. Arthur mal havia falado depois de assistir ao vídeo de seu pai, além de dizer que ele parecia mais magro e mais velho. Porém, Waverly sabia que havia muita preocupação debaixo daquelas duas palavras. O próprio Arthur parecia mais magro e mais velho.

— Quanto tempo falta até chegarmos ao ponto de encontro? — ela quis saber, sentando-se na cadeira do copiloto. Ela não conseguia evitar a sensação de que Arthur estava em sua cadeira, o assento do piloto. Era óbvio que, depois de pilotar a Empyrean nos últimos meses, ele certamente seria capaz de pilotar a nave auxiliar nessa missão. Quando chegasse a hora, estaria esperando com a nave e Waverly lideraria a força de ataque para libertar os pais.

Arthur ignorou.

— Eu não posso chegar a nenhum lugar perto do Comando Central. Agora só estão lá dentro Sarek e Kieran, e nenhum dos dois está falando comigo. — O garoto falava com hesitação, como se a raiva de Kieran fizesse com que ele duvidasse de si mesmo.

— Nós estamos fazendo a coisa certa, Arthur.

— Eu só gostaria que pudéssemos conseguir fazer com que Kieran nos ouvisse.

— Nós tentamos fazer isso.

— Tentamos? Nós tentamos mesmo? — Os olhos dele, ampliados através de seus óculos, analisavam-na como dois holofotes de busca.

— Você conhece o Kieran — disse Waverly, balançando a cabeça enquanto colocava a bolsa de armas no chão. — Ele é teimoso.

— Eu não gosto de enganá-lo.

— Nós não o enganamos — disse ela, esticando o queixo para a frente. — Ele sabe o que estamos fazendo.

— Você também é teimosa — disse Arthur, soando distante.

— Quando se está certo, é bom ser teimoso. — Ela se inclinou através do espaço entre os assentos e colocou a mão no braço dele. Ele ainda era pequeno, mas ela podia sentir os músculos anunciando a vida adulta debaixo de seus dedos. Ele estava crescendo. Todos eles estavam. — Arthur, você está com dúvidas?

— Eu tenho dúvidas em relação a tudo o tempo todo. Eu tenho uma mente muito ativa.

— E você acha que estamos fazendo a coisa errada?

— A nossa experiência com Anne Mather sugere que não.

— Mas...

— Mas estamos prestes a agirmos exatamente como ela.

Waverly afastou-se dele, torcendo o nariz com repulsa.

— Você não conhece aquela mulher... — ela começou a falar, mas Arthur a interrompeu.

— Ela tentou resolver os problemas dela com violência. Agora é isso que nós estamos fazendo.

— Apenas se o plano de Kieran não for bem-sucedido — Waverly lembrou Arthur.

— Defina “bem-sucedido” — disse ele.

— O quê?

— Quando decidiremos que a diplomacia fracassou?

— Se ele conseguir trazer nossos pais de volta, cancelaremos o ataque — disse Waverly, que podia ouvir a ansiedade em sua própria voz. Arthur estava complicando as coisas; ela gostava de pensar que isso era simples, mas é claro que ele estava certo. Nada em relação a isso era simples.

— E se a troca de reféns levar mais tempo do que gostaríamos? — disse Arthur, repentinamente animado. — E se Mather nos entregar apenas dez dos reféns? E se Kieran acidentalmente entregar nosso plano a ela? — Ele girou sua cadeira para ficar cara a cara com Waverly, reclinando a cabeça nas costas de seu assento, com o rosto amassado retirar em uma forma torta. — Essas coisas dificilmente são tudo ou nada.

— Só teremos de tomar essas decisões quando for a hora.

Ele soltou um suspiro pesado.

— Estaremos com as mentes confusas. Estaremos assustados e atrapalhados.

— Seremos valentes — disse Waverly com firmeza. Ela segurou na mão de Arthur e esperou que ele olhasse para ela. — Eu vou ajudar você a passar por isso.

Ele piscou, mas não disse nada.

— Lembre-se: prática de tiro ao alvo mais tarde — disse ela para cobrir o silêncio.

Arthur esticou a mão para dentro da bolsa e olhou para as armas, tocando em um dispositivo que parecia um telescópio conectado à parte de cima de uma delas.

— Não deve ser difícil com essas miras a laser — disse Arthur. — Seth escolheu bem.

— Miras a laser? — ela perguntou, sentindo-se uma imbecil.

— Essas são armas para caça. — Ele pegou uma das armas e mirou-a na parede dos fundos da nave auxiliar e apertou gentilmente o gatilho. Um pequeno ponto vermelho apareceu na parede. — Viu isso? É onde a bala vai acertar.

— Isso facilita as coisas — disse ela, repentinamente sem fôlego ao se lembrar de que poderia ter de matar alguém novamente. Ficar observando enquanto eles se dobrariam em um jorro vermelho. Sua boca ficou seca, e ela engoliu, com dificuldade. De alguma forma em meio a todo esse planejamento, ela não tinha realmente pensado na matança. Certamente algumas pessoas na New Horizon poderiam morrer. Ela não teria tempo para hesitar, não a menos que quisesse dar a eles uma chance para que a matassem primeiro. Arthur a estava observando, e Waverly endireitou-se em seu assento, abrindo um sorriso para ele.

— Não é justo que você tenha de voltar lá — disse Arthur.

— Nada em relação a isso tudo é justo com ninguém — disse ela. — Mas vamos tornar isso justo de novo. Vamos conseguir trazer nossos pais de volta, e todo mundo que ficar no nosso caminho... — Ela não terminou a frase. Não queria ouvir a si mesma dizendo aquilo.

Eles tinham justificativas para fazer qualquer coisa. Foram atacados, tiveram seu cotidiano destruído, suas famílias separadas, seus futuros roubados. A lista de violações era infindável. E quanto a todos os vídeos que *não haviam chegado* para aquelas crianças que esperavam ansiosamente por eles? Apenas quarenta e seis vídeos tinham chegado, e, embora uma multidão de crianças estivesse do lado de fora da porta do Comando Central vinte e quatro horas por dia, não havia nenhuma novidade. "Somos uma nave cheia de órfãos", ela pensou. E, por isso, ela mesma queria matar Anne Mather.

Ela não via a hora de fazer isso.

Waverly estava tendo sonhos em que corria pelos corredores da New Horizon, perseguindo os guardas, as inspetoras, os médicos e as enfermeiras que haviam tirado tanto dela quanto das outras garotas. Sonhos com as faces surpresas deles enquanto ela apertava o gatilho e eles caíam de joelhos. Os sons gorgolejantes enquanto eles se engasgavam em seu próprio sangue. A forma como erguiam uma das mãos, como se a fina carne e os ossos pudessem parar uma bala. Ou várias. Sempre no final do corredor lá estava ela, parada, em pé, Anne Mather, sozinha e indefesa. Ela levantava as mãos como em prece e entoava as palavras "A vingança pertence ao Senhor somente", então Waverly a enchia de balas, cada uma das quais explodia em botões de carne rosada em contraste com a seda branca do robe, borrifando o rosto dela com o fino pólen do sangue.

A velha Waverly teria acordado horrorizada depois desse sonho, mas a nova Waverly se encontrava sorrindo quando abria os olhos na escuridão solitária.

"É culpa dela por eu estar assim, pensava Waverly. Ela me transformou em outra pessoa."

— Vou ver se consigo descobrir alguma coisa com Sarek — ela disse a Arthur.

— Ele não vai dizer nada a você — o garoto respondeu.

— Sim, ele vai — disse ela, e saiu da cabine do piloto.

A nave estava começando a sair de seu sono enquanto ela caminhava a passos firmes, pelo corredor, até o Comando Central. Garotos e garotas com olhos turvos estavam se dirigindo, obedientes, às cerimônias matinais. Mesmo depois de o terrorista ter sido capturado, Kieran ainda fazia as reuniões diárias obrigatórias. Waverly nunca as frequentava, e ainda se perguntava por que Kieran não a havia punido por isso. Talvez essa indulgência da parte dele fosse o vestígio final do que ela uma vez significara.

Do lado de fora do Comando Central, Waverly tocou a campainha e ficou esperando. Ouviu a câmera girar em sua direção e olhou para ela com ares de expectativa.

— Vá embora, Waverly. — A voz cansada de Sarek. Sem Arthur ali, os deveres dele devem ter duplicado.

— O Conselho Central tem o direito de saber quando chegaremos ao ponto de encontro, Sarek.

— Recebi ordens de não falar com você.

— Se você não me deixar entrar, vou contar ao Kieran que você vem monitorando as conversas dele com Anne Mather.

— Ele não vai acreditar em você.

— Eu sei de detalhes que só poderiam ter vindo de você, Sarek. Então deixe-me entrar.

Ela ficou esperando pacientemente até que as portas se abriram, deslizando.

Sarek parecia exausto, e o cheiro dele era de quem não tomava banho há dias. Waverly ocupou o assento mais próximo dele e apoiou um dos cotovelos na estação de comunicação na frente de sua cadeira.

— Sinto muito por ter de pressionar você...

— Não, você não sente — disse ele com amargura. Sarek parecia cansado, mas havia alguma coisa a mais nele. Seus olhos estavam avermelhados e sua voz, rouca, como se ele estivesse chorando.

— Qual é o problema?

— Nada — disse ele baixinho.

— Você sabe de alguma coisa, Sarek — disse ela. — Esta nave está em perigo?

— Não mais do que o de costume — disse ele, em tom melancólico.

— Você recebeu um vídeo do seu pai, não foi? — ela disse, tentando abrir uma brecha no humor azedo dele. — Talvez você receba um da sua mãe também.

Os olhos dele voltaram-se rapidamente aos dela, olhos que ardiam de fúria. Fúria que não era direcionada a ela, mas ela a reconhecia... a impotente fúria da perda. Sarek desviou o olhar, balançando a cabeça. Waverly podia ver seu maxilar cerrado, refreando as lágrimas.

— Ah, Sarek, eu sinto muito.

Ele balançou a cabeça.

— Eu não quero falar sobre isso.

Waverly ficou sentada junto dele, em silêncio, partilhando da atmosfera de dor. A sala inteira cheirava a pesar, como se o pesar tivesse saído dele como uma essência e tivesse deixado traços por toda parte.

— Nós dois ainda temos um dos pais vivos — ela disse, por fim. — E precisamos pensar em uma forma de tirá-los de lá.

— Kieran me contou o que vocês vão fazer.

— Que bom. Então, quando é o encontro? Preciso saber.

— Dentro de quarenta e oito horas — ele disse, ríspido. — Agora cai fora daqui.

— Eu realmente sinto muito, Sarek — ela disse, baixinho.

— Eu pedi para você sair, por favor — respondeu ele, sem olhar para ela. Obviamente ele não a queria ali. Waverly foi embora sem falar mais nenhuma palavra. Seu corpo zunia com o medo. Dois dias até que sua mãe a visse de novo!

Waverly não se permitiu pensar em outras possibilidades. Foi se encontrar com os membros do Conselho Central e os outros cinco voluntários para a missão no hangar das naves auxiliares, onde eles haviam se reunido para praticar, fazendo uma simulação do ataque. Muitas crianças haviam se apresentado, querendo ajudar com o ataque, mas o conselho decidira manter a força de ataque pequena em nome da velocidade e escolher voluntários com base na idade.

— Obrigada por virem, pessoal. Finalmente consegui confirmação de que o encontro acontecerá no prazo que esperávamos, dentro de quarenta e oito horas.

Murmúrios farfalhavam em meio à multidão. Alia, Sarah e Melissa estavam com olhares determinados. Os olhos de Melissa estavam inchados e vermelhos, e Waverly imaginava que a pobre garota estivera chorando desde que os vídeos chegaram, havia três dias; ela não tinha recebido notícias de seu pai nem de sua mãe. Sarah, que também não recebera notícia alguma, parecia enfurecida. E Alia, com seus imensos olhos castanhos, parecia simplesmente entorpecida.

— Há alguma pergunta que vocês queiram fazer antes de começarmos os treinos? — quis saber Waverly.

A equipe repassou as mudanças de última hora, revendo seus papéis e suas posições, o que levou uma meia hora, até que, por fim, as conversas acabaram.

— Mais alguma pergunta? — quis saber Waverly.

Alia sorriu com lábios trêmulos. Ao lado dela estava Debora Mombasa, com seus cabelos selvagens e sua pele cor de café, que não tinha nenhum motivo para esperar por um vídeo, embora a felicidade de algumas das outras crianças apenas parecesse aprofundar o pesar dela. Sarah Hodges mascava o lábio, olhando com ferocidade em volta da sala. Ao lado dela, em pé, estava Randy Ortega, um garoto alto, de rosto redondo, ombros largos e grandes mãos morenas. Ele disse algo a Sarah num sussurro, e visivelmente ela relaxou, abrindo um sorriso tímido. Waverly suspeitava de que os dois estivessem flertando. Ninguém perguntou nada. Depois de algum tempo, Waverly sentiu que estava protelando.

— Ok, então — disse Waverly. — Acho que todos nós memorizamos o plano. Então, vamos lá.

Ela se sentiu uma tola correndo pelos corredores vazios até a estação de tratamento de águas residuais, fingindo carregar uma arma. Alia parecia confiante enquanto corria na frente do grupo, e estabelecia sua posição a cada mudança de direção, virando em um canto e apontando sua arma para um atirador imaginário. Sarah conduzia a parte de trás, junto com Randy, correndo para a retaguarda. Assim que chegaram à estação, viram as três crianças posicionadas em cada entrada. Uma pequena força de quatro pessoas correu até onde acreditavam que os pais estariam sendo mantidos. Waverly acendeu o soldador a arco elétrico que haviam pegado da sala das máquinas. Ela treinou cortar uma lingueta sólida de aço como uma que tinha visto em um contêiner New Horizon. Parecia ter levado uma hora, mas, quando terminou, Sealy disse:

— Quatro minutos! Incrível, Waverly!

A equipe aplaudiu, mas Waverly gritou acima do som das palmas.

— Nós só estamos na metade! Vamos!

Eles retornaram por uma rota diferente até o hangar das naves auxiliares. Waverly sabia que essa era a parte mais perigosa, e seria o estágio menos previsível da missão. Quase certamente, eles teriam de sair dali atirando, e Waverly sabia que muitas coisas poderiam dar errado. Ela havia tido essa mesma sensação antes de escapar das garras de Mather: um frio no estômago, a boca seca, e o medo que parecia ocupar todo o espaço em seus pulmões. Ela perdera Samantha ao fugir da New Horizon. Quem eles perderiam dessa vez?

"Você não pode pensar nisso", ela disse a si mesma, com raiva. "Você tem de acreditar que vai funcionar, ou isso nunca vai dar certo."

Levando tudo em conta, a simulação inteira levara um total de dezenove minutos. Mas Waverly ainda estava nervosa. Dezenove minutos era tempo o bastante para que Mather reagisse.

Depois da simulação, o conselho e seus volùntários foram até a ala de armazenamento e praticaram tiro ao alvo com munição de verdade em uma lâmina espessa de metal. Waverly viu a alegria nos rostos deles quando puxavam os gatilhos, o mesmo prazer esquisito que ela sentia em seus sonhos banhados a sangue. Ela se perguntava se eles ainda se sentiriam daquele jeito quando estivessem atirando em pessoas em vez de metal.

Depois que gastaram toda munição que podiam, os membros da equipe se despediram uns dos outros com desejos de boa-noite. Waverly levou as armas de volta a seu esconderijo na nave auxiliar. A caminhada pela nave tinha um quê de etéreo, como se a Empyrean fizesse parte de um universo a que ela não mais pertencesse. As lisas paredes de metal, o cheiro margoso do nível da floresta tropical que penetrava até mesmo por todo o caminho até ali em cima, o som do ar soprando forte pelo sistema de ventilação, o sempre presente zunido dos motores, tudo isso poderia desaparecer em um instante. Ou, mais provável, ela mesma poderia desaparecer sem deixar qualquer rastro. Waverly sentia todas as fibras de seu corpo vulneráveis, cada célula estava ciente de que poucas horas poderiam ser tudo o que restava de sua vida.

Queria que tudo saísse bem com a missão; acreditava que isso aconteceria. Mas ela viu o que aconteceu com Samantha na New Horizon. Sabia que a morte poderia surpreendê-la também.

Waverly deveria se despedir das pessoas, mas ela só queria ver uma pessoa, e não podia encará-la. Trancafiara suas lembranças de como torturara o prisioneiro na frente de Seth em um local seguro. Fizera delas uma caixa bem fechada em sua mente, e nunca olhava dentro dessa caixa, de modo a nunca mais ouvir os gritos do prisioneiro novamente, nunca mais ver suas feições contorcidas, nunca mais se lembrar do fedor úmido do medo erguendo-se das dobras do corpo do homem enquanto ela estava em pé, diante dele. No entanto, Waverly não conseguia se esquecer da face de Seth quando deixara a prisão, a forma como ele havia olhado para ela com uma tristeza profunda, como se se desse conta pela primeira vez de que ela não era a garota que ele pensava que fosse. Ela sabia que não era. De qualquer forma, ninguém poderia ser tão perfeito daquele jeito. Mas ela tinha perdido algo que nem mesmo sabia o quanto valorizava até então. Seth respeitava e admirava Waverly; agora, depois do que ela havia feito na frente dele, depois da forma como ele havia visto sua cara de prazer enquanto disparava a arma de eletrochoque na virilha do homem, como ele poderia algum dia respeitá-la novamente? Como alguém poderia?

E, desta vez, ela não tinha ninguém a quem culpar além de si mesma.

Ainda assim, ela queria se despedir dele. Queria desejar boa sorte. Ela queria... Ela não sabia o que queria, mas não podia permitir que ele a visse. Waverly saiu do hangar das naves auxiliares e foi para os seus aposentos. Ferveu um purê de grãos e feijões e o comeu sem tempero. Passou os olhos pelas palavras de um dos velhos livros de mistério de sua mãe enquanto se sentava, enrolada no sofá no formato de um lagostim. E, quando foi para a cama, ficou encarando a escuridão com olhos redondos, tentando esquecer Seth, o prisioneiro, Anne Mather... tudo. Waverly tentou esquecer de si mesma.

# O último amém

— Obrigado a todos por virem. — Kieran olhou para sua congregação, cujo número diminuía, enquanto massageava o púlpito de madeira com os dedos. Ele não estava se sentindo inspirado para esse sermão. Estava com muito medo.

— Amanhã de manhã, cedo, vamos nos encontrar com nossos inimigos pela primeira vez desde o ataque. Desta vez, espero que nosso encontro seja pacífico. Sei que vocês querem vingança. Eu também quero. Mas meu trabalho é manter vocês a salvo. É por isso que estou fazendo um acordo para tentarmos negociar uma solução pacífica para nosso conflito. Se isso não der certo...

— E aí? — alguém gritou do fundo da sala. — Você vai se curvar e lamber as bundas deles?

Kieran ergueu o olhar, pasmo. Passou os olhos pela congregação para descobrir quem tinha falado aquilo, mas, com as luzes brilhantes do palco iluminando seu rosto, ele não conseguia ver o fundo da sala.

— Não — respondeu ele, olhando de relance pelo restante de seu sermão. Ele se deu conta de quão insosso era, amassou a página, fez uma bolinha rígida com ela, e jogou-a para trás, por cima de seu ombro. Algumas pessoas deram risada, e umas poucas se endireitaram em suas cadeiras. — Não. Se eles não nos entregarem os nossos pais imediatamente, e se tentarem entrar a bordo desta nave ou derem qualquer passo que possa ser hostil, então... eu e o Conselho Central concordamos em tomar os nossos pais de volta à força.

Um grito de entusiasmo surgiu dos fundos da sala, e um furor de vozes seguiu-se ao grito, e então, de repente, a congregação estava de pé, batendo palmas e gritando de alegria.

— Vamos matá-los! Vamos matá-los! — alguém gritava acima dos aplausos.

Vários garotos começaram a dizer, em forma de cântico:

— A cabeça de Anne Mather! Em uma estaca!

Logo, todos que estavam ali entoaram seus gritos de guerra, e a sala irrompeu em um frenesi de sede de sangue.

Marjorie Wilkins e sua irmã estavam em pé, em suas cadeiras, na primeira fileira, e com as mãos erguidas sobre suas cabeças gritavam sua fúria, impotentes, ao vento. Elas não tinham recebido nenhum vídeo da New Horizon. Na verdade, esse era o principal motivo de ira na sala: ver os amigos receberem notícias dos entes queridos e ficarem sem notícia nenhuma para si. Isso bastava para deixar qualquer um selvagem.

E eles estavam selvagens. Pessoas com os rostos vermelhos vociferavam, com os punhos cerrados socando o ar, as vozes levantadas em gritos roucos por vingança. Kieran ficou encarando o público estupefato. Ele não os reconhecia. Não fazia a mínima ideia de como falar com eles. Quando conseguiu se recompor, ergueu as mãos acima de sua cabeça e gritou ao microfone:

— Já chega! Parem! Parem!

Lentamente, a multidão se acalmou, olhando com ares de expectativa para Kieran.

— Eu sei que vocês querem vingança pelo que eles fizeram conosco. Eu também quero.

— Falou e disse! — gritou Marjorie, e diversas pessoas deram risada.

— Vamos pular as negociações! — gritou um garoto da primeira fileira. — Vamos atrás deles!

Diversos gritos de aprovação seguiram-se a esse.

— Nós temos de ser realistas! — disse Kieran em voz alta. — Todos nós queremos puni-los, mas, em uma luta no território deles, poderíamos ser nós os punidos.

— Kieran está com medo! — gritou alguém dos fundos, e várias pessoas o seguiram, como se estivessem entoando um cântico. Primeiro em vozes baixas, depois o volume foi aumentando, e logo a congregação inteira estava gritando a plenos pulmões, alguns defendendo Kieran, a maioria o atacando.

Kieran lambeu o suor de seu lábio superior, sentindo o gosto do sal. Ele estivera nessa situação antes, parado, em pé, na frente de uma multidão que queria condená-lo. Ele havia sentido esse terror antes, e tal terror quase o derrotara.

— Não — ele disse a si mesmo. — Não.

— Calem a boca! Todos vocês! — ele gritou ao microfone. Ignorando-o, Marjorie Wilkins lançou-se para trás de seu assento e deu um tapa num garoto que estava dando risada de Kieran com a língua para fora. O garoto se livrou dela, que caiu no chão. Atacado repentinamente por uma nova onda de fúria, a voz de Kieran tremia em alto e bom som enquanto ele berrava: — CALEM A BOCA, INFERNO!

Sua voz saiu tão alta ao microfone que abafou o cântico, e as risadas foram sumindo enquanto as pessoas olhavam para ele com surpresa.

Kieran deixou que olhassem, esperou que o silêncio se expandisse até as paredes externas da sala. Quando se pronunciou novamente, sua voz estava uniforme, modulada e baixa.

— Se vocês acham, por um único segundo que seja, que vão entrar lá, atirar em um bando de adultos, e depois sair andando de volta com os nossos pais, vocês estão muito enganados. — Ele tirou o microfone de seu suporte e saiu do palco num pulo, olhando para cada um enquanto passava por eles. — Eu vi o que eles fizeram com a nossa tripulação no ataque inicial, e estou dizendo a vocês, nós não conseguiremos derrotá-los assim. Enfiem isso nessas cabeças ocas de vocês.

Um murmúrio de incômodo se espalhou pela multidão, mas Kieran os silenciou, gritando mais alto. — E vocês todos que acham que sou um covarde... podem ir pro inferno! Amanhã vou completamente sozinho até a New Horizon para negociar com aqueles assassinos. Eles poderão me matar imediatamente, se quiserem. E por que não fariam isso? Eu não sou nada para eles!

Kieran chegou até os fundos da sala, que havia ficado em silêncio. A maior parte dos olhares com que ele se deparava parecia envergonhada, embora umas poucas pessoas olhassem para ele com insolentes e largos sorrisos estampados em seus rostos.

— Eu já disse a Anne Mather que ela não terá nenhuma imunidade das acusações de crimes de guerra, nem na nossa nave, nem na Terra Nova. Ela tem motivos para se livrar de mim, mas aposto a minha vida que ela não vai fazer isso.

Ele se deparou com os rostos insolentes em meio ao público ali reunido, e ficou encarando cada um deles enquanto voltava pelo corredor em direção ao palco. Alguns deles tentaram manter os olhares fixos no dele, mas, por fim, acabaram baixando os olhares. Marjorie Wilkins, com sua camisa rasgada e pendurada em seu corpo alto e esguio, parecia repreendida e constrangida.

— Está na hora de todos vocês crescerem. Vocês podem querer alguma espécie de confronto final, como nos livros, mas isto não é um livro de ficção. Isto é guerra. E posso dizer a vocês, como alguém que viu nossas famílias sendo extintas por um *airlock,* que a guerra não tem um final feliz. Para ninguém.

Ele subiu as escadas, dois degraus de cada vez, até o palco, e ficou com o olhar fixo na congregação, que olhava de volta para ele, intimidada e silenciosa. E então ele disse:

— Vamos rezar.

Para sua surpresa, todas as cabeças na sala se curvaram para baixo, mesmo os que estavam mais relutantes.

O restante da cerimônia religiosa foi pacífica, embora Kieran notasse que umas poucas pessoas saíram dali. Ele não se importava com elas. Talvez não tivesse a aprovação de todo mundo na nave, mas não era isso que importava agora. Seres humanos poderiam ser selvagens disfarçados; isso era o que os livros de ficção pareciam dizer. Mas a paz era sempre melhor do que a guerra. Ele estava fazendo a coisa certa ao tentar conversar com Mather, e não deixaria que ninguém fizesse com que duvidasse de si mesmo outra vez.

Após dar seu último amém, Kieran foi andando até o Comando Central sem olhar nos olhos de ninguém. Assumiu seu posto, observando o ponto de luz na tela do radar de longo alcance, enquanto ele se aproximava cada vez mais do centro. Aquele ponto de luz era a New Horizon. Quando por fim chegasse ao centro da tela, ele seria capaz de olhar por uma escotilha e vê-la agigantando-se mais uma vez no céu. Então teria início.

Na hora de dormir, Kieran se dirigiu sozinho até seus aposentos. Comeu uma refeição simples de pão seco, frango frio, figos e aspargos crus. Mastigava sem sentir o sabor, com os olhos fixos no círculo de céu estrelado emoldurado por sua escotilha. Quando chegou a hora de ir dormir, deitou-se com um pedaço de pano fresco sobre os olhos. Ele queria dormir, mas não conseguia parar de repensar os pontos da negociação que tinha memorizado. Embora nenhum ensaio fosse tornar essa conversa fácil (Mather era ardilosa demais para isso), Kieran se sentia melhor sabendo o que pretendia dizer. Era algo que lhe dava uma pequena ilusão de controle.

Nas primeiras horas da manhã, Kieran tomou um banho e vestiu suas melhores roupas. Caminhou até o Comando Central e sentou-se junto a Sarek, enquanto este guiava a nave até o ponto de encontro. Sarek parecia um homem velho e cansado, exaurido pelo cruel excesso de trabalho. Mais uma vez Kieran sentia pela perda de Arthur. Ele evitara pensar na traição do amigo em quem mais confiava, mas agora desejava poder ter discutido as coisas com o garoto, que teria ponderado com cuidado cada passo no plano deles, analisando de todos os ângulos possíveis, considerando muitas perspectivas de uma vez, talento que poucos tinham. As únicas duas pessoas que ele sabia serem capazes desse tipo de análise estavam preparando um ataque que ele não aprovara em momento algum. Porém, agora que estava prestes a entrar a bordo da nave inimiga, Kieran estava feliz, porque sabia que havia um grupo de crianças preparadas a agir com violência diante de violência, se as coisas chegassem a esse ponto.

— Você está nervoso? — perguntou-lhe Sarek, interrompendo seus pensamentos. Os olhos de Sarek estavam rodeados de olheiras azuis tão escuras que pareciam feridas, e a pele em volta de sua boca havia ficado enrugada, formando parênteses, feições que Kieran só havia visto antes em adultos muito mais velhos. Sarek estava trabalhando à exaustão, e não importava o que Kieran fizesse, não importava quantas vezes Matt Allbright se oferecesse em ficar no seu lugar para que pudesse dormir um pouco, Sarek balançaria a cabeça em negativa, cheio de irritação. Kieran sabia o motivo: era impossível dormir. Até que seu pai estivesse em segurança a bordo da Empyrean, Sarek permaneceria em sua cadeira.

— Nervoso em relação a quê? — perguntou Kieran, com um sorriso forçado.

— Em falar com aquela mulher. Entrar a bordo daquela nave.

— É claro que estou.

Sarek olhou para ele, pensativo.

— E quanto ao Conselho Central?

— O que é que tem? — disse Kieran, irritado.

— Eles estão preparados para isso?

Kieran deu risada.

— Não, mas eles acham que estão.

— Bem — disse Sarek, com melancolia —, isso é metade da batalha.

— Prometa-me que você não vai abrir o *airlock* da nave auxiliar para eles a menos que eu diga que Mather vai nos trair. Você consegue fazer isso?

— Escrevi novos códigos de criptografia. Eles não vão conseguir sair sem que eu abra as portas daqui.

— Que bom. — Os dois garotos ficaram se entreolhando, com olhares fixos, faces vazias, até que Kieran criou coragem e disse: — Eu não sei o que faria sem você.

— Tá... certo.

— Estou falando sério.

— Cala a boca — disse Sarek.

Kieran queria abraçá-lo. Subitamente, ele ficou assombrado pelo pensamento de que essa poderia ser a última vez em que ele veria esse garoto, o qual ficara do seu lado durante todos esses meses de luta. Mas Sarek não ia querer um abraço. Ele não gostava de sentimentalismo. De qualquer forma, Kieran não queria pensar que poderia morrer hoje. Isso só o deixaria com mais medo. E, se fosse dominado pelo medo, ele não poderia ser bem sucedido com Mather. Então, conformou-se em dar uns tapinhas amigáveis nas costas de Sarek e dizer:

— A gente se vê em breve.

— É isso aí — disse Sarek, e voltou-se para sua tela, como se esse fosse mais um dia qualquer.

Kieran saiu andando do Comando Central, passou pelas pichações infindáveis que o representavam como um covarde, um rendido, um ditador malévolo, um santo. Pegou as escadas e desceu em direção ao hangar das naves auxiliares a bombordo, onde se deparou com Waverly, parada em pé, do lado de fora de uma nave auxiliar, cuja rampa estava abaixada. Ela estava andando de um lado para o outro, nervosa, esfregando as mãos uma na outra. Enquanto se aproximava, Kieran viu gotas de suor na cavidade do pescoço dela, e a pele em volta dos olhos de Waverly estava bem repuxada. Ele estava perto o bastante para sentir o cheiro de seu xampu quando Waverly finalmente notou sua presença ali. Ela parou de andar de um lado para o outro e parou na frente dele, a pouco mais de meio metro de distância, olhando, sem falar nada.

— Vocês estão preparados? — ele perguntou. A voz de Kieran soava tensa aos seus próprios ouvidos, mas não estava mais com raiva. Agora que o dia havia chegado, o dia em que o destino deles seria decidido, tudo parecia mais claro.

— Treinamos quase até a morte — disse ela. — Acho que estamos preparados.

— Que bom. — Ele apertou o chão com a ponta macia de seu sapato. — Então vocês vão esperar um comando meu?

— É claro que sim.

— E eu provavelmente não preciso dizer isso, mas... — Ele olhou de relance para ela, viu que estava prestando atenção no que ele dizia. Não havia nenhum traço de defensiva nos olhos dela. Waverly estava tentando ser impassível, como sempre, mas emanava medo. — Você sabe que provavelmente eles vão me matar se vocês tentarem entrar a bordo enquanto eu ainda estiver no meio da negociação.

— Kieran, nós vamos esperar que você nos diga alguma coisa antes de agir.

— Estou confiando minha vida a vocês.

— Eu sei disso — disse ela, baixinho, desviando o olhar.

Parecia haver mais coisa que deveria ser dita, mas nenhuma palavra ocorreu a Kieran. Ele virou-se para partir, mas Waverly se lançou para cima dele, envolveu os braços em volta de seus ombros e ficou ali, pendurada.

Kieran ficou chocado e não se mexeu, a princípio, mas logo seus braços encontraram sua posição natural, envolvendo o corpo dela, com suas mãos pressionando os ossos das costas. Waverly tinha o mesmo cheiro de que ele se lembrava, embora a brandura não existisse mais. Eles ficaram se abraçando daquele jeito por... ele não sabia por quanto tempo. Poderiam ter sido segundos ou minutos. De súbito, ela o soltou. Limpando as lágrimas, virou-se e entrou correndo de volta na nave auxiliar. Kieran ficou observando ela se dirigir à nave, lembrando-se daquele dia terrível em que ficou olhando enquanto ela embarcava em outra nave auxiliar, para enfrentar uma horrível provação nas mãos de Anne Mather. Naquele dia terrível, ele tinha implorado que ela ficasse, que saísse da nave auxiliar, que não fosse. Ele queria implorar que ela ficasse agora. Em vez disso, ele se virou e saiu do hangar das naves auxiliares. O único som em seus ouvidos era o raspar das solas de seus sapatos contra o frio chão de metal.

Kieran cruzou o hangar até a nave auxiliar mais próxima das portas do *airlock*. Quando apertou o botão para baixar a rampa de carga, as vedações se abriram com um estalido, soando como uma casca de ovo se partindo. Essa nave auxiliar nunca havia sido aberta antes desde que fora colocada a bordo da Empyrean lá na Terra. Cheirava a antigas colas e vedações. Kieran posicionou-se no assento do piloto e entrou em contato com o Comando Central. Sarek reconheceu-o com um resmungo breve, e ele o ficou ouvindo respirar, enquanto esperava, tenso e calado.

Kieran ficou observando a tela do radar. O ponto piscante de luz que mostrava a New Horizon avançando lentamente em direção ao centro e chegando perto o bastante a ponto de acionar o protocolo de colisão da nave. Uma luz tremeluzia na tela, e as palavras "Aproximação de objeto" piscavam com urgência, lançando uma luz de um verde doentio pela cabine do piloto.

— Eles estão aqui — disse Sarek.

Kieran estava com as axilas ensopadas de suor. Suas mãos tremiam enquanto ele aquecia os motores. Ele esfregava as palmas de suas mãos uma na outra, tentando acalmar a tremedeira insana de seus dedos. Os motores da nave auxiliar ronronaram e a aeronave ergueu-se do chão. Então, lentamente, ele girou-a no ar para que ficasse de frente para as portas do *airlock*.

— Sarek — disse ele, mas as portas já estavam se abrindo.

Com o máximo de atenção possível, ele guiou a nave auxiliar para dentro do *airlock*. Esperou pelo som do sistema hidráulico fechando a porta e então o som explosivo do ar sendo removido até que tudo que cercasse sua nave fosse um vácuo. As portas à sua frente se abriram, seu coração sacudia seu peito.

— Ah, meu Deus! — disse ele.

A New Horizon pendia bem à sua frente, maciça, silenciosa e esperando para engoli-lo inteiro. De súbito, não sabia se realmente conseguiria fazer isso. A nave auxiliar estava saindo da Empyrean, colocando para fora seu nariz como um lagarto que deixa a toca. Logo não haveria nenhum outro lugar aonde ir senão em direção às garras daquela mulher.

— Sarek — disse Kieran com uma risada nervosa. — Só me diga que não sou um sacrifício humano, por favor?

Sarek deu uma risada sombria.

— Sabe, Kieran, talvez seja verdade o que eles dizem.

— Ah, é?

— Você realmente tem um complexo de messias.

Kieran sorriu e por fim disse o que não conseguira dizer antes.

— Eu amo você, meu amigo.

Seguiu-se uma pausa desajeitada. Sarek não estava olhando Kieran na tela de vídeo, mas um sorriso pareceu iluminar sua face.

— Você não faz o meu tipo.

Kieran deu risada.

— Entenderei isso como um "eu amo você também".

O sorriso de Sarek deixou seu rosto, e ele piscou para limpar as lágrimas.

— Tome cuidado, ok?

Antes que Kieran pudesse responder, Sarek cortou o *link* de comunicação. Kieran estava por conta própria.

# Festa

Kieran guiou a nave auxiliar para dentro do *airlock* na New Horizon, prendendo a respiração, até que ouviu as portas se fecharem atrás dele. Quando a porta interna deslizou e se abriu, ele ficou surpreso ao se deparar com uma multidão batendo palmas e gritando, animada, enquanto ele, nervoso, pousava com a nave auxiliar. Olhou para ela pela escotilha, embasbacado. Todos estavam usando túnicas brancas simples e calças pretas, com sandálias nos pés. Muitas mulheres carregavam crianças de colo cujas cabeças não paravam de se mexer de um lado para o outro, e erguiam suas mãos minúsculas para acenarem para Kieran. Anne Mather estava em pé no meio disso tudo, sorrindo, como se estivesse dando as boas-vindas a um filho pródigo.

Kieran desceu a rampa da nave auxiliar e deparou-se com os braços de Mather à sua espera. Ela era surpreendentemente pequena para uma mulher tão intimidante, parecendo uma pomba e com bochechas rosadas. A pele dela era lisa, embora ele pudesse ver uma teia de pequenos vasos sanguíneos logo abaixo da superfície. O nariz oleoso dela estava brilhando, e parecia que seus dentes haviam sido manchados com chá ou café.

Ele ficou surpreso, não apenas pela baixa estatura dela, mas por sua óbvia fragilidade. "Ela envelhece com a idade. Ela fica fraca. Um dia ela vai morrer." Até agora, ele havia pensado nessa mulher como um ícone atemporal, alguém que era desprezado e temido ao mesmo tempo, como uma deusa-demônio.

Ela beijou ambas as bochechas de Kieran, pegou na mão dele e depois virou-se de frente para a multidão ali reunida.

— Vamos mostrar a Kieran Alden as verdadeiras boas-vindas da New Horizon!

A multidão irrompera em fortes gritos animados. Waverly e as meninas haviam descrito a população da New Horizon como enfraquecida por anos de baixa gravidade, mas ele não via nenhum sinal disso agora. Todo mundo ali parecia saudável e forte. Kieran tentou contar quantas pessoas havia ali: não poderia ter mais do que cinquenta pessoas no grupo ali reunido, mas essas pessoas enchiam o hangar das naves auxiliares com suas vozes. Kieran não sabia o que fazer, então acenou para elas. Ele se sentia desestabilizado, supondo ser exatamente isso o que Anne Mather queria.

— Podemos conversar? — perguntou Kieran à mulher. Ele estava ciente das meias-luas de suor passando pelo tecido de sua camisa, e suas mãos estavam pegajosas. Apesar das boas-vindas animadas, ele nunca havia sentido tanto medo em sua vida. Ergueu uma sobrancelha para a mulher para mostrar que a teatralidade dela não o impressionava. — A celebração me parece... prematura. Nós ainda não chegamos a um acordo quanto a um tratado de paz.

— Tudo a seu tempo. Em primeiro lugar, quero lhe dar as boas-vindas a bordo com um banquete.

Ele abriu a boca para recusar, mas foi varrido por uma multidão de mulheres que o levara pelo hangar das naves auxiliares, tagarelando em seu ouvido sobre o quão felizes estavam por ele ter vindo até ali, que era tão bom ver um homem tão belo e jovem e já pilotando naves auxiliares! O quão notável! Ele procurou Anne Mather, que caminhava na retaguarda da multidão com um sorriso enrugado na face, embora seus olhos estivessem apertados e alertas.

Elas o conduziram até a escadaria e subiram. Kieran olhou para trás e viu um longo fluxo de pessoas subindo as escadas. Percebeu que elas estavam cantando uma canção de celebração, embora, com o eco na escada, ele não fosse capaz de discernir as palavras. O ritmo era simplesmente familiar o bastante a ponto de criar um efeito surreal. Kieran não havia esperado por nada do gênero, e isso fazia com que ele se sentisse zonzo.

Elas o conduziram até o abrigo central. Todas as camas tinham sido retiradas dali, e em seus lugares havia dezenas de mesas de banquete cobertas com toalhas de mesa brancas. A sala inteira estava profusamente decorada com ramos verdes de palmeiras e buquês de lírios asiáticos, íris, girassóis e samambaias. Alguém segurou a mão de Kieran: era Mather, sorrindo para ele. Ela o puxou em direção a um palco em que havia uma longa e estreita mesa, onde uma dúzia de adultos mais velhos estava sentada, esperando com cenhos franzidos e austeros. Kieran assumiu seu lugar à mesa, bem ao lado de um púlpito, e ergueu olhar descrente para Anne Mather, que ergueu uma das mãos para que a multidão se pusesse em seus lugares.

Isso só poderia ter sido coreografado, porque, assim que a sala ficara em silêncio, alguém cantarolou uma nota e então a multidão inteira entoou uma melodia. Tratava-se de uma harmonia em três partes com palavras em latim repetidas sem parar, entoadas por vozes de todos os tons. Era belo, mas Kieran sentia-se completamente tomado por uma sensação de mau presságio. Parecia haver uma estranha desconexão entre a realidade da situação e o que estava acontecendo ali. Como se nenhuma daquelas pessoas estivesse disposta a reconhecer os terríveis erros que haviam cometido. Como ele poderia negociar com esse tipo de gente?

Quando a canção terminou, Anne Mather assumiu seu lugar no púlpito. Deu um sorriso para a multidão, para sua congregação, Kieran deu-se conta disso, e disse:

— *Dona nobis pacem.* "Dê-nos a paz". Não consigo pensar em uma forma mais apropriada de começarmos este dia! Agora, vamos baixar nossas cabeças em reverência e agradecer pela presença de nosso amigo Kieran Alden.

Obedientes, todos na sala abaixaram as cabeças. Kieran cruzou os braços, mas ficou de olho em Mather enquanto ela falava ao microfone.

— Que a paz esteja com vocês — ela disse à sua congregação.

— Que a paz esteja com vocês — eles repetiram como se fossem papagaios.

— Senhor... — Anne Mather ergueu as mãos sobre sua cabeça como se para tocar a presença divina no ar — é nosso fervoroso desejo que o Senhor nos guie em nossas negociações com o emissário da Empyrean, para que possamos coexistir na Terra Nova por várias gerações. Buscamos a sua presença à nossa mesa. Ajude-nos a saber o que perguntar e como responder, para que possamos chegar a um entendimento uns com os outros. E, se não for ter esperança demais, para que possamos nos reunir em amor fraternal e glorificar o vosso nome. Amém.

— Amém! — a multidão respondeu.

As portas dos fundos da sala se abriram e pessoas entraram empurrando carrinhos com rodinhas repletos de bandejas de comida. Elas ofereceram a Kieran frutas, tanto secas quanto frescas, bolos com glacê, pães cheios de tâmaras e nozes, camarão fresco e tortas. Ele serviu-se de pequenas porções, mas estava inquieto demais para comer. As pessoas sentadas às mesas abaixo dele conversavam em tom jovial, dando tapinhas amigáveis nas costas umas das outras. Aqui e ali, olhando de esguelha, ele sentia que alguém o observava da multidão. Tão logo se virava para ver quem era, a pessoa já havia se voltado para seu vizinho, rindo com vigor, como se tivesse acabado de contar uma piada.

"É tudo encenação", pensou Kieran. "Isso não é real."

Levantou-se de sua cadeira e, de imediato, a multidão aquietou-se, enquanto todos os olhares observavam-no cruzando o palco até onde Anne Mather estava sentada, conversando com uma velha mulher. Kieran viu dois homens grandes nos fundos da sala correrem para a frente, que ficaram pairando ali perto, alertas. Kieran ignorou-os e inclinou-se para baixo na direção de Mather, perto o bastante a ponto de conseguir sentir o cheiro do pão que ela estava mastigando, e disse ao pé do ouvido dela:

— Eu quero ver os prisioneiros agora mesmo.

— Mas está todo mundo tão feliz por você estar aqui! — disse ela, batendo os cílios. — Eu queria partilhar esse momento com eles.

— Eu não estou aqui para me divertir — advertiu Kieran. — Você e eu temos negócios a tratar.

— Eu sei disso — falou ela. — Mas é costume mostrar a um diplomata a cortesia de uma celebração de sua chegada. Suponho que você não esteja familiarizado com os antigos costumes da Terra.

Por que era tão difícil falar com esta mulher?

— Preciso ver os prisioneiros agora mesmo e depois precisarei ter acesso a uma estação de comunicação.

— Ah! — Ela virou um pouco sua cabeça. — Por que isso?

— Eles estão esperando que eu entre em contato dizendo que cheguei aqui em segurança.

— Tudo bem — disse ela, com um sorriso insosso. — Levarei você a uma estação de comunicação o mais rápido possível. — Ela colocou uma azeitona na língua, não fazendo nenhum movimento para sair de onde estava. Kieran olhou ao seu redor, sentindo-se impotente em uma armadilha. Essa festa era insana. As negociações não tinham começado ainda, mas ele já tinha a sensação de que, de algum jeito incrível, Mather já o havia derrotado.

"Ela está contando com o fato de que serei educado", ele se deu conta disso. "Ela não acha que estou disposto a fazer uma cena."

Com um lance de inspiração, ele caminhou até o microfone no púlpito e o ligou.

— Alô? — disse Kieran, e sua voz retumbava pelos alto-falantes. Imediatamente, a sala caiu no mais profundo silêncio. Até mesmo as pessoas que estavam servindo a comida pararam o que estavam fazendo para olhar para ele.

— Se esse exercício de insanidade já acabou, eu gostaria de ser levado até os prisioneiros da Empyrean. Agora.

Anne Mather estava olhando para ele, sem demonstrar qualquer emoção em seu rosto de pedra, sem se mexer em seu lugar.

— AGORA! — ele gritou ao microfone.

As pessoas que estavam sentadas perto dos alto-falantes gritaram, cobrindo os ouvidos com as mãos.

Mather levantou-se, jogou seu guardanapo sobre a mesa e foi pisando duro de encontro a Kieran.

— Essas pessoas trabalharam tão duro...

— AGORA! — ele gritou, a plenos pulmões. O tom penetrante da microfonia parecia perfurar os canais em seus ouvidos.

Mather olhou com ódio para ele, e tirou o microfone do púlpito.

— Sinto muito, pessoal, mas o nosso convidado de honra tem de ir.

Ela se virou e saiu da sala, acompanhada bem de perto por Kieran.

— Eles prepararam uma canção de despedida — disse ela, baixinho. — Todo aquele ensaio para nada.

— Você acha que eu sou idiota? Que eu posso ser vencido com uma meia dúzia de canções e um pouco de comida boa?

— Eu queria que você se sentisse como um convidado de honra.

— Você queria que eu me sentisse um tolo — disse Kieran, soando irritado.

Mather voltou a ele um olhar magoado. Naquele instante, ele a odiava o bastante a ponto de matá-la.

Ela o conduziu pelo corredor até o Comando Central, que, de alguma forma, parecia muito maior do que o da Empyrean. O lugar estava zunindo com pessoas correndo de um lado para o outro, falando com urgência em seus *headsets*. Como as coisas seriam tranquilas na Empyrean se ele tivesse uma tripulação cheia de oficiais confiáveis! Até nisso Mather estava em vantagem!

— Chame a Empyrean — disse Mather a uma pequena mulher com aparência cansada, que assentiu brevemente.

— Quero ver os prisioneiros primeiro — disse Kieran.

— Você disse que precisava notificar a Empyrean de que havia chegado aqui em segurança — disse Mather, com os olhos arregalados.

— Depois que eu vir os prisioneiros — disse Kieran.

— Estou com a Empyrean na linha — disse a mulher a Mather, que olhou para Kieran, com as sobrancelhas erguidas com ares de expectativa.

Não havia nenhuma palavra-código para isso, nenhuma forma de comunicar claramente o que havia acontecido. Ele pegou os *headsets* da mulher mal-humorada e inclinou-se por cima da tela de comunicação para ver a face de Sarek.

Sarek soltou um suspiro de alívio ao ver Kieran.

— Você está bem?

— Eu estou bem, mas não vi os prisioneiros ainda.

A expressão de Sarek ganhou um ar sombrio.

— Por que não?

— Eu não sei — disse Kieran, sentindo-se inadequado. Um homem melhor, um líder melhor, poderia ter persuadido aquela mulher a levá-lo até os prisioneiros. Ele estava bagunçando tudo. Os planos deles já haviam sido frustrados. — Eles estão enrolando para me deixar ver os prisioneiros.

Sarek fez uma pausa como se estivesse tentando ler o rosto de Kieran, procurando por uma mensagem oculta. Por fim, ele perguntou:

— Como estão indo as negociações?

— Ainda não começaram.

— Você deveria voltar para cá então — disse Sarek, depois de uma pausa.

— Se você quiser, Kieran, podemos ir até o meu escritório tomar um chá — disse Mather, atrás dele.

— Isso não é uma visita social! — berrou Kieran. A mulher na estação de comunicação deu um pulo em seu assento. — Se eu não for levado até os prisioneiros imediatamente...

— Mas, meu querido garoto, não é assim que as negociações funcionam. Em primeiro lugar, você me dá algo que eu queira, e depois eu lhe dou algo que você queira. Isso vai levar um tempo.

Ele socou o painel de comunicação com o punho cerrado. Kieran tinha de decidir o que fazer *agora*. Quando travou contato visual com Sarek, o outro garoto ergueu as sobrancelhas.

— Fique onde está, Sarek — disse Kieran, por fim. "Deus, por favor, que essa seja a coisa certa a ser feita."

Sarek assentiu, e depois engoliu em seco.

De repente, um alarme vindo da Empyrean ecoou, guinchado, pelos alto-falantes. Anne Mather ergueu-se da cadeira do capitão e foi correndo até a tela. Sarek havia sumido de vista, mas Kieran podia ver sua sombra movendo-se freneticamente pela parede dos fundos do Comando Central. A voz em pânico de Sarek ressoou nos alto-falantes, embora suas palavras estivessem indistintas. Por fim, ele voltou correndo ao campo de visão, arfando.

— Houve um acidente! — gritou Sarek. — Crianças foram feridas por uma colheitadeira de grãos. Ah, meu Deus!

— Podemos oferecer alguma ajuda? — disse Anne Mather.

Sarek olhou para Kieran, e Kieran olhou para Anne Mather.

— Nós não temos nenhum médico a bordo — disse Kieran.

— Tragam os feridos até aqui! — disse Mather simplesmente. — Você consegue colocá-los em uma nave auxiliar ou precisa que a gente vá buscá-los?

— Eu posso colocá-los em uma nave auxiliar — disse Sarek —, se você puder deixar sua equipe médica em prontidão. Parece que a coisa foi feia.

— Enviarei uma equipe lá para baixo para esperar por vocês em nosso hangar de naves auxiliares a bombordo — disse Mather, e então assentiu para um técnico de comunicações, que falou baixinho no microfone de seus *headsets*.

— Obrigado — disse Kieran, pressionando as palmas frias de suas mãos em suas coxas. — As coisas por lá têm sido realmente difíceis sem um médico.

— Agora, talvez possamos ir a algum lugar para conversarmos — disse Mather, e retirou-o do Comando Central, levando-o até seu escritório, na porta ao lado.

A configuração da sala era idêntica à de seu próprio escritório, mas a decoração era muito diferente. Mather tinha tapeçarias penduradas nas paredes, o que conferia à sala uma sensação de calidez. Havia algo de estranho na forma como os itens na escrivaninha dela estavam dispostos, um mata-borrão, um diário, uma foto em um porta-retratos, cada item perfeitamente alinhado, livros precisamente alinhados em harmonia com os cantos da escrivaninha, e a caneta repousando arrumadinha no centro e em cima do mata-borrão. Tudo calibrado, ponderado, perfeito, como se fosse uma máquina que trabalhasse ali, e não uma pessoa.

— Você aceita chá? — perguntou-lhe Mather.

— Você pode me oferecer acesso aos prisioneiros em vez de chá — disse Kieran.

— Primeiro, quero falar sobre a sua proposta. É simplesmente inaceitável.

— Não é negociável — disse Kieran.

— Você não pode esperar que eu garanta à minha tripulação ficar em um continente separado do de vocês. Nós apenas temos uma vaga ideia do clima de cada região geográfica, como eu disse antes. É possível que haja muito pouca terra habitável na Terra Nova.

— Não quero vocês nem um pouco perto da gente.

— Teremos mais quarenta e dois anos para superarmos erros passados antes de chegarmos lá.

— Você diz "erros passados" como se não tivesse nada a ver com eles.

— Eu cometi erros, Kieran. Como um colega líder que é, tenho certeza de que você entende o quão facilmente pequenos erros de cálculo podem resultar em catástrofe.

Ele a ficou encarando. Em algum momento, o medo que Kieran sentia havia lhe deixado por completo. Agora, tudo que sentia era uma fúria sem fim.

— Se você não me levar para ver os prisioneiros *agora*, eu vou embora.

Ela encarou-o em resposta, com os olhos estreitos como duas pontinhas pétreas cor de cinza.

— Você vai me perdoar, sr. Alden, mas eu quero ver primeiro o que seus amigos vão fazer.

— Amigos?

— O grupo de desembarque que você acabou de ordenar a sair de lá? Eles estão a caminho daqui. O que eles fizerem me ajudará a decidir se permito ou não que você veja sua mãe.

— Eles estão feridos — disse Kieran. Ele tentava soar indignado, mas sabia que sua voz estava ensopada pelo medo. — Eles não têm como fazer nada!

— Veremos — disse ela, com um largo sorriso, como o de alguém que estava se divertindo.

# A futilidade dos detalhes quando o resultado é incerto

Waverly inclinou-se sobre a maca de Sarah e enfiou as roupas de cama em volta das pernas dela. A nave auxiliar estava zunindo com a expectativa enquanto os membros do Conselho Central carregavam suas armas.

— Alia se maquiou — disse Sarah, baixinho. Ela inclinou a cabeça para onde estava Alia, parada em pé perto da nave auxiliar.

Os olhos de Alia estavam delineados com espessas camadas de carvão esfumaçado, o que fazia com que seus imensos olhos escuros parecessem dois buracos negros. Ela parecia bela e assustadora ao mesmo tempo.

— Pintura de guerra — disse Waverly a Sarah, que deu risada.

— Eu pareço ferida? — disse Sarah, apertando a bandagem avermelhada na lateral de sua cabeça.

— Deixe-me ver sua atuação. — Sarah espremeu suas feições em uma máscara de dor. — Está bom o bastante — disse-lhe Waverly. — Não precisamos enganá-los por muito tempo.

— É errado da minha parte dizer que eu vinha esperando ansiosamente por isso? — perguntou Sarah com um largo e malévolo sorriso no rosto.

— Sim, é sim — disse Waverly baixinho.

— Onde está a sua arma?

— Presa na minha coxa.

Waverly conduziu Sarah na cama com rodinhas, colocou-a em seu lugar no porão de carga e amarrou sua maca à parede entre Debora Mombasa e

Randy Ortega, que também estavam com bandagens banhadas com sangue de galinha. Debora parecia estar de cabeça fria, mas Randy arfava de medo.

— Você está bem? — perguntou Waverly. Ele assentiu com firmeza em resposta a ela.

Waverly entrou na cabine do piloto e ocupou a cadeira do copiloto ao lado de Arthur, que estava nervoso, mexendo nos mostradores e botões. Waverly se perguntava se ele estaria realmente ajustando alguma coisa ou apenas se ocupando para tirar da mente o que eles estavam prestes a tentar fazer.

— Prontos?

Arthur lambeu o suor de seu lábio superior e assentiu. Deu uns tapinhas em seus *headsets* e passou instruções a Sarek para que abrisse o *airlock* para a nave auxiliar. Waverly o ficou observando com cuidado, preparada para assumir o controle caso ele cometesse algum erro. Mas o desempenho de Arthur era exemplar, como se já tivesse pilotado uma nave auxiliar muitas vezes antes.

Assim que as portas externas do *airlock* se abriram, Arthur conduziu a nave para fora do hangar e virou-a. Eles haviam escolhido o hangar a bombordo para o lançamento porque ficava mais próximo da enfermaria e faria com que a armação deles parecesse mais real — pelo menos era isso que eles esperavam. O logro parecia meio fraco para Waverly, agora que eles estavam a caminho.

Arthur pilotava a nave auxiliar sobre a curva da Empyrean. Os muitos domos que cobriam o casco da nave lembravam Waverly das imagens de dunas de areia da Terra. Amanda, a mulher que era membro da tripulação da New Horizon e que a havia acolhido em sua casa, mostrou-lhe fotografias e tentou descrever as paisagens do deserto sempre em mudança na Terra Velha. Waverly se perguntava o que teria acontecido com Amanda, e com Jessica, a secretária pessoal de Mather, depois que elas a ajudaram a escapar. Anne Mather poderia tê-las aprisionado, ou feito algo pior. Ela se deu conta de que não pensara nem um pouco nessas duas mulheres.

Elas faziam parte daquele horrível passado que Waverly queria deixar para trás. Ela as havia banido de sua mente, embora, na verdade, devesse sua vida a elas.

A New Horizon erguia-se como uma lua deformada sobre o casco da Empyrean. Dominava o céu escuro com um metal cinza cheio de bolhas. Enquanto eles se aproximavam da nave, Waverly podia ver os perfis de pessoas passando pelas escotilhas. Nenhuma delas se virou para ver a nave auxiliar que se aproximava.

Waverly sentia náuseas ao olhar para aquela nave. Era idêntica à Empyrean, mas por que, para Waverly, ela parecia tão má? Tudo aquilo era ameaçador e horrível para ela. A nave, a cobertura cinza, o casco disforme, a luz que emanava de suas centenas de escotilhas. Concentrou-se no progresso de Arthur em vez de olhar para a nave, enquanto ele pilotava a nave auxiliar em direção às imensas portas do hangar, que deslizaram e se abriram antes mesmo que ele pudesse solicitar a ancoragem.

"É isso", Waverly disse a si mesma enquanto a nave auxiliar entrava na New Horizon. Seu coração parecia saltar e suas mãos pareciam gelo entalhado nas formas de dedos frágeis.

As portas do *airlock* interno abriram-se para uma equipe médica usando jalecos e luvas brancas. Estranhos com faces estranhas. Waverly odiava a todos. Analisou o restante do hangar de naves auxiliares, procurando guardas armados, mas não viu nenhum. Poderia ser assim tão fácil?

— Não — ela disse a si mesma. — Nada é fácil com Anne Mather.

Arthur olhou para Waverly, nervoso, antes de apertar o botão para abaixar a rampa da nave auxiliar deles. Waverly ouviu o fluxo repentino de ar enquanto o sistema hidráulico era ativado. Foi até a ala dos passageiros na nave. A equipe de ataque já tinha levantado de seus assentos. Sealy estava clicando na trava de segurança de sua arma para destravá-la e espiando pela mira. Harvey Markem segurava sua arma cruzada junto ao peito, apertando o metal até que os nós de seus dedos ficaram brancos. Sendo o maior dos membros da equipe, Harvey optara por carregar a sacola com armas extras, presa com firmeza às costas formando uma massa compacta. Melissa Dickinson já havia assumido sua posição no topo das escadas, com o bocal de sua arma apontado para baixo, pronta para cobrir a equipe nas escadas.

— Vamos — sussurrou Waverly a eles, e começou a descer em direção ao porão de carga, onde os médicos e as enfermeiras já estavam entrando para ver os pacientes. Um pequeno médico inclinou-se sobre Sarah e olhou nos olhos dela, apenas para se deparar com o bocal de uma arma apontado para sua cara. Duas enfermeiras gritaram quando Randy se sentou, apontando sua arma para elas. O restante da equipe médica, cerca de seis no total, ficou em pé, parada, com os olhares fixos neles, boquiabertos.

Waverly desceu pulando os últimos degraus da escada e agarrou uma das enfermeiras pelo colarinho.

— Onde estão os guardas?

A mulher apenas olhou para Waverly, mexendo o maxilar, mas incapaz de falar. Waverly apontou a arma para o pescoço dela.

— Eu perguntei onde...?

— Não há nenhum guarda — disse a mulher, sem fôlego.

— Mentira! — gritou Waverly na cara dela.

— É verdade — disse um dos médicos logo atrás. — A pastora Mather ordenou que nenhum guarda nos acompanhasse.

Waverly desviou o olhar do médico e se deparou com Sarah, que se levantava de sua maca e olhava para o homem, com ares de suspeita.

— Cada um pega um refém! — gritou Waverly. Ela puxou o médico pelo colarinho, fazendo com que ele caminhasse à sua frente, pressionando o bocal de sua arma na cavidade de suas costas. Os cabelos escuros dele eram cortados rentes à cabeça, e ela podia ver o suor escorrendo por entre os fios, ensopando o colarinho da camisa. Os dedos dele estavam tremendo e ela ouvia suas respirações irregulares enquanto o médico seguia cambaleando à frente de Waverly, descendo a rampa e seguindo para o chão do hangar de naves auxiliares.

— Marchem! — gritou Waverly, embora isso fizesse sua garganta doer. E eles marchavam.

A cada nave auxiliar que eles cruzavam, Waverly se virava, na expectativa de ver os guardas escondidos ali, mas não se deparava com nenhum. Ela não tinha pensado em sua reação emocional por estar de volta a essa nave. Sentia-se claustrofóbica, sitiada, e o pânico ameaçava tomar conta dela. Fora aqui que fizeram aquilo com ela. Ela não deveria ter vindo. Waverly engoliu bastante ar, lutou contra o pânico e tentou se concentrar na tarefa que tinha em mãos.

Eles chegaram às portas do hangar de naves auxiliares sem incidentes, e Sarah seguiu em frente para abri-las. Waverly se preparou, esperando que guardas irrompessem na sala, atirando para todos os lados, mas as portas foram abertas para um corredor pacífico.

Foi assim o caminho inteiro. Em volta de cada esquina, a cada entrada, a equipe assumia posições, formando escudos com os reféns, mas não se depararam com nenhuma resistência. Nem mesmo com trabalhadores da manutenção. Os corredores estavam desertos.

Waverly sabia que essa parte da nave raramente era visitada pelos membros da tripulação. Na Empyrean, poucas pessoas iam até a estação de tratamento de águas residuais, a menos que tivesse acontecido algo de errado e precisasse de reparos. Essa área inteira da nave era completamente automatizada. Ainda assim, Waverly se sentia um tanto quanto apreensiva. Seu coração batia com tanta força que ela se perguntava se seu refém podia ouvir. Ela podia ouvir a respiração dele, a forma como o ar passava rascante pela garganta, como se fosse um fio áspero de lã. Os passos dele estavam hesitantes, mas ela o conduzia pelas viradas no corredor, mantendo as mãos dele no nível de seu ombro.

Quando avistaram as portas da estação de tratamento de águas residuais no final de um longo corredor, a equipe fez uma pausa para ouvir e ver se havia sinais de vida. O corredor estava estranhamente silencioso.

— O que você acha disso? — disse alguém bem do lado de Waverly, fazendo com que ela desse um pulo.

Alia estava a seu lado, segurando-se à túnica de um dos paramédicos, com sua arma enfiada debaixo da omoplata dele. Os olhos escuros dela estavam cheios de preocupação.

— Eu não estou gostando disso — disse Waverly.

— Estamos entrando em uma armadilha? — perguntou Alia, em voz baixa.

— Se estivermos entrando em alguma armadilha, já estamos nela — disse Waverly.

— Aonde estamos indo? — quis saber o paramédico que estava sendo segurado por Randy. — Aonde vocês estão nos levando?

— Cala a boca! — esbravejou Randy.

— Mas isso não faz sentido! — gritou o homem, beirando o pânico.

— Estou reconhecendo você — disse Alia a ele com um tom de voz mortal. — Você me sedou de forma que eles pudessem roubar os meus óvulos. Dê-me um motivo para não atirar em você.

Ao ouvir isso, o homem aquietou-se.

— Vamos — disse Waverly baixinho para a equipe. — Vamos nos mexer.

Os membros da equipe assumiram suas posições do lado de fora da entrada da estação. Sarah deu um passo à frente para mexer na tranca, apenas para se deparar com as portas destrancadas. Ela olhou para Waverly, surpresa.

— O que isso significa? — ela disse baixinho.

Waverly balançou a cabeça.

Sarah apertou o botão para entrar ali, e as portas se abriram, deslizando. Waverly foi atacada pelo ar úmido e enjoativo da estação de tratamento de águas residuais, o ensurdecedor zunido das bombas e dos filtros e o som de água jorrando.

A equipe entrou na sala, espalhando-se em leque, apontando armas para todos os cantos.

Não havia ninguém ali. A sala estava vazia.

— O quê? — Waverly ouviu alguém dizer.

— *O quê*?

— Não! — gritou Sarah. Ela empurrou sua refém para longe de si e a mulher caiu no chão.Waverly virou-se para o médico e apontou sua arma para o rosto dele. Ele choramingava, com as mãos erguidas acima de sua cabeça. — Onde estão eles?

— Eles quem? — perguntou o médico com um fiozinho de voz. — O que vocês querem? Eu lhes direi o que precisam saber.

— Onde estão nossos *pais*?! — gritou Waverly, e deu dois passos à frente, forçando o homem a encostar-se à parede atrás dele. O médico balançou a cabeça em negativa, boquiaberto.

— Eles não estão aqui. Em nenhum momento estiveram aqui.

— Então por que o Jake...? — ela começou a dizer, mas interrompeu.

— Waverly.

Sarah deu um passo à frente.

— O que foi agora?

— Eles gravaram vocês vindo até aqui — disse uma das enfermeiras. A mulher tinha uma altura mediana, e mantinha os ombros retos enquanto olhava para Waverly, com ares de desafio. — Forças de segurança estarão a caminho.

— Onde eles estão? — gritou Waverly para o médico para o qual ela estava com sua arma apontada. — Diga-me ou vou fazer de você um exemplo.

— Ah, meu Deus — disse ele. Um ponto molhado formou-se na frente de seu jaleco, e uma poça espalhou-se debaixo de seus pés. — Eles estão na prisão, eu acho.

— Na *prisão*? — disse Sealy em tom de choramingo, e bateu com a coronha de sua arma no chão, fazendo com que um eco retumbasse na grande sala. — Nós nunca conseguiremos chegar até lá!

— Nós temos de ir — disse Alia, derrotada. — Waverly, nós temos de ir.

— Ela está certa — disse Sarah, parecendo séria. — Eles estão a caminho.

Waverly gritou frustrada, e deu vários tiros bem acima da cabeça do médico, que se encolhia de medo. O som dos tiros ressoava em seus ouvidos. O médico se escondeu debaixo de seus braços, com o corpo inteiro sofrendo espasmos de terror, até que ela finalmente parou. Waverly teve aquela mesma sensação de quando acordava de seus pesadelos, aquela horrível satisfação de ter punido alguém. Mas essa satisfação vinha com um gosto amargo na boca, e ela olhava para seu dedo no gatilho, tremendo junto ao metal quente.

— Ok — disse Waverly por fim, com a voz rouca. — Vamos. Deixem seus reféns para trás. Seremos mais rápidos sem eles. — O médico aterrorizado fechou os olhos, aliviado, até que ela acrescentou: — Não você. Você vem com a gente.

Uma expressão enrugada de derrota tomou conta do rosto dele, mas ele deixou que Waverly o puxasse para a frente dela. Crescentes ondas de suor tinham ensopado o jaleco do homem, que emanava um odor almiscarado de medo. Ele tremia, e seus sapatos de cânhamo, encharcados com urina, faziam um som gorgolejante conforme caminhava.

Waverly e seu refém seguiam na frente para fora da estação de tratamento de águas residuais. Porém, assim que estavam no corredor, ela o empurrou de encontro à parede e ficou de lado até que o último de seus amigos tivesse saído da sala. Na sequência ela fechou as portas e deu um tiro na tranca de modo que os outros reféns não pudessem sair dali. Arrastando o homem indefeso pelo colarinho, ela corria atrás de sua equipe, que já estava bem na frente.

— Nós estamos muito espalhados! — gritou Waverly ao pessoal. Randy Ortega, que estava na frente, parou e ficou esperando por ela perto de uma esquina no corredor que dava diretamente para o hangar das naves auxiliares.

Uma sombra passou por Randy e Waverly empurrou seu refém à sua frente.

— Cuidado! — ela gritou.

Randy se virou, e nesse instante a mão agarrou a arma dele pelo cano, girou-a e tirou-a dele. Randy caiu para trás, mas com grande esforço conseguiu se pôr de joelhos, até que se viu de frente para o bocal de uma arma preta apontada para sua cara. Um homem esquelético, usando uma camisa e uma calça que eram um número maior do que ele, havia surgido do canto. Seus olhos cor de cinza encontraram-se com os de Waverly e, com uma voz rouca, ele disse:

— Soltem suas armas.

Waverly apertou a pegada em seu refém, e em seguida empurrou com força o bocal de sua arma no pescoço dele.

# Gato e rato

— Eu gostaria que aquilo não tivesse sido necessário — disse Anne Mather a Kieran, do outro lado de sua escrivaninha. Os olhos dele estavam fixos na tela de vídeo que havia entre eles, e que mostrava Waverly e sua equipe de ataque num impasse com um único homem armado. — Virando o corredor, há mais oito homens, Kieran. Espero que Waverly faça uma boa escolha.

Kieran ficou observando a forma como Waverly massageava o metal de sua arma de fogo, enquanto olhava para o homem, o qual enfiava sua própria arma na têmpora de Randy Ortega. "Por favor, Waverly, não tome nenhuma atitude estúpida!" Ele sabia que algo do tipo poderia acontecer. Estava quase certo de que ela fracassaria, mas se rendeu ao plano de Waverly porque queria mostrar a Mather que estava disposto a lutar contra ela. Agora se dava conta de que ele só tinha enfraquecido sua posição. Em nenhum outro momento ele e sua equipe pareceram um bando de crianças completamente amadoras sem a mínima ideia do que estavam fazendo.

Anne Mather desligou a transmissão do vídeo. Kieran ergueu o olhar da tela e se deparou com Mather desfrutando a expressão dele.

— Por que você arriscaria seus médicos daquele jeito? — ele perguntou a ela.

— Não havia nenhum risco de verdade — disse ela, mexendo-se, desconfortável, em seu assento. Certamente ela estava mentindo.

— Você estava esperando se livrar de alguns inimigos? — perguntou ele, retrucando.

— Eu sei que você deve estar com raiva — disse ela, por fim. — Eu estaria com raiva, se estivesse em seu lugar.

— Se você os machucar...

— Contanto que cooperem, eles vão ficar bem. Eles estão sendo levados de volta à nave auxiliar deles nesse exato momento — disse Mather, e pegou um bule antigo e delicado para encher duas xícaras com chá de camomila. Segurou uma das xícaras na frente dele até que, por fim, ele a pegou e deixou-a cair ruidosamente fazendo o chá jorrar pela superfície da escrivaninha. — Posso usar alguns truques aqui e ali — disse ela, em um tom humilde, ignorando o chá derramado —, mas nunca fui desonesta em relação ao que quero. Paz é a minha meta, e deveria ser a sua também.

— Então por que você vem enrolando? — Ele deu um tapa na mesa, fazendo com que os nós de seus dedos doessem.

— Para forçar você a agir. — Mather abriu um leve sorriso. — Eu sabia que vocês poderiam estar planejando alguma coisa. Quero neutralizar a ameaça antes mesmo de começar a ceder qualquer coisa a você. Agora nós temos um campo de jogo equilibrado.

— Não, não temos não. Desde o começo, era você quem tinha todas as vantagens.

Mather olhou para ele com ares de que o estava avaliando. Alguns fios de cabelos grisalhos nas têmporas oscilavam com o vento vindo do duto de ar atrás dela, distraindo-o com fantasias de arrancá-los dali.

"Ela está me deixando com raiva de propósito", ele percebeu. "Ela quer que eu fique furioso para que eu não consiga pensar."

— Eu quero ver os prisioneiros agora — disse ele, e levantou-se, apoiando-se na escrivaninha dela. — Senão vou presumir que você os machucou.

— Em primeiro lugar, quero discutir os termos de nosso acordo de paz.

— Não — disse ele, e ficou encarando-a, à espera.

— Sr. Alden, você não me deu nenhum motivo para confiar em você.

— Depois que você matou a maior parte da nossa tripulação, deixou a nossa nave capenga, sequestrou as nossas garotas, violentou-as, e aprisionou as nossas famílias, você espera *confiança*?

— A confiança é a espinha dorsal da paz — disse ela, em um tom religioso.

— Então me dê um motivo para confiar em *você*.

O ar estava intoxicante com o impasse entre os dois. Por fim ela bateu com as palmas das mãos na escrivaninha e ergueu-se.

— Muito bem, sr. Alden. Eu o levarei até os prisioneiros agora.

E, para a surpresa dele, ela saiu pela porta, fazendo um sinal por cima do ombro para que ele a acompanhasse. Antes, ele poderia ter pensado que havia feito algum progresso, mas agora ele sabia com o que estava lidando, e foi atrás dela, flanqueado por dois guardas, ciente de que provavelmente estaria entrando em mais uma armadilha.

No elevador, Mather apertou o botão do intercomunicador.

— Estamos descendo — ela disse a alguém, que respondeu:

— Sim, pastora.

— Aonde estamos indo? — perguntou-lhe Kieran. Ele estava aflitivamente ciente da presença dos dois homens grandes parados atrás dele, e mais ainda das armas de fogo que tinham cruzadas no peito. Eles não falavam nada e nem indicavam que estavam ouvindo sua conversa com Mather, o que os tornava ainda mais presentes e ameaçadores.

— Até a prisão — disse Mather. — Queríamos melhores acomodações para eles, mas não temos como oferecer-lhes nenhum tipo de segurança nos níveis habitacionais.

— Não seria o contrário? — disse Kieran com raiva.

— Não, receio que não. Alguns membros da minha tripulação ainda estão furiosos em relação à forma como a Empyrean minou a nossa fertilidade. Muitos deles ainda derramariam sangue por causa disso. Creio que você tenha conhecido um deles, não? Jacob? Ele está bem?

— Mais ou menos — disse Kieran. — Se não levarmos em conta a insanidade.

— Ah, ele não é louco, Kieran — disse Mather, balançando a cabeça de um jeito agradável. — Ele é um homem que foi devastado. Há uma diferença.

— Pobre assassino de criancinhas.

Ela desferiu um olhar pungente a Kieran.

— Do que você está falando?

— Ele envenenou Max Brent. O garoto tinha catorze anos de idade. E ele fez purê de batatas com o cérebro de Philip Grieg. Philip pode não viver para ver seu décimo aniversário.

Os lábios dela formaram uma cavidade levemente ovalada que deixava à mostra a ponta de seus dentes incisivos. Mather apoiou-se na parede atrás dela, e um dos guardas esticou a mão para ajudá-la a se equilibrar.

— Eu não sabia disso.

— Ah, certo — disse Kieran, com amargor na voz. — Ele estava em contato com você o tempo todo.

— Eu não ordenei nenhuma matança, Kieran.

— Mas você o enviou até a nossa nave?

— Não, eu juro a você que não. Não o enviei. Ele agiu por conta própria.

O elevador reduziu a velocidade até parar, e suas portas deslizaram e se abriram. Mather fez um sinal para que Kieran descesse o corredor até a prisão. Até mesmo a metros de distância da entrada, Kieran podia sentir um odor fétido, e ele ouviu o murmurar baixinho de vozes. Ele não reconhecia nenhuma voz, mas juntas elas soavam como seu lar.

Alguns guardas puseram-se de lado para dar passagem a Mather, e ela caminhou pela entrada e desceu o corredor. Kieran entrou e, imediatamente, gritos e berros entusiasmados irromperam pelo ar. A prisão era projetada para conter não mais de doze pessoas, uma por cela, mas ali os prisioneiros estavam em grupos de quatro em cada uma. Sacos de dormir estavam espalhados como lixo pelo chão, e havia roupa lavada secando, espalhadas por toda parte. O cheiro era de umidade e ruim.

Kieran sentiu mãos batendo amigavelmente nas suas costas em meio às barras, cutucando-o. Pessoas gritavam perguntas a ele, tantas perguntas que ele não conseguia respondê-las.

— Você viu a minha filha?... Meu marido? Os meus filhos estão em segurança? — Perguntas infindáveis, cheias de desespero, de tantos rostos familiares, de tantas faces queridas, embora exaustas e pesarosas. Ele desejava ter tempo para parar e beijar cada uma das mãos, responder a cada uma das perguntas, mas os guardas cutucavam-no para que seguisse em frente.

Regina Marshall segurou-se nele no meio da descida no corredor. Ela estava cadavérica, mais magra e mais fraca do que o restante, mas segurou na mão de Kieran com uma força surpreendente.

— Kieran, que maravilha é ver o seu rosto! Como está a Waverly? Ela conseguiu voltar à Empyrean?

— Sim — disse ele, pasmo com a aparência destruída da mãe de Waverly.

— Dê um beijo nela por mim — disse Regina com um sorriso carente. — Diga a ela que estarei em casa logo.

— Farei isso — sussurrou Kieran. Ele viu Kalik Hassan na cela seguinte, em pé e um pouco afastado do grupo. Perto dele estava Gunther Dietrich, cuja barba havia crescido tanto que roçava seu peito arredondado. Os dois homens observavam Kieran enquanto ele passava por ali, e Gunther ergueu as sobrancelhas com ares de questionamento. Kieran conseguiu dizer a eles: — Arthur e Sarek estão bem!

Kalik cruzou os braços e beijou-os. Gunther parecia embriagado pelo alívio e cerrou os olhos enquanto um sorriso lhe iluminava a face.

— Onde está a minha mãe? — Kieran perguntou a um dos guardas, que deu de ombros, mas então, ele viu as mãos ossudas dela estiradas por entre as barras no final do corredor e começou a correr.

— Kieran! — ele ouviu sua mãe gritar.

— Mãe! — ele respondeu, e foi correndo até ela, segurou em suas mãos secas e beijou-lhe as bochechas através das barras.

Seus cachos dourados haviam crescido e formavam uma alta coroa em volta de sua cabeça, caindo e roçando os topos de seus ombros. Suas bochechas estavam afundadas, e seus olhos, cor de âmbar, sombreados com olheiras azuis. Pequenos vasinhos arrastavam-se ao longo das laterais de seu nariz, e havia um ponto vermelho de mais vasos sanguíneos estourados no canto de seu olho esquerdo. Kieran achava que deveria ser um vestígio da descompressão que ela havia sofrido durante o ataque. Mas ela estava viva. Ela estava inteira.

Kieran colocou cada uma de suas mãos no rosto dela, um gesto que, antes, teria parecido desconfortavelmente íntimo. Mas, agora, tudo que ele queria era tocá-la, ele mal podia acreditar que sua mãe realmente estava na sua frente. A pele seca dela parecia feita de papel sob seus dedos. Ela parecia tão frágil...

— Por que eles enviaram *você* até aqui? — ela perguntou, enquanto segurava os pulsos do filho e os apertava de leve. — É perigoso demais para um garoto da sua idade.

— Mãe...

— Como está o seu pai? — ela disse, cortando-o. Ela mordeu o lábio com os dentes da frente lascados. — Ele deve estar tão preocupado.

Kieran puxou suas mãos para longe dela. Ela não sabia. Nenhum deles sabia. Ele olhou para baixo no corredor, para os olhos e as mãos avançando por entre as barras da prisão. Como poderia contar a eles? O que poderia dizer?

— Mãe, o pai... — Ele engoliu seco. As palavras eram impossíveis. Ela ficou observando a face dele, passando os olhos pelas feições do filho, lendo-as e interpretando-as, e por fim ela assentiu, exausta.

— Você não precisa dizer.

— Eu sinto muito — ele sussurrou, e apoiou sua testa nas gélidas barras de metal.

— Eu tinha esperanças — disse ela, com a voz grossa. — Mas eu sabia.

— Porque ele estava no hangar das naves auxiliares quando...

— Shhh. — Ela pressionou os dedos junto aos lábios dele. — Não fale.

— Sr. Alden — veio a voz de Anne Mather detrás dele. — Eu lhe dei o que você pediu. Podemos recomeçar?

— Pastora Mather — disse a mãe de Kieran, em um tom de voz baixo e respeitoso. — Foi *a senhora* quem trouxe Kieran até aqui?

Kieran olhou surpreso para sua mãe, que olhava para Mather com ares de esperança, com uma luz nos olhos. Ele deu um passo para longe dela.

— Ele queria tanto ver você — disse Mather. Para o completo deslumbramento de Kieran, a mulher esticou a mão pelas barras de ferro e segurou na mão de sua mãe. — Ele é um filho leal.

— Eu sei disso. — Lena Alden abriu um sorriso tímido. — Obrigada.

— Mãe... — começou a dizer Kieran, mas, quando ela olhou para ele, Kieran percebeu que a pergunta que queria fazer a ela não era uma que conseguiria colocar em palavras. Ela tinha mudado. Havia algo novo nela, e assustador. — Quero a minha mãe presente durante as nossas conversas — disse Kieran, estudando sua mãe, que olhava radiante para ele.

— Lena — perguntou-lhe Mather —, o que você diz quanto a isso? Você gostaria de se sentar com o seu filho no meu escritório?

— Ah, sim! — disse Lena, ávida. Ela deu um passo para trás enquanto os guardas destrancavam a cela, e deslizou até o corredor. Seu corpo leve infundiu-se de uma alegria de menina enquanto acompanhava Anne Mather corredor abaixo. Sorria para seus companheiros prisioneiros, que devolviam o sorriso, até mesmo enquanto imploravam a Kieran por notícias de seus filhos.

Por impulso, Kieran virou-se no último instante e disse, em voz alta:

— Seus filhos estão a salvo na Empyrean!

O ambiente irrompeu em aplausos. Kieran virou-se para acompanhar Mather até fora dali, mas foi surpreendido por algo que o deixou paralisado, como se fosse um soco em seu peito. Ele captou de relance Harvard Stapleton, o pai de Samantha Stapleton, ali sentado no chão, ao lado das barras de sua cela, chorando, aliviado. Harvard estivera com Kieran no dia do ataque e tinha chamado os adultos até o hangar das naves auxiliares, onde muitos deles foram vítimas do tiroteio. Naquele dia, ele tinha sido tão forte e valente, mas agora o homem parecia acuado, e muito pequeno... frágil o bastante a ponto de a verdade sobre a morte da valente filha poder matá-lo.

Kieran saiu da prisão atrás de Mather, tomando cuidado para não olhar diretamente para Harvard. Ele não queria que o homem visse a tristeza estampada em seu rosto.

Lena Alden segurou na mão de seu filho o caminho inteiro de volta ao escritório de Anne Mather. Ela aceitou uma xícara de chá oferecida por Mather com um aceno deferente, e sentou-se em sua cadeira, parecendo contente em ouvir a conversa. Mather sorria com calidez para Lena, que lhe retribuía o sorriso, feliz por ser notada.

"Ela tomou a mente da minha mãe", percebeu Kieran. Por um instante, a sala ficou sombria, e seus lábios pareciam amortecidos e impossíveis de serem usados.

— Kieran — disse Mather, pegando um leitor portátil. — Estive analisando os seus termos...

Ele ergueu uma das mãos.

— Tenho uma pergunta a fazer primeiro.

— Ok — disse Mather, e colocou o leitor em cima da escrivaninha, olhando para Kieran com um sorriso insosso.

— Por que você está negociando *comigo*? — disse Kieran.

Mather abriu a boca, surpresa.

— O que você quer dizer com isso?

— Há adultos suficientes a bordo dessa nave com quem você poderia negociar, mas você optou por conversar comigo. Por quê?

— Bem, porque... — ela falou com orgulho. — Você é o capitão em exercício da Empyrean! Quem seria a melhor opção? Obviamente você é um jovem homem muito capaz.

Kieran reclinou-se em sua cadeira, estreitando os olhos. Ele não sabia o que ela diria, mas esse reles elogio deixou-o irritadíssimo. Waverly tentara lhe avisar sobre essa mulher, por mais que ele odiasse admitir isso. Tudo que acontecera hoje mostrava o quão sobrepujado por sua adversária ele estava.

— Isso não vai dar certo — disse Kieran, e levantou-se. — Eu não sou qualificado para isso.

— Sr. Alden, você poderia ter dito alguma coisa mais cedo...

— Eu não sou advogado. Não sei nada sobre tratados ou...

— Não dê ouvidos a ele, pastora Mather — disse Lena, com um aceno de mão. — Meu filho é capaz de qualquer coisa!

— Não, eu não sou. Sou muito novo para isso — Kieran falava direcionando-se a Mather. — Você precisa negociar com um dos adultos.

— Kieran. — Mather levantou-se de sua escrivaninha, exasperada. — Foram semanas de planejamento para essa reunião.

— Você quer que eu faça as negociações porque acha que sou uma criança idiota e que vou assinar qualquer coisa para conseguir os nossos pais de volta.

— Você já mostrou que não é nenhum idiota — disse-lhe Mather, em um tom persuasivo. — Você deveria confiar em si mesmo.

— Eu realmente confio em mim mesmo. E meu julgamento é de que essas conversas não podem ser levadas adiante. — Ele estava prestes a ajudar sua mãe a se levantar quando um lampejo de luz o cegou, deixando-o desequilibrado, e forçando-o a voltar para sua cadeira.

# Lampejo

Waverly sentia um arrepio no couro cabeludo enquanto observava o homem enfiar o bocal de sua arma na cabeça de Randy. "Não o mate", eram as minúsculas palavras que ocupavam sua mente, mas ela sabia que implorar não funcionaria.

Ela empurrou sua arma no pescoço do refém, e ele começou a choramingar.

— Solte o Randy — disse Waverly entre os dentes. Seu dedo estava tenso no gatilho de sua arma. — Senão eu mato o precioso médico de vocês.

— Se você o matar — disse o homem, com um sorriso frio —, nunca sairá viva dessa nave. Se eu tiver de matar esse garoto aqui, tudo o que vai acontecer é que muitos de vocês vão morrer. Viu como não é uma troca muito boa?

— Se você atirar nele, eu mato você — disse Sarah, com amargor na voz.

— Espere — disse o homem a alguém que estava na curva do corredor. Ele fixou os olhos em Waverly novamente, e falou devagar. — Há uma força de oito atiradores exímios atrás de mim, mas eu os estou contendo porque não quero um tiroteio assim tão perto do casco externo da nave. Isso faz algum sentido para você?

Waverly não respondeu; ela só conseguia observá-lo de longe. Ele estava envolto em uma nuvem de irrealidade. Ela deveria estar ao lado de sua mãe nesse exato momento, e não do lado de um médico patético e aterrorizado.

Deveria estar caminhando em direção à nave auxiliar para levar sua mãe para casa.

— Waverly — disse o homem. Dessa vez ele soava mais gentil. "Como ele sabe o meu nome?", ela pensou, distante, mas era claro que ele sabia o nome dela. Ela era famosa nessa nave. — Nós já estamos com a tripulação de sua nave auxiliar sob as miras de nossas armas.

— Se você os ferir... — começou Waverly.

— Temos ordens da pastora Mather para não matar nenhum de vocês, a menos que sejamos obrigados a fazer isso. Ela está em negociação de paz, e isso poderia prejudicá-la, você não acha?

Waverly o ficou observando, torcendo os dedos no gatilho de sua arma.

— Então, cada um de vocês vai soltar suas armas, ok? — disse o homem, com as sobrancelhas erguidas.

— Onde estão os prisioneiros? — perguntou Debora atrás de Waverly. A voz dela soava tranquila e firme, e Waverly se perguntava como ela poderia estar tão calma.

— Da Empyrean? — disse o homem, e deu de ombros. — Não estão aqui.

— Quando mudaram os prisioneiros de lugar? — perguntou-lhe Waverly.

— Você solta essa arma, docinho, e eu conto a você.

As mãos dela pareciam cimentadas ao cabo de metal de seu rifle, e suas juntas estavam sem movimento, enrijecidas, como se tivesse ficado nessa posição por milênios. Se Arthur fosse capturado, eles já teriam perdido. Ela podia aterrorizar esse médico, que estava tremendo tanto que seus joelhos se dobravam; ela podia até mesmo atirar nele, vingar-se em cima dele por todas as garotas que ele havia violado. Mas e daí? Certamente ela morreria. E seus amigos também morreriam. Só havia uma única escolha.

Waverly soltou o médico, que caiu junto à parede. Ela agachou-se, com os olhos fixos no homem que estava com Randy, e colocou sua arma no chão.

— Chute-a para longe — disse o homem, e empurrou com mais força sua arma na cabeça de Randy. Waverly fez o que ele mandou.

Waverly podia ouvir os arquejos exasperados de sua equipe atrás dela, mas viu o olhar de gratidão nos olhos de Randy, que se ajoelhou na frente do homem, estendendo as mãos que tremiam em direção ao teto.

"Que tolice foi essa!?", pensou Waverly. "Que idiotice acharmos que poderíamos fazer isso dar certo."

— Os reféns nunca estiveram em nenhum lugar perto daqui — disse, por fim, o homem a Waverly. — Era isso que você queria saber?

Então Jacob tinha mentido. Ela o havia torturado até ele gritar, e ainda assim, ele havia mentido para ela.

— Agora, criancinhas. As minhas ordens são para acompanhá-los até o hangar das naves auxiliares e enviá-los de volta à nave de vocês. Acho que isso pode ser feito sem derramamento de sangue, vocês não acham?

Waverly viu Harvey assentindo como um humilde garotinho recebendo uma lição.

— Então, bem devagar, quero que cada um de vocês coloque suas armas no chão e recuem cinco passos para trás.

— E se não fizermos isso? — disse Debora.

— Então vocês aprenderão como se faz para que alguém seja morto — disse o homem, e segurou no ombro de Randy, sacudindo-o com força. Randy choramingava e fechou os olhos.

Waverly ouviu o *tunc* do metal sendo colocado no chão atrás de si, virou--se e se deparou com Sarah recuando e se afastando de sua arma, com uma centelha assassina nos olhos. Ela e Waverly se entreolharam, comunicando apenas fúria. Eles estavam derrotados, e as duas garotas sabiam disso. Mas será que todo o resto do pessoal sabia?

Outro som de arma atingindo o chão foi ouvido, e mais um, e mais um, até que toda a equipe de Waverly estava em pé, desarmada, olhando para o homem, indefesa. O homem assentiu e, de repente, o corredor estava repleto de homens armados, todos se movimentando com uma eficácia assustadora. Eles se moviam rapidamente, postando-se em volta de Waverly e de sua equipe e a vários passos atrás deles, com as armas apontadas para as partes inferiores de suas costas. A coluna de Waverly lhe parecia líquida quando o homem que estava no comando ali ajudou Randy a ficar de pé.

— Vamos — disse o homem. — Nada de movimentos súbitos. Meus homens estão terrivelmente agitados.

Lentamente, os homens conduziram Waverly e seus amigos corredor abaixo, em direção ao hangar das naves auxiliares. As portas foram abertas, e Waverly viu Melissa e Arthur ali, parados, em pé do lado de fora da nave auxiliar, com as mãos atrás da cabeça, com aparência melancólica. Waverly reconheceu uma mulher que tinha participado do ataque original à Empyrean; suas bochechas avermelhadas e as estranhas feições inchadas estavam marcadas a ferro e fogo na mente de Waverly. A mulher recusou-se a olhar para Waverly quando ela se aproximou.

— Eu sinto muito — disse Arthur a Waverly quando ela estava perto o bastante para ouvi-lo. — Eles estavam escondidos em outra nave auxiliar o tempo todo. Eles nos atacaram assim que você saiu daqui. Em momento algum tivemos alguma chance que fosse.

— Não se preocupe — disse-lhe Waverly.

— Fiquem quietos — disse o homem atrás dela. Os homens puseram-se de lado para permitir que a equipe de ataque da Empyrean entrasse na nave auxiliar. Eles mantinham armas apontadas para cada membro da equipe enquanto entravam lentamente no porão de carga, e depois subiam as escadas até a área dos passageiros. Sarah parecia estar com raiva e desapontada, mas segurava a mão de Randy enquanto ele balançava a cabeça. Debora destruiu as unhas de uma das mãos com os dentes, com os olhos fixos no chão. Alia estava calada e distante, com o rosto inexpressivo. Sealy parecia de alguma forma muito novinho, como se fosse um garoto de dez anos de idade que havia sido punido. As bochechas de Harvey ardiam em um fogo vermelho debaixo de suas sardas, e seus lábios tremiam enquanto se sentava.

O homem que estava no comando subiu os degraus e entrou na área dos passageiros.

— Espero que vocês não queiram que um de nós pilote a nave de volta até a Empyrean... — disse ele.

— Não — disse Waverly.

— Ok, então — disse o homem. — Agora, não tentem mais nada, certo?

Waverly balançou a cabeça, com os olhos fixos nos sapatos dele. Ela se sentia subjugada e pequena. Ela se sentia uma idiota. Ela deveria ter dado ouvidos a Kieran. Deveria saber que isso não daria certo. O que eles achavam ser um plano de mestre se mostrara apenas um exercício infantil de futilidades.

— E eu provavelmente não tenho de lembrar vocês que, se tentarem fazer alguma coisa criativa assim que estiverem fora dessa nave, como danificar o nosso casco, vocês só vão conseguir fazer com que seus pais sejam mortos. Certo?

Ele ficou esperando, na expectativa, até que Arthur disse:

— Nós vamos direto para a Empyrean.

— Tudo bem, então. Agora talvez nós possamos deixar isso no passado e um dia sermos amigos.

— Vá para o inferno — disse Sarah ao homem.

Randy enrijeceu-se e olhou para o homem com medo. Já não estava mais lá, o olhar firme nos olhos, aquela determinação. Waverly podia ver como Randy havia mudado por ter uma arma mantida apontada para sua cabeça. Esse era o tipo de terror que deixa a pessoa diferente. Waverly se deu conta de que tinha feito aquilo com o médico, quando atirou na parede acima de sua cabeça. A lembrança não lhe deu nenhuma satisfação. Era tudo tão feio, o que eles estavam fazendo, o que estava sendo feito com eles. Tudo aquilo, simplesmente horrível, doentio e errado.

— Só por garantia — disse o homem —, vou pilotar uma nave auxiliar bem atrás de vocês. Se fizerem um movimento errado, vamos colidir com vocês e esmagá-los no ar.

— Isso mataria vocês também — disse Sarah.

— Não. O cone da proa pode aguentar isso — disse o homem. — Escolheremos um belo ponto fraco no casco de vocês. Vai estar tudo acabado sem que vocês nem se deem conta disso.

Waverly olhou para a expressão irônica dele. Ele nunca estivera com medo deles, nem ao menos uma vez. "Aos olhos dele, somos um bando de crianças brincando com armas. Não somos nenhuma ameaça, de jeito nenhum."

Arthur dirigiu-se até a cabine do piloto, e Waverly foi atrás e assumiu seu lugar no assento do copiloto.

— Você os viu? — perguntou Arthur a Waverly, ávido. — Meus pais estavam lá?

Waverly balançou a cabeça em negativa.

— Eles nem mesmo estavam na estação de tratamento de águas residuais, estavam? — disse Arthur.

— Ele mentiu para nós. Até mesmo com o quanto eu o estava machucando.

Arthur ligou os motores.

— Ou talvez ele tivesse nos dito a verdade.

Waverly olhou para ele, surpresa. As bochechas de Arthur estavam pálidas, e seus cabelos ensebados de suor, mas havia um quê de severidade em relação a ele que, de alguma forma, parecia digno de respeito. Pensou que estava diante do vislumbre, apenas de leve e em torno dele como uma aura, do homem no qual ele haveria de se transformar: um homem valente e inteligente.

— A princípio, lembre-se de que Jacob disse que não sabia onde os reféns estavam sendo mantidos — disse Arthur. — Provavelmente, essa era a verdade.

— Mas eu o continuei machucando.

— Então ele mentiu, e disse a você o que achava que você queria ouvir.

Waverly fechou os olhos enquanto as portas do *airlock* se abriam à frente deles e Arthur erguia do chão o pesado pássaro que era a nave auxiliar, com um puxão gentil nos controles. Waverly se mexia em seu assento enquanto a nave auxiliar seguia em frente, e então ouviu o sibilar do *airlock* quando o ar que estava dentro dele foi expelido. Quando abriu os olhos, as portas externas estavam se abrindo para a cortina preta cintilante que se dobrava em volta de seu lar desde que ela podia se lembrar. Olhar para todas aquelas estrelas era a mesma coisa que olhar para o nada.

— E agora aqui estamos nós — disse Waverly, com melancolia.

Uma súbita onda de emoções tomou conta dela, e ela chorou, com lágrimas pesadas escorrendo de seus olhos e grudando em suas bochechas. Waverly limpou as lágrimas com a palma da mão, e elas foram flutuando para longe, esferas perfeitas pairando no ar. Arthur fingiu não notar que isso estava acontecendo. "Eu sou um fracasso", pensou ela. "Eu sou um fracasso em tudo que faço."

— Lá estão eles — disse Arthur, assentindo para a tela de vídeo. Waverly viu a nave auxiliar da New Horizon diretamente a estibordo deles. Ela conseguia até mesmo discernir a forma daquele homem magricela e presunçoso no assento do piloto.

— Eu odeio aquele homem — disse ela baixinho.

Arthur ficou em silêncio enquanto guiava a nave auxiliar por sobre a curva da Empyrean, em direção ao hangar das naves auxiliares a bombordo.

Subitamente, a nave auxiliar foi lançada para a frente com violência, jogando Waverly de encontro às janelas à sua frente. Ela bateu com a cabeça no vidro frio e esfregou seu machucado enquanto se esforçava para encontrar seu assento.

— Olhe para o que você está fazendo! — ela gritou para Arthur. — Meu Deus!

— Eu não fiz nada!

— Eles colidiram com a nossa nave? — ela gritou, olhando para a tela de vídeo mostrando a parte traseira. Ela não reconhecia o que via. Milhares de formas, triangulares, quadradas, irregulares e tortas girando e voando pelo espaço. Pareciam confetes, flutuando para longe da Empyrean, prateados, reluzindo amarelos.

— O que é tudo aquilo? — quis saber Waverly. Enquanto observava, um lampejo cegante engolfou a tela, e mais formas voavam para longe da Empyrean. Uma chuva de silvos metálicos tamborilava pelo casco da nave auxiliar, e ela ouviu os passageiros lá atrás gritando.

— Não! Não! — alguém estava gritando sem parar. — Não! Não! Não!

Waverly soltou-se de seu assento e propeliu-se até a área dos passageiros. Todos estavam olhando para fora, para as escotilhas a bombordo. Sarah estava histérica, seu corpo tremendo com violência, e lágrimas escorriam em um grande fluxo de seus olhos.

— Eles fizeram! Eles fizeram! — gritava Sarah, enquanto outro lampejo embranquecia a sala.

Waverly piscou, seus olhos ardiam. Quando ela os abriu, a nave auxiliar estava às escuras. Ou será que ela havia ficado cega?

— O que está acontecendo? — gritou ela, esticando a mão até Sarah, segurando-se no ombro da amiga.

— Eu não consigo enxergar! Não consigo ver nada! — ela ouviu alguém gritando.

Harvey? Sealy?

— Não olhem para aquilo! — gritou Debora Mombasa. — Desviem os olhares.

— O que é aquilo? — gritou Waverly em meio a todos aqueles ruídos. — O que está acontecendo?

— Eles estão matando a gente!

Waverly ouviu Sarah, sua amiga impassível e forte, soluçando e chorando.

— Eles estão explodindo a nave! A Empyrean!

# Cegos

Kieran protegeu seus olhos da luz que inundava o escritório de Mather, entrando pela escotilha, mas isso fez pouca diferença. Eles ardiam e estavam cheios de água. “Estou cego”, pensou com indiferência. Quando olhou ao redor da sala, ela parecia cheia de sombras que se mexiam, como na caverna de Platão, que ele lera uma vez na aula de filosofia. A forma pequena e frágil de sua mãe caminhava em direção à escotilha.

— Mãe, desvie o olhar! — gritou ele quando surgiu outro lampejo, e mais um, fazendo a sala ficar ardente com o clarão da luz branca.

Kieran enterrou o rosto em suas mãos. Mather gritava com seus guardas.

— Donald! Merin! O que está acontecendo?

— Eu não sei, pastora — respondeu uma voz de mulher do corredor.

Kieran ouviu Mather tateando em sua escrivaninha em busca de algo, e depois ouviu o zunido de um intercomunicador.

— Comando! Reporte-se! — gritou Mather.

— É a Empyrean, senhora — respondeu a voz frenética de um homem acima do sinal. — Houve uma explosão por lá!

— Ah, meu Deus! Eles nunca vão nos perdoar! — A compostura de Mather se fora por completo, substituída por gritos agudos e frenéticos. — São os motores? Afastem-se deles!

— Não são os motores! Acho que as explosões estão acontecendo ao longo do casco deles a estibordo, em volta dos níveis do hangar das naves auxiliares e do laboratório!

— Chame-os! — gritou Mather.

Kieran piscou. Ele só conseguia ver a silhueta de Mather, e lançou-se para cima dela. Por pura sorte, as mãos dele se encontraram com a garganta da pastora. Sentiu a carne flexível do pescoço dela embaixo de seus dedos, e apertou-a. As unhas dela afundavam-se nas mãos dele, e Kieran sentiu o sangue escorrendo por seus pulsos. Mas continuou com as mãos em volta do pescoço da mulher até que uma pegada puxou-o para longe dela e jogou-o no chão.

— Não! — gritou Mather. Kieran ergueu o olhar e viu dois vultos avançando com o que lhe parecia uma arma de fogo. — Não atire nele, Donald. Ele está em pânico!

— Ele estava estrangulando a senhora!

— Amarre-o e coloque-o no meu divã.

Kieran sentiu seus braços sendo atados atrás de suas costas. Dois fortes pares de mãos o levantaram e o colocaram em um móvel firme. Ele sentiu os gentis dedos de sua mãe em sua face.

— Por que você atacou a pastora daquele jeito? — sua mãe lhe perguntou.

Ele piscou e abriu os olhos, e viu a silhueta de sua mãe inclinando-se sobre ele.

— Mãe? Você consegue enxergar?

— Não muito bem.

— O que você viu do lado de fora da escotilha?

— Eu vi a New Horizon sendo explodida.

— A New Horizon? Mãe, esta é a New Horizon.

— Não, docinho, nós estamos na Empyrean — disse ela, com calma na voz.

— Não, mãe. Nós estamos na New Horizon. A Empyrean está...

A voz dele silenciou. Finalmente a ficha da realidade caiu, e ele sentiu como se as almofadas que estavam debaixo dele tivessem caído uns três metros. Por um minuto, tudo que ele podia fazer era tentar recuperar o fôlego. Sentia uma pegajosa e oleosa camada de suor revestindo sua pele, e um estranho calor entrava em sua face, queimando seus ouvidos. Achou que fosse desmaiar, mas mordeu o lábio até sentir o gosto ferroso do sangue em sua língua. Quando achou que conseguiria falar, abriu a boca e gritou:

— Sua cadela! Sua vadia louca! Você os matou!

Alguém deu um tapa em seu rosto, e Kieran viu a sombra do guarda acima de si.

Sua mãe não disse nada. Ela não fez nada.

— Deixe-o quieto, Donald! — disse Mather. Ele sentiu a mão em seu joelho e ouviu a voz da pastora Mather bem na sua frente. — Kieran, eu juro a você. Eu não sabia que o Jacob estava planejando isso!

O corpo inteiro de Kieran foi tomado por uma fúria sem precedentes. Sem pensar, ele se jogou para cima de Mather ao ouvir o som de sua voz e bateu com a testa nela. O impacto amorteceu sua testa e abalou os ossos de sua nuca. A sala ficou cheia das vozes em pânico dos guardas de Mather.

— Pastora! Pastora Mather!

— Kieran — surgiu a voz horrorizada da mãe dele. — Meu Deus, o que foi que você fez?

Ele ouviu a pastora gemendo no chão e tentou chutá-la. A sombra do guarda agigantava-se acima dele. Kieran sentiu o soco de um punho forte na lateral de sua cabeça. A explosão do choque produziu um novo clarão atrás dos olhos dele, e a sala ficou completamente às escuras.

— Pode parar, Donald — disse a voz sem fôlego da pastora Mather. — Eu estou bem.

— A senhora não está bem!

— Ele só me deixou sem fôlego.

— Ele é perigoso.

— Saia dessa sala, Donald.

— Mas por que você o está mimando? — perguntou o homem, soando espantado.

— Seu tolo, ele é a única esperança que nos resta.

— Pastora Mather — surgiu uma voz ao intercomunicador. — Estou com o Comando Central da Empyrean para falar com a senhora.

Ele ouviu a voz sem fôlego de Mather.

— O que está acontecendo aí? Vocês estão bem?

— Quero falar com o Kieran! Onde está ele?! — Sarek soava histérico.

Kieran sentou-se direito. — Deixe-me falar com ele.

Kieran ouviu os passos de Mather e sentiu sua presença enquanto ela se curvava para baixo, ou se ajoelhava, na frente dele.

— Vou colocar uns *headsets* remotos em você, ok?

— Ok — disse ele, entre os dentes.

— Você vai me atacar de novo?

— Não — disse ele, embora não estivesse certo se iria se controlar. Ele tolerou a sensação dos dedos dela tocando gentilmente a curva de sua orelha. Mather encaixou o dispositivo de escuta dentro da orelha dele. Era repulsivo ser tocado por ela; ele teria preferido que ela o estapeasse. Assim que ela acabou de colocar os *headsets*, Kieran cuspiu nela, mas sentiu que o cuspe atingira seu próprio joelho.

— Kieran? — surgiu a voz frenética de Sarek.

— O que está acontecendo?

— Descompressão por completo em todo o bombordo!

Kieran assentiu enquanto tentava pensar, mas sua mente estava paralisada.

— Kieran?! O que eu faço? — perguntou-lhe Sarek, com gritos agudos.

— Eu não sei — disse ele, sabendo que estava decepcionando seu amigo.

— Você tem de tirá-los daquela nave. — Mather estava sentada na frente dele, pelo menos ele achava que sim, a julgar pela direção de sua voz. — A nave inteira pode vir a sofrer descompressão.

Kieran tremia como uma vara verde.

— Você fechou todas as anteparas que podia? — ele perguntou a Sarek.

— Fechei todas aquelas onde tenho plena certeza de que não há pessoas.

— Ele tem de fechar todas as anteparas — disse Mather. — Ele não pode esperar.

— Eu não confio em nada do que você diz — ele falou, rangendo os dentes para ela. — Sarek, tente localizar quem poderia estar naquela parte da nave.

— Pelo amor de Deus, Kieran! — gritou Mather. — Você vai sacrificar a todos eles para salvar um ou dois! Feche as anteparas!

Kieran sentiu os *headsets* sendo puxados dele e esticou a mão, tateando para pegá-los, até que ouviu a voz de sua mãe.

— Sarek? Aqui quem está falando é Lena Alden, a mãe do Kieran. Você está reconhecendo a minha voz?

— Sim — disse Sarek, hesitante.

— Você tem de fechar todas as anteparas a estibordo imediatamente, ou vai matar todo mundo na nave. Feche-as agora.

— Ok — disse ele, mas soava incerto.

— Então ele poderá procurar por bolsões de sobreviventes — disse Mather baixinho.

— Cala a boca. — Kieran tentou levantar, mas sentiu um peso repentino em si. Um dos dois guardas o estava empurrando para baixo, de forma que ele não pudesse se mexer. — Você não tem direito algum de assumir a tomada de decisões!

— Eu sei disso — disse-lhe Mather.

— Você fechou as anteparas? — perguntou Lena a Sarek.

— Sim. — Ele soava como se estivesse chorando.

— Ok, agora analise compartimento por compartimento na tela de vídeo e procure por sobreviventes — disse Lena. — Chame todo o resto do pessoal para o abrigo central, ok?

— Boa ideia, Lena — disse Mather.

— Por que você fez isso? — perguntou-lhe Kieran, desmoronando. — Por que você continua matando a gente?

Ninguém na sala respondeu.

# Aprisionado

A prisão estava silenciosa. Seth, deitado em sua cama, ouvia os roncos de Jake. Seth estava com uma faixa grande e áspera de machucado na parte interna de sua bochecha, e passou a língua ali. Quando ficava tenso ou com medo, era isso que ele fazia: mordia a bochecha, às vezes até sangrar. Era um hábito horrível e doloroso, que o ajudava a ficar firme quando ele era criança, e precisava esconder sua dor, raiva ou humilhação. Era um hábito que ele tinha abandonado quando começara a beijar garotas, mas que agora estava de volta porque sabia que algo terrível estava prestes a acontecer. Seth sabia disso, com certeza, assim como sabia que sua mãe estava morta naquele dia em que ressoou o alarme de emergência da nave. Jake havia planejado algo, e pessoas morreriam.

Com grande sofrimento, ele permitiu que sua mente se voltasse a Waverly. Ela não tinha ido vê-lo. Nem ao menos uma vez. Será que ele a deixou com raiva quando tentara impedir que ela torturasse Jake? Ele fechou os olhos, tentou apagar de sua mente a imagem dela enfiando aquela arma de eletrochoque na coluna de Jake, e a forma como ela fazia caretas, com o nariz torcido e os lábios repuxados, deixando os dentes à mostra, fazendo com que o homem gritasse e se contorcesse. Não que Seth não entendesse o impulso. Entendia muito bem, tão bem que sabia que ela nunca seria capaz de esquecer o que havia feito. Ela havia aprendido algo novo sobre si mesma que seria melhor não saber.

E Seth também não gostava de vê-la daquele jeito. Ele não era tão ingênuo assim a ponto de acreditar que Waverly não tinha nada de sombrio dentro si. É claro que tinha. Seth vivera sua vida acreditando que todo mundo tinha um lado negro; todo mundo poderia ser empurrado e forçado a passar dos limites de sua própria humanidade. Isso acontecera tantas vezes com Seth. Viu acontecer com seu pai, não de maneira explícita, mas como um lento e insidioso câncer que crescia dentro do homem até que a luz por trás de seus olhos se transformasse em sombra e ele tivesse perdido a capacidade de sorrir, até mesmo para o seu próprio filho. No entanto, Waverly... isso não deveria ter acontecido com ela. Seth daria qualquer coisa se pudesse levar aquilo embora, fazer com que ela voltasse a ser como era antes. Ajudá-la a aprender a ser ingênua novamente.

— Mas aqueles dias se foram — disse ele, e acordou. Seth dera-se conta de que estivera semiadormecido, sonhando com ela. Cabelos castanhos, olhos castanhos, pele levemente morena: Waverly era totalmente da mesma cor. Ela não tinha nenhum atrativo. Sua beleza vinha de sua forma, e da maneira como se movia, das expressões em sua face. Sua beleza era silenciosa e misteriosa. Ele podia passar a vida estudando-a, aprendendo sobre a natureza dela.

Ou talvez ele estivesse apenas sendo um idiota romântico.

— Isso não é amor — ele disse a si mesmo, mais por hábito do que por qualquer outra coisa. Na verdade, ele só estava tentando encobrir a dor que sentia com o abandono dela. Por que... onde estaria ela? Se o que ele sentiu da parte dela, naquela noite em que ela o ajudou, foi real, onde estaria ela agora?

"É sempre uma via de mão única, camarada", ele disse a si mesmo.

Quando olhou para a cela de Jake, deparou-se com o homem observando-o com um sorriso no rosto.

— Oi — disse-lhe Seth. Ele tinha ficado com medo de Jake e do quão louco ele estava. Seth tinha desistido de tentar conversar com ele. A razão era ineficaz, e sua busca por informações apenas resultara em ameaças nebulosas que mal faziam sentido. — Há quanto tempo você está acordado?

O homem deu de ombros.

— Você estava falando enquanto dormia.

— É, eu faço isso.

— Dizem que isso é um sinal de criatividade — disse Jake. — Você é criativo?

— Não — disse-lhe Seth.

— Que pena — disse Jake. — Eu também não sou criativo.

De repente, um tremor fez balançar o metal do chão abaixo de Seth, e ele ouviu um estrondo ao longe, que soava como naquela noite em que os motores foram estourados. Tratava-se de um som mais percussivo. Depois veio mais um estrondo, e mais um, e mais um, e cada um estava mais próximo do que o último.

Jake levantou-se de sua cama e agarrou as barras da cela, sorrindo entusiasticamente.

— O que foi aquilo? — perguntou-lhe Seth, levantando-se também.

— Eu disse a você que estava a caminho — falou Jake. — E aí está.

— O que está acontecendo? — gritou Seth. Ele se arremessou pela cela e jogou seu corpo de encontro à porta. Se apenas pudesse empurrar com força o bastante, poderia fazer com que o metal dobrasse, mas o metal não cedeu, nem ao menos um milímetro. — Jake, pelo amor de Deus, que droga, me conta o que você fez!

— Você vai descobrir. — Jake inclinou sua cabeça gigantesca e espiou o corredor, com expectativa. Ele parecia um primitivo ancestral, do tipo cujo lugar era em volta de uma fogueira, e não em uma espaçonave.

— O que vai acontecer? — perguntou-lhe Seth. Ele sentia como se o sangue estivesse sendo drenado de seu corpo por um buraco no chão.

— Eu não sei — disse Jake, distraído, com seus olhos pequenos iluminados com a expectativa.

— O que você quer dizer com isso de que você não sabe? — As luzes de emergência acenderam-se, lançando estranhas sombras sobre tudo que Seth via. — Como você pode não saber?

— Não fui eu quem armou isso — disse Jake.

Um gemido profundo moveu-se pela nave, uma besta com vontade própria. Seth sentiu-a se mover através do aço embaixo de seus pés, e as barras de sua cela rangeram com o esforço. A nave estava mudando de forma, curvando-se em si mesma. "Onde está Waverly? Onde estão as crianças pequenas?"

O intercomunicador soltou ruídos crepitantes, e a voz estridente de Sarek gemia pelos alto-falantes.

— Todo mundo, reportem-se ao abrigo central!

— Ei! — gritou Seth para o corredor. — Ei! Você tem de me deixar sair daqui! Guarda!

Ele ficou ouvindo, mas não escutou nada vindo do corredor do lado de fora. Será que os guardas tinham abandonado seus postos? Será que ele ia morrer ali embaixo, encarcerado, completamente sozinho na prisão com esse lunático?

"Aqui não é meu lugar", ele se deu conta disso. "Eu já paguei o bastante, e agora quero sair daqui."

— Estão me ouvindo? — Seth gritou. — Quero sair daqui! Vocês não podem fazer isso comigo!

Ele ouviu a porta do corredor abrir-se, e afundou, de joelhos, aliviado. Sons de passos vinham em direção a sua cela, e se pôs em pé novamente.

— Graças a Deus... — Seth começou a falar, mas quando viu quem estava vindo, sua voz emudeceu.

Uma pequena mulher com feições parecidas com as de um roedor e com cabelos crespos e castanhos estava caminhando com dificuldade na passagem entre as celas. Era magra e ossuda, e seus olhos moviam-se rapidamente ao seu redor, como se esperasse ser flanqueada por alguma força invisível. Carregava uma imensa serra elétrica que era quase grande demais para ela, e a cada intervalo entre poucas passadas, ela precisava colocar a serra no chão e descansar.

— Doçura, o que você fez? — perguntou Jake em um tom gentil.

— Não vem ao caso — disse ela. — Vou tirar você daqui. É isso que importa.

Jake inclinou-se para baixo e beijou a testa dela por entre as barras, mas ela mal parecia ter notado isso.

— Saia da frente — ela disse a Jake.

Em momento algum ela sequer olhou para Seth, que a olhava, perplexo. Ela era fantasmagórica, irreal. Ele engoliu, mas sua garganta estava seca. Que idiota ele tinha sido. Um perfeito idiota.

Jake deu um passo para trás, e sua esposa, aquela que era tão amargurada e raivosa, a que perdera as esperanças por causa de seus filhos não nascidos, a mulher por quem Jake lamentava, ligou a serra elétrica.

O som penetrante da serra elétrica parecia perfurar a carne macia dentro do canal auricular de Seth, que cobriu os ouvidos com as palmas de suas mãos enquanto observava as faíscas voando no ar. Ela precisou de longos cinco minutos para que a serra elétrica cortasse a primeira barra. Depois, teve de trocar a lâmina, pegando outra em uma sacola que estava jogada sobre seu ombro. Fez quatro cortes no total, cortando partes de duas das barras até que Jake pudesse se contorcer e passar pelo buraco que ela havia feito.

— Agora, o Seth — Jake disse a ela.

Seth mal podia ouvi-lo entre o ressoado em seus ouvidos, mas viu a forma gentil como Jake a virou para que olhasse para o estupefato garoto enjaulado parado atrás dela. Ela olhou Seth de cima até embaixo.

— Não temos tempo — disse ela, com frieza.

— Doçura, ele é apenas uma criança — disse Jake.

— E daí? — perguntou ela, guinchando. — A vida dele vale mais do que a nossa? Vamos lá!

Ela deixou a serra cair onde estava e puxou Jake pela passagem do corredor.

— Alguém virá até aqui — disse Jake a Seth.

— Não, eles não virão não — disse Seth, em um tom calmo. — Eles estão em pânico. Eles vão se esquecer de virem até aqui.

— Não... — disse Jake, mas ele se virou para sair correndo atrás de sua esposa.

— Ei! — gritou Seth, chamando-os. — É sério, eu vou *morrer aqui*!

Seth ouviu a porta ao final da passagem ser aberta e fechada. Ele estava sozinho. Mas eles haviam deixado a serra elétrica ali, ela só estava fora de seu alcance. Seth forçou sua perna pela fina abertura entre as barras e, com o dedo do pé, mal conseguiu encostar na lâmina da serra elétrica. Talvez com sua outra perna, e se empurrasse com mais força.

Foram necessários agonizantes vinte minutos enfiando sua coxa entre as barras da cela, até lhe cortar a circulação, arrastando o dedo do pé pelo metal liso da lâmina, até que a serra elétrica chegasse mais perto de si aos poucos, milímetro por milímetro. Ele podia sentir a carne de suas coxas machucando-se dolorosamente de encontro às barras, e todos os músculos em seu corpo doíam. Por fim, a serra elétrica estava ao seu alcance, e com o dedo indicador e o polegar, Seth conseguiu segurar a lâmina com força suficiente a ponto de arrastá-la mais para perto de si, e finalmente a pegou.

A volumosa serra elétrica não passava por entre as barras. Seth teve de segurá-la, desajeitado, do lado de fora de sua cela. Apoiou-se nas barras, segurando a pesada serra acima, com o braço direito, e então a ligou.

O chiado da serra parecia perfurar seus ouvidos, deixando Seth com dor de cabeça, e era quase impossível segurar a serra e deixá-la imóvel enquanto ela mordia o aço. Porém, quando as faíscas começaram a voar ele sentiu-se encorajado e pressionou com mais força a serra contra o metal, para que pudesse ver uma ranhura se formando. Ficou serrando a barra durante cinco, dez minutos; ele já tinha feito metade do trabalho.

"A lâmina está muito cega", ele sabia disso. A mulher usara uma lâmina nova para cada barra que cortara.

Seth olhou para a bolsa que ela tinha deixado cair ali, no meio do corredor, e irremediavelmente longe de seu alcance. De qualquer forma, ela poderia estar vazia. Era melhor tirar isso de sua cabeça.

O esforço de segurar a serra elétrica fez Seth suar, mas quando sentiu uma brisa fria secando sua bochecha, resolveu fazer uma pausa.

O ar estava passando por sua pele, e ele não estava nem um pouco perto de um duto de ventilação. Aquela brisa estava se movendo em direção ao que deveria ser um buraco no casco da Empyrean.

— Ah, meu Deus — disse ele, e pressionou a serra elétrica com mais força contra a barra de metal. De repente, a serra voou violentamente para longe de suas mãos. A dor inutilizara sua mão; dois de seus dedos estavam contorcidos em calombos irreconhecíveis. Ele gritava enquanto a dor se espalhava, com ardor, por seu braço. Por um tempo, tudo em que ele conseguia pensar era em piscar para se livrar das lágrimas, gemendo. Quando voltou a si e olhou para a ranhura onde estivera serrando, ele se deu conta do que havia acontecido. A lâmina da serra, superaquecida pela fricção contra o aço, havia repentinamente se aglomerado dentro da ranhura na barra como se fosse uma fita. Não havia mais lâmina. A serra pendia inútil. E ele estava tão aprisionado quanto sempre estivera.

Seth soltou um grito. Gritou e gritou com sua garganta machucada, na esperança de que, de alguma forma, alguém pudesse ouvi-lo. Quando sua voz parecia ir ao limite, ele caiu no chão.

Seth já sentira medo antes, mas nada se comparava com este terror. Ele era um animal. Estava aprisionado. Ia morrer.

# Pânico

— Aonde eu vou? Aonde eu vou? — Arthur continuava gritando.

Waverly não conseguia ver quase nada com seu olho direito, mas com o esquerdo enxergava bem o bastante a ponto de se empurrar de volta para dentro da cabine do piloto. Arthur sentou-se tremendo nos controles, arfando, com os olhos arregalados, em estado de choque.

— Como está o restante do casco da Empyrean? — Waverly perguntou.

Ela achava que podia ver o casco da grande nave deslizando debaixo da nave auxiliar, mas não confiava mais em sua visão.

— Esse lado parece bem, mas aquela foi uma explosão gigantesca. — A voz de Arthur soava rascante.

— Temos de ajudar os pequenos a saírem de lá.

— Mas e se eles já...?

— Nem diga uma coisa dessas! — gritou Waverly. — Simplesmente cale a boca e leve a gente até lá!

Arthur limpou uma lágrima de sua bochecha. Waverly inspirou fundo.

— Eu sinto muito.

— O hangar a bombordo provavelmente ainda está intacto — disse Arthur. Ele soava mais calmo agora, e, quando pisou no acelerador, o voo parecia suave e seguro.

— Você consegue enxergar? — perguntou-lhe Waverly, piscando. Tudo que ela conseguia ver eram formas escuras, mas lentamente elas estavam ganhando cor e textura.

— Eu vi a explosão no *display* de vídeo. Está tudo bem com os meus olhos.

— Onde está a outra nave auxiliar?

— Acho que eles se foram — disse Arthur. — Parece que a explosão os engoliu.

A outra nave auxiliar estivera a poucas centenas de metros à direita deles. Sobressaltada, Waverly percebeu que a nave auxiliar em que eles estavam tinha escapado por pouco de ter o mesmo destino.

Ela pegou os *headsets* de comunicação e chamou o Comando Central da Empyrean.

— Sarek? — ela o chamou.

— Onde você está? — disse a voz frenética de Sarek.

— Você está bem? — perguntou-lhe Waverly. — O que está acontecendo aí? Onde está a tripulação?

— Eu estou bem, e chamei todo mundo, mandei que fossem para o abrigo central.

— O hangar de naves auxiliares a bombordo sofreu algum dano?

— Eu não acho que tenha sofrido nenhum dano. A explosão aconteceu ao longo do estibordo.

— Sarek! — gritou Waverly, um grito estridente. — E quanto à prisão? Ela está intacta?

— Não sei dizer ao certo. A nave está muito instável.

— Você tem de deixar Seth sair de lá.

— Fechei todas as anteparas, Waverly. Ele não tem como sair de lá.

— Abra as anteparas!

— E depois? Faço o quê? Ele está trancado em uma cela, e não há ninguém lá embaixo para soltá-lo!

— Alguém tem de descer até lá!

— Quem? — perguntou-lhe Sarek, com amargura na voz.

— Eu faço isso então. Apenas mande todo o resto do pessoal até o hangar de naves auxiliares a bombordo. Precisamos tirar as crianças dessa nave.

Waverly disse isso com um sentimento de apreensão. Havia apenas um único lugar para onde ir: direto para as garras de Anne Mather.

— Ok — disse Sarek, com dúvida. — Isso devia fazer parte do plano de Mather o tempo todo — disse Arthur, soando melancólico.

— E nós caímos que nem patinhos. — Waverly socou o assento de sua cadeira. — Agora todo mundo está sob o controle dela.

— Não — disse Arthur. — Ela vai ter a luta da vida dela. Certo?

Waverly analisou o perfil dele. Tudo ainda parecia indistinto para ela, mas conseguia ver a forma como os lábios dele estavam juntos e como ele agarrava os controles com os punhos cerrados.

— Você está certo, Arthur.

— Vamos nos vingar daquela mulher malévola.

— E eu vou matá-la, pessoalmente — disse Waverly, cerrando a mão em punho.

Arthur olhou de relance para ela, mas não disse nada. Arthur seguiu a curva da Empyrean até que o hangar das naves auxiliares entrou em seu campo de visão. Deu a volta com a nave e mirou as imensas portas do hangar. Waverly viu que os dedos dele estavam tremendo, e ele mordia o lábio inferior até ficar branco entre os dentes, mas ele guiou a nave para dentro do *airlock* com a confiança de um piloto experiente. Assim que a nave auxiliar tocara na parte interna do hangar, Waverly deu um pulo para fora de seu assento e desceu deslizando a rampa, deparando-se com um cenário de caos.

Muitas das crianças já haviam evacuado o abrigo central e se dirigiram para o hangar das naves auxiliares. Os garotos e garotas menores estavam amontoados em bandos, chorando. Algumas das crianças mais velhas estavam ajoelhadas ao lado delas, tentando mantê-las calmas, mas quase todas pareciam estar em estado de choque. Várias delas tinham filetes de sangue saindo de seus ouvidos. Embora a explosão tivesse sido inaudível no vácuo do espaço, a bordo da Empyrean deve ter sido ensurdecedora.

— Quero pegar o meu diário! — dizia, choramingando, uma garotinha... Maysie Fisher, uma menininha de nove anos que ficara órfã no ataque. — As fotografias do meu pai e da minha mãe!

Sarah apareceu ao lado de Waverly, com o rosto pálido.

— Você está sentindo isso? — perguntou-lhe com temor na voz.

— O quê? — foi a vez de Waverly perguntar a ela.

— Esta brisa — disse Sarah, soando distante.

Sarah estava certa. Havia um leve movimento no ar, que roçava com gentileza a face de Waverly. Não havia nenhuma turbina eólica no hangar das naves auxiliares, e eles não estavam perto de nenhum duto de ventilação. Se o ar se movia era porque estava saindo de dentro da Empyrean. A nave estava morrendo.

— Ah, meu Deus! — disse Waverly. — Eu tenho de ir.

— *O quê*? — gritou Sarah, estridente, depois que Waverly saiu correndo em direção à porta. — Aonde você vai? Você está *maluca*?

— Seth está preso! — gritou Waverly por cima do ombro, e saiu correndo na direção da onda de ar. — Não espere por mim!

— Não vou esperar mesmo! — gritou Sarah, furiosa. — Idiota!

O chão estremecia sob os pés de Waverly enquanto ela corria em direção aos elevadores. Apertou o botão para chamar o elevador repetidas vezes, mas eles estavam parados. "Deve ser algum tipo de protocolo de emergência."

As escadas.

Waverly correu em direção às escadas e começou a descer, dois degraus por vez. Correu mais rápido do que já havia corrido na vida, fazendo doer sua perna debilitada. Ignorou a dor. Tudo em que podia pensar era que Seth estava aprisionado e sozinho, e ela não poderia deixar que ele morresse daquele jeito.

O coração de Waverly queria estraçalhar as suas costelas, e ela sentia as pernas tremerem, como se todos os nervos em suas extremidades estivessem elétricos. Não conseguia respirar rápido o bastante para acompanhar o ritmo de seus pés, mas continuou seguindo em frente até se deparar com a primeira das anteparas. Duas portas de aço haviam sido fechadas, criando um chão impassível debaixo de seus pés. Ela achou o *display* de intercomunicação de emergência perto da porta e apertou o botão de chamada.

— Sarek?

— O que foi?

— Abra a antepara no nível doze.

— Não.

— Apenas por um segundo, para que eu possa descer...

— Waverly, você vai colocar a nave inteira em perigo.

— Colocar a nave em perigo? Sério? Essa nave já era, Sarek. Acabou. Você não viu as explosões do lado de fora, mas eu vi, e estou dizendo a você que não tem como reparar o casco. Tudo que podemos fazer é salvar o máximo de pessoas que conseguirmos.

Ela ouviu Sarek soltando um suspiro, mas então as portas de metal da antepara rangeram, abriram-se e deixavam à mostra mais escadas abaixo dela. A brisa estava mais forte agora, e seus ouvidos estouraram, mas o ar ainda estava bom.

Waverly teve a mesma conversa com Sarek mais cinco vezes. Em todas, ele protestava, e ela implorava. Até que ele abria, com relutância a anteparada, deixando-a passar. A cada vez, as portas se fechavam acima dela com um quê de finitude congelante, e ela percebia que risco estava correndo. Quanto mais a fundo ela descia na nave, mais difícil ficava respirar, mais sua cabeça girava e mais zonza se sentia. O ar parecia mais rarefeito e estava muito mais frio.

“E se ele já estiver”... Ela não se permitiria completar esse pensamento.

Isso fez com que corresse mais rápido, mas Waverly mal conseguia focar seus olhos. Logo acima da última antepara, tropeçou em seus próprios pés e caiu meio lance de escada. Foi parar em cima das portas da antepara, extremamente zonza. O filete de sangue que escorria por sua testa fez com que ficasse agitada, e ela sentou-se direito. Waverly estava com um feio talho no joelho feito pelo canto afiado da escada de metal, e quando levou a mão à testa, ficou surpresa ao sentir um corte profundo bem na linha onde nasciam seus cabelos. Com as mãos tremendo, sentiu seus braços e suas pernas, seu tronco, sua coluna. Não havia nada quebrado.

Demorou um bom tempo para se levantar e ir mancando até o intercomunicador.

— Sarek — disse ela, sem fôlego — Abra a última antepara.

— Waverly — disse ele. — Eu não posso fazer isso.

— A gente tem de repetir isso todas as vezes?

— Não, você não está entendendo. Desta vez eu realmente não tenho como fazer isso.

— O que você quer dizer com isso?

— Há um curto-circuito entre este andar aqui e os níveis inferiores. Os sensores não estão funcionando.

— Mas você consegue fazer as portas se mexerem?

— Não tenho como dizer se há algum ar para você do outro lado.

O sangue escorria para dentro do olho direito dela, que deu um tapa no local, com raiva.

— Você não pode simplesmente abrir as portas? Vamos ver o que acontece.

— Eu não quero matar você.

— Sarek. Como membro do Conselho Central, estou ordenando que abra essas portas. — O sangue cegou-a novamente. Com as unhas, ela rasgou um pedaço de sua túnica fina, arrancando uma tira da parte debaixo dela. Enquanto amarrava essa tira em volta da cabeça, ela gritava: — Sarek, eu não estou brincando. Abra essas malditas portas!

— Waverly... — A voz de Sarek emudeceu. — As naves auxiliares estão partindo.

— Esta é a última coisa que eu vou pedir para você fazer.

— Como você vai voltar se eu for embora?

— Abra todas as anteparas antes de sair.

— Não posso fazer isso.

— Eu vou fechando-as conforme passar por elas.

— Waverly, você está sacrificando essa nave por causa de um cara.

Isso fez com que ela parasse. Waverly estava errada e sabia disso. Nada era mais importante do que a missão, nada era mais importante do que a variedade de formas de vida que havia na nave, muitas das quais não estariam duplicadas na New Horizon. Isso sem falar de todos os frangos e cabras, abelhas, formigas e peixes. Todos os animais ficariam condenados. Mas era Seth quem estava lá embaixo. Ele poderia estar morrendo neste exato minuto.

— Ele é um cara importante — disse ela por fim.

— Ninguém é tão importante assim.

— É sim, se a nave já estiver condenada, e ela está, Sarek. — Ela socou o teclado do intercomunicador com o punho cerrado cortando levemente os nós dos dedos nos botões. — Abra as malditas portas.

Não se ouviu nada além do silêncio do lado de Sarek no intercomunicador por um tempo muito longo, e Waverly começou a achar que ele a havia deixado ali para morrer. Por fim as portas começaram a se abrir. A princípio, achou que elas estavam se abrindo para o vácuo, porque o ar seguia para a fenda que se alargava com uma velocidade furiosa. Mas ela conseguia respirar. O ar estava rarefeito, como um sussurro, e gélido, mas haveria de mantê-la viva.

Waverly começou a descer o conjunto final de degraus, dirigindo-se à entrada das alas de armazenamento. Abriu a porta da imensa sala, onde as gigantescas pilhas de contêineres formavam altos e profundos desfiladeiros. As luzes de emergência piscaram, acendendo e apagando, lançando sobre os contêineres uma luz etérea e instável. Ela começou a cruzar o aposento, mancando tão rápido quanto seu coração, que socava seu peito, permitiu. Waverly podia sentir o sangue do talho em seu joelho ensopando sua meia, mas não deu atenção a isso. Não importava o quanto estivesse machucada. Assim que chegasse até Seth, tudo ficaria bem.

Quanto mais se aproximava do estibordo, mais perto ela chegava do buraco aberto no casco da Empyrean. Ela podia senti-lo ao longe, esperando para engoli-la.

Parecia que levara uma eternidade para cruzar a imensa ala. Ela queria sair correndo. Tentou fazer isso uma vez, mas pontos pretos efervesciam e explodiam diante de seus olhos. Waverly tinha de parar e descansar. Se forçasse um pouco mais seu coração e seus pulmões, acabaria desmaiando, e isso não seria útil a ninguém. Seguiu devagar, mantendo os olhos focados no lugar onde as fileiras de contêineres pareciam se encontrar. Qual era a palavra para descrever isso? Da aula de artes?

O ponto de fuga. Waverly manteve os olhos fixos no lugar onde o espaço parece desaparecer.

"Não estou pensando com clareza", disse a si mesma. "Minha mente está correndo em círculos."

Um pé, e então o outro, repetidas vezes. Os passos dela eram tão pequenos. A sala era tão grande. Ela tinha de dar várias passadas.

Waverly caiu uma vez e saiu rolando no chão. Sua língua estava amortecida, parecia um pedaço de pano ensopado dentro de sua boca. Ela lambeu os lábios, que haviam ficado secos e cheios de crostas.

Em seguida, ela estava caminhando. De novo em pé e andando. O ponto de fuga havia se alargado. Ela podia ver o lugar entre os contêineres, onde se dividiam. Ela estava quase lá.

O fim do desfiladeiro chegou antes do esperado. Ela estava em pé, parada, olhando para a parede. "Estou aqui", pensou vagamente. "Eu consegui."

Ela não sabia ao certo qual porta dava para a prisão, então se dirigiu até a mais próxima para se orientar. Quando abriu a porta, foi atingida por uma tremenda rajada de vento frio, e por um instante achou que havia aberto a porta que dava para o espaço sideral. Era a escadaria a estibordo. Um lance abaixo deveria se abrir e dar para o corredor que a levaria até a prisão.

Parecia tão distante, mas seus pés desceram as escadas aos tropeços, e sua mão estava se esticando para abrir a tranca da porta para que passasse.

A porta abriu-se para um corredor. O posto vazio da guarda na entrada da prisão parecia infinitamente distante.

— Você pode me ouvir? — ela sussurrou para a escuridão, e começou a seguir em frente.

Waverly teve de apoiar-se na parede enquanto caminhava. Ela olhava para o teto logo à sua frente porque estava com medo de cair se olhasse para o chão. Quando finalmente a porta que dava para a prisão apareceu à sua direita, Waverly piscou, sem acreditar no que via. Como conseguiu fazer isso? Ela se deu conta de que era impossível, agora que sabia como o ar estava rarefeito. Ela podia sentir as rápidas batidas de seu coração. Como poderia em algum momento voltar até o hangar das naves auxiliares assim?

Seth primeiro.

— Você pode me ouvir? — ela murmurou de novo. Ela pretendia ter gritado. A prisão parecia fantasmagórica e abandonada, como um mausoléu. Waverly estava com medo de ter chegado tarde demais. No momento seguinte, estava parada do lado de fora da cela de Seth, olhando para dentro. Não conseguia vê-lo.

— Seth — ela sussurrou.

Uma forma se desdobrou do canto escuro e mais afastado da cela. Waverly estava olhando para Seth Ardvale. Ele estivera ali aninhado, uma bolinha compacta.

— Waverly? — disse ele. — Que diabos você está fazendo aqui?

— Eu vim até aqui — disse ela, com uma voz irreconhecível, fina como papel. — Estou aqui.

— Sua idiota — disse ele, mas ele estava rindo. Ficou em pé em um pulo e foi correndo até ela. — Sua idiota, imbecil!

— De nada, babaca — ela conseguiu dizer antes de desmaiar.

# Lâmina

Seth não conseguia acreditar no que estava vendo. Lá estava Waverly Marshall, deitada no chão, a seus pés. Parecia que ela apanhara repetidas vezes, pois uma bandagem áspera cruzava a testa dela, com filetes de vermelho-amarronzado vazando pelo rosto. Ela ficara exaurida por ir até ali.

— O ar está rarefeito — disse Seth baixinho. Ele não havia se dado conta disso até que se levantou e cruzou sua cela. Sua cabeça girava. Não era de se admirar que Waverly tivesse desmaiado. — Waverly! Acorde! Ei!

Ela não se mexeu.

Seth esticou a mão na direção dela através das barras, mas só conseguia encostar na parte inferior da sua perna. Deu uns tapinhas amigáveis, e depois um tapa, mas Waverly parecia não estar sentindo nada. Por fim, foi até uma pequena pia no canto de sua cela, encheu um copo de água fria e jogou-a no rosto dela.

Ela cuspiu a água e olhou para Seth, surpresa.

— O que houve?

— O que você está fazendo aqui? — perguntou Seth, sem fôlego.

— Eu vim para... — Ela esfregou a mão na testa como se estivesse com uma dor de cabeça de rachar. — Para pegar você.

— Onde estão as chaves?

— Chaves? — disse ela, confusa.

— Você precisa de uma chave — disse ele, apreensivo.

— Não é eletrônico? — perguntou ela, vagamente.

— Você não está com as chaves?

— Não achei que...

Seth achava que, se não estivesse tão exausta, ela começaria a chorar.

— Ah, meu Deus, Waverly!

Ele socou o ar, e esse movimento quase fez com que caísse no chão.

— Eu sou tão idiota — disse ela, exausta.

Seth balançou a cabeça e sentou no chão, com a cabeça caída junto às barras de sua cela.

— É melhor você cair fora daqui — disse ele. Seth deveria estar furioso com ela, mas o ar estava rarefeito demais. Além disso, ele já havia se resignado.

Waverly olhou ao seu redor e notou que a cela de Jacob estava vazia.

— Como foi que ele conseguiu sair?

Seth sorriu ao ouvir essa pergunta.

— A mulher do Jake o tirou daqui.

— *Mulher*? — Waverly balançou a cabeça, zonza. — Como? — perguntou ela, arfando. — Ele veio na minha nave auxiliar, mas...

— Talvez ela fizesse parte do ataque original — disse Seth, e teve de inspirar umas poucas vezes antes de acrescentar: — E talvez tenha ficado para trás.

— Em momento algum cheguei a pensar nisso — sussurrou Waverly.

Ele achava que Waverly ficaria muito mais preocupada, mas supunha que, com a falta de oxigênio, ela entrara em um estado alterado. Waverly piscou os olhos preguiçosamente, e parecia estar com dificuldade de se concentrar.

Ela lutou para ficar de pé, apoiando-se em seu joelho ensanguentado, e foi mancando até a serra elétrica, pendurada na ranhura na barra da cela.

— Eles usaram isso?

Seth se levantou, o que fez sua cabeça girar. Talvez ele também estivesse em um estado alterado. Havia se esquecido completamente da serra elétrica. Com uma ponta de esperança, disse:

— Dá uma olhada naquela bolsa.

— Essa? — Ela foi mancando até a pequena bolsa de ombro e pegou-a. De dentro dela, Waverly puxou um único disco reluzente. — O que é isso?

— Uma lâmina! Troque-a! Você consegue colocá-la na serra elétrica?

Waverly ajoelhou na frente da serra elétrica, pendurada por sua lâmina destruída, encolhendo-se de dor quando os ferimentos ensanguentados de seu joelho entraram em contato com o chão. Mexeu devagar e desajeitadamente na lâmina, que havia se soltado parcialmente da serra em uma bagunça retorcida de metal. Cortou os dedos nas pontas afiadas e xingou baixinho, enquanto tentava tirá-la dali, até que finalmente soltou a lâmina de seu encaixe. Ela tentou puxar a lâmina presa na ranhura que Seth havia feito na barra, mas não conseguia.

— Deixa isso pra lá — ela murmurou para si mesma, e encaixou a lâmina nova na serra.

— O que você quer dizer com "deixa pra lá"?

— Por que você não corta simplesmente a tranca? — perguntou ela, com simplicidade. Ela ergueu a serra, apoiando-a em seus quadris, e foi cambaleando até o mecanismo de trava perto do buraco da chave. — Quero dizer, deve ser apenas uma tranca, certo?

— Certo — disse Seth, sentindo-se um imbecil.

Waverly segurou a pesada serra junto à trava e ligou-a. A serra elétrica ganhou vida em um solavanco enquanto mordia o metal. Waverly apertou os olhos por causa das faíscas que voavam, gemendo quando atingiam sua pele com marcas pretas de leves queimaduras. O som era horrivelmente alto, e Seth pôs as mãos nos ouvidos enquanto observava o trabalho de Waverly.

Ela foi para a frente e para trás, como se estivesse bêbada, arfando, com sua respiração descontrolada e desesperada. Estava pálida, e ele achou que tinha visto uma leve ponta de azul em volta dos lábios dela. Não sabia o que a estava mantendo em pé.

Quando sua força cedeu, Waverly derrubou a serra no chão, e por pouco não acertou seu pé. Seth se levantou e esticou as mãos, desajeitado, por entre as barras, para ajudá-la a aguentar o peso da serra elétrica. Era arriscado, porque, se ela derrubasse a serra novamente, poderia cortar o braço dele, mas era o único jeito de manter a serra firme.

Quando, por fim, a serra rompeu a última parte da tranca, Waverly deixou-a cair no chão, sem cerimônia. Hesitante, empurrou a porta da cela de Seth, que se abriu deslizando. Seth estava com Waverly em seus braços em um instante.

— Obrigado — disse ele, com a boca nos cabelos dela.

— Não me agradeça — disse ela, arrastando as palavras.

Ele se segurou nela, sentindo o ritmo das batidas do coração dela e o rápido subir e descer de suas costelas enquanto respirava. Eles apoiaram-se um no outro e ficaram nessa posição por um instante, até que ele segurou a mão dela e puxou-a pela passagem até o corredor.

— Eu não sei se consigo — disse ela, sem fôlego. — Está tão longe.

— Cala a boca — disse ele, irritado.

— Eu estou tão cansada.

— Eu não quero ouvir isso. Ande!

Seth a empurrou pela escadaria gélida, que estava estranhamente iluminada pelas luzes de emergência, e então a empurrou para mais adiante, junto à porta da ala de armazenamento. Quando ele a abriu, não conseguia acreditar no frio que fazia lá dentro, mas a guiou pela imensa sala. Ele a carregaria se tivesse de fazer isso, embora não soubesse ao certo se teria forças para tal. Restava muito pouco oxigênio e estava um frio de doer. Desesperado, olhou para baixo, para as fileiras de contêineres, desejando que soubesse onde estavam os tanques de oxigênio ali embaixo, mas seria imprudente até mesmo tentar procurar por eles.

Seth entrou em um estágio estranho em que a única coisa de que estava consciente era do chiado dos sapatos de Waverly no chão. Por fim, sua visão periférica ficou escurecida, e havia apenas um único ponto brilhante, diretamente à frente, no fim do corredor entre os contêineres. Tão distante. Tão incrivelmente longe. Em determinado momento, ele se deu conta de que havia segurado o cinto de Waverly e de que era ele quem a estava mantendo em pé. Quando por fim ela caiu, ele a deitou no chão e agarrou seu calcanhar, arrastando-a ao longo do chão de metal em direção à parede ao longe. Ela era inacreditavelmente pesada, ou ele estava inacreditavelmente fraco.

Na mente dele, Seth começou a ouvir uma canção que sua mãe costumava cantar sobre uma aranha. O primeiro verso da canção repassava em *loop* pela sua cabeça: "A dona aranha subiu pela parede... a dona aranha subiu"... A canção era infantil, enjoativa, irritante, repulsiva. Ele a odiava e queria tirá-la da cabeça, mas se encontrava andando ao ritmo da música, e por fim parou de lutar contra isso.

Por quanto tempo ele arrastou Waverly pela ala? Depois de ter feito isso, ele nunca poderia saber. Podem ter sido dez minutos ou duas horas. Por fim, ele se viu olhando para uma porta, e quando a abriu, estava em uma escadaria.

— Waverly. Eu não consigo carregar você. A minha mão... — disse ele, à beira das lágrimas. Seus dedos estavam ficando azuis, e as juntas de seus dedos estavam ficando inchadas de um jeito horrível. — Você tem de acordar. Waverly?

Ele ajoelhou perto dela, tentando fazer com que ela acordasse. Primeiro com gentis batidinhas de leve em sua bochecha, depois com um belo de um tapa em seu rosto com a mão boa. Mas ela estava apagada, e sua respiração estava por um fio.

— Ok — disse ele, sem fôlego. — Você é magrinha, certo?

Ele puxou-a para cima pelos pulsos e, apoiando-a na parede, com muito trabalho, ergueu-a até conseguir jogá-la por cima de seu ombro direito. Ele a segurava com a mão boa, na esperança de que isso bastasse.

— Ah, meu Deus! — ele choramingou, com as costelas rachadas gritando debaixo do peso dela. Seth começou a subir as escadas. Subiu um degrau de cada vez, fazendo uma pausa para descansar depois de cada degrau. A canção da aranha estava tão insistente em sua mente que ele quase podia ouvi-la de verdade... "A dona aranha subiu pela parede... a dona aranha"... a voz de sua mãe embrenhada no vento.

Depois do que pareceu um esforço interminável, Seth bateu a cabeça em algo duro. Ergueu o olhar, e descobriu que deu de frente com uma antepara. Ficou tão surpreso que deixou Waverly cair nos degraus. Ela caiu com força e gemeu baixinho.

— Desculpe-me — sussurrou. Ele se arrastou até o intercomunicador e apertou o botão. — Abra a antepara inferior — ele disse, com fraqueza. — Por favor.

Nenhuma resposta.

— Por favor — disse ele novamente. — Estamos presos aqui.

— Alô? — surgiu a voz de Sarek Hassan. — Waverly?

— Ela está aqui — disse Seth. — Abra a antepara inferior.

— Não consigo acreditar que vocês ainda estejam respirando — disse Sarek, incrédulo.

— Anda logo! — Seth tentou gritar, mas o esforço o deixou com uma repentina e severa dor de cabeça. Se ele desmaiasse ali, os dois morreriam, então ele se forçou a inspirar fundo, várias vezes, até a dor de cabeça diminuir

— Prepare-se para um pouco de vento — disse Sarek.

As portas foram abertas, e uma rajada de ar quente veio com tudo para cima do rosto de Seth. Ele puxava Waverly pelo pulso escada acima. A cabeça dela batia nas escadas, mas não havia nada que ele pudesse fazer. Apenas tinha de fazê-la passar por cima da antepara. Depois de passarem, ele apertou o botão no intercomunicador, do outro lado.

— Ok, pode fechá-las — disse ele.

As portas fecharam-se lentamente, e o fluxo do vento passou de uma ventania para uma brisa, e de volta a quase nada.

O ar ali estava melhor. Não muito, mas Seth sentia as batidas de seu coração diminuindo aos poucos, e sua dor de cabeça estava mais fraca. Depois de alguns minutos, a cor de Waverly havia melhorado, e ela estava inspirando mais fundo e mais lentamente. Ele deu uns tapinhas na bochecha dela mais uma vez e tentou acordá-la.

— Doçura, Waverly. Você consegue acordar?

Ela abriu e fechou os lábios, soltando um estalido, mas não respondeu.

Seth ergueu o olhar para a próxima antepara, cerca de dez andares acima.

— Isso não é nada — disse ele com melancolia, e ergueu-a sobre seu ombro.

Seus músculos gritavam. Sua dor de cabeça voltou com toda a força, pulsando contra seu crânio como um punho cerrado socando-o por dentro. Ele gemia a cada passo que dava. Nunca fora tão longe assim em sua vida antes, mas ele sabia o que aconteceria se parasse. Então, não parou.

Quando, por fim, a próxima antepara pairava acima de sua cabeça, Seth colocou Waverly no chão e apertou o botão do intercomunicador novamente.

— Sarek? A próxima antepara. — Sem uma palavra de resposta vinda de Sarek, as portas da antepara abriram-se deslizando e mais uma onda de ar cálido o atacou. Dessa vez o vento era muito mais forte, e ele teve de lutar com dificuldade contra a rajada de ar enquanto puxava Waverly escada acima. No entanto, esse ar estava quase normal, e ele o sugava para dentro de seus pulmões, com ânsia. — Feche-as — disse, enquanto puxava Waverly pelos últimos centímetros, até que as portas se fecharam.

Ele se deitou na escadaria. A única coisa que poderia fazer ou em que poderia pensar era inspirar e expirar aquele belo ar, cheio de oxigênio. Sua dor de cabeça não diminuiu, nem seus músculos pararam de tremer de um jeito insano, mas seus pensamentos ficaram mais claros, e ele sentiu que conseguiria seguir em frente.

Ele ouviu Waverly soltar um gemido, e sentou-se, deparando-se com ela afastando os olhos das luzes.

— Waverly — disse ele —, você está bem?

— Como foi que eu...? — ela olhou em volta, orientando-se. — Você me *carregou* até aqui?

— É — disse ele. — Eu sinto muito. Eu tentei.

— Eu sei.

Ele se esforçou para ficar de pé, com as pernas tremendo e incertas, e manteve uma das mãos estiradas para ela.

— Venha.

Waverly forçou-se a ficar de pé, apoiando-se no corrimão.

— Quanto falta ainda?

— Acho que estamos meio que na metade do caminho.

— Ok — disse ela, e começou a subir as escadas com Seth logo atrás.

Os dois caminhavam com dificuldade, em silêncio, os únicos sons eram os das suas passadas e sua respiração pesada. Seth podia sentir sua pulsação no pescoço, seu coração batendo impossivelmente rápido. As luas debaixo de suas unhas estavam azuis, e sua boca estava seca e pegajosa. Waverly estava em pé, mas seus passos não eram firmes, e sua respiração era rápida e curta, mas ela parecia ter força o suficiente.

Na antepara seguinte, o vento estava ainda mais forte, e o ar tinha gosto de orvalho e era aveludado. Ele sugou o ar como se fosse néctar quando as portas da antepara se fecharam debaixo dele. Waverly sorriu para ele.

— Assim está melhor — disse ela.

Eles ficaram lado a lado no patamar da escada, descansando. Seth sentiu a força voltando a seus braços e pernas, e parecia estar um pouco melhor da dor de cabeça também. Ele conseguia pensar.

— Por que você veio atrás de mim? — ele finalmente perguntou.

— O que você quer dizer com isso? — Ela olhou para ele com um ar inquisitivo.

— Quero dizer, você arriscou a sua vida para vir me buscar. Por quê?

Ela desviou o olhar, embaraçada.

— Você faria isso por mim, não faria?

— Eu sei por que eu faria isso por você. Estou lhe perguntando por que você fez isso.

— Por que *você* faria uma cosia dessas? — perguntou ela, em tom desafiador.

Eles ficaram encarando um ao outro em um impasse, até que, por fim, Seth teve de desviar o olhar.

— Certo. Apenas diga que não quer falar sobre isso, então — disse ele, e começou a subir as escadas à frente dela.

— Um simples obrigado seria suficiente — ela retrucou.

— Não, não seria não, e você sabe disso — disse ele, com um olhar sombrio por cima do ombro. A boca de Waverly ficara pequena, e duas linhas surgiram entre suas sobrancelhas.

— Você sabia... — disse ela, começando a subir as escadas atrás dele, arfando enquanto proferia as palavras — que esse seu lance antissocial está ficando ultrapassado.

— Parece que você gosta dele o bastante.

— O que isso quer dizer?

— Você sabe exatamente o que isso quer dizer — respondeu Seth, sem fôlego. — você só não gosta de eu ter tocado no assunto.

— Está certo. Eu não gosto mesmo — disse ela, soando como uma garotinha mimada e presunçosa. — Você é arrogante e não ouve ninguém, e faz com que as pessoas queiram trancafiar você e jogar a chave fora!

Ele virou-se para ela.

— O que você acha? Que é sua a tarefa de domar a fera selvagem? Eu não curto contos de fadas.

— Nem eu — disse ela, olhando para cima e para baixo, com os braços cruzados sobre o peito. — E não curto reabilitar delinquentes!

— Ah, não finja. Como se você nunca tivesse cruzado o limiar para o lado negro — disse ele. — Eu vi você fazendo isso.

Seth ficou observando enquanto ela se encolhia e virava uma pequena e murcha criatura, e desejou que pudesse desdizer o que acabara de dizer. Waverly abaixou a cabeça, como se não quisesse que Seth ficasse olhando para ela. Tudo o que ele podia fazer era se virar e começar a subir as escadas novamente.

Ele ouviu enquanto Waverly subia as escadas atrás dele, mas até mesmo o som dela inspirando e expirando o ar parecia diminuído pelo que ele havia falado. "Canalha", ele xingava a si mesmo a cada passo que dava. "Canalha, canalha, canalha."

Na última antepara, Waverly foi correndo até o intercomunicador e apertou o botão para chamar o Comando Central.

— Sarek? Abra a antepara.

— Ok — veio a resposta, e as portas abriram. Ali não havia diferença alguma na pressão, nenhuma mudança no ar.

Quando as portas da antepara se fecharam embaixo deles, Waverly foi até o botão do intercomunicador superior e chamou Sarek.

— Vamos nos encontrar com você no hangar das naves auxiliares, Sarek, ok?

Não houve nenhuma resposta.

— Sarek? — disse Waverly.

Como não teve nenhuma resposta, Waverly virou-se para Seth.

— Ele deve estar a caminho.

— Gostaria que pudéssemos ir até os níveis habitacionais para pegarmos algumas coisas — disse Seth, melancólico. Havia uma foto de sua mãe que ele gostaria de poder ter consigo.

— Eu sei — disse Waverly, não mais com raiva em sua voz. Os dois entreolharam-se.

— Waverly — começou ele.

Ela ergueu uma das mãos.

— Não!

— Eu só... eu sinto muito.

— Eu disse para você não fazer isso — disse ela, irritada, mas olhava para ele com os olhos cheios de remorso. — Eu deveria ter dado ouvidos a você.

— Aquele cara... Ele é um assassino de crianças. Ele mereceu aquilo.

— Talvez — disse ela, mas ainda havia um quê de perturbação em seus olhos. Porque ela sabia, assim como ele, que esse não era realmente o ponto, se ele havia merecido a tortura ou não.

— Eu disse a mim mesma que estava fazendo aquilo para obter informações, mas esse não foi o verdadeiro motivo.

— Qual foi então? — ele quis saber.

Os lábios dela tremiam, sua cabeça pendia, deixando-a pendurada em sua coluna como se fosse um peso morto. Sua voz estava frágil.

— Porque foi bom fazer aquilo naquele momento.

Seth colocou uma das mãos no ombro dela, um pequeno gesto que não era o bastante, mas ele não conseguia pensar no que dizer.

Waverly não disse nada, nem olhou para ele, mas ele sentiu que ela ficou mais suave debaixo da mão dele enquanto a parte mais dura de seu ser cedia um pouco.

Quando chegaram ao hangar das naves auxiliares, o lugar estava silencioso. Duas naves auxiliares já haviam saído, mas uma estava alinhada perto das portas do *airlock*, pronta para partir. Aquela pequena e explosiva Sarah Hodges estava em pé, parada na base da rampa, batendo com os dedos no chão, com raiva. Waverly seguiu na direção dela, e Seth foi atrás, pela primeira vez capaz de pensar no que viria em seguida.

— Acho que todos nós estamos indo para a New Horizon — disse ele.

Waverly deu de ombros.

— Eu quase ia preferir me matar, mas acho que esta nave aqui já era.

— É — disse Seth. — Mas acho que, de agora em diante, aquela lunática daquela mulher, a Mather, vai tomar todas as decisões.

— Ela provavelmente vai me jogar na prisão.

— Ah, é?

— Talvez eu veja a minha mãe lá. Ou Amanda.

— Amanda?

— É uma das pessoas que me ajudaram a escapar.

— Você acha que é isso que vai acontecer, então? Você e qualquer um que for perigoso vão para a prisão e todo o resto vai ter de...

— Agir como bons puritanozinhos — disse ela, com raiva. — Você vai durar uns cinco minutos.

— Então acho que verei você na prisão — disse ele, mas diminuiu a velocidade.

Eles estavam quase na nave auxiliar, mas ele estava tendo uma ideia. Waverly começou a correr, cambaleando, e ele aumentou a velocidade para manter o mesmo ritmo dela, enquanto ela cruzava o imenso hangar de naves auxiliares.

— Achei que você não fosse esperar — disse Waverly a Sarah, que balançava a cabeça, furiosa.

— Quase fui embora uma dúzia de vezes — disse Sarah em um tom desaprovador. Para Seth, ela disse: — Espero que você esteja feliz. Quase morri para que ela pudesse ir buscá-lo. Não que você mereça isso.

— É bom ver você viva também — disse Seth.

Waverly começou a subir a rampa da nave auxiliar, mas Seth agarrou-a pelo cotovelo.

— O que foi? — disse ela, com raiva.

— Tenho uma coisa a dizer a você — disse ele, entre os dentes.

— Diga a bordo, então! — Waverly tentou se puxar para longe dele, mas Seth colocou as mãos em seus ombros. Ela parecia sólida, mas pequena, e quando Seth a puxou mais para perto de si ela caiu, aos tropeços, junto a ele.

— Agora não é hora! — ela começou a dizer.

— Tenho algo a dizer a você e você vai me ouvir.

— O quê? — ela gritou, olhando para Sarah, para a escadaria que dava na área dos passageiros da nave auxiliar, para todos os lugares, menos para ele. — Seth, nós temos de ir!

— Eu não me importo mais que eu não seja o bastante para você — disse ele.

Isso chamou a atenção Waverly, e seus olhos finalmente encontraram os dele.

— Do que você está falando?

— Eu disse... — ele puxou-a mais para junto de si, até que seu hálito fizesse ondear os fiozinhos de cabelos na linha do couro cabeludo dela — que não me importo que eu não seja bom o bastante para você.

Ela o ficou encarando, boquiaberta, sem fala, uma vez na vida. Então ele a beijou. O beijo não começou da forma como ele havia imaginado. Não era terno, nem carinhoso, nem gentil. Era raivoso e carente e desesperado. A princípio, ela ficou rígida, mas então foi cedendo pouco a pouco, até que estava totalmente se inclinando para junto dele, deixando que ele a beijasse.

— Pelo amor de Deus! — disse Sarah. — *Vamos*!

Waverly separou-se dele, parecendo confusa e estupefata.

Com um semblante radiante, ela deu dois passos para trás, e ele também recuou.

— Eu não vou — disse Seth, enquanto colocava os pés para fora da rampa da nave auxiliar.

— O quê?! — gritou Waverly. — De que diabos você está falando?

— Eu não vou com vocês, Waverly — disse ele.

— Fique à vontade — disse Sarah, e pressionou o botão para fechar a rampa.

Waverly prostrou-se de joelhos enquanto a rampa começava a se erguer.

— O que diabos você está *fazendo*?

— Eu não sei ainda — disse Seth. — É melhor que você não saiba, de qualquer forma.

— Isso é loucura! — ela gritou, e lançou-se em direção aos controles da rampa, mas Sarah envolveu-a com seus braços finos e puxou-a para longe dos controles. — Seth! Que diabos significa isso?!

— A gente se vê em breve — disse Seth.

Ela caiu no chão da rampa, deixando que Seth visse apenas o rosto dela, vermelho de raiva.

— Se você morrer, Seth Ardvale, eu nunca vou perdoar você! Seu *filho da mãe* arrogante!

Se houvesse mais alguma coisa a ser dita para ela, agora era a hora, enquanto a rampa da nave auxiliar estava prestes a fechar entre eles dois. Mas Seth não conseguia formar as palavras. Então ergueu uma das mãos e tentou sorrir para ela, que ficou boquiaberta, e apenas olhava para ele, com os olhos ficando vermelhos, o cenho franzido com a raiva e a mágoa.

A rampa fechou e os motores ganharam vida, erguendo a nave auxiliar do chão e a conduzindo *airlock* adentro. As portas fecharam-se atrás da nave com um ressoar de conclusão, e Waverly se fora.

*Arrogante,* ela havia dito. Ele gostava do som disso.

Seth virou-se e, com um último olhar para o seu lar, os trajes espaciais pendurados nas paredes, as naves auxiliares empoleiradas como pássaros pré-históricos no chão, as luzes tremeluzentes acima, e toda aquela quietude... ele se dirigiu até o traje espacial mais próximo.

# AGRADECIMENTOS

Os mais sinceros agradecimentos a Victoria Hanley e Michael Ryan, que me deram valorosas opiniões quanto ao manuscrito. Obrigada a Kathleen Anderson, por ser uma agente tão incrível. Obrigada a Jennifer Weis, Mollie Traver, Rachel Ekstrom, Sarah Goldstein e à equipe inteira de magos na St. Martin's Press.

Impressão e acabamento:

Orgrafic
Gráfica e Editora
tel.: 25226368